NUITONES

GODOS

BURGUNDIOS

RDOS

LEMOVIOS

SEMNONES

VÁNDALOS

S

Albis
(R. Elba)

MARCOMANOS

S

CASTRA REGINA
(Ratisbona)

CUADOS

VINDOBONA
(Viena)

JUAN CARLOS SIERRA PALACIOS

MEMORIAL COLLECTION

BELOVED FATHER, HUSBAND, & SON
COLLECTOR OF BOOKS, TOYS, & MOVIES

10 marzo 1977 - 30 diciembre 2020

Teutoburgo

VALERIO MASSIMO MANFREDI

Teutoburgo

Traducción de
José Ramón Monreal

Grijalbo

Título original: *Teutoburgo*
Primera edición: abril de 2017

© 2016, Mondadori Libri S.p.A., Milán
Publicado por acuerdo con Grandi & Associati, Milán
© 2017, Penguin Random House Grupo Editorial, S. A. U.
Travessera de Gràcia, 47-49. 08021 Barcelona
© 2017, José Ramón Monreal, por la traducción

Ilustración de las guardas: © Diana Manfredi

Printed in Spain – Impreso en España

ISBN: 978-84-253-5525-7
Depósito legal: B-2.300-2017

Compuesto en La Nueva Edimac, S. L.

Impreso en Liberdúplex
Sant Llorenç d'Hortons (Barcelona)

GR 5 5 2 5 7

Penguin
Random House
Grupo Editorial

Para Alessandro,
que cumple su primer año de vida

Primera parte

I

Dos muchachos corrían por el bosque.

La luz brillaba en sus cabellos cada vez que pasaban de una sombra a otra; cada vez que se reencontraban con el sol, fulgores de oro. Volaban ligeros como el viento que movía las copas de los árboles y como el perfume de la resina entre los abetos gigantes. No tenían dudas, no aflojaban a la vista de los obstáculos ni ante la imprevista aparición de las grandes criaturas del bosque. Cada uno de sus movimientos era pura alegría de vivir.

Sus nombres eran Wulf y Armin, noble la estirpe.

Llegaron a lo alto de la colina del eco en el mismo momento en que el sol iluminaba el gran calvero.

Armin se detuvo.

—Escucha.

También Wulf se detuvo.

—¿El qué?

—¡El martillo, el martillo de Thor!

Wulf aguzó el oído: se oía el profundo retumbar del trueno, y cada golpe iba acompañado del rumor del agua que caía fragorosa y de su eco interminable.

—¿Quieres meterme miedo?

—No. Todavía no.

—¿De dónde viene?

—De la derecha, detrás del robledal.

—¿Vamos para allí?

—Sí, pero con prudencia. No es el martillo de Thor.

—¿Qué es, pues?

—Ya te dije que te enseñaría el camino que no se termina nunca.

Le hizo señas de que le siguiera y echó a andar, cauto, entre los robles jóvenes y los fresnos del bosque. Era fácil seguirlo: su traje de lana roja y de plata se veía de lejos, y también los reflejos cobrizos de su cabello.

Finalmente Armin se detuvo. Era más alto que cualquier muchacho de su edad. Wulf se le acercó y lo que vio lo dejó estupefacto. Delante de ellos había un camino pavimentado de piedras pulidas, de por lo menos treinta pies de ancho, perfecto en cada detalle, seco y recto, uniforme en sus dimensiones y completo en su estructura. Era hermoso como si lo hubiesen construido los mismos dioses. Lo siguió con la mirada y con la mente, paso a paso, hasta que lo vio desaparecer detrás del robledal.

—Has dicho «el camino que no se termina nunca».

—Eso he dicho. Sígueme.

Descendieron por la ladera de la colina del eco y volvieron a dar con el camino, recto y perfecto.

—¿Lo ves? —dijo Armin.

El camino llegaba al borde de la Gran Ciénaga, que reflejaba como un espejo el disco solar, pero no se detenía delante de la enorme extensión lacustre: proseguía sobre el agua, rozando la superficie líquida e inmóvil, hasta detenerse a tres millas de la orilla, en medio de la ciénaga.

—¿Cómo es posible? —murmuró Wulf.

—Mira allí, cerca de ese islote —respondió Armin—. ¿Ves esas torres de madera? Cada una de ellas es maniobrada desde el interior por al menos cincuenta hombres que accionan un mecanismo capaz de levantar un mazo de doscientas libras a treinta pies de altura y luego dejarlo caer sobre el palo que está hincado en el fondo de la ciénaga y hundirlo así cada vez más. Si te fijas, verás una doble fila de esos palos emerger unos pocos palmos de la superficie del agua. Sobre los palos se encajarán unas vigas; sobre las vigas, unas tablas de roble; sobre las tablas se echará arena y se colocarán las losas de cobertura. Cada pedazo de madera... palo, viga, tabla, travesaño... ha sido cocido en una mezcla de aceite y bitumen y puede durar siglos sumergido en el agua. Un camino que no termina nunca ante ningún obstáculo; atraviesa bosques, lagos y pantanos, perfora las montañas. ¡Un camino romano!

—¿Cómo sabes todas estas cosas?

—Las sé y punto —cortó por lo sano Armin—. Y ahora volvamos a casa. Nuestro padre nos echará un buen rapapolvo por haber desobedecido.

—Es imposible que lleguemos antes del anochecer —dijo Wulf.

—Eso ya lo veremos. Somos excelentes corredores y tenemos muchas buenas razones para llegar a casa a tiempo.

—La primera de todas, no dejarnos despellejar vivos por nuestro padre.

—En efecto. Así que muévete.

—Espera —dijo Wulf—. ¿No oyes ese ruido?

Armin aguzó el oído y la mirada.

—Es una legión romana en marcha. ¡Abajo, a tierra!

Wulf se pegó contra el suelo.

—Pero ¿qué hacen aquí?

—¡Psss! —dijo Armin—. Ni el más mínimo ruido, ni una palabra. Y haz como yo.

Armin se cubrió de hojas, mimetizándose perfectamente con el sotobosque, y Wulf hizo otro tanto. El ruido cadencioso del calzado herrado se acercaba cada vez más, hasta que estuvo muy cerca de los dos chicos. Debajo de las hojas, Armin sintió la mano temblorosa de Wulf y la apretó con fuerza. El temblor cesó y el ruido fue atenuándose poquito a poco hasta desaparecer a lo lejos. Armin se disponía a levantarse cuando la vista de dos sandalias romanas claveteadas a dos palmos de su rostro lo dejó helado.

—¡Mira qué he encontrado! —exclamó una voz ronca en latín.

Una vara de vid hurgó entre las hojas secas. Armin se puso en pie gritando: «¡Vamos, vamos!». Y los dos muchachos echaron a correr como locos sin mirar siquiera alrededor. Solo ellos conocían el bosque en cada uno de sus rincones, en cada grieta; conocían cada luz y cada sombra. No tardarían en encontrar refugio en escondrijos invisibles.

El centurión Marco Celio Tauro no se molestó demasiado en volver a llamarlos o en maldecir; se limitó a hacer una seña que decía «¡Perseguidlos!», y cinco jinetes —tres romanos y dos germanos— se lanzaron al galope, les cortaron el paso, bloquearon las vías de escape, saltaron a tierra al mismo tiempo y los rodearon. Los dos muchachos se pusieron espalda contra espalda y aferraron los puñales cortos que llevaban al cinto, con la empuñadura contra el pecho.

—Esos dos —dijo Wulf refiriéndose a los soldados germanos— son como nosotros. ¿Por qué quieren capturarnos?

—Esos son los peores —respondió Armin sin dejar de girar en redondo para hacer frente a la amenaza de los soldados—. Están vendidos a los romanos y luchan en sus filas.

El asalto estalló simultáneamente por cada parte, pero los dos muchachos se defendieron como fieras: a cuchilladas, a patadas, a puñetazos y mordiscos. Cinco hombres recios se impusieron con gran esfuerzo a dos muchachos apenas adolescentes: al final los sujetaron contra el suelo, les ataron los brazos tras la espalda y los arrastraron con dos cuerdas atadas a los caballos.

El jefe de la patrulla se acercó al centurión.

—Menudas furias son estos dos; han hecho falta cinco hombres para reducirlos.

—¿Te has enterado de quiénes son? —preguntó el centurión.

El soldado germano asintió.

—Son los hijos de Sigmer, el jefe de los queruscos.

—¿Estás seguro?

—Como de que estoy aquí.

—Entonces has hecho buena caza y recibirás buena recompensa. No los dejes escapar o tendrás que rendirme cuentas. Al menos hasta mañana.

Armin y Wulf fueron encerrados en una tienda rodeada de centinelas armados. Sobre el mismo suelo extendieron dos colchones para el descanso. Un esclavo les llevó carne asada, pan, una jarra de cerveza y dos vasos. Y al caer la noche, una lámpara.

—Nos tratan bien —dijo Wulf.

—Mala señal —respondió Armin—. Eso significa que saben quiénes somos.

—¿Qué quieres decir?

—Nos tratan a todos igual; si con nosotros tienen miramientos es porque quieren obtener algo de nuestro padre.

—¿Como qué?

—Roma solo quiere una cosa: sumisión. Lo llaman «alianza», pero es eso, y como los aliados no se fían nunca el uno del otro, el más fuerte, o sea, Roma, exige garantías.

—¿Cuáles? —preguntó Wulf.

—En este caso, nosotros; tú y yo como rehenes.

—Eso lo hacen también nuestros jefes de tribu.

—Es cierto. Pero no es lo mismo. Los romanos no hablan de rehenes, naturalmente. Dicen que se trata de instrucción, de adiestramiento al mando, de estudios y aprendizaje de la lengua latina y quizá también del griego. Pero de hecho nosotros estaríamos, y quizá estaremos, en calidad de rehenes.

Wulf inclinó la cabeza y durante un instante hubo un silencio total en la pequeña tienda. Traídas por el viento llegaron del exterior las llamadas de los centinelas para el cambio de guardia.

—Poderosos dioses —murmuró.

Sigmer, jefe supremo de los queruscos, había pasado toda la noche en vela. Al ver que sus muchachos no volvían, con el ocaso había enviado partidas de exploradores a caballo y provistos de antorchas para batir todos los senderos de la llanura, de la montaña y de la ciénaga; sin resultado. La búsqueda duró todo el día siguiente, hombres frescos relevaban a los jinetes exhaustos. Al final, uno de los exploradores llegó al galope hasta delante de la residencia de Sigmer, saltó a tierra y pidió que lo condujeran a su presencia.

—Han sido los romanos —dijo de corrido.

Sigmer no maldijo ni tronó.

—¿Cómo lo sabes? —preguntó.

—Me lo ha dicho uno de sus auxiliares oriundo de mi mismo pueblo. Los dos príncipes se acercaron por curiosidad hasta el camino que atraviesa la ciénaga y fueron sorprendidos por una patrulla de caballería romana que estaba inspeccionando los alrededores y las vías de servicio para el desplazamiento de los materiales en las canteras. El centurión Marco Celio Tauro de la Decimoctava Legión Augusta, un viejo zorro, los descubrió y los tiene bajo su custodia.

»Sé de cierto que los tratan muy bien, pero los vigilan día y noche, es imposible acercarse a ellos. Y desaconsejaría un ataque repentino, podría ser muy peligroso.

»Sin embargo, parece que el centurión Tauro te pedirá audiencia para traerte un mensaje de Terencio Nigro, el legado de la legión.

—Está bien —dijo Sigmer—, estoy dispuesto a todo, pero quiero una prueba de que mis muchachos están vivos.

—La tendrás —confirmó el explorador—. Lo más pronto posible. Pero ahora permítete un poco de descanso.

Descanso… ¿Acaso era posible? Sus chicos, luz de sus ojos, estaban en poder de los romanos y nadie podía prever cuál sería su destino. ¿Se los llevarían? ¿A uno solo? ¿A los dos? ¿Aceptarían un rescate? ¿Y qué podía ofrecer él? ¿Ganado y rebaños? ¿Caballos? Se sentía impotente y destrozado. Los queruscos eran la más poderosa de las tribus germánicas, la más numerosa, pero no podían desafiar al Imperio de Roma que se decía se extendía de un extremo al otro del mundo y del mar meridional al Océano. Recordaba bien cómo había tratado de dar muerte al comandante Druso, que a la edad de veinticuatro años conducía una flota de cien naves de guerra por el Rin, y recordaba perfectamente el canal que este había hecho abrir, a lo largo de ochenta leguas, desde la curva del Rin hasta la laguna septentrional. No había empresa que los romanos no pudiesen cumplir: llevaban tierra donde había agua y agua donde había tierra. Roma reinaba sobre setenta millones de personas. También esto se decía.

El centurión Tauro se presentó dos días después, escoltado por un pelotón de jinetes y con un intérprete germano, y pidió ser recibido por el soberano de los queruscos. Sigmer lo acogió sentado en un trono de madera con canaladuras doradas, rodeado por sus guerreros más imponentes y con las armaduras más bellas. Todos llevaban el cabello largo hasta los hombros, rubio como el oro. Se hallaba presente también Ingmar, el hermano menor de Sigmer.

—¿Cuál es el motivo de tu venida? —preguntó el soberano.

—Debo acordar contigo un encuentro con Terencio Nigro, el legado de nuestra legión. Tendrá que ser en terreno neutral, en el calvero de los cuatro robles. Cada uno de vosotros llevará como máximo una escolta de treinta hombres. Tú y el legado estaréis desarmados.

—¿Mis chicos estarán presentes?

—Por supuesto. Así verás que han sido tratados con el respeto debido a su rango. ¿Qué debo decirle al legado?

—Que acepto —respondió Sigmer con voz apagada.

Tauro montó a caballo y se alejó con su escolta.

Sigmer inclinó la cabeza con un suspiro y permaneció largo rato inmóvil.

El encuentro se produjo según lo acordado: en el calvero de los cuatro robles, que recibía su nombre de cuatro árboles colosales, probablemente seculares, dos días después hacia media tarde. A Sigmer le ofendió ver a sus hijos con las muñecas atadas con cuerdas de cáñamo para que no intentasen escapar. El intérprete estaba ya en su sitio, de pie.

—¿Así es como tratáis a mis hijos? —exclamó Sigmer.

Ingmar le puso una mano en el hombro para refrenarlo de expresiones inoportunas.

El legado avanzó hasta el centro del claro a caballo y Sigmer hizo lo propio.

—Estoy sinceramente disgustado —respondió el legado—, pero tus príncipes son demasiado valiosos para nosotros, no podemos permitirnos dejarlos libres en esta circunstancia.

—Estoy dispuesto a pagar el precio que sea con tal de recuperarlos —dijo Sigmer—, incluso todo cuanto poseo.

—Te comprendo, noble Sigmer, y yo en tu lugar haría lo mismo, pero no tengo el poder de negociar un rescate. César está muy interesado en estos muchachos, quiere que conozcan Roma, su grandeza, sus leyes y sus ejércitos, y quiere asimismo conocerlos personalmente. Roma necesita una nueva generación de soldados que aprendan nuestros sistemas y defiendan nuestro mundo, necesita una nueva generación de mandos militares y de magistrados para que gobiernen la Germania romana cuando sea el momento.

»Dentro de algún tiempo te serán devueltos y estarás orgulloso de ellos. Verás hasta qué punto ha sido para ti una ventaja respetar los términos de nuestra alianza. Tus hijos no serán rehenes sino huéspedes. Créeme, Sigmer.

No había mucho más que decir; en todo caso era evidente que, si el hombre llamado César tenía sus planes para Wulf y Armin, los muchachos seguían siendo rehenes, y si el padre hubiera cambiado su alianza de alguna manera, su culpa habría recaído sobre ellos. No había escapatoria, y aceptó los términos del trato repitiendo las promesas de fidelidad.

Llegó el momento del adiós.

—¿Puedo despedirme de ellos? —preguntó Sigmer al legado de la XVIII Augusta.

Terencio Nigro asintió.

—Por supuesto.

Sigmer se acercó con paso lento a sus muchachos, que lo esperaban inmóviles, sin mostrar ninguna emoción. Tampoco el rostro de Sigmer revelaba señales de conmoción; solamente su mirada azul se oscurecía por momentos como un cielo tempestuoso.

Cuando estuvo delante de sus hijos, tan cerca que habría podido tocarlos, por un instante pareció destrozado en lo profundo de su ánimo. Luego, de repente, los abofeteó con violencia, primero a uno y luego al otro. Fue como abofetear a dos árboles. Ninguno de los dos se movió, ni cambió de expresión, ni reaccionó de manera alguna.

—Ahora sabéis por qué cuando doy una orden debéis obedecer.

Los dos muchachos inclinaron la cabeza ante él. Sigmer le tocó la cabeza a Armin y luego a Wulf.

—Adiós, hijos —dijo—. No olvidéis nunca quiénes sois ni quién es vuestro padre.

Permaneció inmóvil mirándolos hasta que desaparecieron más allá de la colina.

Solo entrada la noche y en la más completa soledad lloró.

II

Sigmer e Ingmar se dirigieron hacia el septentrión sin volver nunca la vista atrás, sin mencionar nunca a los muchachos, perdidos, desaparecidos. Avanzaban en silencio, solamente sus caballos resoplaban de cuando en cuando. No tenían nada que decirse, no había ninguna alternativa que discutir, sabían lo que había que saber. En casa retomarían sus ocupaciones, afrontarían los problemas, sufrirían sus pesares y sus secretas aflicciones.

Las pocas veces que sus miradas se cruzaron eran inexpresivas y frías. No transmitían mensajes ni sentimientos. Desde siempre sus antepasados y ahora sus pueblos estaban habituados a afrontar la muerte como la vida, a no revelar nada de lo que había en su ánimo, a no llorar y a no reír porque desde siempre, cada día y cada noche, debían sobrevivir al frío y al calor, a los insectos y a las fieras salvajes, a los aguaceros, al barro, a la humedad, a la nieve y al frío intenso que cala hasta el tuétano.

Sigmer no estaba orgulloso de su poder, más bien lo sufría como una carga, a veces como una maldición. Las mujeres habían llenado su vida durante bastante tiempo, pero su vida había cambiado al unirse en matrimonio con Siglinde, hija de un caudillo de los sicambrios. Muy rubia, con ojos del color del cielo, era como un espíritu del bosque: ligera, etérea, sensible hasta el punto de que a veces no conseguía esconder sus emociones más secretas.

Él la amaba a su manera, como se puede amar a la esposa en un matrimonio de estado. Le había dado dos hijos y él ahora se veía privado de ellos. Pero Siglinde sabía que los hijos pertenecen a la madre mientras son pequeños e incapaces como cachorros. Cuando llegan al umbral de la adolescencia y aprenden a razonar y a hablar, pasan al padre. Es él quien decide su destino, él quien los prepara para vivir y para morir. De los dos, era Armin el que más a menudo iba a ver a Siglinde, el más próximo a su carácter y a su sensibilidad. Ella le echaría terriblemente de menos.

Su saludo matinal, la costumbre que tenía de llevarle flores al principio de la primavera, y el regalo que le había hecho en una mañana de mayo: una jaulita de finos barrotes de estaño con un pajarillo que había cogido del nido y criado. Su canto era intenso y sobrecogedor como el de un poeta, pero era mera apariencia: en realidad era un canto de desafío.

Sigmer sabía que Siglinde no reaccionaría, que no lloraría ni gritaría, pero a veces sus largos silencios eran cortantes como una hoja.

Le habría gustado una mujer pasional, ardiente y sensual. Una en particular le había penetrado en el corazón como la espada de un enemigo.

Había sucedido muchos años antes, la noche en que había dejado la orilla oriental del Rin y había intentado cruzar el gran río a nado. Su finalidad era alcanzar la nave capitana de la flota romana en la que se encontraba el comandante Druso. Era a él a quien quería matar, y ganar así la guerra en un solo instante.

Un gigantesco siluro lo había raspado con su áspera piel, haciéndolo sangrar, y él se había visto perdido. Aquellas bestias repugnantes acudirían de cualquier lugar atraídas por el olor de la sangre y lo devorarían, haciéndolo pedazos. Ya lo embargaba el frío intenso de la muerte y le parecía inútil el esfuerzo por alcanzar la otra orilla y la nave de los romanos... Pero justo cuando percibió el hedor de otra de aquellas enormes bestias fangosas, un dardo rasgó el aire denso de niebla y se hundió en el cuerpo del monstruo, que se convirtió al mismo tiempo en cebo y presa. Él fue izado a bordo de la gran nave de guerra, reluciente, maciza, perfumada de pino y roble, y atado al palo mayor, el tronco de un alerce enorme.

Quienquiera que hubiese lanzado el dardo no había matado al siluro para salvarle la vida a él, sino para abrir paso a la barcaza que, a fuerza de remos, se acercaba por un costado portando un lecho cubierto y velado. Lo alzaron con un aparejo y lo depositaron en la proa. De él salió la más bella mujer que hubiera visto nunca, más bella que cualquier sueño y que cualquier fantasía, más deseable que Freya, la diosa del amor: Antonia, la joven esposa del comandante Druso.

Se habían casado hacía un par de años y se amaban tan intensamente que no podían estar el uno sin la otra más que poco tiempo. Bastaba un mensaje y ella se reunía con él dondequiera que fuese, dejando su suntuosa villa, arrostrando incomodidades, peligros y fatigas.

Salió con la cabeza cubierta por un velo, pero su cuerpo divino se entreveía bajo el vestido ligero, tallado por el viento de la tarde. Y cuando pasó, Sigmer respiró su perfume: nunca había olido nada semejante. Ninguna flor del bosque, ninguna brisa de primavera era tan intensa, mágica; encanto y maravilla. Las mujeres que él había conocido sabían a establo. Solo durante una breve estación su piel emanaba una leve fragancia como la de los recién nacidos y las hacía deseables. Luego cambiaban y engordaban.

Muchas veces se había preguntado qué era ese perfume que flotaba en el aire cuando la sublime criatura iba a reunirse con su esposo al caer la noche: olor a valles remotos, a orillas salobres, a miel y a tulipán flor de lis.

Una vez vio sus siluetas proyectadas en la tela del pabellón de popa por la luz del farol: cuerpos abrazados en pleno delirio amoroso, bocas que respiraban una en la otra, labios encendidos. Se sintió irremisiblemente desgraciado. Comprendió que sería imposible cubrir jamás la distancia entre la vida de ellos y la propia, aunque fuera un príncipe. Pero los sueños eran libres, nadie podía impedirlos. A veces Sigmer soñaba con conquistar a la bellísima Antonia como botín de guerra. Al amanecer, sin embargo, el sueño se desvanecía y el despertar era aún más amargo.

Él ni siquiera tenía palabras para expresar aquel vacío, aquella desolación. En cambio el comandante Druso y su esposa tenían un poeta, algo similar a los bardos de los pueblos germanos pero más sutil la voz, más intensa la inspiración, más fascinantes el tono y la música de las palabras. Al cabo de algunos meses, Sigmer comenzó a comprender y a recordar el sonido y el significado de aquella lengua que ya no olvidaría.

Había nadado en la gélida corriente del Rin para dar muerte al comandante Druso y ganar la guerra con un solo golpe de puñal, y en cambio, tras meses en aquella nave, comenzó a sentir algo semejante a la amistad por aquel joven de casi su misma edad, y admiración por su inteligencia, por su valor, por su capacidad para hacerse obedecer por millares con una sola palabra, para ser para sus hombres similar a un dios.

Varias veces estuvo a punto de huir, pero no lo hizo para no perder la visión de la bellísima Antonia. Al final consiguió deshacerse del hechizo y recobrar la libertad para continuar luchando por su pueblo contra los romanos y contra el comandante Druso. Y sin embargo, en secreto, los dos continuaron encontrándose de vez en cuando. Se sentaban uno frente al otro, charlaban. Más aún, Sigmer hacía continuas preguntas y Druso le hablaba de su mundo, de su casa de campo con un jardín de plantas argénteas, de sus perros de caza, de un pequeño lago con una barca en la que llevaba a su esposa a hacer un viaje mágico bajo la luna de verano.

Le gustaba de vez en cuando revivir aquellos momentos, los coloquios secretos con el general del ejército septentrional de Roma, la sensación de equipararse a él en la intimidad que da la amistad, de ser uno de los hombres más importantes del mundo.

Ahora muchas cosas habían cambiado, pero él continuaba reviviendo los tiempos de su juventud cuando se sentía triste o fatigado o incapaz de tomar una decisión.

La primera vez que tomó conciencia de la enorme distancia que separaba Roma de su nación fue cuando, aún prisionero, la flota romana del Rin recorrió el canal de Druso que unía la ensenada del gran río con la laguna septentrional. Finalmente cayó en la cuenta de que sabía cosas que el general romano ignoraba por completo o, mejor dicho, que no había visto nunca, solo las había leído en los libros: la gran marea. Una noche el mar Océano se retiró por espacio de doscientas leguas o más y todas las naves encallaron en el cieno. Eran blancos inmóviles, y el ejército germano, al acecho en los bosques costeros, estaba a punto de desencadenar el ataque y destruirlas todas mediante el fuego de las flechas incendiarias.

Pero ¿cómo era que Druso no estaba preocupado? ¿Cómo no se daba cuenta del peligro enorme que estaba corriendo? Miles de guerreros germanos habían salido del bosque empuñando arcos armados de fuego.

Y, en cambio, tenía razón él. Por tres motivos. El primero fue muy pronto evidente: una horda de jinetes con una antorcha encendida en la mano izquierda y una espada de acero en la derecha. ¡Frisios! Druso, antes de zarpar, había estrechado una alianza con ellos: un pueblo que habitaba aquellas tierras y que ahora patrullaba la costa interponiéndose entre las naves encalladas como cetáceos moribundos y el ejército germano al acecho en los bosques. Desde la proa de la nave capitana, Sigmer veía una serpiente de fuego extenderse rápido por la playa desde el occidente hasta el oriente.

Pero los guerreros germanos habían comprendido lo que sucedía y se lanzaron al galope a lomos de sus caballos veloces para tomar el control de la playa frente a las naves romanas antes de que los frisios la ocupasen y anulasen su ataque.

El segundo motivo era que en las sentinas de cada nave había una máquina accionada por cuatro hombres capaz de aspirar agua y lanzarla a través de una manguera de tela en cualquier dirección.

Cuando las primeras flechas incendiarias se clavaron en la madera resinosa, los hombres de la tripulación apuntaron la manguera a la base del fuego apagándolo inmediatamente. Sigmer nunca en toda su vida había visto nada como aquello.

El tercer motivo lo comprendió cuando, a una señal del comandante Druso, los tripulantes de la nave capitana quitaron las protecciones de tela encerada de seis grandes máquinas que estaban en la proa, tres a la derecha y tres a la izquierda, insertaron pesados dardos de hierro en sus guías, tensaron los arcos de láminas de acero, apuntaron a los blancos y dispararon a las órdenes del centurión.

—*Prima, iacta! Secunda, iacta! Tertia, iacta!*...

Eran dardos mortíferos, como la que le había salvado la vida cuando el siluro del Rin se disponía a devorarlo; allí donde alcanzaban, descuartizaban, desgarraban, destrozaban hombres y caballos; eran invisibles desde tierra, al contrario que los jinetes germanos, que, montados en caballos blancos, con antorchas en las manos y flechas incendiarias en los arcos, eran perfectamente visibles. Muy pronto, aterrorizados, retrocedieron hacia el bosque.

Los frisios fueron adelante y atrás durante toda la noche con antorchas que iluminaban la playa. Cuando la marea comenzó a subir de nuevo, las naves desencallaron y retomaron la navegación hacia la desembocadura del Elba, que marcaría el nuevo confín del Imperio romano.

En una ocasión Sigmer había preguntado a Druso por qué afrontaba tales peligros, se arriesgaba a que lo matasen, pasaba noches al raso, combatía en primera línea recibiendo heridas cuando habría podido estar en su gran ciudad de mármol, en su palacio o en su casa de campo con su esposa.

—Para servir al Estado —había respondido Druso.

—¿Y qué es el Estado? —había replicado Sigmer.

—Para nosotros el Estado lo es todo. Forma una misma

cosa con nuestra vida, nuestras familias, nuestro pueblo. Si os combato en las riberas del Rin, defiendo a mi mujer que está en Roma y a mis hijos, aunque no me hayáis hecho nada. Porque, si no lo hago ahora, un día los cascos de vuestros caballos pisotearán las cenizas de nuestra ciudad de mármol. Lo ha escrito uno de nuestros más grandes poetas.

»Servir al Estado es para nosotros el máximo honor, dar la vida por el Estado es para nosotros la suerte más gloriosa. El emperador representa el Estado y cada indicación suya es ley para nosotros.

Sigmer recordaba bien aquella conversación y recordaba asimismo haber comprendido por qué su relación había continuado durante años: porque aquella extraña amistad superaba las diferencias de origen, de tradiciones, de lengua y de sangre. Era la persona del comandante Druso lo que le fascinaba, las historias que contaba de su país, del milagro por el que un pueblo de cabañas muy parecido a aquellos en los que habitaban los germanos se había convertido en el centro de casi todo el mundo conocido; un imperio que contenía en su interior dos mares y los dos ríos más grandes del mundo eran sus fronteras, y un tercer río, en el mediodía, a lo largo de decenas de miles de leguas y poblado de monstruos, era tan poderoso como para llenar el mar meridional. Y sin embargo en aquella tierra no llovía nunca y menos aún nevaba; el territorio estaba en su mayor parte recubierto de arena candente y nadie sabía de dónde provenía tanta agua. Este era el mayor misterio de aquella tierra misteriosa, hasta el punto de que sus habitantes consideraban aquel río un dios.

Luego se había acometido la empresa de ensanchar la frontera del Rin más al oriente, más allá, donde nadie de su pueblo había llegado nunca. Al Elba. Así lo había querido el emperador, el hombre más poderoso del mundo, cuya voluntad era ley.

—¿Por qué? —le había preguntado Sigmer.

—Porque sois el único pueblo que queda sobre la faz de la tierra digno de formar parte de nuestro mundo. Primero seríais nuestros amigos y aliados, luego pasaríais a ser como nosotros, viviríais como nosotros, lucharíais en nuestro ejército, os convertiríais en notables, comandantes, magistrados. Levantaríais grandes ciudades, con nosotros construiríais los caminos que no terminan nunca. El mundo no podrá ser romano para siempre si vosotros no sois parte de él.

—¿Y si no quisiéramos? —había preguntado Sigmer.

El comandante Druso lo había mirado fijamente con expresión casi de incredulidad, luego había respondido gélido:

—Entonces habría un enfrentamiento a vida o muerte, como sucedió entre nosotros y los celtas hace dos siglos. Cada primavera dos cónsules y cuatro legiones subían al valle del Pado y se batían contra las tribus de los boyos y de los senones. Se parecían mucho a vosotros: rubios con los ojos azules, gigantescos. Los hicimos pedazos, los exterminamos. Al final, de rodillas, imploraron piedad. Expulsamos a los supervivientes allende los Alpes, hasta sus tierras ancestrales.

»¿Es eso lo que quieres para tu gente, Sigmer? Ten cuidado: nosotros vivíamos en cabañas como las vuestras hace ocho siglos. Y para convertiros en lo que somos nosotros necesitaréis el doble de tiempo, y quizá no baste. En cambio, si estáis con nosotros, las guerras terminarán, quizá durante siglos o, quién sabe, para siempre.

»Cultivaremos el arte, el derecho, la civilización, practicaremos la agricultura, los caminos que no terminan nunca llegarán a todos los lugares, hasta el más remoto, construiremos naves capaces de cruzar el Océano. Los ejércitos solo servirán para proteger las fronteras de nuestro inmenso Estado o para mantener el orden en el interior. La Urbe será el Estado y el Estado será el mundo. Y el mundo será rubio y moreno. ¿Me comprendes, Sigmer? ¿Me comprendes?

La voz del comandante Druso primero había enronquecido para luego subir de tono, como si declamase poesía. Sigmer se había quedado profundamente impresionado.

—Bastaría que vieras Roma para que comprendieras lo que trato de decir.

Sigmer no había hecho más preguntas ni se había preocupado por afrontar el problema. En cualquier caso, turbado y fascinado a un tiempo por sus palabras, había elegido apoyar por el momento su proyecto.

Eso se había traducido en muchas ventajas para su pueblo y para su familia y mucho respeto por parte de los otros jefes que en diversas ocasiones le habían sido hostiles.

Un día, tras uno de aquellos encuentros en el bosque de los bisontes, el comandante Druso le confió que había tenido un sueño que le había sacudido en lo más profundo del ánimo. Quería, pues, consultar el oráculo de los germanos, que en su opinión tenía que ser veraz.

Lo que los romanos llamaban el «oráculo de los germanos» se encontraba en una caverna de la Selva Negra, una cueva en la que no le estaba permitida la entrada a nadie.

Sigmer había enseñado a Druso las palabras en antigua lengua germánica que tenían el poder de hacerlo comparecer, de conjurarlo en aquel averno de musgo y troncos putrefactos.

Druso gritó tres veces la fórmula ancestral y luego permaneció en silencio, solo ante la entrada de la cueva circundada de huesos humanos. Sigmer había retrocedido una decena de pies.

Se oyó el ruido de un paso pesado que pisoteaba un manto de hojas pútridas y ramas marchitas.

—Dioses inmortales… —murmuró Druso—. Es un gigante.

—Todavía estás a tiempo —susurró Sigmer—. Podemos marcharnos.

—No —respondió Druso—. No he llegado hasta aquí afrontando tantos peligros para nada.

Una figura enorme cubierta con un largo ropaje de pieles de cabra entretejidas se recortó en la entrada de la cueva. Cuando vio a Druso, emitió un estertor profundo y luego un grito poderoso, terrorífico como el chillido de un halcón. ¡Era una mujer! Era gigantesca y empuñaba un hacha de combate que hacía girar ante sí con un zumbido sordo.

—Solo si consigues derrotarla pronunciará el oráculo. Si vence ella, te matará. Los huesos que ves alrededor de la entrada de la caverna son de los que vinieron a interrogar al oráculo y fueron derrotados.

El comandante Druso desenvainó la espada, un arma que había hecho forjar expresamente para él, más larga que cualquier acero porque los brazos de los guerreros del septentrión eran más largos. Miró el hacha y vio que estaba hecha de una aleación tosca, impura. Su única fuerza era el peso. Podría vencerla.

Fue ella quien golpeó primero. Druso evitó el golpe, el hacha se abatió sobre un pedrusco y lo hizo volar en mil pedazos incandescentes.

Druso se agachó y la amenazó con la afilada punta, pero ella le arrojó encima su manto negro para envolverlo, dejando así a la vista sus brazos cubiertos de pelos. La hoja del romano destelló veloz y cortó el manto en dos pedazos. Ella asestó entonces un hachazo contra el adversario, pero Druso pegó un salto fuera de su trayectoria y, mientras tocaba el suelo de nuevo, lanzó un formidable mandoble hacia atrás que cortó limpiamente el mango del hacha. Terminó su rotación y se irguió, espada en mano, frente a la horrenda virago.

Tal vez por primera vez la mujer se sintió amenazada y en su rostro casi bestial se pintó el miedo. Estiró las manos y las movió de arriba abajo como si quisiera que Druso dejara el arma en el suelo. El temor se trocó en pánico. El comandante aferraba cada vez más fuerte la empuñadura y avanzaba imperceptiblemente. De pronto ella habló con una voz ronca y profunda, en latín:

—¿Hasta dónde quieres llegar, Druso? ¿Hasta los confines del mundo?

También Sigmer se quedó asombrado, pero Druso, sin mostrar emoción alguna, respondió:

—Hasta las corrientes del Elba, para fijar la última frontera del imperio.

Sigmer no comprendió todas las palabras, pero entendió el sentido de la frase entera.

Faltaba poco para que cayera la noche y hacía frío, sin embargo el rostro del oráculo germano chorreaba sudor. Solo dos palabras le salieron profundas y sonoras:

—Morirás antes.

Se separaron y sus ejércitos retomaron durante cierto tiempo sus enfrentamientos, pero Sigmer no tardó en darse cuenta de que el coste de la guerra contra Roma era insoportable. La sentencia del oráculo germano continuaba resonando en su cabeza y secretamente, en su corazón, la rechazaba. No soportaba la idea de que Druso estuviera condenado a una muerte prematura. Estipularon una tregua y un pacto de no agresión mutua. Más tranquilo en el centro, donde se extendía el territorio de los queruscos, Druso se desplazó hacia el septentrión, pero un día, durante una escaramuza, se cayó del caballo y se hizo mucho daño.

Dado que no había sufrido ninguna herida, descuidó las consecuencias de la caída, que, en cambio, era tan grave como para haberle hecho trizas el fémur. Estaba tan convencido de hallarse cerca de la victoria definitiva que no estaba dispuesto a interrumpir la acción por ninguna razón, menos aún por las recomendaciones de sus médicos.

III

Durante días la columna de jinetes romanos y auxiliares germanos avanzó a través de los bosques y las ciénagas bien conocidos de los dos jóvenes hijos de Sigmer. Armin y Wulf iban a caballo en medio del grupo que los escoltaba. El padre había dispuesto que les entregaran su ropa y su calzado antes de la partida para que tuvieran un aspecto digno de su rango de príncipes de la estirpe de los queruscos, pero también para que pudiesen afrontar lugares impracticables cubiertos de nieve y azotados por gélidos vientos. Solo las armas no habían sido admitidas. Alguno sabía por propia experiencia lo diestros que eran en su uso.

A cada puesta de sol, los soldados romanos y los auxiliares germanos plantaban sus tiendas y el centurión Tauro ordenaba a los exploradores que registraran los alrededores para comprobar que no había amenazas o peligros.

Para la ubicación del campamento prefería siempre alguna elevación del terreno que permitiera una mejor visión de las áreas circundantes y mandaba una avanzadilla de grupos mixtos de romanos y jinetes germanos, por lo general hermunduros, catos y queruscos. Estos últimos fácilmente reconocibles.

—¿Cómo es que Tauro se fía de esos que hablan nuestra lengua? —preguntó Wulf en una ocasión a su hermano—. Si quisieran, podrían liberarnos con facilidad y devolvernos con nuestro padre, que pagaría un rescate excelente.

—Yo no estaría tan seguro —respondió Armin—. Si fuese tan fácil, ya lo habrían hecho.

—¿Qué quieres decir?

—Tauro habla bastante bien nuestra lengua y comprende otras de nuestra tierra; sabe exactamente dónde nos encontramos cada vez que hacemos un alto. ¿Te has fijado en lo que lleva al cinto en ese estuche de cuero?

—Sí, es un rollo de piel, diría yo. Lo desenrolla, lo mira y vuelve a enrollarlo.

—Efectivamente. Ese rollo es una *tabula*.

—¿Qué significa?

—Es latín, indica una representación de la tierra con los montes, los ríos, los lagos, las distancias entre un sitio y otro. Y cuando Tauro se mueve en nuestro territorio conoce también dónde están las defensas de las legiones, las secciones de la caballería y a qué distancia de nosotros. Y calcula el tiempo y la hora del día con gran precisión. Hace también señales luminosas con una lámina de metal abrillantada. Nuestros auxiliares germanos no quieren correr riesgos.

—Entonces ¿no haremos nada para reconquistar la libertad? —preguntó Wulf.

—No he dicho eso. La libertad es nuestro bien más preciado y no quisiera perderla por nada del mundo, pero debemos esperar el momento oportuno.

Wulf no dijo nada. Si Armin, que era el más salvaje de los dos, sugería que había que tener paciencia, más motivos para ser prudente tenía él, que dudaba de la posibilidad de una fuga.

Al quinto día de marcha llegaron a la base de unas montañas altísimas cubiertas de nieve, y Tauro dijo que en aquel lugar se hallaban las fuentes del Rin y el Danubio, los más grandes ríos de la tierra; el Rin se dirigía al septentrión hacia el Océano, el Danubio iba hacia el oriente a llenar un mar cerrado llamado Pontus. Avanzaban por uno de los caminos que no terminan nunca y por la noche hicieron una parada en un lugar donde había una casa de piedra, un pozo con agua y un establo para los caballos y los mulos.

—¿Qué es este lugar? —preguntó Wulf a uno de los auxiliares germanos.

El guerrero hermunduro no dijo nada. Tauro se entrometió:

—Los auxiliares germanos no están autorizados a hablar con vosotros. Es una *mansio*, una casa de posta. Hay una taberna que sirve comida caliente, cerveza para los bárbaros y vino decente para nosotros, hay muchas habitaciones para dormir, un baño con agua caliente de pago, letrinas con agua corriente y soldados de guardia. En todos los caminos hay una *mansio* cada veinte millas.

Los dos muchachos se miraron a la cara; en toda la tierra de los queruscos nunca habían visto un lugar semejante y estos tenían uno cada veinte millas.

Se olía el aroma del asado, salía humo de la chimenea, varios esclavos, hombres y mujeres, estaban atareados encendiendo las lucernas, llevando leña, horneando pan, portando una gran orza de vino de una estancia subterránea.

Estaba saliendo la luna llena y las montañas cubiertas de nieve se recortaban espectrales contra el cielo azul que se matizaba de turquesa en torno al disco plateado. Pocas constelaciones resistían al esplendor lunar y parecían joyas colgantes de una diosa en el firmamento. De los primeros contrafuertes se erguían las rocas desnudas y escabrosas, pilares de la noche.

—Gran Thor... —dijo Wulf en voz baja—. No había visto nunca nada parecido.

—¿En qué piensas? —preguntó Armin.

—Pienso que..., pienso que si nos hubiésemos quedado en nuestro pueblo no habríamos visto el camino que no se termina nunca, ni los montes de hielo, ni la luna que los hace resplandecer como plata.

—También nosotros tenemos la luna que hace resplandecer los ríos y se refleja en los lagos... ¿Acaso estás tratando de olvidar nuestra tierra?

—Lo que trato es de sufrir menos. ¿Acaso es algo malo?

—¿Te estás resignando a la cárcel? Un guerrero aprende a sufrir sin maldecir su suerte y sin lamentos. Aprieta los dientes y trágate el llanto.

—Ni siquiera nos despedimos de nuestra madre.

—Mejor. Se habría puesto a llorar.

Tauro se acercó golpeando su vara de vid contra la palma de la mano.

—¿Qué tenéis tanto que hablar vosotros dos?

—No sabía que estuviese prohibido —repuso Wulf—. Entre nosotros, los hermanos a veces hablan entre ellos, otras se pelean a puñetazos o se muerden las orejas el uno al otro. Nosotros por ahora hablamos. Más tarde no se sabe.

—No te hagas el listo si no quieres probar esta. Y ahora entrad, es hora de cenar. Luego a dormir. Mañana saldremos antes del amanecer.

Entraron. El viento del septentrión estaba cargado de olor a establo y a heno enmohecido, pero bastaba asomarse a la puerta del recinto y todo cambiaba: los aromas de la montaña con sus flores se mezclaban en una armonía que les recordó al país del que provenían. Aparte de esto, el olor de la carne asada con la fragancia del pino de montaña les recordó que eran dos adolescentes hambrientos.

—¿Te gusta el pan? —preguntó Armin.

—Me parece un alimento maravilloso —respondió Wulf—. Lo comería todos los días. No me canso nunca porque está bueno con cualquier cosa que lo acompañes. Si encontrase semillas, me gustaría plantar trigo, pero me temo que nuestro tiempo es demasiado húmedo y demasiado lluvioso.

Armin cambió bruscamente de tema de conversación y señaló las peñas que se elevaban una junto a otra antes de las cimas nevadas.

—He visto un paso allí donde se alza la gran aguja de forma cónica, quizá un sendero escondido. Sabes que tengo buena vista.

Wulf meneó la cabeza.

—No quiero oírlo. Dijiste que debíamos esperar.

—Hemos esperado bastante. Tauro y los auxiliares germanos con sus caballos están gordos, son demasiado pesados para perseguirnos hasta allí. Los mulos van demasiado cargados. Nos basta con un poco de comida que meter en la alforja y ropas de abrigo, nada más. Cuando hayan dejado de buscarnos, volveremos abajo y en poco tiempo llegaremos a casa.

—Y nuestro padre la emprenderá a patadas con nuestro trasero. No puede permitirse una guerra con los romanos.

—No lo hará.

—Si tan seguro estás, ve tú. Yo no me atrevo.

—Cuando éramos pequeños juramos no separarnos nunca.

—He cambiado de idea.

—Bien. Iré solo.

—¿Cenaremos juntos al menos? —preguntó Wulf con una sonrisa irónica.

También Armin sonrió.

—Lo juramos, ¿no?

Se sentaron en el interior de la taberna, donde ya se habían acomodado el centurión Tauro y el jefe de los auxiliares germanos, un gigante de más de seis pies de altura con un tupido bigote rubio. Armado con una larga espada, la dejó ruidosamente sobre la mesa con la evidente intención de que Armin y Wulf, sentados enfrente, el uno al lado del otro, se estremecieran. Ninguno de los dos hizo el más mínimo movimiento. Armin lo miró a los ojos con expresión retadora.

—Pero ¡qué buenos mozos! —dijo burlonamente el guerrero—. ¿Adónde os dirigís?

—Nos está prohibido hablar con la servidumbre —dijo Armin.

Esta vez Wulf sí se estremeció. El gigante se levantó, empuñó a dos manos la gran espada y la alzó rugiendo como si se dispusiera a cortar en dos a Armin. Tauro se volvió y gritó una orden en latín, pero la espada había bajado. La hoja se detuvo a un dedo de la cabeza del muchacho, que no pestañeó ni apartó la mirada de los ojos del coloso.

Tauro se detuvo delante de él, las venas del cuello hinchadas de ira.

—¡Me ha ofendido! —gritó el jefe germano.

—Es un muchacho —replicó el centurión—. Enfréntate a alguien de tu tamaño si tienes ganas de llegar a las manos.

—Lo he dicho —repuso Armin—, es un criado.

El gigante, que había echado a andar para salir de la taberna, volvió sobre sus pasos blandiendo de nuevo la espada y asestó un mandoble formidable entre los dos muchachos que cortó por la mitad la maciza mesa de abeto. Los platos con la comida, las copas de vino y las jarras de cerveza cayeron al suelo ensuciando el pavimento.

En medio de la confusión nadie hizo caso de Armin. Cuando volvió la calma, él ya había llegado al dormitorio con Wulf.

Se tumbaron en dos camas, uno al lado del otro, y allí se quedaron escuchando los ruidos de la planta baja y del bosque que circundaba la *mansio*.

Al poco rato, la pesada respiración de Wulf indicó que se había dormido profundamente.

Armin lo sacudió.

—¿No irás a dormirte justo ahora?

—Hermano, te he dicho que tu plan de fuga no me interesa. Es una locura y una estupidez. Descansemos; mañana nos esperan un buen madrugón y otra marcha larguísima.

—Aguarda —respondió Armin—. Mira.

Cogió la lucerna, alzó la llama y extendió algo en el suelo: la *tabula* de Tauro.

—He aprovechado la pelea y la confusión para apoderarme de ella.

Wulf comprendió qué era lo que había sucedido.

—Digamos que la confusión la has ocasionado tú provocando a ese jabalí de bigote amarillo.

—Algo así. Con esto no nos perderemos, y si partimos ahora no nos encontrarán nunca. Nuestro sendero está indicado aquí, ¿ves? Es este hilo rojo que pasa a través de las montañas. Cuando se den cuenta de nuestra ausencia ya estaremos a los pies de la peña con forma cónica; hasta allí no hay nieve y por tanto no dejaremos huellas. La luna llena y el reflejo de la nieve nos permitirán caminar sin dificultad. Nos quedaremos escondidos allí hasta que los romanos y los auxiliares germanos dejen de buscarnos. Entonces bajaremos por la otra parte del cuerno y en tres días estaremos en casa.

—Si fuese tan fácil te seguiría —dijo Wulf—, pero estas cosas solo acaban bien en las fábulas.

Armin suspiró.

—Haz lo que quieras, me iré solo.

Luego miró la lucerna.

—Si puedes, échame una mano armando un poco de jaleo. Aquí, debajo de la ventana, hay paja para los mulos y heno para los caballos... Cuenta hasta quince y arroja abajo el farol; atraerás a los vigilantes de guardia y yo desapareceré por el otro lado. ¡Adiós, hermano!

—Adiós —respondió Wulf en voz baja.

Armin se vistió y se puso las pesadas botas y saltó sobre el montón de heno entre el paso de uno y otro guardián. Wulf empezó a contar y mientras tanto atisbaba por la ventana. Armin se había levantado y corría pegado al establo hasta que desapareció tras la esquina.

—Siete..., ocho..., nueve... —contaba Wulf, y a cada número se arrepentía de no haber seguido a su hermano; lo vio reaparecer por el otro lado del establo—, diez..., once..., doce... —y trepar por la pared hasta arriba—, trece..., catorce..., quince.

Wulf arrojó el farol sobre el heno, y este prendió. Armin se pegó contra las tejas de la cubierta para no ser visto. El fulgor del fuego lo deslumbraba y gritos de alarma resonaban por todo el patio. Los relinchos y el patear de caballos y mulos espantados aumentaban el clima de confusión y de miedo.

Tauro, sus legionarios y los auxiliares germanos estaban ya manos a la obra: formando una cadena, se pasaban cubos llenos de agua desde el pozo, a un lado del patio, hasta la base de la *mansio*, donde ardía el fuego. Nubes de pavesas volaban con el viento hacia el establo.

Wulf se había vestido y había llenado la alforja con la comida sobrante que se habían llevado a la habitación. Salió al pasillo y corrió rápido de un extremo al otro. El ruido de las sandalias claveteadas en la escalera de madera no prometía nada bueno. Abrió la ventana, saltó a las ramas de una encina centenaria y se ocultó dentro de la copa hasta que los soldados que se habían asomado a mirar hubieron entrado. Recorrió entonces una rama que se prolongaba hacia la tapia del recinto hasta que estuvo lo bastante cerca para dar otro salto hasta el techo de tejas. Se dejó caer por el otro lado y enseguida echó a correr lo más rápido que pudo en dirección a la montaña. De vez en cuando se volvía para echar un vistazo a la *mansio*, que primero reverberaba el reflejo de un incendio y luego una luz rojiza cada vez más débil. Pronto el suelo retumbaría por el galope de los jinetes germanos y el viento le traería el tintinear de las armas de los jinetes romanos al mando de un Tauro furibundo.

—¡Armin! ¡Armiiin! —gritó, tratando de superar el silbido del viento. De repente cayó al suelo y rodó hasta casi el borde del sendero rocoso.

La voz de su hermano resonó seca y próxima.

—Idiota. Sígueme.

Se levantó dolorido.

—¡Me has puesto la zancadilla!

—Era la única forma de pararte. Ahora, ¡deprisa!

Wulf se puso al lado de Armin en la carrera.

—Nos están persiguiendo, dentro de poco los tendremos encima —gritó entre jadeos—, quizá debería haber contado hasta treinta.

—Corre y no digas estupideces —le interrumpió Armin—.

Por aquella parte el sendero se separa del camino. Si conseguimos llegar hasta allí, los caballos no podrán correr detrás de nosotros.

—¿Crees que nos han visto?

—¿Con esta luna? Dalo por seguro.

El sendero tallado en la roca de la gran peña del Cuerno blanqueaba a la luz de la luna y los dos jóvenes corrían cuesta arriba con todas sus energías. Armin se volvía de vez en cuando para ver dónde estaban y qué hacían sus perseguidores.

El corazón, que le latía furioso en la garganta, casi se le detuvo cuando vio a un grupo de honderos que había trepado por un lateral de la roca y, tras haber cargado las hondas, las hacían ondear con un zumbido sordo. Una bellota de plomo golpeó el suelo rocoso a pocos palmos de su pie.

—¡Atento! —gritó Armin a su hermano, que no se había dado cuenta del peligro y trataba de alcanzarlo cuanto antes en terreno descubierto.

En ese mismo instante otra bellota golpeó a Wulf en la corva y lo hizo desplomarse. Aquel dolor agudo le hizo perder la percepción del espacio y, mientras trataba de alcanzar la base de la peña, no se daba cuenta de que se deslizaba hacia el precipicio.

Una granizada de bellotas impedía a Armin abandonar su refugio al amparo de la roca, pero al ver que Wulf resbalaba cada vez más hacia el barranco esperó a que los lanzamientos se espaciasen y se arrastró hacia él, que había sido golpeado de nuevo en la espalda y no tenía ya ningún control de sus movimientos. Lo agarró de la mano justo antes de que se precipitase en el abismo.

Una orden seca resonó abajo y la granizada de bellotas se detuvo. Armin se volvió y vio al centurión Tauro de pie con las piernas abiertas delante de él.

—Ayúdame... —consiguió decir respirando afanosamente.

—Has sido tú quien ha arrastrado a tu hermano a este peligro; tuya es ahora la responsabilidad de su vida.

Armin se dio cuenta de que Tauro no movería un dedo y trató con todas sus fuerzas de poner a salvo a su hermano sin dejarse arrastrar abajo por su peso. Tiró apretando los dientes e ignorando los calambres que le desgarraban los músculos.

El corazón pareció estallarle por el esfuerzo cuando advirtió que el cuerpo de Wulf no corría ya peligro de caer, lo sintió cerca y se abandonó casi exánime sobre él, como para escudarlo. Se hundió en la oscuridad.

Un frío punzante le hizo recobrar el conocimiento y se dio cuenta de que estaba semidesnudo y atado a dos estacas de hierro clavadas en la roca. No vio a Wulf.

El eco de la carcajada de Tauro resonó cerca.

—¡Pareces Prometeo encadenado a la roca del Cáucaso!

El centurión se golpeaba rítmicamente con la vara de vid la palma de la mano izquierda, áspera y encallecida.

—Los errores se pagan —dijo con una voz más fría y cortante que el viento.

El primer golpe sobre la piel desnuda del muchacho la laceró hasta el músculo. Luego siguieron el segundo y el tercero. Armin había experimentado varias veces el azote de su padre, pero la vara de vid era mucho más áspera, rugosa y cruel. Apretó los dientes como estaba acostumbrado a hacer y el centurión Tauro solo oyó gemidos sordos, reprimidos.

Armin se despertó en su cama; la habitación iluminada por una lucerna humeante, suficiente para descubrir su cuerpo lacerado.

Wulf yacía sobre la otra cama, inerte.

Dejó resbalar la mano sobre su cuello para buscar la vena pulsante que revela la vida. La encontró y el dolor que sentía en todo su cuerpo pareció desaparecer. Wulf abrió la mano y mostró una bellota de plomo.

—¿Qué es? —gruñó entre los labios tumefactos.

—El proyectil de una honda —respondió Armin con no menos esfuerzo.

—Lleva unos signos…

Armin la cogió y la acercó a la lucerna.

—Es latín.

—¿Y qué dice?

—Métetela en el culo.

Wulf esbozó una carcajada pero la risa se transformó enseguida en un aullido de dolor.

IV

Al amanecer, Tauro mandó formar a sus hombres y a los dos muchachos en el patio de la *mansio*. Armin y Wulf se sostenían en pie a duras penas; el mero hecho de estar en posición erecta les provocaba dolorosas punzadas, y el contacto de las ásperas ropas con las llagas y las heridas era una tortura casi peor que los latigazos que les habían propinado.

Tauro les pasó revista a paso lento y se detuvo delante de los dos muchachos.

—Ahora sabéis lo que es la disciplina romana —dijo en lengua germánica—. Gracias a esta regla férrea de que todos deben obedecer sin discutir, nuestros ejércitos de hombres pequeños y morenos han reprimido a los gigantescos y rubios celtas, a los cimbrios y a los teutones, no inferiores en fuerza y valor en la batalla. Los que han intentado resistir han sido arrasados. César causó un millón de muertos en la Galia y hoy esa tierra es la más fiel y la más próspera de nuestras provincias; sus jóvenes se enrolan en nuestras legiones. Los teutones fueron destrozados en las orillas del Ródano y el río discurría rojo de sangre. Habían prometido que irían a Roma a tirarse a nuestras mujeres. Ahora sus carcasas sirven de abono a los viñedos de Aquae Sextiae. Los cimbrios sufrieron la misma suerte en los Campos Raudios en Italia. También ellos querían tierra fértil. Ahora la tienen.

»Mi *tabula* —dijo tendiendo la mano hacia Armin, que la entregó sin ningún gesto de resistencia.

»Eh, rubio —prosiguió vuelto hacia Wulf—, tú y tu hermano rebelde iréis a pie con el equipaje a la espalda. Vuestros caballos llevarán las reservas que hemos adquirido en la cantina.

Su voz era suave, tranquila, como si nada hubiese pasado. Wulf se dio cuenta de que aquel nombre, Rubio, en latín Flavus, se convertiría en su apelativo romano.

—Y ahora pongámonos en marcha.

Se colocó a la cabeza de la columna, al lado de uno de sus legionarios; Wulf y Armin iban en el centro con los auxiliares germanos y, cerrando, otros legionarios. Tomaron el mismo camino que habían recorrido antes para perseguir a los dos muchachos y que ascendía hacia el puerto de montaña. El equipaje de Wulf y Armin consistía en un saco de viaje que contenía una manta para la noche, carne salada, pan, una taza de madera para el agua y su ropa. A cada movimiento la cincha que lo sostenía rozaba sus martirizados hombros y los hacía sangrar.

A medida que subían, los caballos comenzaron a resbalar en el empedrado, helado por el frío de la noche. El tiempo no auguraba nada bueno: desde el occidente avanzaban nimbos orlados de franjas blancuzcas e iluminados por los relámpagos que se encendían aquí y allá dentro de las grandes masas oscuras.

Tauro ordenó apretar el paso para no dejarse sorprender por la tormenta. Los legionarios se ciñeron las túnicas en torno a los hombros. El viento que comenzaba a arreciar las hacía chasquear como velas en la tempestad. Empezó a caer una llovizna que helaba los bigotes y las barbas de los germanos auxiliares y volvía más pesada la cimera sobre el yelmo del centurión Tauro.

Viéndole, por el cabello y las sienes plateadas, se hubiera dicho que tenía unos cuarenta y cinco años, pero mostraba una energía extraordinaria. Su rango le permitía no llevar equipaje ni escudo, solo la armadura completa, una espada maciza colgada y un puñal al cinto; en la mano derecha la inevitable *vitis*, símbolo de su grado y de la severidad de sus castigos.

Después de algunas millas cuesta arriba, la lluvia se trocó

en grandes copos de nieve entre las gargantas rocosas. Los caballos y los mulos cada vez resbalaban más a menudo, caían de rodillas relinchando de dolor y los ordenanzas tenían que correr a ayudarles a levantarse. Hacia mediodía la nieve acumulada les llegaba hasta media pierna y helaba los miembros hasta los huesos.

Los auxiliares germanos, habituados a aquel clima, avanzaban con paso seguro; sus túnicas de piel hacían resbalar la nieve al suelo y no permitían que el calor del cuerpo se dispersase. Pero Wulf y Armin estaban debilitados por las heridas y por la noche casi en vela. En un recodo, Tauro se arrodilló y liberó de nieve un mojón miliar que informaba de la distancia hasta el puerto: IV M.P. AD SALTVM.

—¡Arriba esos ánimos, muchachos! —gritó—. Cuatro millas más y habremos llegado. Allí nos esperan un fuego y una comida caliente.

Aquellas palabras infundieron energía a todos los hombres de la columna, que aceleraron el paso, y antes de que hubiera oscurecido se vio la luz tenue de un farol expandir un halo de luz amarillenta entre el remolinear de los copos blancos.

—¡Allí está! —indicó Tauro con el brazo extendido—. ¡Movámonos!

En poco rato vieron un tejado de pizarra resguardado en los lados por paredes de balas de paja y de heno para los caballos y los mulos, un edificio principal de piedra, una leñera llena de madera de abeto, un almacén y un puesto de guardia con una veintena de legionarios de la XXI Rapax y un reservista de la XII Fulminata con funciones de comandante responsable.

Tauro fue inmediatamente a saludarle y los dos mandos se abrazaron dándose palmadas en las hombreras de la coraza, intercambiando cumplidos, obscenidades e imprecaciones. Habían combatido juntos a las órdenes de Druso y de Tiberio y habían sobrevivido. Entretanto los legionarios y los auxiliares habían entrado en el edificio de piedra y se habían sentado a la mesa. En el centro, en el hogar, tres o cuatro troncos de abeto chisporroteaban y ardían con una llama al rojo alimentada por la resina. Toda la estancia olía a su intenso perfume. Un espetón con pedazos de corzo y ciervo daba vueltas sobre las brasas, y el pan fresco se tostaba aparte, con aroma a pino y a hierbas de montaña. El cocinero trajo una gran cesta de legumbres, con trozos de queso de monte y buñuelos de masa de pan.

Armin y Wulf se despojaron lentamente de sus ropas empapadas y las extendieron delante del fuego para que se secaran. Una sierva, una vieja helvética, observó la espalda de los dos muchachos, surcada de cardenales y llagas, y meneó la cabeza rezongando; luego los condujo a un rincón apartado de la habitación. Disolvió un ungüento en un cuenco de cobre al fuego y comenzó a untar con él la espalda de los muchachos, que apretaron los dientes para no gritar.

—Quema, maldita sea —gruñó Armin.

—Pero quizá vaya bien —respondió Wulf—. La vieja parece experta.

—¡Es lo mismo que se utiliza para untar el asado!

—¿Y entonces? Si es bueno para el asado también es bueno para nosotros.

Comenzaban a recuperarse, después de haberse sentido a un paso de la muerte; el calor los reanimaba, el aroma de la carne al espetón los ponía de buen humor.

La vieja, que había salido, volvió con trozos cortados de una sábana de cáñamo y los vendó con cuidado.

—Entendido —dijo Wulf—. El ungüento impide que las vendas se peguen.

La vieja hizo señas de que esperara un poco; volvió con un gran cuenco lleno de carne, pan, queso y legumbres y se lo dejó delante, en el suelo. Añadió agua de nieve helada.

Comieron y bebieron, y al terminar estaban tan cansados que se tumbaron sobre las túnicas, junto al hogar, y se quedaron dormidos profundamente en unos pocos instantes.

A medianoche Wulf sintió que lo sacudían.

—Despierta.

Abrió los ojos y reconoció la cara del hermano enrojecida por el resplandor del hogar.

—¿Qué pasa? Déjame dormir.

—Están todos borrachos y duermen como troncos. Vámonos. Descendamos por donde hemos venido; dentro de unos días estaremos en casa.

—¿Qué?

—Nos vamos.

—Ni pensarlo.

—Entonces me voy solo.

—Fuera hay perros, ¿no los oyes? No darías dos pasos. ¿Crees que Tauro nos dejaría dormir sin atarnos si fuera tan fácil escapar?

El posadero apareció con camisa de noche para poner dos leños en el hogar que empezaron a arder chisporroteando. El grueso hermunduro que casi había roto la cabeza a Armin con la enorme espada se volvió de lado y eructó.

—¿Lo ves? Gente que va y viene de todas partes a todas horas. Déjalo estar: este es un sitio de paso. Ya pensaremos en ello en un momento mejor. No quiero morir congelado.

Armin pareció resignado.

—Quizá lleves razón, pero volveremos a hablar.

—Sí, despiertos y cuando haga un poco más de calor.

—Si cruzamos esos montes ya no volveremos atrás —dijo Armin—. ¿Es eso lo que quieres?

—Al contrario, estoy seguro de que volveremos. Una vez que hayamos aprendido latín y nos hayan adiestrado en el combate...

—No lo necesitamos.

—Pues yo creo que sí. Hemos de aprender su forma de combatir.

Armin sonrió.

—Comienzo a comprender tu punto de vista.

—Entonces duerme. Hablaremos de ello en otro momento.

En la amplia habitación se oía el chisporrotear de la resina de la madera de abeto y el sonoro roncar de los auxiliares germanos; el suelo y las paredes estaban tibios; del exterior llegaban los reclamos de un pájaro nocturno y el aullido de lobos lejanos.

La luz cayó desde lo alto a la mañana siguiente, por el agujero del techo que dejaba salir el humo del hogar.

Los muchachos se examinaron los vendajes mutuamente: el ungüento de la vieja había hecho efecto.

—Bien —dijo Armin—, lo importante es que estemos mejor. Pero no debemos enamorarnos del país extranjero que veremos, nunca debemos olvidar nuestra tierra y nuestro pueblo: si lo hiciésemos, en el momento de la muerte los dioses no nos reconocerían y no entraríamos en su mundo luminoso.

Wulf hizo una seña con la cabeza como para decir que había comprendido o que pensaría en ello.

La vieja sierva les llevó dos tazas de leche de cabra caliente y un pedazo de pan tostado. Era tan fea que seguramente nadie la había tomado por esposa ni querido de ningún otro modo, pero el instinto de madre fallida le llevaba a comportarse como una verdadera madre.

Tauro fue a despedirse de su colega en el cuerpo de guardia y dio orden a todos de prepararse para la partida.

Se pusieron en marcha descendiendo por el camino al otro lado del monte.

Las nubes de la tormenta nocturna comenzaban a espaciarse y, cuando el sol apareció de pronto en un claro de cielo despejado, el níveo manto provocó un resplandor cegador. Los jinetes y los encargados de los pertrechos vendaron los ojos de los caballos y los mulos; los guiaban con las bridas y el bocado, pues en cierto punto el camino presentaba un hundimiento debido a un corrimiento de tierras y el paso era muy estrecho. Tauro fue el primero en descabalgar y tirar de su caballo, pero antes de atravesar la angostura sondeó con el pie la solidez del fondo. Con una mano se apoyaba en la pared; con la otra, la derecha, sujetaba las bridas, pero sin envolvérselas en la muñeca. No eran más que cuatro pasos, pero llenos de temerosa ansiedad. De repente una piedra se desprendió del corrimiento, saltó sobre la pared inferior arrastrando a cada golpe una pequeña cascada de cascajos que, añadiéndose a las sucesivas, provocó otro derrumbe que descendió hacia el valle con fragor. Los soldados se quedaron aterrados.

—¡No es nada! —exclamó Tauro—. Solo cuatro piedras. Acercaos a la pared.

Recorrió el último trecho y llegó a lugar seguro.

—¿Habéis visto? No es nada. ¡De uno en uno! —gritó de nuevo—. Primero los legionarios, que pesan menos.

Los legionarios empezaron a pasar de uno en uno sin que nada sucediese. Luego pasaron los jinetes. El primero era un hermunduro que iba con su caballo. Avanzaban a paso lento y, cuando estaban a punto de poner pie en la parte sólida del camino, el guerrero hermunduro quiso sondear con el asta de la lanza un punto que le parecía inseguro. Fue entonces cuando una perdiz de monte, que se había quedado agazapada hasta ese momento, alzó el vuelo aleteando y chillando. El caballo, aterrorizado, se encabritó relinchando, perdió el equilibrio y se precipitó por la pendiente arrastrando tras él al jinete. Lo vieron despanzurrarse contra las rocas y manchar la nieve con un largo reguero de sangre.

Ya nadie quería atravesar aquel paso insidioso, a pesar de las imprecaciones del centurión.

Wulf se ofreció y habló también por Armin.

—Pasaremos nosotros con un caballo a la cabeza. Somos más ligeros. Y los otros pasarán a pie, pero... con una condición.

—¿Cuál? —preguntó el centurión.

—Que luego usaremos nosotros los caballos y cargaremos en ellos el equipaje. Nos destroza los hombros.

Tauro dudó y luego dijo:

—Está bien.

48

—¿Hay más perdices? —preguntó Wulf.

—¿Y cómo quieres que lo sepa? —respondió Tauro—. ¡Muévete, que se nos hará de noche!

Wulf pasó el primero con un caballo, luego lo hizo Armin.

—Ya está —dijo Wulf—. Podemos quedárnoslos, ¿no?

Tauro los miró burlón.

—Ya puestos, llevad también los mulos.

—¿Y también podemos quedárnoslos? —preguntó Wulf.

—No.

Los muchachos asintieron, pero los mulos estaban sobrecargados.

—El terreno más blando no aguantará tanto peso, cederá —dijo Armin.

—Ahora ya no podemos echarnos atrás, pero se me ocurre una idea.

—¿Una idea? ¿Cuál?

—Los hermunduros son fuertes como osos. Daremos a cada uno de ellos una parte de la carga hasta liberar los mulos. Luego los haremos pasar con nosotros, descargados.

—Tienes razón. Buena idea.

Los hermunduros aceptaron y pasaron de uno en uno. Luego les tocó el turno a Armin y a Wulf llevando los mulos por el ronzal. Los últimos en pasar fueron los legionarios.

Tauro se dirigió a los auxiliares y a los legionarios que poco antes se habían negado a pasar:

—Estos muchachos os han demostrado que tienen más pelotas que vosotros: deberíais avergonzaros. Esta noche no comeréis y dormiréis al raso.

Wulf se acercó al oído de Armin y dijo:

—También esto es disciplina romana, supongo.

—Calla la boca —rezongó Armin en voz baja.

Tauro les entregó sus caballos. Los muchachos colgaron sus sacos y montaron en la grupa de un salto.

Continuaron descendiendo durante muchos días, siempre por el camino que no se termina nunca; recorrieron un valle flanqueado por picos altísimos cubiertos de nieve y prosiguieron junto a un torrente que corría vertiginoso.

El paisaje cambiaba de continuo, el aire se volvía más cálido y la vegetación, más lujuriante. A lo largo del río había pequeños pueblos que se asemejaban un poco a aquellos que Armin y Wulf habían conocido en Germania, con grandes apriscos para los rebaños de ovejas y cabras y recintos con rebaños de vacas y enormes toros de pelaje blanco. Las casas de postas eran cada vez más grandes y complejas.

Una de estas contaba hasta con un baño termal, que consistía en una serie de ambientes con bañeras de agua caliente, tibia y fría, letrinas con agua corriente continua y un horno que caldeaba a altísima temperatura el aire de la cámara que rodeaba la bañera y por debajo del fondo. Había entradas separadas para los hombres y las mujeres que acudían a darse un baño y hacerse masajes, a nadar, saltar y correr. Los muros estaban adornados con figuras pintadas o hechas de piedrecitas de colores que, unidas la una con la otra, formaban dibujos y escenas de gran belleza.

Había también mujeres que los dos muchachos no habían visto nunca pero de las que habían oído hablar varias veces y que estaban en las ciudades de piedra de los romanos del Rin. El centurión Tauro las llamaba «prostitutas» y se valía de sus servicios. Bastaba pagar el precio establecido grabado en una tabla de madera en el pasillo del primer piso y se entregaban a cualquiera. El precio dependía de su belleza y de los juegos de amor que dominaban con mayor o menor maestría, así como de la limpieza de las sábanas de que las proveían sus siervas. Wulf habría querido jugar con una que se llamaba Yola y trató de ofrecerle de regalo un brazalete de plata, pero ella solo aceptaba monedas de los romanos, y Armin conservaba las monedas en una cavidad dentro de su cinturón. No era fácil desensartarlas.

Se quedaron algunos días porque Tauro esperaba correo de un mensajero que debía pasar por allí directo a Germania. Una noche Wulf se topó con Yola por la escalera de las termas. Trató de entablar conversación con la veintena de palabras de latín que había aprendido. Ella sonrió, y luego le dijo en la lengua de los catos:

—¿Eres prisionero de Tauro?

—Algo así. ¿Y tú?

—Soy esclava de este lugar, formo parte del personal de servicio.

—Pero ¿quién es tu amo?

—César.

—Creía que había muerto asesinado hace tiempo.

—Quien manda sobre todo y sobre todos es César. Pero a esto lo llaman también con otro nombre, *res publica*, que quiere decir cada persona y cada cosa: los esclavos y los libres, los soldados y sus campamentos, los sacerdotes y los templos, los ancianos y las leyes que hacen, los jueces y los tribunales, y luego buena parte de la tierra, las calles y aquellos que las reparan, el agua y los encargados de su distribución. También el cielo que hay sobre su tierra es *res publica*.

Wulf la miró admirado y fingió haber comprendido.

—¿Cómo sabes todas estas cosas?

—A los clientes les gusta hablar después de haber follado.

—No digas esa palabra.

Ella soltó una carcajada.

—¿Follar? Pero si no hago otra cosa día y noche. ¿Acaso debería hablar como una muchacha que piensa encontrar un prometido y luego un marido y tener hijos? Eso no ocurrirá nunca. Los romanos se me llevaron de mi pueblo junto con otras chicas como yo y nos vendieron en subasta. A mí me compró un recaudador de tributos por cuenta de César o, si prefieres, de la *res publica*.

Wulf se quitó el brazalete de plata.

—Tómalo, te lo ruego. No me debes nada. Solo quiero que lo tengas tú.

—¿Por qué?

—Porque me gusta hacerte un regalo, algo que haga que te acuerdes de mí. Me llamo Wulf, pero los romanos me llaman Flavus. Quiere decir «rubio».

—¿De veras no quieres follar?

Wulf bajó la cabeza, luego la volvió a alzar y la miró fijamente a los ojos, verdes como el lago donde se reflejaba el cielo entre el pueblo y el bosque, en casa.

—No digas esa palabra —repitió, y le rozó apenas los labios con los dedos.

—Rubio —dijo ella devolviéndole el brazalete—, hazte cuenta de que lo he aceptado. Me registran cada noche. Me lo quitarían enseguida.

Le volvió la espalda y se fue.

V

El recuerdo de Yola acompañó a Wulf durante varios días y su expresión absorta no escapó a Armin, que no lo perdía nunca de vista. Y también en su mente afloraban imágenes: un día había acompañado a su padre a las tierras de los catos, cuatro jornadas de marcha hacia el sur. Era uno de los muchos encuentros entre los jefes germanos para entablar amistad y establecer alianzas o para consolidar las que ya existían, y los bardos entretenían a los huéspedes durante los banquetes con sus historias de dioses y de héroes.

Esa vez se celebró una procesión para saludar el comienzo de la primavera. Estaban presentes todos los mayores de edad del pueblo, los sacerdotes, los guerreros con sus más hermosas armaduras, y la ceremonia se celebró en un santuario rupestre en el interior de un espeso bosque.

Un grupo de muchachas hijas de los nobles de la nación, vestidas con largos trajes bordados con hilos rojos y azules, el cabello recogido en trenzas o suelto sobre los hombros, coronadas con flores silvestres, avanzaban a paso de danza y cantando himnos a Freya, la diosa del amor.

—Los jóvenes con más prestancia y de más noble estirpe —dijo Armin— estaban presentes a fin de que pudieran verlas y pedirlas más tarde como esposas.

—Yo no fui invitado —repuso Wulf.

—Aún no era tu momento... Al final de la ceremonia las

53

muchachas se reagruparon delante de la entrada de una cueva y cerraron los ojos. Entonces, me dijo nuestro padre, Freya se aparecería en la oscuridad de los párpados cerrados de una de ellas y le conferiría el don de la adivinación. La elegida mantendría en secreto el don de la diosa hasta que el sacerdote del santuario la llamara a proferir un oráculo la víspera de la gran batalla. Los catos tienen una tradición: aquel de los jóvenes presentes que se encuentre con la mirada de la primera que vuelva a abrir los ojos permanecerá atado a ella por un vínculo indisoluble.

—Continúa —dijo Wulf—. Me parece que ya sé cómo acabará esta historia.

El cielo estaba tomando los colores del ocaso, que en aquel país era siempre un acontecimiento mágico: los rayos del sol poniente traspasaban las nubes como espadas y las hacían sangrar.

—Continúa —repitió Wulf.

—Una de las muchachas, flanqueada por otras dos y por dos hermunduros gigantescos, se volvió hacia mí. Encontré su mirada, sus ojos se fijaron en los míos. Un instante, no más. Desde aquel momento no hago más que pensar en ella. Estoy seguro de que nuestro destino está trazado, que la encontraré de nuevo y nadie podrá separarnos nunca.

—Es como pensaba —dijo Wulf—. He aquí por qué querías volver a toda costa y poco faltó para que nos buscases la muerte a ambos. Estás loco.

Armin sonrió.

—No sé cómo, pero nuestro padre se dio cuenta enseguida. Me dijo: «Ni pensarlo. ¿Sabes quién es?».

» "No me interesa. Ella es mía."

» "Es la hija de Seghest, un caudillo de nuestra gente, y está prometida."

» "¿A quién? Dime quién es: lo desafiaré a duelo y lo mataré."

» El rostro de nuestro padre se ensombreció.

» "Un príncipe o una princesa no se casan por amor. Se casan con la persona que decide el padre, sin discutir. Su matrimonio sella alianzas, une territorios y patrimonios, garantiza el mantenimiento de los pactos. Estos matrimonios permiten evitar guerras, ahorrar vidas humanas o, en caso de guerras, ayudan a ganarlas. ¿Crees que me importa si en este momento te has encelado por esa muchacha?

»"Por si fuera poco, Seghest está emparentado con nosotros. ¿Te das cuenta del desastre que sería si se rompiera la promesa? Así pues, me obedecerás: no la verás nunca más ni de lejos, tampoco en las fiestas religiosas. Si te invitara su familia por cualquier motivo, encontrarás un pretexto para no ir."

»"Estoy seguro de que también ella me ama", dije.

—¿Y él? —preguntó Wulf.

—Me abofeteó con violencia.

—Hizo bien. ¿Qué te esperabas?

Pero Armin había apartado por un momento la mirada del camino y la dirigía a su derecha, donde había un lago mayor que cuantos había visto en su patria, rodeado por cimas altísimas cubiertas de nieve que se reflejaban en el agua. Grupos de cabañas de madera, pero también casas de piedra y tejas, formaban pueblos y pequeñas ciudades hasta los que llegaban las ramificaciones del camino que no se termina nunca. En las cimas se erguían aquí y allá imágenes de divinidades o pequeños santuarios para su culto.

Justo en aquel momento desmontó el centurión Tauro, y también los jinetes de escolta se detuvieron y dejaron pacer a los caballos. Un poco más abajo se veía la casa de postas. Alguien estaba encendiendo las luces para la noche; otros traían del campo el heno para los caballos y las vacas, y sacos de carbón para el fuego de la cocina y de los baños.

Las heridas del *vitis* de Tauro habían cicatrizado del todo y los dos muchachos experimentaban una sensación de paz a la vista de tanta belleza, ante los colores del cielo y de la tierra.

—¿Y tu putita? —preguntó Armin cuando se hubieron detenido—. ¿Piensas aún en ella?

Wulf le soltó una patada en la tibia.

—¡Ay! O sea que vas en serio —añadió Armin—. No quería ofenderte. Lamentablemente es lo que le toca hacer. Antes o después se convertirá en costumbre.

Wulf le dio una patada en la otra tibia.

—Por fuerza —dijo—. De todos modos, déjalo estar, como te dijo nuestro padre. No creo que tengas mejores esperanzas que las mías. Bien lo sé: esas pobres muchachas antes o después enferman. Muchas mueren por los abortos a los que las obligan porque tienen prohibido quedarse embarazadas.

—Mucho sabes tú del asunto. ¿Cómo es eso, a tu edad?

Wulf trató de desviar la conversación.

—He oído hablar a los soldados.

—Ni tú ni yo podemos hacer planes para el futuro, en parte porque solo somos unos chavales. Pero mi sueño nadie me lo puede quitar.

—La muchacha que fue la primera en abrir los ojos.

—Tal vez… —respondió Armin—. ¿Tú no crees en los oráculos?

—Yo creo en lo que veo. En lo que veo allí, por ejemplo.

Señaló a Marco Celio Tauro que, con el *vitis* al cinto, estaba desenrollando su *tabula* sobre un banco.

Se acercó.

—¿Falta mucho?

—Mira un momento —respondió el centurión apuntando con un dedo el pergamino—. Nosotros estamos aquí: este color verde es el lago que tenemos a nuestra espalda, este es el camino y esta es Roma. Aquí es a donde vamos.

«Roma», pensó Wulf, y le pareció que la cabeza no podía contener la palabra.

—¿Esta quién la hizo? ¿Y cómo? —volvió a preguntar.

Tauro enrolló de nuevo la *tabula* y la guardó en un estuche cilíndrico.

—Eres afortunado. Este es el segundo ejemplar. El emperador quiere una reproducción de nuestro sistema de red viaria y de todas las casas de postas. Yo también trabajo en ello. Mido todas las distancias en la vía Emilia. Muchos otros centuriones en la Galia, en Hispania, en África y en Asia están trabajando con sus instrumentos para hacer otras muchas como esta. Medimos también los tiempos: qué distancia puede cubrir una legión en un día de marcha, a qué velocidad puede viajar un mensajero si corre día y noche sin detenerse nunca.

—¡Gran Thor! —exclamó Wulf—. El camino que no se termina nunca.

—Nosotros lo llamamos de otra manera, *cursus publicus*, pero viene a ser lo mismo.

—Lo hay también en Germania, donde nos encontramos. ¿Crees que también entre nosotros el camino que no se termina nunca llegará a todos los pueblos?

—No, el coste sería enorme. Primero hacen falta las ciudades, luego se hacen los caminos. Vosotros por ahora no tenéis más que pueblos y senderos trazados por las manadas y los rebaños. O solo por vuestros pies.

—¿Las ciudades? ¿Por qué?

—En la ciudad viven muchas personas que necesitan comida, ropa, agua para beber, piedras para construir las casas, los templos, los pórticos. Todo esto no puede transportarse por los senderos: hacen falta caminos. Cuando hay varias ciudades y todas se vinculan, se crean otras relaciones. Una ciudad produce y trabaja los metales, mientras que otra elabora principalmente tejidos, o comida en conserva, o alfarería y ladrillos. Otra puede producir cerveza o leche agria, lo que os gusta a vosotros. O vino, que nos gusta a nosotros. Así, una ciudad vende unas cosas y compra otras. Y quien compra y vende gana y puede permitirse una casa más bonita, ropa más confortable y así sucesivamente. Al final cada ciudad es rica y las grandes familias quieren gastar para erigir maravillosos monumentos, estadios y teatros, templos y termas. Y todos viven mejor. Las calles son como las venas en tu cuerpo y en el mío. ¿Has comprendido?

Wulf escuchaba atento y luego miró a su alrededor: vio los campos, los carros cargados con toneles llenos de vino joven que esparcía su aroma a lo largo del camino, sintió el agradable olor del heno seco y contempló las hojas de los arces y de las vides, que habían cambiado de día en día del amarillo azufre al rojo vivo. Armin parecía no ver nada; solía estar absorto en sus pensamientos.

Hacia el atardecer, mientras se acercaban a la casa de postas, el cielo comenzó a oscurecerse, nubes de temporal se espesaron en el horizonte y poco después comenzaron a caer goterones mientras los relámpagos iluminaban de fría luz el paisaje.

Entraron en el patio de la *mansio* y buscaron refugio bajo el tejado del establo. De cada hilera de tejas manaba un pequeño canal de agua que se derramaba sobre el suelo pavimentado. Los caballos arrancaban bocados de heno de las balas amontonadas y sacudían de vez en cuando la crin mojada.

Las ventanas del edificio estaban iluminadas y se oían las voces de los clientes. Cuando la llovizna hubo amainado un poco todos corrieron hacia la puerta y entraron. Les recibió el olor a carne asada en las brasas y a pan fresco, y el alboroto de los clientes que tenían hambre y querían que les sirvieran. A Wulf y a Armin, al centurión Tauro y a los otros compañeros de viaje se les sirvió lo que preveía el reglamento para el personal militar.

De vez en cuando Tauro volvía la cabeza hacia Armin, que no hablaba ni reía; el veterano centurión habría dado un mes de su paga por leer sus pensamientos. Aquel muchacho torvo lo inquietaba. Pensaba que ninguna disciplina podría domarlo, ninguna de las maravillas del imperio podría fascinarlo. Había conocido a otros como él en su larga carrera de veterano y al final había tenido que eliminarlos. Lo mismo hacían los pastores con esos perros que no se dejaban amaestrar y continuaban gruñendo y mordiendo incluso cuando estaban más muertos que vivos, molidos a golpes y latigazos.

Flavus, como lo llamaba Tauro, estaba en cambio lleno de curiosidad, le interesaba cualquier cosa que veía o de la que oyese hablar; comprendía y hacía preguntas. No toleraba los castigos, tenía momentos melancólicos, pero bastaba una conversación, o un simple cambio en la luz del día, o una comida agradable o una cerveza espumosa, para verlo sonreír y cambiar de humor.

Retomaron el viaje al día siguiente, aunque el tiempo no hubiese mejorado mucho. Una lluvia ligera pero insistente continuó cayendo durante casi todo el día. Los legionarios y los jinetes se cubrieron con una tela impermeable que hacía resbalar el agua por los hombros y avanzaban al paso. Al lado derecho del camino había un ancho y caudaloso río de aguas cristalinas en las que nadaban bandadas de truchas y de lucios argénteos; desde las orillas, sauces, plátanos y alisos de hojas lustrosas y oscuras extendían sus ramas. El río se llamaba Ticinum, y al cabo de tres días de marcha llegaron a las proximidades de una localidad del mismo nombre. Más allá discurría otro río aún mayor. No tanto como el Rin, pero casi. Entraron en la ciudad y el piquete de legionarios de la puerta decumana presentó armas al lábaro de la XVIII Legión.

Tauro se detuvo a intercambiar unas pocas palabras con el oficial al mando, que señaló a los dos muchachos como si quisiera saber quiénes eran. Acto seguido indicó a los suyos que le siguieran hasta el cruce que conectaba con el centro de la ciudad el cardo y el decumano, los ejes ortogonales de Ticinum. En el mercado compró provisiones para sus hombres.

Acamparon en un bosquecillo consagrado a una divinidad local y cada uno de los soldados de escolta tuvo su ración de comida y de vino distribuida por el centurión.

Tras la cena se acostaron y los dos hermanos miraron el cielo; la luna se reflejaba en el río más grande, el que parecía el Rin y dejaba sentir cerca su voz: el susurro del agua en las orillas. Flavus pensaba en cuánto tiempo iba a necesitar para aprender la lengua de los romanos, tan distinta de la suya.

Dura en determinados aspectos y determinados sonidos, pero semejante a música en otros.

—¿No te parece, Armin?

—Si me parece ¿qué?

—Que debemos aprender a hablar su lengua. El centurión Marco Celio Tauro habla bastante bien la nuestra.

—¿Te has preguntado por qué?

—¿Ha estado escuchando cómo hablamos?

—No, en parte es uno de nosotros. Yo diría que la mitad. ¿No has oído su acento? ¿No te has fijado en sus ojos azules?

—¿Por parte de padre o de madre? —preguntó Flavus.

—¿Tiene importancia? Diría que de madre. El nombre que lleva es sin duda de su padre. Además, la potencia de la mirada, la crueldad de los castigos, la resistencia a la fatiga son propias de un soldado romano, o quizá de un oficial.

—Un día lo encontraré en la batalla y lo mataré.

—O será él quien te mate a ti.

—No creo. Yo sé muchas cosas de él. Él muchas menos de mí.

—También eso está por ver. Ahora durmamos.

Durmieron hasta que los despertaron con una patada en las plantas de los pies.

Era el centurión de primera línea Marco Celio Tauro, que tocaba diana a las primeras luces del alba y repartía personalmente la ración de hogaza de trigo cocida en el molde de arcilla. Luego se pusieron en marcha hasta que llegaron a la orilla del río más grande. Había allí una cuerda tensada de una orilla a la otra y una barcaza con capacidad para casi todos ellos. Al embarcar se unieron al grupo cuatro arqueros y dos honderos, y todos juntos navegaron durante dos días corriente abajo, rumbo al oriente, hasta que recalaron en una ciudad llamada Placentia. Allí desembarcaron hombres y caballos, y Tauro entró con dos legionarios y un reservista para parlamentar con el jefe al mando de la guarnición y ponerlo al corriente de la situación en Germania. El encuentro fue largo, tanto que el sol ascendió bastante sobre el recinto amurallado.

Cuando el centurión volvió, todo el grupo retomó el viaje y en poco rato se encontraron en el camino que no se termina nunca y que en aquel punto tenía un nombre: vía Emilia.

—Porque la construyó un cónsul que se llamaba Emilio —explicó Tauro.

Ni Armin ni Flavus se atrevieron a preguntar qué era un cónsul. De haber querido, se lo habría explicado el mismo Tauro, aunque lo que el quería mostrar eran los trabajos que se estaban realizando para ampliar la calzada y también los puentes. En el momento de hacer una parada para la comida les enseñó cómo se construía el camino, y Flavus se acercó para no perderse una palabra. Vio el lecho de excavación, el firme de piedras y cascote, y finalmente las losas de cobertura sobre una base de arena gruesa de río. A los lados del camino había dos pistas excavadas por las que transitaban los pastores con sus rebaños y los boyeros con sus bueyes.

—Dentro de mil años, y quizá más, este camino todavía existirá —dijo Tauro.

También Armin, que parecía no mostrar especial interés, en realidad lo observaba todo y comenzaba a comprender lo que hacía a Roma grande y poderosa: los caminos, los puentes, las casas de postas, los baños y las letrinas con agua corriente que mantenían apartadas las enfermedades, los mensajes que viajaban veloces día y noche y en pocos días llevaban las noticias hacia destinos cada vez más remotos de los que llegaban rápidas las respuestas a la más grande ciudad del orbe. Se había dado cuenta de que todas las ciudades tenían un nombre y estaban repartidas por el camino a una distancia de una jornada de camino la una de la otra.

En la vía Emilia, que no era nada más que un tramo del camino que no se termina nunca, Tauro se paraba de vez en cuando para conocer a los hombres que dirigían los trabajos y que debían rendir cuentas de cuándo y cómo avanzaban. A veces lo oía gritar, otras solo hablaba mientras observaba una hoja extendida sobre una mesa en la que debía de estar trazado el recorrido exactamente como en la *tabula* que habían sustraído al centurión, una proeza que había dejado señales en su espalda y en la de su hermano.

Viajaron durante diez días, con las montañas cada vez más cerca a la derecha, y al final se vio que llegaban al mar. El mar interior del que había oído hablar. Continuaron hasta la orilla porque todos querían verlo. La temperatura era benigna, el viento había amainado y las olas venían a morir a la playa con un susurro quedo. El hermunduro se echó al agua, pero su corpachón quedó de inmediato varado en la arena: no era profundo. Se podía caminar hacia el horizonte durante casi doscientos pasos con el agua hasta los tobillos. Más al sur se veía una nave encallada y ladeada sobre un costado.

—Parece en buen estado, ¿por qué nadie se ha adueñado de ella? —preguntó Flavus.

Tauro se acercó, subió a bordo y echó un vistazo, luego volvió atrás y respondió:

—Porque el cargamento lleva el sello del propietario: el segundo hombre más poderoso del imperio. Nadie se atrevería a tocar ni siquiera un vaso de arcilla de esa nave. Si no la encuentran sus propietarios, se quedará ahí pudriéndose hasta que quede sepultada por la arena.

A Armin y Flavus les impresionó que el nombre de alguien bastara para mantener alejados y a gran distancia a ladrones y saqueadores.

Prosiguieron a lo largo de la orilla hasta avanzada la tarde. Tauro necesitaba llegar a una ciudad llamada Rávena y entraron en ella. Nunca habrían podido imaginar una ciudad semejante: dividida entre una decena de islas pequeñas y grandes, unidas mediante puentes de madera, las casas eran en parte de ladrillo, en parte de madera, y en la isla principal estaba el mercado del pescado. Todos se movían en barca tanto para salir de pesca como para transportar el pescado al mercado. Pero el destino de Tauro no era la ciudad sino el puerto. Y el grupo entonces continuó hacia el sur hasta llegar a una laguna protegida que comunicaba con el mar a través de un canal artificial. Tauro subió a una duna de arena desde la que se dominaba por entero el puerto de la flota imperial que defendía todo el mar oriental. Armin y Flavus se quedaron sin habla al ver las más de trescientas naves en el fondeadero: liburnas, trirremes, cuatrirremes o quinquerremes. El sol se había puesto ya a su espalda y el cielo por el oriente comenzaba a oscurecerse.

Cuando aparecieron las primeras estrellas en el cielo se encendieron las primeras luces a lo largo de los muelles y en las naves. Precisamente en aquel momento la nave capitana asomó por detrás del muelle con los faroles encendidos sobre las barandillas de proa y de popa y enfiló hacia el puerto. Los dos muchachos permanecieron inmóviles, conmocionados ante aquella imagen. El inmenso navío se presentó de costado en toda su largura antes de virar hacia la bocana. Tauro vio su asombro y dijo:

—Esta es la más grande nave nunca vista en el mundo; sus dimensiones son increíbles. Se llama *Aquila maris*, como habríais sabido si leyeseis latín porque lo lleva escrito en la vela de proa, además de por el águila pintada en la vela mayor. Tiene ciento cincuenta pies de eslora, veintitrés de ancho, y más de cuatrocientos hombres en la tripulación entre los remeros, los infantes de marina, los oficiales y los servidores de las máquinas de guerra. En proa y a lo largo de los costados están alineadas las piezas de artillería: catapultas, onagros y balistas. Algunas pueden lanzar globos de pez ardiendo; otras, pesados dardos de acero capaces de horadar tablas de roble de ocho pulgares de grueso. El espolón, de puro bronce fundido, pesa tres talentos y está clavado sobre un armazón de madera de roble de doce pies de largo.

Armin y Flavus no comprendían el valor de aquellas medidas, pero lo percibían con los ojos, veían los pesados remos de pino levantarse goteando agua y sumergirse de nuevo como maniobrados por una única mente. A popa, los timoneles gobernaban los timones altos de las amuradas de más de diez pies y en el gallardete ondeaba la enseña con el nombre y el símbolo de la nave y del almirante. La nave pasó majestuosa a escasa distancia de la orilla y de la duna en la que se había detenido el pelotón de soldados y jinetes al mando de Tauro. Cuando el centurión hubo terminado de describir la maravilla que pasó delante de ellos directa al amarradero se oyó claramente el resonar de los tambores y la voz del cómitre que marcaba el ritmo de la boga.

Resonó una trompeta en la proa y la tripulación recogió la vela mayor, manteniendo solo la vela de proa. El timonel filó dos enormes anclas desde popa que cayeron en el mar con un ruido sordo; el cómitre dio la señal de hundir los remos en el agua bloqueándolos en los escálamos y el *Aquila maris* perdió enseguida velocidad. Luego los cabos de las anclas se tensaron y el gigantesco casco se detuvo por completo con gran chirriar de la tablazón. Dos hombres de la tripulación arrojaron otros dos cabos para sujetar la proa a los amarraderos. Se bajaron dos pasarelas por el costado y la tripulación descendió a tierra. Solo un pelotón de infantería de marina se quedó a bordo para la guardia nocturna.

Otras naves, cuatro trirremes y seis liburnas, entraron en fila una tras otra hacia los muelles de amarre. Tauro dio orden de reanudar el camino hacia los alojamientos ya listos para acogerlos en el barrio naval. Ya de noche se alzó de la laguna una fina niebla, luego más espesa, que absorbía los ruidos y velaba las formas. Solo se oían, de cuando en cuando, las llamadas de los cuerpos de guardia. Se encendieron otras luces en los muelles; por último se encendió el fanal del faro. Hacia el occidente se distinguía aún una fina línea rosada perfilando la cresta de los montes. Más cerca del barrio naval se alzaba un edificio circular de madera, no muy alto, flanqueado por casas de una planta.

Flavus se acercó a uno de los auxiliares germanos.

—¿Qué es eso? —preguntó señalando el edificio.

—Una escuela de gladiadores —respondió el guerrero.

—¿Y quiénes son los gladiadores?

—Esclavos o prisioneros de guerra que luchan en la arena para diversión del público. Quien pierde muere a manos del vencedor, a menos que el pueblo decida lo contrario. Si al pueblo no le gusta cómo ha luchado el vencido, grita «¡Mátalo!». Si, por el contrario, le ha gustado, grita «¡Deja que se vaya!» y se salva.

—¿Tú lo has presenciado alguna vez? —siguió preguntando Flavus.

—Una vez. Cuando Tauro está de buen humor y se presenta la ocasión nos da las téseras para entrar.

—¿Y te gustó?

—No —respondió el guerrero.

Flavus no preguntó más y se quedó solo y absorto mirando el anillo de madera. En aquel momento oyó el ruido lejano de un galope, luego casi de sopetón vio a un jinete salir de la niebla. Cabalgaba un semental negro, vestía la armadura de ordenanza de los oficiales romanos, pero no llevaba yelmo y tenía el cabello rubio. Pasó raudo por delante de él y en pocos instantes el ruido del galope se perdió a lo lejos.

VI

Flavus y Armin fueron de los primeros en despertarse y en ocuparse de su equipaje, de los caballos y de las bestias de carga, de modo que todo estuviese en orden antes de que pasase el centurión. Tauro, sin embargo, estaba subiendo a bordo de una liburna.

—¿Qué irá a hacer en esa nave? —preguntó Flavus—. Tauro no forma parte de la marina, ya no. Me lo dijo él.

—Esa es una nave veloz —respondió Armin—, de las que navegan en aguas abiertas. Querrá confiar al comandante un mensaje para alguien muy importante que esté al otro lado del mar.

—¿Por qué no usa el camino que no se termina nunca?

—Porque también el camino se termina delante del mar. Solo las naves recorren los senderos del agua que están indicados por las estrellas.

—Me gustaría saber qué noticias son esas que envía allende el mar —dijo Flavus.

—Seguramente noticias relacionadas con nosotros. El centurión es un hombre que no se mueve por poca cosa.

Entretanto Tauro había descendido por la pasarela y despertaba a todos los que aún dormían. Después del almuerzo retomaron el camino hacia el sur hasta encontrar la vía Emilia, que iba de ciudad en ciudad a través de campos de árboles frutales. Había muchas villas, y los siervos, con escaleras y cestas,

recogían manzanas y peras ya maduras que luego transportaban a los almacenes en carros tirados por bueyes. Los siervos
cantaban, los animales bajo el yugo mordisqueaban la hierba
verdísima. Allí donde no había árboles frutales había extensiones de rastrojos color de oro que los bueyes revolvían con el
arado. La tierra exhalaba una niebla fina debido a la humedad
que contenía. Era un espectáculo mágico que dejó a los dos
muchachos quizá no menos admirados que cuando habían visto el *Aquila maris* surcar majestuosa las aguas del puerto de
Rávena.

—¿También crea esto el poderío de Roma? —preguntó
Flavus.

Tauro lo oyó porque cabalgaba cerca y se adelantó a Armin
en dar la respuesta.

—No ya como en otro tiempo, lamentablemente. Antaño
casi todos los romanos cultivaban la tierra, se enorgullecían de
bastarse a sí mismos y de no tener que pedir nada a nadie. Quien
no tenía tierra trabajaba como jornalero y cobraba a diario.
Pero luego, con las conquistas, llegaron oleadas de esclavos
que dejaron sin trabajo a los hombres libres y muchos cayeron
en la miseria. Otros se enrolaron en el ejército para ganar un
salario. Otros también se fueron a vivir a la ciudad, donde podían vender su voto a los nobles y a los ricos que querían ser
elegidos como magistrados. Tanto los unos como los otros perdían en aquel acto la dignidad.

Armin y Flavus comenzaban a olvidar el dolor de los azotes
recibidos del *vitis* de Tauro y cada día apreciaban más su sabiduría y su equilibrio.

Tauro se dio cuenta de que los dos muchachos contempla-
ban la franja de oro de los rastrojos iluminados por el sol como
hechizados.

Se dirigió a Armin.

—¿Te gusta más el dorado o el pardo?

—El dorado —respondió Armin.

—Me lo esperaba; al fin y al cabo eres un príncipe. La tierra arada y los rastrojos dorados me traen un recuerdo lejano. Hace un tiempo prestaba servicio con mi legión en Germania a las órdenes del comandante Druso, y él a veces me concedía el altísimo honor de intercambiar alguna palabra conmigo. Tres días antes habíamos librado una batalla muy dura a orillas del río Visurgis y estábamos exhaustos.

—¿Qué te dijo el comandante Druso? —preguntó Flavus.

—Me dijo: «Hemos vencido, centurión, y sin embargo no veo la hora de que todo esto se acabe. Los germanos son los únicos que pueden plantarnos cara, y por eso nuestros enfrentamientos serán cada vez más sangrientos. El Imperio de Roma no puede ser sino rubio y moreno». Rubio y moreno —concluyó Tauro—, como la tierra que tenéis delante.

Los muchachos reanudaron el camino; de vez en cuando se volvían a mirar el campo mientras el sol declinaba lento tras los montes.

Por la noche se detuvieron en el pueblo de Caesena, donde Tauro lo había previsto todo para la cena y el alojamiento de sus hombres y donde tenía intención de verse con su hermano Publio Celio. Este era propietario de algunas posadas de Bononia, su ciudad, y en varias localidades entre Placentia y Ariminum.

Marco Celio llamado Tauro era un hombre de complexión imponente, y en las ocasiones especiales le gustaba ponerse la armadura completa con todas las condecoraciones, pero aquel era un encuentro informal de dos hermanos y se presentó armado solo con su espada corta reglamentaria, con túnica, capa y calzones de tipo germano.

Publio fue a su encuentro apenas lo vio asomar por la puerta de su posada y los dos se abrazaron con exclamaciones de alegría, obscenidades y palmadas en la espalda. Luego se sentaron a la espera de que les sirvieran.

—¿Cómo es que andas por aquí? —preguntó Publio—. Fue una gran sorpresa cuando me dijeron que parabas a cenar. Anulé todos los compromisos.

—Y has hecho bien. Hacía demasiado tiempo que no nos veíamos.

Publio Celio cambió de improviso de expresión.

—¿Cómo andan las cosas por Germania?

Tauro frunció el ceño.

—Como de costumbre. Nunca puedes fiarte, ni siquiera de aquellos que luchan para nosotros. ¿Ves a esos dos lobeznos? —preguntó señalando a Armin y a Flavus.

—Claro que los veo. ¿Por qué?

—Son los hijos de Sigmer, el príncipe de los queruscos.

—Lo recuerdo perfectamente. Lo vi a bordo de la nave del comandante Druso mientras descendíamos por el Rin hacia el Océano; en aquel entonces aún no me había despedido y prestaba servicio en la infantería de marina. Corría el rumor de que se habían hecho amigos y que se veían en secreto.

—Bien —dijo Tauro—, he tenido que traerlos como rehenes, y tengo un encargo muy delicado: transferir una mente romana dentro del cuerpo de dos jóvenes germanos.

—No me gustaría estar en tu pellejo —respondió Publio Celio.

—Es una estrategia consolidada de la ciencia política —dijo Tauro—. Y sabes bien quién ha sido el maestro absoluto de este arte. —Bajó la voz y acercó la boca al oído de Publio—: Augusto, Cayo Julio César Octaviano Augusto en persona... Su casa era un orfanato lleno de niños y niñas. Los huérfanos de sus enemigos y de Julio César. Los instruía personalmente, los alimentaba y vestía, preparaba sus brillantes carreras. Los pobres le estaban agradecidos, pero al mismo tiempo eran conscientes de que aquel hombre vestido de blanco, ligero como el aire, era el asesino de sus padres. Dime tú si sería posible alcanzar un equilibrio del espíritu. Y sin embargo en muchos casos ha funcionado. Piensa en el joven Juba, que ahora reina tranquilamente por cuenta de Roma en Mauretania con su mujer la reina, hija de Marco Antonio y Cleopatra.

—Por lo tanto, todo bien, ¿no? —Publio sonreía.

Tauro suspiró.

—Es cierto, pero yo no me siento apto para una tarea tan ardua. En mi opinión, habría tenido que confiarla a un político: un senador, por ejemplo, un magistrado, quizá hasta un filósofo; pero ¿por qué a un centurión que por su propia naturaleza es el más duro de los soldados? Mi lugar, querido hermano, está en el campo de batalla, no en las aulas de la escuela.

Publio Celio asintió.

—Pero finge que yo no te he contado nada —prosiguió Tauro—. Mi misión es un secreto de estado que seguramente forma parte de los proyectos de Augusto para el futuro de Germania. ¿Sabes una cosa? En el fondo estas trampas, estos engaños, estas hipocresías no me han convencido nunca. El hecho es que el comandante Druso no debía morir, pobre muchacho. ¡Era un soldado y hasta sus enemigos lo apreciaban! Tú también lo sabes. Luchaste bajo su mando cuando estabas en la marina.

—Así es —confirmó Publio, que cada tanto echaba una ojeada a los dos muchachos.

—Pero he recibido una orden de nuestro legado y debo cumplirla —continuó Tauro—. No veo la hora de llegar a Roma. Ojalá pueda entregar los dos muchachos a alguien del oficio y volverme para Germania entre gente más auténtica. ¿Y a ti cómo te van las cosas? Ninguna añoranza de la vida militar, imagino.

Publio Celio esbozó una sonrisa.

—A decir verdad, no me gustó nunca. Me enrolé para vigilarte y protegerte de los peligros, ¿te das cuenta? En el fondo eras cuanto me quedaba de la familia. Ahora he comprado una nueva taberna en Bononia, por la parte del teatro. Un local precioso, y la clientela es numerosa. Si vuelves a Germania, pasarás sin duda por ahí y si me lo haces saber intentaré estar también yo.

Se había hecho tarde y para Tauro era hora de acostarse. Se despidieron con un abrazo y no añadieron nada más. Sabían que nunca había nada seguro en el futuro de un soldado.

Tauro y sus hombres partieron al día siguiente para Ariminum, donde estaba la casa de postas y donde terminaba la vía Emilia y comenzaba la vía Flaminia. Ariminum era un puerto floreciente para la pesca. Las barcas descargaban en los muelles grandes cantidades de peces de color plateado.

Cuando llegaron, una flotilla de naves de guerra cruzaba por alta mar en dirección al sur. Tenían el viento de través y avanzaban lentamente. Tauro dijo que tal vez llegaran al mismo tiempo al próximo atracadero de Fanum Fortunae.

Luego, descendiendo hacia el sur, las montañas comenzaron a acercarse cada vez más al mar hasta meter sus ásperos y pendientes perfiles entre las olas. Flavus observaba el borboteo de la espuma al pie de las peñas y aspiraba el perfume del mar y de los arbustos que florecían entre las rocas. Le producían una embriaguez indescriptible, una sensación de ligereza y de profunda felicidad sin embargo inexplicable, tanto que no se atrevía a mostrarla al hermano que cabalgaba a su lado. Armin, absorto en sus pensamientos, recordaba la melancolía del viento que cantaba entre las copas de los árboles negros y azules de Germania.

Flavus vio sombras lejanas con el rabillo del ojo derecho.

No era la primera vez, pero no había querido admitirlo nunca. Armin advirtió la tensión de su espíritu.

—¿Tú también los has visto?

—Sí —admitió Flavus—, siguen la cresta de los montes desde hace días. Si los hemos visto nosotros, los ha tenido que ver también él.

«Él» era el centurión de primera línea Marco Celio Tauro, obviamente.

—Seguro. Pero ¿eso qué cambia? —dijo Armin como si no diera importancia a aquel suceso, aunque no era cierto; había un temblor en su mirada y en su voz.

—¿Los conoces? —preguntó quedamente Flavus.

—¿Por qué debería conocerlos? Son solo sombras oscuras en los montes.

—¿Los has llamado tú?

—Hace tiempo que perdí la esperanza. Pero tal vez nuestro padre no.

—Nuestro padre no está loco. Sabe bien que una tentativa tan temeraria solo terminaría con nuestra muerte. Por otra parte, ¿cuánto crees que puede sobrevivir una partida de intrusos en el corazón del imperio?

—Eso no significa nada —respondió Armin—. No necesitan comida, hospitalidad y amparo por la noche y la lluvia. Pasan por los montes como espectros.

—La otra noche en Rávena —repuso Flavus— vi emerger a uno de la niebla al galope en un semental negro y desaparecer. ¿Lo viste tú también?

—Yo no vi nada.

Al cabo de muchas horas de marcha, acamparon en un bosque de pinos y Marco Celio Tauro repartió pan a los soldados tal como hace un padre con sus muchachos. Los hombres plantaron las tiendas y los dos hermanos la suya. Extendieron la manta y se durmieron.

—Padre —susurró Armin antes de quedarse dormido—, ¿dónde estás?

Les despertó un pálido sol y retomaron la marcha, llegando a Fanum Fortunae antes de la noche. Era una bonita ciudad con un templo a la diosa Fortuna y una cantera para la construcción de un anfiteatro.

—Aquí combatirán los gladiadores —comentó brevemente Tauro.

Los jinetes de las colinas habían desaparecido.

—Mejor así —dijo Flavus—. No me gustaban esos. Es lo que pensaba; soldados en tareas de inspección o mercaderes que transportan mercancías.

—Volverán —replicó Armin.

Pasaron la noche en el patio de la casa de postas del *cursus* y reanudaron la marcha al día siguiente a lo largo de la vía Flaminia, que llevaba directamente a Roma. El segundo día posterior a la partida pasaron por la ciudad de Forum Sempronii pero no se detuvieron. Hacia el atardecer reaparecieron los jinetes en la cresta de los montes, a aproximadamente una milla del camino. Cerca. Era evidente que querían tener libertad de movimiento y dominar la situación desde lo alto, de lo contrario tomarían el camino.

Tauro parecía no advertir su presencia y nadie se atrevía a preguntarle qué pensaba.

A Armin y Flavus, seguros ya de que los jinetes de la cresta los estaban siguiendo, les preocupaba no solo las consecuencias de un acto semejante, sino también lo que podría suceder entre ellos dos y cómo reaccionaría cada uno de ellos.

Armin pensaba que su hermano prefería llegar a Roma y quedarse que volver a Germania. Lo veía fascinado por las manifestaciones del poderío romano, por la omnipresencia de su fuerza por tierra y por mar, con su ejército y sus naves de guerra. El episodio de la secreta amistad de su padre con el comandante Druso no se apartaba de su mente, como tampoco la idea de un imperio de dos colores. Idea que también se encontraba en la mente del centurión Tauro, por eso se había fijado en el campo medio dorado y medio pardo. O quizá se lo había oído decir al comandante Druso en persona cuando estaba aún con vida.

Los jinetes fueron empequeñeciéndose hasta desvanecerse.

Y con ellos los pensamientos difíciles y amargos.

El propio Tauro parecía más relajado y de buen humor, y una noche consintió en acampar en un lugar bastante apartado de la siguiente casa de postas, distante unas ocho millas hacia el mediodía. Los arqueros habían abatido aquel día un corzo, lo habían despellejado y descuartizado para asarlo al fuego. Había luna y la temperatura era suave. Cenaron todos juntos tras haber montado las tiendas y Tauro hizo distribuir el vino que tenía de reserva. Cuando llegó el momento de acostarse, puso dos hombres de guardia con la orden de que fueran reemplazados después del primer turno de tres horas.

A la mitad del segundo turno de guardia los tenían encima: los jinetes cayeron de forma fulminante sobre los que estaban de guardia y sobre el campamento. Uno de ellos lanzó un garfio sobre la tienda de Armin y Flavus y la arrastró. Otros aferraron a los muchachos, los subieron sin esfuerzo sobre sus caballos y desaparecieron en el bosque del que habían llegado describiendo un amplio semicírculo en torno al campamento. Tauro salió de su tienda espada en mano y vio a sus dos legionarios en el suelo, heridos. Maldijo.

—Podemos perseguirlos, centurión —dijo el jefe de los auxiliares germanos—. Estamos acostumbrados a movernos en la oscuridad.

—Entonces partid enseguida, pero llevaos a los arqueros y a cuatro de nuestros jinetes. Traedme de vuelta a esos muchachos incólumes: es cuestión de vida o muerte.

El grupo partió al galope.

En cuanto desaparecieron, Tauro ordenó a los suyos que avivaran el fuego hasta crear una llamarada visible desde muy lejos. Luego se hizo entregar un escudo reluciente para las señalizaciones y varias veces orientó el rayo de luz reflejado hacia el puerto.

—No nos queda más que esperar.

—¿Esperar, centurión? Esperar ¿qué? —preguntó uno de los legionarios.

—Esperar a que los cuerpos de guardia del puerto vean nuestro fuego. Si nos movemos rápidamente, nuestros dos heridos morirán. Sé lo que hago. ¿Crees que no había visto a ese grupo que nos seguía por la cresta de los montes? He tomado mis precauciones. Añadid al fuego toda la leña que encontréis y continuad lanzando señales con el escudo.

Los soldados obedecieron; el reflejo de las llamas concentrado en la concavidad del escudo alcanzó varias veces el paso del puerto.

No mucho rato después otro rayo de llama se encendió en la parte septentrional al pie del puerto, luego un segundo hacia el occidente, otro entre los dos y hasta un tercero de forma intermitente entre el mediodía y el oriente.

—El círculo está cerrado —dijo Tauro—. Podemos avanzar. Que tres hombres se queden con los heridos. —Señaló a dos legionarios y a un auxiliar germano—. No cambiéis los vendajes, la hemorragia podría reanudarse. Preparad dos yacijas en el carro de los pertrechos y volved atrás hasta el puerto. Allí hay un cirujano que puede ocuparse de ellos. Al menos eso espero. Si los veis mejorar, volved y tratad de darnos alcance. Los otros, conmigo, ahora.

Prendieron antorchas y enfilaron un sendero en dirección al segundo y tercer fuego. Los dos puntos rojos se veían a distintas alturas cada vez que la vegetación se hacía menos espesa. Dos auxiliares germanos a caballo los precedían a buen ritmo, solo aminoraban la marcha para recuperar el rastro cuando lo habían perdido. Atravesaron un río por un puente de madera y poco después vieron estiércol de caballo. En el rostro de Tauro asomó un rictus de satisfacción.

—No tienen escapatoria —dijo.

Dio orden de aflojar el paso y mantener las antorchas encendidas en todo momento, reemplazando las agotadas por otras intactas. Un retumbar de tambores multiplicado por el eco y los largos reclamos de los cuernos y las buccinas los guiaba hasta su destino, y finalmente Tauro y sus jinetes germanos se asomaron a un amplio valle atravesado por el río con numerosas cascaditas en las que se reflejaba la claridad de la luna. En la desembocadura septentrional, el pelotón de los incursores estaba a punto de alcanzar el puerto cuando un nutrido escuadrón de jinetes les cerró el paso.

Los otros trataron de volver atrás, pero hasta las salidas menores del valle estaban ya tomadas. Se cerraron en círculo para batirse hasta el final, pero también las tropas de las diversas unidades romanas se habían dispuesto alrededor para cerrar toda vía de escape. Los oficiales estaban a punto de lanzar la señal de ataque cuando Tauro levantó la mano para detenerlos.

—¡Que nadie se mueva! —gritó—. Iré yo a parlamentar. No quiero que los muchachos acaben heridos. Están bajo mi responsabilidad.

Los legionarios que ya habían comenzado a aproximarse se detuvieron con las armas al pie y Tauro se acercó a caballo al que parecía estar al mando en el grupo de los incursores que se habían apoderado de Armin y Flavus: un guerrero gigantesco que llevaba una loriga escamada de fabricación romana.

—¿Quiénes sois? —preguntó Tauro en lengua germánica—. ¿Quién os manda?

El jinete no respondió y en el valle no quedó más que el silencio. El fuego de las antorchas encendía sus ojos vítreos. Tauro había visto tantas veces en el campo de batalla la gris fijeza de aquella mirada que precedía un instante a la de la muerte...

—¿Has comprendido lo que te he preguntado?

El guerrero negó con la cabeza.

—Devuélveme a los muchachos y podréis regresar por donde habéis venido.

El guerrero repitió su gesto de negación. Tauro se dio cuenta de que seguir preguntando habría sido inútil e hizo volverse a su caballo para regresar con sus hombres, pero en ese instante oyó el grito de guerra de los jinetes germanos rasgar el aire inmóvil y el ruido de los cascos contra el terreno. Los arqueros dispararon desde la derecha y la izquierda, donde los gestos silenciosos de Tauro los habían apostado; los legionarios lanzaron sus *pila*; los auxiliares germanos, las largas lanzas. A la luz de las antorchas y a la claridad de la luna ninguno erró el blanco. Uno tras otro los guerreros germanos cayeron al suelo. Flavus y Armin, inmóviles e ilesos, asistieron atónitos a la matanza, y Tauro, al ver concluida su operación, se acercó a los muchachos.

—Venid, volvamos al campamento. Todo ha ido bien.

Armin habló en voz baja a su hermano:

—¿Has comprendido lo que ha sucedido?

—Diría que el centurión los había visto y ya no podía soportar tenerlos a su espalda.

—¿Y entonces?

—Entonces los otros lo han intentado, pero los legionarios y los auxiliares los han destrozado.

—No. Tauro lo había previsto y preparado todo. No ha reaccionado, les ha dejado hacer, luego ha dispuesto la trampa en ese valle. Les ha dado libertad de acción y les ha permitido escapar, pero empujándolos a un agujero con una sola vía de salida que él ya había mandado cerrar.

Llegados al lugar de acampada montaron las tiendas maltrechas y durmieron durante toda la noche. Armin soñó con aquella cuenca y la trampa mortal muchas veces. Ya no la olvidaría.

Al día siguiente el pelotón se puso en marcha y se adentró de nuevo por el paisaje de los Apeninos, que cambiaba de continuo con los montes y las colinas, los ríos y los torrentes, las cascadas irisadas, las murallas ciclópeas de ciudades antiquísimas encastilladas sobre espolones rocosos, templos de increíble belleza que se reflejaban en fuentes cristalinas, puentes majestuosos en valles escarpados, extensiones de olivos de plata de retorcidos troncos, colosos caídos, corroídos por el tiempo y la intemperie, manadas de toros, de búfalos y de caballos, rebaños que punteaban de blanco las laderas de los valles, lagos redondos como calderas, islitas emergidas a duras penas, inmensas encinas solitarias en la cima de colinas donde aún brotaban los asfódelos: imágenes que era imposible borrar o ignorar. Cada vista era la obra sublime de la naturaleza y del hombre, de mucha gente diversa y de civilizaciones florecidas y desaparecidas hacía siglos.

Llegaron a la meta del largo viaje a la caída del sol de una jornada de octubre. Tauro detuvo su caballo y todos se colocaron en semicírculo detrás de él. Soplaba una ligera brisa del occidente perfumada de mar; las golondrinas se reunían en grupos y descendían sobre la superficie de un pequeño lago hasta mojarse las plumas del pecho para luego alzarse velocísimas hacia el cielo y desaparecer en el azul sombrío del norte.

Bandadas de grullas surcaban el cielo de la Urbe directas al sur en largas filas alzando su lamento. El Tíber serpenteaba regio entre las casas, los templos, las columnatas y las colosales estatuas de bronce, reflejando el oro y el rojo del cielo. Las siete colinas parecían absortas en aquella atmósfera sin tiempo, coronadas de luz y de nubes, de torres y de muros, de arcos y de pinos seculares de roja corteza. Y en medio del río había una isla unida a las orillas por dos puentes de mármol, recortada y modelada como una gigantesca nave de piedra varada en las rubias arenas. En el centro, un templo y una estatua centelleante de oro. A la izquierda, una colina escarpada y en su cima otro templo, grandioso, ornado con una miríada de estatuas de color rojo y ocre y cubierto por tejados de láminas de oro llameantes bajo el sol que declinaba.

Apareció en el cielo una estrella.

Roma.

Hubo un largo, atónito silencio, luego resonó la voz de Flavus.

—¿Desde cuándo existe este país?

—Desde siempre —respondió Tauro.

VII

Armin y Flavus fueron alojados entrada la noche en una casa del Aventino donde vivían otros muchachos que venían de lejos: de África y de Mauretania, de Britania, de Cantabria y de Capadocia, de Panonia y de Mesia, nombres pronunciados por Tauro que no significaban nada para los dos muchachos. Un liberto de nombre Diodoro les mostró, bajo la mirada vigilante del centurión, una habitación con dos camas, un barreño con agua para el aseo personal, una jarra llena también de agua y dos vasos de vidrio. Había asimismo un arca donde guardarían y conservarían su ropa.

—Dobladas y bien ordenadas —dijo el liberto—. Cuando os las pongáis mañana deberán estar impecables.

Luego, farol en mano, les enseñó dónde estaban las letrinas y el grifo del agua para las abluciones.

—Lavaos cada vez que uséis las letrinas y peinaos. No quiero costumbres bárbaras como el cabello largo. —Miró a los dos muchachos—. En cuanto a vuestra indumentaria, recibiréis la adecuada en cuanto el sastre os haya tomado medidas.

Salieron a un corredor con columnas que daba al jardín de atrás.

—Al menos una vez al día lavaos los dientes y enjuagaos con esmero la boca. Lavaos las manos después de las comidas, así evitaréis manchar la ropa. En la habitación encontraréis algo de cena. La sopa se toma con la cuchara, nada de sorberla ruidosamente de la escudilla como hacen los animales.

Los acompañó hasta su habitación.

—Esos —dijo señalando los vasos— son de vidrio y cuestan más que vosotros. Procurad no romperlos. Nadie puede salir si no es acompañado del tutor. Nadie puede entrar después de la puesta del sol. Lo que veis allí, en la pared septentrional del pórtico, es un reloj. Aprenderéis a leerlo para saber qué hora es. Aquel que viole las reglas será castigado de modo ejemplar, en presencia de los demás huéspedes de este lugar. ¿Habéis comprendido bien lo que os he dicho?

Flavus y Armin se miraron a la cara como para sondear cada uno el nivel de comprensión del otro.

—No importa —añadió Diodoro como si hubiera leído sus miradas—. Os explicaré todo yo mismo, os enseñaré a hablar en latín en vez de ladrar como hacen los bárbaros.

—¿Por qué cuando dice «bárbaros» nos mira siempre a nosotros? —preguntó Flavus en voz baja.

—Sabes perfectamente por qué —respondió Armin—. Llegará un momento en que, si hablamos bien el latín y nos vestimos y nos cortamos el cabello como él dice, ya no nos mirará de ese modo.

Tomó la palabra Tauro.

—Estos muchachos llevan días viajando y durmiendo poco, y mañana deberán levantarse temprano. Necesitan descansar.

Diodoro no dijo nada más y se despidió de los dos huéspedes. Tauro se entretuvo hablando con él.

—Mañana tendré que confiarlos a su tutor. ¿Quién es?

—Tú mismo, centurión de primera línea Marco Celio Tauro —respondió el liberto.

—¿Yo? No puede ser. No tengo ni ganas ni tiempo de hacer de guardián de estos mocosos.

—Eso me han dicho —repuso Diodoro—. Pero mañana por la mañana recibirás un correo y se acabarán tus dudas. El siervo te conducirá a tu dormitorio, donde encontrarás la cena y una jarra de vino tinto. Si prefieres algo distinto, no tienes más que pedírmelo. Que pases una buena noche, centurión.

Diodoro se alejó y el siervo acompañó a Tauro a su habitación. Había un poco de cordero asado, lentejas estofadas en una cazuela y un pedazo de pan. El siervo le ayudó a desprenderse del coselete de cuero, luego le desató las sandalias y le quitó de los hombros la capa de viaje. Dejó el farol encendido sobre la mesa y salió.

Tauro hincó el diente al cordero, comió alguna cucharada de lentejas con el pan y bebió vino. Fue a orinar a la letrina, se lavó, regresó a su dormitorio y se acostó. Afuera reinaba el silencio, pero sintió pasar a un vigilante con una pareja de perros con traílla: mastines de Épiro, dedujo por el gruñido. Los huéspedes estaban bien custodiados, los intrusos no eran bienvenidos.

En su habitación, Armin y Flavus, terminada la sopa y tras beber agua en sus preciosos vasos de vidrio, se quitaron la ropa y se acostaron. La cama era dura pero confortable, las paredes olían a cal fresca y del exterior llegaba un aroma dulzón e intenso a fruta, un poco parecido a la cerveza aún no fermentada. Habrían querido hablar, intercambiar impresiones sobre lo que habían visto, sobre las emociones que habían experimentado a la vista de Roma, sobre el lugar donde vivirían quizá por un tiempo, pero estaban tan cansados que su conversación se ahogó enseguida en el sueño.

Los despertó en plena noche un grito desgarrador que los hizo sobresaltarse.

—¿Qué pasa? —preguntó Flavus con el aliento entrecortado—. Si es uno de los huéspedes de esta casa, debe de haberla armado gorda. Pero ¿qué le están haciendo?

—Es un animal, ¿no oyes?

Los perros ladraron; también ellos estaban asustados.

—Durmamos.

El centurión Tauro llamó a su puerta al amanecer; les llevó a una palestra detrás del edificio, les proporcionó un palo con forma de espada corta y un escudo redondo de madera y se quedó observándolos con las manos en las caderas, empuñando con la izquierda el *vitis*. Como protección para el tórax llevaba el coselete de cuero.

—¿Estáis despiertos? —preguntó en lengua germánica.

—¡Sí, centurión de primera línea Publio Tauro! —gritaron en respuesta Armin y Flavus.

—Entonces, atacadme. ¡Ahora!

Armin intercambió una mirada con su hermano y movió la cabeza hacia la izquierda dos veces, una especie de código que utilizaban desde que comenzaron a seguir a su padre en las partidas de caza. Con aquella mirada se ponían de acuerdo sobre la táctica que iban a adoptar, en aquel caso contra el oso, visto el adversario que tenían delante. Nunca antes la habían puesto en práctica a solas, se limitaban a seguir a los guerreros adultos y a imitar sus movimientos y golpes, pero allí el único guerrero adulto era el adversario. Armin inclinó la cabeza imperceptiblemente y Flavus echó a correr con la espada por delante, pero cuando estuvo a tiro hizo un amago muy rápido a un lado. Su movimiento solo pretendía desequilibrar a Tauro. La verdadera ofensiva la lanzó Armin por la derecha, que arrojó el escudo al rostro del centurión y atacó con la espada su flanco descubierto.

Tauro intuyó en el último instante la maniobra y arrojó el *vitis* entre las piernas de Armin, haciéndole tropezar y caer, luego se volvió e hizo frente a Flavus, que lo estaba atacando por detrás. Le lanzó la capa. Capturado como un pez en una red, Flavus trató de desenredarse en vano y no pudo evitar ser arrastrado al terreno de la palestra del centurión.

—Volved a coger vuestras armas y haced como os digo. Debéis aprender a golpear sin descubriros. Habéis intentado la sorpresa, pero habéis fallado. De haber sido vosotros más grandes y yo un poco más viejo y lento, quizá habríais conseguido tocarme, pero nada más.

Sus palabras se vieron interrumpidas por la llegada del siervo de Diodoro, que le entregó una misiva con el sello de la casa imperial. La abrió, la leyó por encima, la cerró y se la metió en el coselete. Luego se volvió hacia los muchachos con expresión contrariada.

—Lo que temía ha sucedido. Augusto César me pide en una carta de su puño y letra que me encargue de vuestra formación militar. Él es el hombre más poderoso del mundo, podéis estar orgullosos de que se preocupe personalmente de vuestra educación. También yo me siento honrado de que me haya elegido para llevar a cabo una misión en la que evidentemente tiene mucho interés y haré lo que me pide para no defraudar su confianza. Lo haré porque es el comandante supremo de todas las fuerzas del imperio y, por tanto, por sentido de la disciplina. De buen grado evitaría ocuparme de vosotros; mi puesto está en el campo de batalla para combatir y no en una palestra fingiendo combatir…

Armin ayudó a su hermano a levantarse e hizo amago de hablar, pero Tauro lo frenó con un gesto:

—De ahora en adelante me debéis obediencia total. Decidiré cada una de vuestras jornadas, cada hora e instante de vuestra vida. Durante los primeros tres meses hablaréis solo si se os pregunta, porque no sabréis aún expresaros. Pero dentro de tres meses hablaréis latín gracias a las facultades didácticas de Diodoro, vuestro maestro. Respetadle, ha conocido la esclavitud y ha sufrido mucho. No nació esclavo. Se convirtió en esclavo por un hecho adverso.

Armin se acercó y lo miró fijamente a los ojos a la manera de los guerreros germanos. Tauro comprendió por aquella mirada más que por mil palabras.

Continuaron desencadenando un ataque tras otro, todos rechazados duramente por el centurión, hasta que el sol proyectó la sombra del reloj sobre la segunda barra.

—Es suficiente por hoy —dijo Tauro—. Id a lavaros y vestíos dignamente. El barbero vendrá a ocuparse de vuestro peinado. No quiero ni melenas descuidadas ni ricitos propios de afeminados en la frente. Un siervo os llevará al aula donde Diodoro se cuidará de vuestra educación.

Armin y Flavus habían comprendido casi todo, pero no tenía la menor idea de lo que era un afeminado.

Mientras Tauro hablaba, llegó un muchacho guapísimo que aparentaba la misma edad que Armin, vestía un traje muy elegante, blanco, orlado de púrpura, y calzaba sandalias de cuero rojo. Se desvistió al lado de la palestra y dejó a la vista, a pesar de su corta edad, una musculatura escultórica. Se caló un casco de cuero, embrazó un escudo que le entregó un siervo y se colgó del hombro derecho el cinturón que sostenía una espada corta, de verdad. Poco después la gran palestra resonó con el entrechocar de dos espadas que se oponían: la del guapísimo muchacho y la del centurión de primera línea Marco Tauro.

—Escucha... —dijo Armin al hermano.

—¿Qué?

—Los golpes de espada. Se pueden distinguir los suyos de los del muchacho.

—Espada contra espada. No me gustaría estar en su pellejo. ¿Quién será?

—Uno como tú y como yo. Un príncipe. El hijo de un gran hombre. Tal vez un día nos lo encontremos.

—Pero ¿por qué usan espadas tan cortas?

—¿Has visto alguna vez una máquina de cardar?

—No. ¿Qué es?

—Dos tablas de madera, curvas, una convexa y móvil, la otra cóncava, erizada de agujas de cardo, a veces de clavos de hierro, y en medio una madeja enredada de estopa. La parte superior oscila arriba y abajo y cada vez que baja rompe, machaca. Al final no hay más que una fibra pegada a otra, solo filamentos. Sí, la legión está hecha así: miles de espadas cortas cortantes. La formación que entra en contacto con ese frente erizado de puntas es rasguñada, desgarrada, lacerada. Sangra por todas partes, se debilita y grita de dolor. ¿Has visto alguna vez a un guerrero transportado al pueblo desde el campamento de batalla completamente cubierto de sangre? ¿Has observado el pecho de nuestro padre? Todas esas cicatrices... significan una sola cosa: tanto el primero como el segundo se han enfrentado con la legión.

—¿Quieres meterme miedo?

—No. Me has hecho una pregunta. Te he respondido, pero no me preguntes cómo lo sé.

—Una lección bastante breve —comentó Flavus mientras se encaminaban hacia su residencia después del combate de adiestramiento.

—Pero más que suficiente —replicó Armin—. Él actúa siempre así. ¿Recuerdas? Nos azotó hasta hacernos sangrar, pero solo una vez. No nos ha castigado más, ni siquiera cuando, quizá, lo habríamos merecido.

—¿Quieres decir que nos aprecia? Un modo extraño de demostrarlo, y sobre todo drástico. Estoy lleno de cardenales.

—Algo así. Pero también que no se repite nunca, con nadie, nunca te da una segunda oportunidad.

—Primero te avisa. Luego te mata.

—No —repuso Armin—, a nosotros no.

Llegaron a la villa, que dominaba la colina y estaba rodeada por un gran parque.

—¡Mira! —exclamó Flavus.

Armin se volvió en la dirección indicada por el hermano.

—Gran Wotan, ¿qué es?

—Un pavo —respondió una voz suave a sus espaldas.

Diodoro. Había aparecido de pronto de un tupido madroño.

—Estaba meando y lo hemos interrumpido —susurró Flavus a su hermano.

—En absoluto —repuso Diodoro, molesto—. No estaba meando. Comprobaba si la hembra de ese maravilloso pavo ha puesto huevos.

—Nunca había visto una maravilla semejante —dijo Flavus mientras el animal desplegaba en abanico la cola irisada. En aquel momento el pavo emitió un canto espantoso.

—Nadie puede ser perfecto en la tierra —comentó Diodoro—. Este animal encarnaría la armonía absoluta y la perfección total, pero la naturaleza lo ha dotado de un canto desgraciado y estridente como el grito de un hombre torturado a muerte. —Dejó de hablar para no decir cosas banales y obvias. Solo dijo—: A este jardín se han traído plantas y animales exóticos de todas las partes del mundo. Las clases comienzan inmediatamente después del almuerzo.

La clase fue una tortura. Armin y Flavus nunca se habían visto en la obligación de permanecer largo rato inmóviles en un asiento escuchando cosas para ellos aburridas y sin sentido. Recordaban los vivaques en torno al fuego cuando escuchaban embelesados las hazañas de los grandes guerreros narradas por los bardos. No hubieran querido que se acabasen nunca. Sobre la cabeza el cielo estrellado que parecía sostenido por las copas de las hayas y las encinas, y entre los abetos verdes y azules el soplo del viento nocturno, los aromas del bosque. Ahora trazaban signos incomprensibles en una tablilla encerada. Diodoro tenía una voz átona e incolora, pero chillaba si veía que alguien se distraía.

Si aquella tortura hubiese continuado demasiado tiempo, habrían estrangulado a aquel gallináceo y Tauro lo sabía. Intensificó, por consiguiente, los adiestramientos con la espada y el escudo, primero con armas de madera y luego con armas de hierro. Los extenuaba hasta el punto de que sentarse en el aula con el maestro debía de parecerles un regalo de los dioses.

Luego, con los primeros días del invierno, comenzaron las cacerías del jabalí con el venablo en los encinares del alto Lacio. Partían aún oscuro vestidos con calzas germanas, coselete y casco de cuero, fajas y botas, y con una reserva de venablos atados al costado de los caballos. A veces no eran más que tres, a veces una decena con auxiliares hermunduros, arqueros cretenses y batidores con los perros. Armin y Flavus nunca habían tomado parte en las batidas con los perros. Los mismos que de noche daban la vuelta a la villa gruñendo con la traílla de los guardianes de ronda. Era una caza muy dura en un terreno accidentado, y los perros, apenas olían los excrementos y el olor áspero del jabalí, enloquecían y se lanzaban a una velocidad increíble donde la floresta era más espesa. Una vez rodeado, el jabalí debía ser abatido y siempre les tocaba a los dos muchachos enfrentarse a la fiera rabiosa, que a veces conseguía romper el cerco sacando las tripas a un perro con los colmillos y seguía corriendo hasta que un venablo de los perseguidores le traspasaba el corazón.

Para los dos muchachos era una derrota que el jabalí fuese abatido por otros. Por eso, con la ayuda de Tauro, trataban de perfeccionar sus habilidades y su puntería. A veces el centurión los observaba desde lo alto si encontraba un lugar favorable y, aunque no quisiera admitirlo, se daba cuenta de que les tomaba afecto. El corte de pelo, la indumentaria cada vez más romana y soldadesca hacía que los sintiera cada vez más cerca de su manera de pensar y de vivir.

Cuando la batida había terminado, el perro con el vientre desgarrado era confiado a los cuidados del veterinario, que lavaba la herida y la recosía si los órganos internos no estaban lesionados, y a menudo conseguía salvar al animal. Y también esto era motivo de admiración para Armin y Flavus, que no estaban acostumbrados a la idea de que existiesen médicos para los perros y los caballos. En cualquier caso, les tocaba a ellos despellejar la presa cobrada, abrirle el vientre y dar las entrañas a los perros.

Tras cada empresa, aunque fuese un duelo en la palestra o una cacería en los bosques de la Sabina, Tauro tenía siempre una enseñanza que impartir a sus alumnos.

—¿Qué te ha enseñado esta batida? —preguntó aquel día a Flavus.

—Que una cacería es la mejor situación para hacer desaparecer a un adversario simulando un accidente.

—Interesante observación. Después de todo, podría ser la razón por la que siempre prefiero situarme en una altura. Mis alumnos podrían sentirse tentados de desquitarse de mi severidad. ¿Y a ti, Armin?

—Nada en particular, pero he visto caer a un hombre del caballo, uno de los arqueros. Me ha hecho acordarme de que hace años, cuando yo era pequeño, nuestro padre nos contó que el comandante Druso se estaba muriendo como consecuencia de una caída del caballo...

Tauro se ensombreció.

—¿Y él cómo se enteró?

—Fue un acontecimiento muy importante, en todas partes se hablaba de ello, hasta en las orillas del Océano. Para nosotros era una suerte; para vosotros, una desgracia.

—El comandante Druso era el mayor combatiente que yo haya visto nunca... —dijo Tauro evitando el terreno resbaladizo al que Armin lo estaba llevando—. Corren rumores de que entre él y vuestro padre hubo alguna relación. ¿No sabéis nada de ello?

—Sabemos que existía esta habladuría, nada más. Quizá se apreciaban pese a ser enemigos —respondió Armin.

Tauro y los dos muchachos dejaron pasar delante al resto del grupo con la mayor parte del jabalí cobrado y hacia el atardecer se detuvieron en las cercanías de la ciudad ya deshabitada de Veio. Mientras los muchachos encendían el fuego, Tauro purgó la carne con cebollas y vinagre y se aprestó a asar un buen trozo. Les habló del asedio de los romanos a Veio, sitio que duró diez años, como el de Troya, y acto seguido retomó el discurso que había quedado en suspenso.

—Yo estaba en Magontiacum cuando fue llevado allí el comandante Druso, febril y pálido, ya próximo a morir. Su hermano Tiberio, al enterarse de que estaba mal, montó a caballo y partió hacia el septentrión al galope, seguido por una pequeña escolta. Cabalgó día y noche sin nunca detenerse más que para cambiar de caballo. Recorrió doscientas millas en cuatro días, atravesó los Alpes y por el camino dejó atrás a gran parte de su escolta. Druso, ya en las últimas, al saber que su hermano se acercaba mandó un destacamento de caballería para que le hiciera de guía en las últimas etapas y, cuando supo que estaba llegando, desde su lecho de muerte dio orden de formar las legiones para rendirle los honores militares. Tiberio llegó a tiempo de recoger sus últimas palabras y su último aliento.

Tauro interrumpió su narración y permaneció en silencio. Solo se oía el crepitar del fuego.

—Continúa, centurión, si es posible —dijo Flavus.

—Me correspondió a mí —prosiguió Tauro— el alto honor de preparar y dirigir el funeral. El cuerpo del comandante Druso, llevado a hombros por seis tribunos militares en uniforme de gala y precedido por cuatro legados, fue escoltado por la legión de la guarnición al completo: seis mil hombres en armadura de combate con el lábaro y el Águila. Mientras el cortejo avanzaba, se alzó el sonido de las trompetas y de las buccinas y el profundo retumbar de los tambores. Por último venía el caballo sin jinete del comandante Druso, un soberbio semental panónico.

»Había hecho levantar una pira con troncos de roble y de abeto alta como una torre: una rampa se iniciaba a doscientos pasos de distancia y llegaba hasta su parte superior. Cuando la legión llegó a la base de la rampa, se dividió en dos columnas que marcharon al paso hasta delimitar un cuadrado de media yugada alrededor de la pira. El féretro fue llevado a hombros hasta lo alto de la pira y depositado sobre el catafalco; luego, al toque de cien trompetas de bronce, cuarenta legionarios, diez por cada lado, le prendieron fuego. La legión formada presentó armas, los infantes cubiertos de acero se pusieron firmes para el saludo y gritaron su nombre. Nadie pudo ver aquello sin derramar una lágrima, ni siquiera los veteranos más duros. Tampoco yo.

Bajó la cabeza sobre el pecho.

—El hermano, Tiberio Claudio, trajo a pie hasta Roma la urna con sus cenizas y la depositó en el mausoleo que Augusto hizo construir para los miembros de su familia. El emperador recibió la urna con los máximos honores, cubierto por una larga túnica negra y un manto del mismo color y orlado de oro. Ningún romano digno de este nombre, desde el emperador hasta el último soldado raso, se ha resignado a esa pérdida.

Flavus y Armin escuchaban en silencio la conmovida rememoración del centurión Marco Tauro, asombrados de cómo había narrado esos acontecimientos, como si hablase a unos jóvenes romanos, a unos muchachos que un día se convertirían en defensores del imperio. Armin miraba fijamente al vacío, impasible en apariencia, pero dentro de sí sentía la emoción del hermano, aunque sin comprenderla. La atmósfera que los envolvía temblaba de estremecimientos fríos y ardía de fuego de roble.

Marco Tauro hizo el reparto de la carne y cortó un pedazo para sí con su puñal reglamentario.

—Comed —dijo—. Debéis de estar hambrientos.

Una vez que hubieron comido, ataron los caballos y extendieron las mantas, pero aún no tenían sueño a pesar de la larga jornada.

Tauro doró un poco más su trozo de carne en las brasas, luego alzó la mirada hacia los muchachos.

—Conozco vuestros relatos sobre los guerreros caídos en la batalla, los espíritus de la guerra que los acogen, las vírgenes valquirias que cabalgan a su lado para conducirlos a los prados de la gloria perpetua. Son hermosas. Nosotros no tenemos nada similar. Nuestros héroes solo son acompañados hasta el umbral de los infiernos por sus soldados... —Se volvió hacia Armin—: ¿Sabrías decirme cuál es la diferencia entre un soldado y un guerrero?

Armin dudó...

—Yo te lo diré: tú eres un guerrero; tu hermano es un soldado.

Ninguno de los dos replicó, como si hubiesen escuchado a un oráculo.

—Centurión Tauro... —dijo Flavus.

—¿Qué pasa? —rezongó el oficial.

—¿Puedo hacer una pregunta?

—Si crees que debes hacerla...

—¿Quién es el muchacho con la túnica blanca orlada de rojo al que vemos de vez en cuando en la palestra?

—Lo sabrás a su debido tiempo. No le dirijas la palabra y no hagas esta pregunta a ningún otro, ni siquiera cuando seas capaz de hablar en latín. Y ahora a dormir.

Los muchachos se tumbaron en su yacija. Se despertaron durante la noche por los ruidos del bosque cercano y vieron la figura de Tauro, de pie y con la espada en la mano, recortada contra el perfil de un gran túmulo. La luna roja desaparecía en la niebla.

VIII

Se pusieron de nuevo en camino antes del amanecer, un amanecer gris que solo sacaba de las tinieblas los altos túmulos de los antiguos héroes de aquella ciudad que era más antigua que Roma y que aquella gente que había osado desafiarla. Flavus y Armin habían comprendido hacía tiempo que bajo la dura corteza de su maestro de armas se escondía un filósofo que se interrogaba acerca del destino de los hombres y de las naciones, de las fuerzas caóticas que irrumpen en la historia con ciega violencia y determinan drásticos cambios que acaban en un abrir y cerrar de ojos con lo que el hombre ha construido con largo y tenaz esfuerzo.

Armin y Flavus quisieron saber quién yacía debajo de aquellos túmulos, cómo se llamaban, quiénes eran sus antepasados, y por qué sus tumbas se hallaban en estado de abandono, infestadas de hierbajos, y mostraban aquí y allá los signos de las profanaciones y los saqueos.

—Ningún monumento sobrevive intacto a la civilización que lo ha creado —respondió Marco Tauro—. Fijaos en lo que queda de estos muros. Hubo un tiempo en que nadie habría osado tratar de expugnarlos, pero Roma lo consiguió y ahora son refugio de los animales salvajes. La que fue una ciudad poderosa y orgullosa se vio reducida a un amasijo de ruinas en las que encontraron cobijo vuestros soldados derrotados por los galos en el río Alia hace cuatro siglos. Ahora no es más que un mísero pueblo destinado a desaparecer de la faz de la tierra. Sus habitantes incluso han olvidado su lengua nativa y han adoptado la nuestra. Y sin embargo en muchos de ellos arde aún la llama de la memoria ancestral. Se llamaban y se llaman todavía etruscos. Uno de ellos figura entre los primeros consejeros del emperador, otros son poetas, otros siguen siendo formidables combatientes. Roma nunca ha querido su destrucción ni su exterminio, quiere que vivan en paz bajo nuestro mismo cielo, que combatan junto con nosotros a los enemigos comunes, que mezclen su sangre con la nuestra con los matrimonios.

»En aquel tiempo todos luchaban contra todos en esta tierra, pero solo un pueblo vencía: los romanos. El hado ha querido que fuera así. Pero cuando Roma se quedó sola y victoriosa surgieron otros conflictos, romanos contra romanos, ciudadanos de la propia República. Algunos decían luchar por la libertad contra el poder absoluto de un autócrata. En parte era cierto, en parte era mentira. De haber vencido, habrían afirmado su poder sobre todos los demás. Al final un hombre solo puso fin a las luchas fratricidas, interrumpió la cadena de venganzas y de sangre y por fin hubo paz, prosperidad y toda la libertad que era posible en aquellas circunstancias. Cada ciudad, cada comunidad se rige por sí sola, administra las leyes, organiza las ceremonias propiciatorias para los mismos dioses...

Tanto Armin como Flavus tenían muchas cosas que decir, que preguntar, sobre las que conversar, pero sabían muy bien que no les estaba permitido. Uno de los preceptos más severos en aquella casa del Aventino era permanecer lejos de la política, y esa prohibición dejaba comprender más que muchos discursos lo que significaba la falta de libertad.

Ahora ya la Ciudad, como todos la llamaban, aparecía a la vista y aún no conseguían acostumbrarse a aquel espectáculo, al triunfo del sol en los templos y en las columnas, en los arcos y en los puentes, en los pinos verdes y rojos, en los retorcidos olivos plateados, en los caballos rampantes, las victorias aladas de oro y bronce, las fuentes iridiscentes. Tauro les hizo señas de que le siguieran por las calles atestadas de gente, entre la que se balanceaban las sillas de manos de los personajes que no querían mezclarse con la multitud de esclavos, obreros, artesanos, lavanderas y panaderos. Grupos de pantomimos improvisaban aquí y allá bufas representaciones aplaudidas por ocasionales paseantes y espectadores voluntarios. Así vagaron entre los recuerdos inmortales, a los pies de colosos metálicos, de rutilantes trofeos y de columnas rostrales, bajo los pórticos sombreados, junto a los relojes de sol que marcaban el tiempo del imperio, las fuentes divinas, los altares humeantes de incienso.

Delante de los palacios del poder y a la entrada de sus acuartelamientos se erguían, embutidos en resplandecientes y abultadas armaduras, con uniforme azul y cimera roja, los magníficos pretorianos, defensa de Roma y de Italia. Sus mantos ondeaban como pendones en el viento de poniente.

El tiempo pasó rápido como si el rojo de la aurora y el del ocaso se hubiesen fundido en una sola nube dorada. Tauro se dirigió hacia el Campo de Marte, donde se detuvo delante de un monumento esculpido y pintado que destacaba en una zona amplia y libre. A los dos muchachos les pareció que el hirsuto centurión había llegado al lugar de una misteriosa cita.

—Este es el Altar de la Paz —dijo—. Tratad de comprender qué significa porque cada una de las figuras que veis es un mensaje para el pueblo y para el Senado, pero también para los visitantes como vosotros que llegan aquí por primera vez. Y aquí está también la respuesta a una pregunta que me habéis hecho varias veces.

Ni Armin ni Flavus consiguieron comprender, desconocedores como eran de la mitología, de la familia imperial, de los símbolos del Estado y de la religión. En vano se esforzaron en recordar su pregunta. Los sacó de apuros el eco imprevisto de una voz clara como el agua de manantial que entonaba un canto desde el interior del monumento y hacía vibrar las paredes de mármol como si fuesen la caja de resonancia de un instrumento musical. Un canto melancólico y sutil, un lamento triste. No había celebraciones religiosas en curso, no había sacerdotes ni acólitos para ofrendar votos a los dioses, aquel canto parecía resonar por la sola razón de que el cantor no podía dejar de expresarlo con maravillosa intensidad en aquel espacio sagrado y sublime.

Armin estaba impresionado e hizo el gesto de subir los escalones de acceso para ver de quién era esa voz. Por un momento le pareció que Tauro trataba de detenerlo, pero se equivocaba. Tauro no se movió.

—No encontraréis a nadie allí dentro —se limitó a decir—, solo espectros de mármol sin calor y sin aliento.

Armin se detuvo, desconcertado, luego subió la escalinata y exploró el interior del monumento.

Estaba vacío.

Ni siquiera la sombra de una persona. Salió por la otra parte sin dar crédito a lo que veía. La voz se escuchaba aún, pero lejana, a punto de desvanecerse. Cuando pareció que iba a disolverse en el crepúsculo, se alzó de golpe en un grito de agudo dolor y luego se apagó en las sombras del atardecer.

Tauro estaba frente a él ahora y, quizá por un efecto de la luz, pareció que brillasen lágrimas en sus ojos oscuros. ¿Era posible que un soldado tan duro y rudo sintiese emoción? La voz femenina, la que hacía vibrar el altar, ¿acaso tenía el poder de estremecer al soldado de piedra?

—Nadie consigue explicarse este fenómeno —dijo—. Pero es cierto que cada día a esta hora Antonia, la viuda del comandante Druso, baja al mausoleo imperial que tenemos delante para rendir homenaje de llanto a la sombra del esposo amadísimo, inolvidable. El canto triste que habéis oído es el lamento de su alma doliente, tan fuerte como para abarcar los confines naturales que separan a los vivos de los muertos. Pero ahora seguidme. Quiero enseñaros una cosa.

Se dirigió hacia el lado meridional del gran altar. Se veía la procesión inaugural del monumento y la familia imperial estaba representada en bajorrelieve en la gran superficie marmórea. Tauro señaló una figura masculina erecta, la espalda cubierta por un manto; delante de él, una mujer joven de gran belleza, de purísimo perfil, se daba la vuelta para mirarlo y llevaba de la mano a un niño vestido con una túnica y una toga minúsculas. Del cuello le colgaba un dije, un amuleto que protegía a los pequeños del mal de ojo.

—El hombre con el manto es el comandante Druso; ella es Antonia, su esposa. Estaban muy enamorados, ella se reunía con él en los confines del mundo solo para yacer entre sus brazos. El pequeño que lleva de la mano es Germánico, así llamado por las victorias que el padre había logrado durante sus campañas en Germania.

Armin y Flavus intercambiaron una mirada de inteligencia que significaba «silencio».

—El muchacho que veis a veces en la palestra entrenarse con la espada y el escudo contra mí es él. Era pequeño cuando esculpieron esta figura.

Armin miró de nuevo a los ojos a su hermano Flavus y por aquella mirada pasaron los recuerdos de muchas historias que el rey Sigmer les había contado. Pasó la leyenda de que entre los dos enemigos en el campo de batalla existía una estima mutua y personal, que quizá se convirtió también en una amistad secreta y profunda.

¿Quién de los dos renovaría la amistad del rey Sigmer con el comandante Druso? ¿Y qué podría nacer de ella?

Armin indicó otra figura que había más adelante: un joven, alto, vestido exactamente como Druso, con túnica y manto militar.

—¿Quién es? —preguntó.

—Tiberio, el hermano mayor del comandante Druso —respondió Tauro.

—El príncipe melancólico —murmuró Armin.

—Yo lo vi sentarse en el borde de la cama sosteniendo la mano del hermano moribundo —dijo Tauro—, y luego estrecharlo entre los brazos en el momento de la muerte.

—¿Y ahora dónde está?

Tauro inclinó la cabeza y guardó silencio. Flavus miró a su hermano de soslayo y Armin comprendió enseguida.

—Perdóname —dijo—, no creo que sea algo que me ataña.

El centurión no añadió nada más.

El muchacho aquel día había llegado puntual y Tauro se le acercó para ayudarlo a llevar la armadura de adiestramiento.

Flavus y Armin habían llegado con antelación siguiendo a Tauro y estaban sentados al borde de la arena. Flavus se volvió hacia el hermano y le musitó al oído en la lengua materna:

—Pero ¿qué preguntas le has hecho?

—Me he disculpado, ¿no?

—No es cuestión de disculpas, sino de algo muy distinto.

—Explícate mejor.

Flavus se fijó en que el muchacho llamado Germánico estaba duramente empeñado en un cuerpo a cuerpo. Germánico, sudado y jadeante; Tauro, inmóvil como un pedrusco. Y pudo responder tranquilamente.

—Es una historia de dominio público, pero ni debe saberse ni debe hablarse de ella. El emperador Augusto, jefe supremo del Estado, o sea, el hombre más poderoso del mundo, tiene una única hija llamada Julia, que tuvo de su primera mujer. Primero la dio como esposa a su sobrino, hijo de su hermana, un buen muchacho que murió antes de cumplir los veinte años —bajó la voz—, se sospecha que envenenado…

En aquel punto tuvo que interrumpirse.

La lección de Tauro había terminado. Maestro y alumno se quitaban la sed con una jarra de agua fresca. El centurión miró hacia el límite de la arena y reparó en Armin y el hermano como si los viese por primera vez. Les indicó que se acercasen. Los dos muchachos obedecieron y Tauro se volvió hacia Germánico.

—¿Te ves capaz de honrar tu nombre? ¿Ves lo altos que son? ¿Y el color de sus ojos lo ves?

—Como el color de los tuyos —dijo el muchacho; luego, con rostro grave, asintió.

Sus adversarios estaban frescos y descansados, él estaba agotado por la refriega que había entablado con un hombre que pesaba el triple que él y no tenía una libra de grasa, pero no podía rechazar el enfrentamiento. Era Germánico, hijo del comandante Druso.

—Deberías batirte con ambos y ganarles, dado el nombre que llevas, pero, considerando que te has batido conmigo decorosamente, por esta vez te concedo que elijas a uno, el que prefieras.

Germánico se acercó a los dos muchachos, que lo miraban sin observarlo con fijeza. Se detuvo un instante a igual distancia del uno y del otro, luego volvió la mirada hacia Armin.

—Este —dijo. Luego, vuelto hacia Tauro—: ¿Qué tipo de armas? ¿De verdad o de adiestramiento?

—Yelmo de metal, coselete de cuero, escudo y espada de madera —respondió el centurión—. Debéis combatir con lealtad. No podéis sacarle los ojos al adversario ni golpearle en los testículos, podrían ser necesarios para la transmisión de la dinastía. —Sonrió irónico señalando a Germánico—. Seré yo quien ponga fin al combate cortando el aire de arriba abajo con la mano armada con un cuchillo. El combate comenzará en cuanto dé una palmada.

Los duelistas se armaron y, mientras Armin se ponía el coselete, Flavus le ataba los cordones del calzado y le daba consejos en la lengua nativa:

—Defiéndete pero no le hagas daño, es hijo del comandante Druso y sobrino adoptivo del emperador. Serías hombre muerto.

—Lo sé —respondió a secas Armin, y se puso en guardia.

Los dos contendientes se estudiaron largamente buscando cada uno un paso en la guardia del otro. Tauro no perdía de vista a ninguno de los dos y trataba de prever los movimientos que harían para evitar consecuencias desagradables. Sabía cuánto valían aquellos muchachos y reconocía sus propias enseñanzas en cada uno de sus movimientos.

La primera estocada fue de Germánico, punta sobre el cuerpo, directa al flanco izquierdo de Armin, que estuvo rápido para desviarlo con el escudo y para responder también él con un filo al flanco izquierdo del adversario. Siguió un entrecruzar alto de las espadas y enseguida uno bajo, de corte. Germánico trató de inmovilizar la espada de Armin contra el suelo para luego golpearle con el borde del escudo en la base del cuello. Armin evitó por poco un golpe que habría podido serle fatal. Empezaron de nuevo a estudiarse el uno al otro dando vueltas, luego siguió un violento intercambio de golpes, una serie de ruidosas colisiones escudo contra escudo. Germánico vaciló. Armin no le dio tregua y lo golpeó por sorpresa con el empeine en la corva. Germánico cayó al suelo y Armin se le arrojó encima para apuntarle con la espada en la garganta y demostrar la victoria, pero Germánico giró sobre sí mismo y volvió a ponerse en pie con un impulso de los riñones y soltando hacia atrás un golpe con el borde del escudo. Una mueca en el rostro de Tauro reveló la tensión que lo atenazaba, sin embargo el centurión dejó que el enfrentamiento prosiguiera. Los dos jóvenes chorreaban sudor, tenían la ropa empapada, el cabello pegado a la frente. Mostraban cardenales en los costados, en los muslos, en la espalda y en los brazos. Sangraban en varios puntos.

El sol de principios de primavera estaba alto y era más bien cálido y los muchachos jadeaban aparentemente extenuados, pero seguían enfrentándose con creciente ímpetu, apretaban los dientes, respondían golpe a golpe y empujaban los escudos con toda la fuerza que les quedaba en los miembros. Cuando Tauro se dio cuenta de que la fatiga estaba imponiéndose y los golpes se habían vuelto imprecisos, se decidió por fin a cortar el aire entre los dos con el cuchillo en la mano y declarar terminado el duelo.

Armin volvió al lado de su hermano y Germánico se acercó a la fuentecilla para enjugarse el sudor. Habló Tauro:

—Ninguno de los dos ha conseguido imponerse al otro, por tanto mi veredicto es de empate. Debo tener en cuenta, sin embargo, dos cosas: Armin es más alto y pesado que Germánico, pero es posible que se haya contenido en demostrar toda su fuerza para no ponerlo en peligro y sufrir las consecuencias. Si ha hecho eso, lo ha hecho bien, porque todo parecía absolutamente auténtico. Podría decir que ha sido un poco como un combate de gladiadores. Sé que Germánico ha asistido ya a este tipo de espectáculos, mientras que Flavus y Armin apenas saben de qué se trata. Podéis retiraros.

Flavus ayudó al hermano a quitarse la armadura, se lavaron también ellos en la fuente y luego se encaminaron hacia sus alojamientos. Germánico, acompañado a cierta distancia de Tauro, cojeaba.

—¿Qué te ha parecido el muchacho? —preguntó Flavus.

—Fuerte. A menudo peligroso.

—Sí, pero tú has luchado como si tuvieses las manos atadas.

—No es cierto. Cuando estás en la pelea tratas de golpear y basta.

Permanecieron en silencio durante un rato bastante largo y cada uno hubiera querido saber en qué pensaba el otro.

—¿En qué piensas? —preguntó al final Flavus.

—En lo mismo que tú: en si nos encontraremos alguna vez en un verdadero campo de batalla.

—Los queruscos son aliados de los romanos.

—Y nosotros somos prisioneros —respondió Armin.

—Huéspedes —le corrigió Flavus—. Los prisioneros no viven como nosotros. Mira las ropas y las armas que llevas, piensa en la comida que comes. ¿Te acuerdas de las gachas de mijo que cocinaba nuestra madre?

Armin agachó la cabeza, no tenía ganas de hablar.

—¿Te ha dicho algo cuando estabais en el cuerpo a cuerpo?

—Ha dicho algo en latín, pero ha sido más un gruñido, quizá imprecaciones, quizá otra cosa. Tal vez algún día todo se vuelva más claro. Dime dónde está el príncipe hermano del comandante Druso.

—¿Otra vez con lo mismo? ¿Por qué debería saberlo?

—No sé. Siempre sabes más que yo de los romanos.

—Porque mi latín es mejor que el tuyo y escucho todo lo que puedo. Y como muchas veces la gente habla delante de nosotros abiertamente, creyendo que no somos capaces de comprender, resulta que aprendo más que tú.

—¿Entonces?

—Si insistes, te diré lo que sé. Pero quizá deberíamos volver al altar de mármol. Allí están esculpidos y pintados todos aquellos de los que hablaremos.

—Pero ¿cómo lo hacemos?

—Se lo preguntaré yo. Tauro confía en nosotros. Por otra parte, puedes estar seguro de que personas invisibles nos vigilan día y noche.

Armin asintió. Las figuras esculpidas en mármol, imágenes de admirable belleza, volvieron a su mente y pareció no hacer caso a lo que estaba diciendo Flavus: «Nosotros necesitaríamos siglos para ser capaces de construir una maravilla semejante», pero respondió de todos modos.

—Nosotros somos un pueblo de guerreros.

—¿Acaso ellos no? —replicó Flavus sonriendo con sarcasmo.

No se podían creer los dos muchachos que les fuera posible moverse libremente por la ciudad al día siguiente. Rebosaba de gentío por una de las muchas festividades religiosas, políticas y civiles, y aprovecharon el permiso para ver otras zonas de la ciudad. Lo que más les llamó la atención fue el Circo Máximo. Nunca habrían podido imaginar una estructura de aquellas proporciones: ¿cuánta gente podía caber en aquellas gradas? El equivalente tal vez a toda una tribu germánica. Asistieron también a las pruebas de una docena de cuadrigas. Era una emoción desmedida, una palpitación incontrolable: a cada vuelta, un delfín de bronce era bajado maniobrando un gancho. Cada delfín era en realidad una fuente que dirigía su chorro de agua ya hacia arriba, ya hacia abajo. Toques de trompeta en el interior del enorme aforo resonaban de una gradería a otra. La pista, cubierta de gravilla batida, ofrecía gran adherencia a las ruedas de los carros; las manos de los aurigas debían aguantar firmemente con las riendas la fuerza de cuatro corceles lanzados a gran velocidad. Una vez llegados al fondo de la recta de llegada, los carros debían tomar la curva y disputarse la carrera más interior, que permitía el recorrido más breve y por tanto más altas probabilidades de victoria.

La que estaban viendo los dos hermanos era solo una prueba, los aurigas se abstenían de maniobras extremas que habrían podido causar daño a los carros o dejar cojos a los caballos antes de la competición propiamente dicha, cuando el vencedor sería coronado delante de una ingente multitud en pleno delirio.

—Estoy seguro de que dentro de no mucho nos traerán precisamente aquí para que asistamos a las competiciones, entonces sí que verás una verdadera carrera, una carrera en el gran circo de Roma. Y luego será el turno de los gladiadores, el espectáculo más tremendo y más cruel del mundo, ver a hombres batirse y perder la vida por ninguna otra razón que para diversión de los espectadores.

—Solo de pensarlo me desagrada —respondió Armin—, y espero de verdad no verme obligado a hacerlo. Pero lamentablemente no hay ya ciudad de ciertas dimensiones que no cuente con un gran anfiteatro, incluso en Germania.

—Sí —confirmó Flavus pero sin impostar la voz a ningún sentimiento—, incluso en Germania.

Llegaron a la zona monumental con la que el emperador Augusto había querido celebrar la paz restablecida por él con el final de las guerras civiles, y Flavus mostró al hermano las imágenes tanto de Tiberio como de su esposa.

—He aquí a Julia, es la hija única del emperador y, como ves, es bellísima; Tiberio es el hermano del comandante Druso y es hijo de Livia, que lo tuvo de su primer marido.

—¿Y ahora dónde está Tiberio? —preguntó de nuevo Armin.

—En una isla entre Grecia y Asia. Lleva una vida retirada y recibe raramente; mantiene sus relaciones escribiendo cartas. Dicen que da largas caminatas solitarias por las playas de la isla, pero frecuenta aún las palestras: tiene un cuerpo muy fuerte y es un soldado formidable. Es un hombre extraño, en cualquier caso. Cuando los romanos quieren castigar a alguien lo mandan a una islita en medio del mar. Él, en cambio, se fue por propia voluntad.

—¿Por qué?

Flavus rozó con la mano el rostro de mármol de Julia.

—Por culpa de ella, de la bellísima Julia. Ahora que estamos solos te lo puedo contar. Al quedar viuda de su segundo marido, el poderosísimo Agripa, fue dada como esposa por su padre Augusto al hijo de su mujer Livia, Tiberio Claudio. Julia tenía ya dos hijos varones, guapos muchachos, alegría del abuelo, que los adora porque son sangre de su sangre, hijos de su hija y de su mejor amigo; helos aquí, ¿ves? Este es Lucio y este es Cayo, y este otro personaje con la cabeza cubierta por la toga es su padre Agripa.

Del exterior llegaban las llamadas de los barqueros que remontaban el Tíber con su carga de pescado y el ruido de los carros que transportaban toda clase de mercancías y de suministros para la capital del mundo conocido, pero en el interior del gran altar parecía reinar un silencio antinatural que contrastaba con el realismo de los personajes esculpidos en el mármol, tan verdaderos que parecía que se oía el rumor de su conversación: mandos del ejército, sacerdotes, grandes damas de la casa imperial, niños y muchachos que un día serían como sus padres y tíos, y como el abuelo, que sostenía el mundo entre sus manos.

Flavus pareció volver en sí y prosiguió:

—Tiberio ha afrontado innumerables combates, ganado muchas batallas en muchos lugares, y sabe que es el verdadero defensor del imperio tras la muerte de Agripa, pero por lo visto prefieren para la sucesión a unos muchachos inexpertos e incapaces. Su mujer, por otra parte, ya no aguanta más las obligaciones de Estado: aceptar maridos que resultan gratos a su padre pero no a ella, parir hijos continuamente. Quiere divertirse, frecuentar la mejor sociedad, poetas, artistas, filósofos, actores, tener, si se tercia, aventuras amorosas con ellos y, sobre todo, vivir la pasión por el único gran amor de su vida...

Armin lo interrumpió.

—No es posible que tú sepas todas estas cosas...

—Te lo he dicho, tu latín deja aún mucho que desear, mientras que el mío es más bien bueno y por tanto me he ganado la simpatía de Diodoro, que me cuenta todas las habladurías y los chismes que circulan entre los poderosos de Roma. Pienso que disfruta más él contándolos que yo escuchándolos.

—¿Y es esta la razón por la que Tiberio Claudio está en una especie de exilio en una isla del mar meridional?

—¿No te parece bastante? Es el más grande soldado del imperio, el caudillo de los ejércitos septentrionales, y el comportamiento de su mujer lo cubre de ridículo.

—Tal vez se lo merezca.

—No me lo parece —replicó Flavus—. Pienso que es buena persona. Se vio obligado a casarse con Julia. Él estaba enamorado de su mujer.

—¿Eso también te lo ha contado Diodoro? Yo no creo que los poderosos sean capaces de verdaderos sentimientos aparte del deseo de poder.

—No todo de una vez. En varias ocasiones, cuando tenía ganas de hacer confidencias... A veces, sí, me ha hablado también de Julia, la bellísima Julia, pero parece que no se atreve a decir lo que sabe. Su silencio no es por ignorancia, al contrario, es por su resistencia a hablar. En el fondo, ¿quién soy yo para él? Uno de los numerosos muchachos que han pasado por su escuela, y por añadidura «bárbaro»; estoy convencido de que sus silencios esconden un secreto enorme, tan grande que ni siquiera se atreve a confiárselo a sí mismo. Pero vamos, es hora de volver al Aventino.

Regresaron mientras el sol se ponía detrás de las colinas y las sombras se expandían sobre la Ciudad. Cuando atravesaron el jardín ya estaba casi oscuro, pero no tenían miedo. Continuaron caminando mientras conversaban; Flavus en latín, Armin en lengua germánica.

—¿Por qué no hablas nuestra lengua, como yo? —preguntó Armin.

—Porque está prohibido. Y esta es la verdadera razón por la que yo hablo mejor que tú: respeto la disciplina y así es mejor para todos. Puedo expresar imágenes y sentimientos para los cuales no existen palabras en nuestra lengua. Ahora el latín es nuestra lengua. La otra, la que no olvidaremos en cualquier caso, tengámosla en mente, puede servirnos cuando no queramos que nos entiendan, pero vivamos como si la hubiésemos olvidado.

Un susurro los interrumpió y en un instante los dos echaron mano a los puñales y se distanciaron el uno del otro para mejor hacer frente a la amenaza: el gigantesco hermunduro salió de un matorral de laureles como un oso del bosque, ojos grises de lobo enmarcados por tatuajes que reproducían unas cejas. Era el auxiliar de caballería que les había escoltado con los otros hasta Roma desde Germania.

—¿Qué haces aquí a esta hora? —preguntó Armin en su lengua nativa.

—Os traigo un mensaje de parte de vuestro padre, el poderoso Sigmer.

—Nuestro padre... —repitieron los muchachos casi en un suspiro devolviendo los puñales a su funda.

El gigante descubrió los dientes blanquísimos en una sonrisa burlona, meneó levemente la cabeza y se llevó un dedo a los labios. El mensaje era de siete palabras, pronunciado en su dialecto, y añadió:

—El primero que lo comprenda está autorizado a revelarlo,

pero si prefiere callar, que calle. Estas son las palabras de vuestro padre.

Luego desapareció y los dos muchachos, desconcertados y asombrados, continuaron caminando por el sendero de grava hasta el atrio de la casa sumida en el silencio. Únicamente se oía el lento goteo en una pileta contando el tiempo que pasa.

—¿Qué es? —preguntó Flavus retrocediendo un paso.

—Un reloj hidráulico. Esta mañana no estaba.

—¿Y qué hora es? —preguntó de nuevo Flavus.

—La primera del primer turno de guardia. Está escrito en esas muescas en el interior de la pileta; puedes leerla también en la oscuridad, con los dedos, como hago yo.

Llegaron al peristilo y Armin habló de nuevo.

—¿Tú lo has entendido?

—Al hermunduro le entiendes si ves bien el movimiento de los labios. ¿Tú lo has visto?

—No, estaba demasiado oscuro.

—Tampoco yo. Mejor así.

—Sí, mejor así.

Pero cada uno pensó que el otro había comprendido el mensaje y no quería compartir la solución del enigma.

—Si el jinete que viste salir de la niebla en Rávena y desaparecer al galope te pasara por delante ahora, ¿lo reconocerías?

—No.

—Yo en cambio creo que lo reconocerías también en la oscuridad pero que no te da la gana.

—No lo sé —respondió Flavus—, cada uno tiene sus propios fantasmas.

IX

«Tres cabezas entre dos cuerpos. Ella centro de todo, de vida y de muerte.» La frase fue el resultado de la consulta entre Armin y Flavus, el día después, cuando los dos hermanos se reencontraron y decidieron jugar una partida sin trucos. Habían pasado una noche agitada, tanto porque el mensaje de su padre les había impresionado profundamente como porque la frase parecía una especie de acertijo sin ningún sentido. En un instante los recuerdos de su infancia y mocedad habían vuelto a su mente junto con una oleada de emociones, como si estuvieran aún en los bosques de Germania. Para estar seguros de no influir el uno en el otro, cada uno había escrito en una tablilla su propia interpretación y luego las habían confrontado: eran idénticas. Y habían comprendido también que aquella frase podría referirse más al ambiente en el que se encontraban que al germano.

Pero ¿cuál era el enigma que había que comprender? ¿Era algo que se refería a ellos mismos? ¿Era una frase que su padre había oído al comandante Druso? Tal vez, pero dado que hacía tiempo que el general no existía ya más que en la mente de su esposa, del príncipe Tiberio y del centurión de primera línea Marco Tauro, era evidente que había que buscar *hic et nunc*, había dicho al final Flavus, haciendo alarde de su latín.

—*Hic et nunc* —había repetido impecablemente Armin.

Estaban sentados en el borde de una fuente cuya agua manaba de la boca de un delfín de bronce sostenido por las manos de un joven tritón dentro de una piscina redonda de mármol rojo. A escasa distancia, Cornelio, el jardinero, rastrillaba las ramas secas caídas.

—Tres cabezas entre dos cuerpos, ella en el centro. Antes de nada debemos establecer qué es «ella».

—O quién es «ella». «Ella» no puede ser una cabeza, debe de ser una persona —observó Flavus—. Está entre dos cuerpos y es el centro de todo, de vida y de muerte.

—¿Cabezas entre dos cuerpos? Pero ¿qué sentido tiene?

—Tal vez el hermunduro lo entendió mal y eso hace que nos desviemos —dijo Flavus tratando de escapar a la angustia de una expresión en apariencia carente de sentido—. O quizá más tarde nos transmitirán otras frases que formarán un significado.

—No. Esta frase es completa, hemos hecho una prueba infalible: cada uno de nosotros ha interpretado por separado las palabras del hermunduro, las ha transcrito en una tablilla, las hemos confrontado y eran iguales. La frase es bastante clara y sin embargo bastante oscura. Me cuesta creer que sean palabras de nuestro padre. Nunca le oí proferir nada parecido.

—Y sin embargo no nos hemos equivocado. Cada uno de nosotros entendió lo mismo, nuestras dos versiones coincidían.

La brisa de poniente tenía el perfume de los lirios y de los jazmines, de la hierba recién cortada, y en el interior de la villa los siervos llevaban a cabo la gran limpieza de la primavera. Marco Tauro se había alejado durante algunos días y Diodoro se había apropiado de sus horarios de enseñanza para ampliar los propios. Se estudiaba la historia de los griegos, pero también la historia reciente de la república. A fin de que sus alumnos pudieran comprender mejor, les había mostrado una larga tira de papiro que reproducía el friso del Altar de la Paz donde estaban esculpidos los miembros de la familia imperial, y les había enseñado a reconocerlos uno por uno. Era evidente que todos los jóvenes en Roma debían aprender los acontecimientos de los últimos treinta años según la versión dictada por el supremo regidor. Armin y Flavus se habían dado cuenta de que en su tierra natal, cuyo recuerdo era cada vez más nebuloso con el transcurso del tiempo, no existía nada parecido, si no era en el canto de los bardos, que sin embargo eran, evidentemente, una cosa muy distinta. Lo que los romanos llamaban «Historia» era una narración que tenía todo el aspecto de la verdad porque se basaba en testimonios de quien había tomado parte en los acontecimientos o de quien se había informado. A veces los grandes hombres escribían los hechos históricos de los que habían sido protagonistas, y a nadie se le ocurría contradecirles a causa de su enorme poderío. Era el caso de Julio César al escribir *La guerra de las Galias*. Si existían otras versiones no gratas al poder, poco a poco desaparecían y la gente las olvidaba. Quedaba así una sola verdad, es decir, una no verdad.

Diodoro era hábil en explicar qué era en realidad la historia. No era más que un liberto y no quería decir cosas que pudieran volverse contra él, y tampoco correspondía a ellos hacer preguntas que pusieran en duda lo que él enseñaba. Un buen día comenzó a exponer los acontecimientos que según su versión de los hechos habían puesto fin a las guerras civiles, es decir, la guerra de aquel al que ahora todos llamaban César Augusto, y que entonces se llamaba Octavio, contra Marco Antonio, su máximo adversario, que se había casado con una reina egipcia de nombre Cleopatra. Antonio y Cleopatra estaban muertos y César Augusto había quedado como el único amo del mundo, aunque sin admitirlo jamás. Pero el conflicto que había puesto fin a las guerras civiles era también una guerra civil, es decir, de romanos contra romanos, por lo que no era fácil comprender qué era la narración que llamaban «Historia». Diodoro explicó también el motivo por el que proponía los estudios de aquellos hechos: porque era ya inminente su conmemoración pública con grandes desfiles, fiestas y juegos.

Una tarde, los dos jóvenes paseaban por la orilla del río

observando el espectáculo de la puesta de sol que enrojecía las aguas y las estatuas del templo de Asclepio en la isla Tiberina cuando de pronto Armin dijo:

—No debemos buscar el significado de esas palabras; lo primero es comprender quién se las transmitió al hermunduro para que nos las refiriese.

—¿Nuestro padre? —preguntó Flavus.

—Es posible, pero piensa al revés. ¿Recuerdas aún la frase?

—Por supuesto: tres cabezas entre dos cuerpos, ella centro de todo, de vida y de muerte.

—Pues olvida al hermunduro e imagina a un grupo de personas con las que tenemos o hemos tenido relaciones importantes: aparte de nuestro padre, Tauro, Diodoro, Germánico, el jardinero Cornelio. ¿Me olvido de alguien?

—Los dos libertos de Tauro, Thiamino y Privato, pero solo los hemos visto de pasada —dijo Flavus.

—Entonces repitamos el juego: toma esta tablilla y escribe el nombre de quien, entre estos siete, según tú, puede haber sido el autor de esta frase. Luego dale la vuelta y devuélvemela por la parte limpia y también yo escribiré un nombre.

En pocos instantes cada uno de ellos había escrito sobre la cera un nombre. Armin los confrontó: identificaban a la misma persona. Diodoro.

Llenos de curiosidad por la expectativa de aquellos acontecimientos y con aquel nombre en mente, Armin y Flavus cruzaron el río, el Campo de Marte y avanzaron a pie hacia la colina Vaticana; de vez en cuando echaban a correr como el día en que los habían sorprendido en el bosque de Germania y Marco Tauro los tomó en custodia. Luego se detuvieron de improviso, como entonces, ante un espectáculo grandioso. En la colina millares de obreros estaban excavando una enorme cuenca de mil ochocientos pies de longitud y de mil doscientos de ancho. Se les explicó que cuando llegara el momento de las celebraciones la llenarían con el agua de un acueducto, y luego harían un simulacro de la batalla de Accio, en la que Antonio y Cleopatra habían luchado por mar contra Octavio y habían sido derrotados.

El emperador estaría presente en la tribuna septentrional, en el centro del lado más largo, para admirar las naves que se habían enfrentado en la batalla naval que había cambiado el destino del mundo.

Sería un espectáculo memorable, muchos de los presentes aún recordaban aquella jornada. Algunos de los niños que se habían criado a continuación en la casa de Augusto eran hijos de Antonio y habían crecido en una dolorosa contradicción: aquel señor vestido de blanco, que los albergaba, les daba de comer, ropas e instrucción para encaminarlos a una carrera política y al ejército o a matrimonios principescos o incluso reales, era el responsable de la muerte de sus padres o de uno de ellos. Armin miraba a los obreros trabajar con premura para construir la tribuna en la que el supremo regente se sentaría para admirar el espectáculo de aquella batalla de época que aquella imagen suscitaba y se preguntó si esa imagen ocupaba también la mente de Wulf al que los romanos llamaban Flavus. También su nombre sonaba ahora en latín: Arminius. En aquel momento, sin embargo, los dos hermanos hablaban en lengua nativa para no dar la impresión de que entendían el latín.

Y, en efecto, un corrillo de hombres, silenciosos desde que los dos jóvenes habían llegado, tras haberlos observado bien y escuchado, reanudaron su conversación, en voz baja, pero comprensible. Y la escena que Arminius había visto en su imaginación adquirió contornos más definidos. Flavus comprendió su estado de ánimo y le hizo una seña con la cabeza: «Vamos». Volvieron sobre sus pasos y se dirigieron hacia la orilla del Tíber. Comenzaba a caer la tarde.

—¿Por qué has elegido a Diodoro? —preguntó Flavus.

—Porque es el único que podía tener esa imagen en la cabeza —respondió el hermano—. ¿Y tú?

—Porque me he acordado de nuestra primera salida a la

ciudad y del monumento que Tauro nos mostró, y de la interpretación de aquellas escenas de mármol que luego nos ilustró Diodoro con sus lecciones. ¿Te acuerdas de los dibujos sobre papiro que utilizó para hacernos comprender mejor?

—Tienes razón. Es ahí donde debemos buscar.

—¿Cuándo?

—Ahora.

—Tauro ordenará que nos azoten si regresamos demasiado tarde.

—El riesgo vale la pena.

Llegaron pues al gran altar de mármol, tomaron dos lucernas de sus sustentáculos y se dirigieron hacia el interior.

—Separémonos —propuso Arminius—. Tú ve al septentrión, yo al mediodía.

Flavus avanzó lentamente por el lado oriental, luego por el septentrional y volvió a bajar por el lado de poniente asomándose al lado meridional. Arminius había completado un par de veces su vuelta, analizando figura por figura: los sacerdotes, los magistrados, los mandos de las grandes unidades del ejército, las damas del imperio, los muchachos y los niños, luego se había parado. Mantenía alta la lucerna e iluminaba un grupo de figuras. La llama palpitante animaba los rostros y los ropajes atribuyéndoles un alma y una expresión mudable que el artista no habría sido capaz de crear.

Dos vigilantes de la zona sagrada entraron sin hacer el mínimo ruido, quizá atraídos por los movimientos de la luz:

—¿Quiénes sois? ¿Qué hacéis aquí a esta hora?

—Nada —respondió al punto Flavus—. No habíamos visto nunca este magnífico monumento porque de día está siempre atestado y hemos aprovechado el hecho de que no hay nadie. Somos huéspedes de la casa pública del Aventino y nuestro tutor es el centurión de primera línea Marco Celio Tauro de la Decimoctava Legión.

—Bien —respondieron los vigilantes—. Os esperamos en la entrada. No toquéis nada.

Arminius asintió y en cuanto los dos hubieron bajado la escalera de la entrada se volvió hacia su hermano.

—Lo he encontrado —dijo—. No sé cómo no pensamos antes en ello. Ven, mira, aquí hay tres cabezas: en medio el rostro de una figura completa de mujer, y a los lados las cabezas de los otros dos. Dos cuerpos enteros, es decir, las figuras de Agripa y de Tiberio, el príncipe triste, aquí los tienes. Y esta de en medio es aquella que está entre la vida y la muerte.

Miraron en silencio la figura femenina entera.

—Es la bellísima Julia — dijo Arminius en voz baja—, la hija del emperador. Delante tiene al marido, Agripa; detrás, esa otra figura masculina es Tiberio...

—Que está en la isla griega...

—En efecto.

—Ahora no queda más que interpretar la última parte de la frase.

—«Centro de todo, de vida o de muerte.» Quizá la explicación también esté aquí. Pero no podemos quedarnos más. Llamaríamos la atención.

Salieron y ante la mirada de los dos vigilantes se encaminaron hacia el Aventino. Delante de la entrada del parque encontraron a Marco Tauro esperándoles; golpeaba rítmicamente en la palma de la mano izquierda el *vitis*, que empuñaba con la derecha.

Flavus se volvió hacia su hermano.

—Te lo dije.

Arminius, con despreocupación, se encogió de hombros.

A pesar de la pose amenazadora, el centurión Tauro se limitó a darles un par de azotes que los coseletes de cuero de los muchachos neutralizaron al menos en parte. Una vez en la cama, Arminius y Flavus se pusieron de lado para estar el uno enfrente del otro y comenzaron de nuevo a darle vueltas a lo que habían visto, oído y meditado en aquel día lleno de emociones.

El enorme claro sobre la colina Vaticana, las frases incompletas o apenas bisbiseadas que hablaban de una gran jornada y en las que se repetía insistentemente la palabra *libertas*, luego el reflejo de los faroles sobre los ropajes marmóreos, el murmullo del Tíber que discurría a escasa distancia y parecía lamer las paredes del gran altar, el maravilloso rostro de Julia y la fijeza de su mirada, Germánico aún tan pequeño y tan orgulloso con su minúscula toga. ¿Llevarían también ellos una algún día? Tal vez; sin darse cuenta estaban comenzando a desear aquel símbolo de dignidad suprema, de orgullo y de noble porte, de austera elegancia y de tradiciones seculares, aun sabiendo que era imposible de conseguir.

Del exterior llegaban los ruidos de la noche: el paso de los guardianes y de sus perros, el susurro de las copas acariciadas por la brisa de poniente, la consigna de los soldados que se turnaban en la guardia. También aquel era un motivo de admiración para ellos: el Estado romano, la *res publica* que estaba presente por doquier, y en las palabras de los soldados que se preparaban para su turno de guardia afirmaba su propia autoridad, el celoso control del territorio con gestos sincronizados, marciales y solemnes, con palabras perentorias y el seco entrechocar de las armas.

Los dos muchachos se preguntaban por qué las palabras misteriosas habían llegado hasta ellos por boca del gigantesco hermunduro. ¿Acaso porque Diodoro (si verdaderamente era su autor) quería permanecer en la sombra? Seguramente la norma férrea de mantenerse al margen de la política era válida también para él, simple liberto. Se preguntaban si la frase enigmática pretendía proteger a alguien alarmándolo o quería golpear a algún otro que no lo esperaba. Pero ¿por qué hacer llegar a ellos su mensaje? En el fondo eran los menos adecuados, tanto para descifrar el significado como para comunicarlo, si es que era necesario. ¿Y cómo deberían comportarse? ¿Referirían a alguien lo que poco a poco habían llegado a descubrir? Ya habían resuelto no pocos interrogantes, pero al mismo tiempo habían surgido otros mayores. Corrían el riesgo de meterse en un avispero o en un laberinto sin escapatoria.

Al día siguiente llegó el aya de la pequeña comunidad de la villa, una anciana que frisaba la sesentena. Llevaba un ungüento lenitivo aparte del almuerzo. La mandaba el centurión Marco Tauro.

—No cambia nunca —comentó Flavus—. Los azotes para decir que la disciplina debe mantenerse siempre y en todo. La vieja con el ungüento para dejar bien claro que no es nada personal, más aún, que si hay algo es cierta benevolencia y quizá también aprecio.

—Quizá nuestro hombre es él —dijo de improviso Arminius—. Seguro que conoce todos los secretos de la política romana, seguro que cuenta con informadores y quizá también con la confianza de hombres de alto rango.

—Si el centro de la vida y de la muerte es ella —respondió Flavus—, quiero decir la bella señora en mármol del Altar de la Paz, entonces se trata de meter las manos en un nido de víboras. Hay que ver si está dispuesto. En el campo de batalla es un león, pero no lo imagino metido en un asunto de este tipo que huele a intriga a la legua.

—Yo diría que, si él está dispuesto a ir al fondo en esto, nosotros estamos dispuestos a ayudarle; si no lo está, lo dejamos correr también nosotros. ¿De quién podremos fiarnos, entonces? ¿De Diodoro? No me parece prudente. Además, no estamos realmente seguros de que el mensaje venga de él; no es más que una conjetura.

Esperaron un par de días y luego solicitaron audiencia al centurión por medio del propio Diodoro. Obtuvieron más: una invitación a cenar en su alojamiento.

Lo encontraron vestido con una túnica oscura que le llegaba hasta los pies, con las mangas largas y anchas, orladas de una tela azul, sandalias de piel de ciervo a la manera germánica. En un rincón de la sala había una percha con su armadura de gala: yelmo con cimera oblicua, coraza con decoraciones, cinturón, grebas, espada corta y puñal. Cenaron sentados a una mesa como en el campamento. Los utensilios eran sobrios; las copas, de cerámica; una jarra de bronce plateado para servir el vino era la única concesión al lujo. Un siervo sirio vestido a la usanza de su país de origen les sirvió.

Tras los primeros cumplidos, Tauro les hizo saber que tenía informados en todo momento a sus padres en Germania con mensajeros del servicio público. Dijo que su padre Sigmer y su madre Siglinde se encontraban bien y que las relaciones políticas con los queruscos eran buenas. Sirvió a sus huéspedes vino y acto seguido preguntó el motivo de aquella visita. Los dos muchachos intercambiaron una mirada de entendimiento y Arminius empezó a hablar.

Contó que un correo les había entregado un mensaje de viva voz diciendo que era de parte de su padre, una especie de enigma muy difícil de descifrar pero para el que la visita reciente al Altar de la Paz les había sugerido una posible solución.

Flavus relevó a su hermano desenrollando una gran hoja de papiro en la que se podía distinguir el esquema de la procesión inaugural del Altar de la Paz e indicó los personajes que a su juicio se nombraban en el enigma. Y entre ellos Julia, en el centro de la vida y de la muerte.

Tauro frunció el ceño y los miró a los ojos, primero a uno y luego al otro, para descubrir por su mirada si decían la verdad.

—¿Cómo podéis estar seguros de que sea de parte de vuestro padre? —preguntó.

—No lo estamos, en efecto —respondió Flavus—. Y reflexionando nos hemos dicho que el mensaje es demasiado complejo y difícil para ser de nuestro padre, sobre todo porque debería conocer a la perfección esas esculturas e identificar a los personajes.

—Hemos venido a verte en busca de consejo —dijo Arminius.

—¿Habéis pensado en hacer averiguaciones sobre el hermunduro? —preguntó Tauro.

Habían pensado en todos menos en él.

—No —dijo Flavus—. Si es difícil que nuestro padre haya concebido el enigma, es imposible que lo haya hecho el hermunduro.

Tauro agachó la cabeza con un suspiro, luego prosiguió diciendo:

—La bellísima Julia tiene muchos admiradores y enamorados, pero también no pocos poderosos enemigos. Sobre ella circulan maledicencias, pero en realidad ha tenido un solo gran amor..., un amor imposible.

«El rudo Tauro alberga en su ánimo pensamientos de amor. Increíble», pensó Flavus.

—Pero a una mujer de su posición no le está permitido entregarse a sus sentimientos. Su peso político es demasiado grande: el máximo poder se origina en su seno y por tanto otros deciden qué simiente debe echar raíces en él. No obstante, su padre, el gran Augusto, siempre ha tolerado sus aventuras amorosas con tal de que obedezca cuando sea el momento de aceptar un matrimonio de estado.

Mientras escuchaba aquellas palabras, Flavus pensaba en la muchacha coronada de flores que había fascinado a su hermano en el gran bosque germano, en su mirada que lo había encantado para siempre. Pensaba también en Yola, la prostituta poco más que una niña, excluida de pensamientos y esperanzas semejantes. A ella le estaban reservados asco, esperma, sangre y vómito, hasta que una interminable y brutal violencia la matara. Moriría sin ver un solo día de sol y de felicidad. O quizá él le había infundido un rayo de luz cuando la había mirado con emoción y le había hecho un regalo. Tal vez la pequeña y dulce Yola había soñado que un día él pasaría por la casa de postas, convertido ya en un hombre poderoso y resplandeciente en su armadura, la sacaría de aquella miseria y se la llevaría con él.

Un sueño envenenado, mejor nada.

La voz de Tauro lo reclamó al presente.

—También el hijo de Marco Antonio y de su primera mujer está representado en la pared del gran Altar de la Paz. Julo Antonio se llama. Es la última figura de la procesión inaugural.

»Es el único gran amor de Julia, brotó cuando aún eran niños y vivían con los huérfanos de las guerras civiles en la casa de Augusto. Se enamoraron de chiquillos en ese inquietante orfanato, pero ¿creéis que el amor entre los hijos de los dos más encarnizados adversarios de la última guerra civil podía tener futuro? Julia siempre ha mantenido ese gran amor en secreto, pero en realidad todos los que debían saber sabían y la tenían bajo estricta vigilancia para luego informar a su padre, el supremo regente del Estado.

Arminius estaba asombrado de aquella revelación tan importante y delicada que Tauro estaba haciendo a dos jóvenes príncipes germanos, pero no sabía cuándo él mismo se había vuelto íntimamente romano en aquellos años de permanencia en la capital del mundo conocido. No sabía cuánto había corregido su acento germánico, aprendido las técnicas militares del ejército y los rudimentos del derecho romano, cuánto había absorbido el sentido estético y la elegancia, el gusto por el cuidado del cuerpo en las palestras y en los estadios, la costumbre del baño diario y de los masajes.

—Cuando la madre de Julia, Escribonia, se quedó embarazada —prosiguió Tauro—, su padre, que entonces se llamaba Octavio, quería un varón. Sin embargo, en cuanto nació, la arrancó de los brazos de la madre, a la que enseguida repudió, sin preocuparle sus gritos desesperados. Años después, apenas tuvo su primera menstruación, Julia fue prometida y luego casada con su primo Marco Claudio, que murió sin haber cumplido los diecinueve años, y luego con Marco Agripa, brazo derecho de su padre y veinticinco años mayor que ella, que la preñó cinco veces antes de morir prematuramente hace ocho años. Y ahora está casada con el príncipe Tiberio, que camina solitario por las playas desiertas de la isla de su voluntario exilio. El sumo regente, su padre adoptivo, a fin de que se casase con Julia le impuso que repudiara a la mujer a la que amaba profundamente. Julia tuvo un niño, que murió aún en pañales.

»Ahora Julia es libre de verse con su enamorado, que es también poeta, en las reuniones de un círculo de literatos y en otros lugares más íntimos y ocultos de la ciudad secreta.

»Durante largos años no se habían visto, sus almas solo estaban próximas en las figuras de mármol esculpidas en la pared del gran altar.

X

Durante algún tiempo Arminius y Flavus no pensaron ni en la frase pronunciada por el guerrero hermunduro ni en el enigma que se encerraba en ella. Tauro había recibido el encargo de preparar un desfile y varios ejercicios militares de los auxiliares en presencia de los jefes del ejército, entre ellos el general de la XVIII Legión, el legado Sexto Varinio. Otras visitas estaban previstas para la tarde de aquel día, pero nadie sabía cuáles. Tauro debía mantener el secreto para no debilitar el efecto cuando llegara el momento.

Comenzó Flavus a la cabeza de un escuadrón de catos y suevos simulando una carga de caballería contra un blanco constituido por maniquíes de paja amasada con arcilla fresca, hincados con un palo en el terreno y provistos de un escudo de madera y un coselete de fibra de cáñamo. Los dos jóvenes príncipes iban armados con la loriga de malla de hierro, pesada pero adecuada para cualquier movimiento, yelmo de cuero, dos lanzas y dos espadas; las espadas largas de los jinetes.

Arminius fue el segundo en mandar la carga. A mitad de recorrido lanzaron todos las lanzas. Él arrojó la primera y luego la segunda golpeando dos blancos uno tras otro, luego desenvainó la espada y decapitó a dos maniquíes. Hizo una amplia conversión, aferró otras dos lanzas de los sirvientes y guio un segundo asalto acertando de nuevo en los blancos tanto con las lanzas como con las espadas. Siguieron otros ejercicios con otros grupos, luego fue de nuevo el turno de Flavus, que tuvo que hacer con los suyos temerarias evoluciones de velocidad y destreza. Los ejercicios eran cada vez más difíciles y peligrosos, y de la tribuna se alzaban los gritos de maravilla de las damas más eminentes de la capital. Flavus montaba un semental negro de extraordinaria belleza, reluciente como ala de cuervo, con mechones de crin que le llegaban hasta los tobillos y cubrían los cascos relucientes de sebo. Arminius montaba un caballo blanco de largas crines, una cabalgadura digna de un gran guerrero que el propio Tauro había elegido para él. El sol estaba ya alto sobre el Campo de Marte, y los únicos que no chorreaban de sudor eran los invitados sentados en una tribuna a la que daba sombra un toldo de lino blanco; bebían agua fresca en copas de plata con la cara vuelta a la brisa de poniente.

Hacia la hora décima Tauro llamó a los dos príncipes y un murmullo de admiración recorrió las filas de los espectadores a la vista de los dos espléndidos jóvenes que se acercaban a él sobre sus magníficas cabalgaduras, los músculos brillantes, los cabellos incendiados por el sol.

Saltaron a tierra con una cabriola ágil y elegante. Tauro los cogió del brazo y tiró de ellos.

—No os volváis —dijo—, llega el emperador.

Los dos se estremecieron.

—¿Qué significa eso, centurión? —preguntó Flavus.

—Nada en particular. Ha oído hablar de estos ejercicios y ha querido asistir a ellos. Para vosotros significa muchísimo. Mostrad de qué sois capaces.

—¿Qué debemos hacer? —preguntó Arminius.

—Afrontar una prueba muy dura. Por lo que me han dicho, la más dura en términos absolutos.

Lo miraron fijamente a los ojos.

—No tememos a nada ni a nadie.

—Bien. Vais a necesitar toda vuestra energía y todo vuestro coraje. Mandaréis vuestros escuadrones juntos. Tú, Arminius, el de la derecha; tú, Flavus, el de la izquierda. El color de vuestros caballos os hará visibles el uno al otro. Ninguno de vosotros ha derramado nunca sangre. Esta vez sucederá, inevitablemente, porque os enfrentaréis a unos hombres que durante toda su vida no han hecho otra cosa que combatir y han sobrevivido a infinitos enfrentamientos mortales: tienen el cuerpo lleno de cicatrices; el espíritu, lacerado; el corazón no saben lo que es. El perro infernal se lo arrancó de una dentellada cuando nacieron. Son y serán hasta la muerte… ¡gladiadores!

»El choque se producirá, también para ellos, a caballo. Podéis elegir las armas que queráis. Si caéis, alzaos inmediatamente. Prestaos ayuda el uno al otro. —Se interrumpió un instante para susurrar algo al oído de los dos jóvenes, luego prosiguió en voz normal—: Si un contrincante cae, matadlo inmediatamente o él os matará a vosotros. Buena suerte.

Flavus eligió las armas con las que se sentía más cómodo y ayudó a Arminius a ponerse la armadura de combate; luego murmuraron algo en voz baja. Se dieron un apretón de manos y Flavus se puso en primera línea en el ala izquierda con tres líneas de jinetes detrás de él, siete por cada línea. Cuando se volvió a la derecha para fijar en la memoria la posición de su hermano en la formación, se encontró a un lado al gigantesco hermunduro que había viajado con ellos en su venida a Italia y que les había transmitido aquel mensaje tan críptico. Sonreía enseñando todos los dientes bajo su rubísimo bigote.

—¿Qué haces aquí, hermunduro?

—Te cubro el flanco, muchacho.

Los caballos bufaban mientras mordían el freno. Arminius asumió el mando estratégico y pasó entre las filas impartiendo instrucciones en lengua nativa: una gran ventaja en aquella situación. Las mismas palabras pasaron a Flavus por boca de uno de los jinetes de Arminius, que se le acercó, repitió esas pocas frases y volvió a ganar su posición, mientras Flavus a su vez las hacía circular de boca en boca y de una fila a otra hasta el final de la formación.

Llegó el emperador vestido de blanco, escoltado por ocho

pretorianos con uniforme de gala pero sin lictores. Era una presencia de carácter privado. Cuando las dos formaciones recibieron el visto bueno, el lanista, propietario e instructor de los gladiadores, proclamó que un toque de trompeta señalaría el comienzo, y el segundo marcaría el final del combate. Luego la trompeta resonó y las dos formaciones, la germánica y la de los gladiadores, partieron al galope la una contra la otra con las armas hacia delante. Los jinetes germanos estaban dispuestos de manera que cubrieran las últimas tres filas, que en cambio avanzaban al paso. El terreno se había rociado de agua lo suficiente para que no se levantase polvo.

Cuando las dos formaciones adversarias se encontraron a menos de cincuenta pasos, Arminius lanzó un grito y sus hombres gritaron a su vez: un estrépito sincopado y cortante que se prolongó hasta la colisión. Muchos cayeron por una parte y por la otra y el choque se reanudó enseguida en tierra con furor, a tal punto que el centurión Tauro pensó que cierto número de gladiadores lo había hecho expresamente para aprovechar su propia superioridad en el tipo de lucha al que estaban más habituados.

Entretanto, pocos instantes antes de la colisión de las primeras filas, las últimas cuatro líneas de los auxiliares germanos se dividieron, dos por una parte y dos por la otra, y se lanzaron rapidísimas sobre los flancos de la formación de los gladiadores, los rodearon, llevaron a cabo una larga evolución a sus espaldas y se recompusieron frontalmente para atacar a los adversarios por detrás. Los gladiadores trataron de reaccionar, pero se encontraron bajo el impacto de la carga de los germanos. También ellos, sin embargo, tenían una sorpresa. Desde las alas lanzaron una veintena de honderos que espaciaron las filas de los atacantes con una granizada de disparos solo en parte parados por los germanos alzando los escudos. Algunos fueron golpeados en plena frente y se desplomaron al suelo; otros, a la altura de las rodillas, y otros también en los hombros, las piernas y la ingle.

No había ya espacio para otras cargas, y maniobrar los caballos en los restringidos espacios de la refriega era cada vez más difícil. Al final, el choque de la caballería se transformó en muchos duelos a pie en los que la experiencia de los gladiadores era muy peligrosa. Pero en aquel punto Arminius llamó a grandes voces a su hermano, que se abrió paso con su caballo negro y luego a pie, poniéndose finalmente a su lado. Los dos avanzaron con las fuerzas que les quedaban hasta encontrarse cerca del jefe de los gladiadores, reconocible por el yelmo maravillosamente repujado en bronce, con la cimera escarlata; él se dio cuenta y comprendió su intención. El enfrentamiento se hizo cada vez más violento porque la mayor experiencia de los gladiadores no conseguía prevalecer sobre el vigor inagotable de los adversarios, claramente más jóvenes. El número de los heridos iba en aumento a cada momento. El lanista, preocupado, volvió la mirada hacia el palco. El emperador lo vio, pero se dio la vuelta hacia su sobrino adoptivo Germánico, con toga laticlavia, como para confiarle a él la decisión. Germánico asintió y el lanista hizo sonar la trompeta. Las armas se detuvieron. Los amigos buscaron con la mirada a los amigos, los compañeros a los compañeros y el hermano buscó al hermano: en medio de la confusión de la refriega cualquiera hubiese podido desaparecer. Arminius y Flavus estaban aún el uno al lado del otro sujetando cada uno su propio caballo por el ronzal.

Correspondió al comandante de la XVIII, Varinio, emitir el veredicto que proclamaba a los vencedores. Mandó a algunos de sus hombres a contar los heridos y, si los había, los muertos, para tener así elementos de juicio. Por último, también por motivos de oportunidad, emitió un veredicto de igualdad, pero quiso poner de manifiesto el coraje y el valor de los dos jóvenes comandantes germanos: Arminius y Flavus.

Poco después, uno de los pretorianos se acercó a Tauro.

—César quiere conocer a esos dos muchachos antes de la cena en su casa. A la puesta del sol. Haz que se arreglen un poco, están impresentables... Olvidaba que César me encarga que te transmita su felicitación: has transformado a esos bárbaros en soldados disciplinados y muy fuertes.

Tauro devolvió a César los saludos y deseos de buena salud.

Tras regresar a la casa en el Aventino, Arminius y Flavus se dieron un baño, se cambiaron de indumentaria poniéndose una túnica, manto y sandalias, y llegaron poco después a la vivienda de Tauro al fondo de la villa. Los dos libertos, Privato y Thiamino, los recibieron con una jofaina y una toallita de lino para lavarse y secarse las manos: eran los muy fieles asistentes del centurión, siempre prestos a cualquier seña. Thiamino era un masajista excelente y llevaba desde siempre cuidando de su amo cada vez que volvía de una jornada de dura vida militar. Privato era su secretario privado: le llevaba los contactos, controlaba su correo, escribía sus notas y su diario de servicio que le leía normalmente después de cenar, antes de acostarse. Tauro había comprado al primero en África a un terrateniente que, tras perder en el mar un cargamento de trigo, quería sacar un poco de dinero. A Thiamino lo había comprado en Oriente a un soldado que quería deshacerse de él. Los había manumitido a ambos después de tres años de servicio y, naturalmente, ninguno de ellos había querido dejar su casa.

Arminius y Flavus fueron recibidos con un vaso de vino y un par de huevos duros con aceite y sal.

—Comed algo. Seréis recibidos por César hoy mismo, pero no ciertamente para cenar.

Los dos jóvenes se miraron a los ojos sin dar crédito a lo que Tauro acababa de decir.

—¿César? —repitieron primero uno y luego el otro.

—¡El mismo! —respondió el centurión—. Es un privilegio enorme que toca en suerte a poquísimas personas; vosotros, además, sois extranjeros, aunque hijos de un jefe aliado. Me ha hecho llegar también su felicitación por cómo habéis sido instruidos y adiestrados.

Se veía que a duras penas podía contener su entusiasmo por

el reconocimiento obtenido. Hizo esmeradas recomendaciones a sus alumnos sobre cómo comportarse y sobre cómo conversar.

—Tomad asiento solo cuando os lo pida: lo comprenderéis por la presencia de sillas en la estancia vueltas hacia su mesa; de lo contrario, permaneced delante de él con la espalda erguida y la cabeza levantada sin mirarle nunca a los ojos. Hablad, si os hace preguntas, de modo preciso y seco; siempre es mejor una palabra de menos que una palabra de más, y reflexionad siempre antes de abrir la boca. No le gustan los parlanchines ni los fanfarrones ni tampoco los aduladores. Evitad acompañar las palabras con gestos de las manos, es lo que hacen los esclavos, y no levantéis la voz; tiene buen oído y le molesta el exceso de ruido. Si os ofrece de comer, haced un gesto con la cabeza en señal de agradecimiento pero no comáis nada. Aceptad solo si insiste con palabras como «Está bueno, probadlo» o «Los he cultivado yo mismo en mi jardín». Sé que vuestro padre os ha educado bien y estoy seguro de que os comportaréis del mejor modo.

Flavus lo miraba con admiración, era el tipo de hombre que siempre sabe qué hacer y cómo obrar en cualquier circunstancia.

—¿Todo esto lo sabes por haber sido informado o has estado cerca de él? —preguntó.

Tauro pareció meditar durante un instante.

—Estuve con él en los tiempos de las guerras civiles —respondió acto seguido—. Yo era mucho más joven, y él era un muchacho. Nadie habría podido imaginar lo que luego ha hecho, pero también posteriormente nos hemos visto, durante algún período, y me ha hecho encargos de cierta importancia.

El sol comenzaba a declinar y los rayos oblicuos entraban por la ventana que daba a poniente iluminando los objetos que Tauro había reunido durante su vida. Su armadura, obviamente, la que vestía solo en las ocasiones más importantes, y trofeos de guerra: armas, telas preciadas, vasos de vidrio y de cerámica vidriada, obras de arte popular, imágenes de divinidades extranjeras, rollos de papiro, condecoraciones, monedas de los reinos orientales con la efigie del Gran Alejandro, reliquias de glorias pasadas. Ninguno de aquellos reinos existía ya, ahora todo el mundo obedecía a Roma y Roma obedecía a un solo hombre, y los dos muchachos a los que había instruido lo conocerían dentro de poco.

—Sois guerreros y por tanto iréis a caballo a su casa en el Palatino, pero desarmados. Mandaré con vosotros a Privato, que conoce muy bien el camino.

Se despidieron y los dos jóvenes volvieron a su residencia a esperar al guía que los llevaría a destino.

Cuando llegaron se dieron cuenta de que los esperaban. Un siervo tomó de las bridas a los caballos y los llevó a la hospedería. Privato los siguió hablando con ellos y se sentó en un banco a la sombra de una higuera a esperar. El portero los condujo hasta el pie de una escalera de piedra que llevaba a una especie de torrecilla. No vieron nada de lo que habían imaginado: salas pavimentadas de alabastro, mosaicos resplandecientes de muchos colores, alfombras y estatuas, nada de todo esto. Estaban subiendo hacia un ambiente austero y de dimensiones modestas.

Cuando faltaban una decena de escalones para la terracita que precedía a la entrada, el portero se volvió y dijo:

—Cuando recibe aquí arriba significa que se trata de un encuentro importante y no quiere que se le moleste si no es por cuestiones de la máxima urgencia. Me pregunto quiénes sois para recibir este trato, no os había visto antes. He visto a reyes y reinas hacer antesala durante meses antes de ser recibidos...

Mientras aquel rezongaba para sus adentros, Arminius se volvió hacia Flavus.

—¿Has oído? —dijo en lengua vernácula—. ¿De veras crees que nos ha convocado porque hemos combatido bien? Para eso le bastaba con una breve misiva escrita por otro y entregada por un siervo.

—No, no lo creo —respondió Flavus—. Pero entonces ¿por qué?

—Por algo que sabemos solo nosotros. No hay otra explicación.

—Creo que tienes razón. Y por tanto está al corriente también del mensaje del hermunduro.

—Es evidente.

—Y… otra cosa…

—¿Qué?

—El hermunduro estaba cerca de mí. Al final del enfrentamiento no tenía ni un rasguño.

Habían llegado al último peldaño y su corazón latía como una hoja, no ciertamente por haber subido la escalera.

El siervo abrió la puerta. Flavus echó una ojeada abajo y su mirada se cruzó con la de Privato.

Era la mirada de alguien que sabe pero que querría saber más.

El siervo hizo una indicación con la mano a los dos jóvenes para que entraran. Hubo un instante de vacilación, luego Arminius entró el primero y Flavus lo siguió. Se encontraron en el lugar de trabajo de Cayo Julio César Octaviano Augusto, cónsul, pontífice máximo, padre de la Patria, el hombre más poderoso del mundo.

No se asemejaba mucho a las estatuas que lo retrataban en su imagen pública: era delgado y de mediana estatura, con los dedos largos y finos. Estaba sentado en la silla plegable que usaban los magistrados y tenía delante su mesa de trabajo con rollos de papiro recogidos en dos vitrinas, una de madera clara y otra de ébano, evidentemente la primera para los papiros vírgenes y la otra para los textos escritos. Junto a la vitrina de ébano se veía una estatuilla de terracota que representaba a un dios —«Quizá Apolo», pensó Arminius—, y al alcance de su mano derecha había una copa griega de figuras rojas con higos ya pelados y una taza de agua con una servilleta de lino aún doblada para secarse las manos.

Sobre un pequeño asiento próximo a la mesa había unas tablillas enceradas con un par de punzones: César debía de haberse interrumpido mientras dictaba una carta que luego el escriba habría pasado a limpio en una impecable hoja de papiro. En el suelo, contra la pared de la derecha, había un arca que probablemente contenía documentos y que debía de estar cerrada con la llave que colgaba de su cintura.

Saludaron con una leve inclinación.

—Acomodaos —dijo el emperador—. Sed bienvenidos a esta casa.

Su voz era clara y sonora, de timbre fuerte. Una voz habituada al mando. Arminius y Flavus asintieron con la cabeza en señal de gratitud y tomaron asiento.

El emperador tomó la copa con los higos y se la acercó.

—¿Una fruta?

—César, nosotros no... —comenzó Arminius, pero el emperador insistió.

—Están buenos, recién cogidos. Los cultivo yo mismo en mi jardín.

Tauro había sido claro: en aquel caso el ofrecimiento debía ser aceptado. Primero Arminius y luego Flavus cogieron un higo y lo acercaron a su boca: era exquisito. El emperador mismo les tendió la jofaina del agua y la servilleta para que se limpiaran los dedos. Luego empezó a hablar.

—Sé quiénes sois y de dónde venís. Sé cómo llegasteis a Roma, sé dónde estáis hospedados, y yo personalmente elegí vuestra residencia y a vuestros maestros, a Tauro en particular. Es un hombre extraordinario, fuerte y sincero, un combatiente formidable. Y hoy, viéndoos combatir, he comprendido que hice la elección acertada confiándoos a él. Os habéis batido magníficamente..., con valor, pero sobre todo con inteligencia. Y esto será tenido en cuenta cuando llegue el momento de confiaros una misión.

Los dos jóvenes permanecieron en silencio, como les había recomendado Tauro.

—Pero el motivo de este encuentro —continuó César Augusto, separando las palabras para estar seguro de que se le comprendía— es otro. Se os vio y escuchó cuando por la noche hicisteis una visita muy meticulosa al Altar de la Paz. Una visita que en parte se explica con otra: la que os hizo a vosotros un guerrero hermunduro para transmitiros un mensaje que os indujo precisamente a volver al Altar de la Paz, imagino que para encontrar una explicación a lo que os dijo. Os pregunto: ¿habéis encontrado esa explicación? Y en caso afirmativo, ¿cuál es?

Ahí estaba la pregunta, y convenía dar una respuesta. Arminius fue el primero en hablar.

—César, te diremos lo que sabemos. Lo que dices es cierto. La primera visita al Altar de la Paz fue preparada por nuestro maestro Diodoro. La segunda la hicimos nosotros después de haber escuchado la frase del guerrero hermunduro, y creemos haber dado en el blanco. La frase «Tres cabezas entre dos cuerpos. Ella centro de todo, de vida y de muerte» me trajo a la memoria una imagen que me había impresionado en la visita al altar. No fue difícil encontrarla: ella en el centro de todo, tres cabezas entre dos cuerpos. Hemos meditado largamente.

El supremo regente del Estado escuchaba atento pero casi sin dejarlo entrever: ni un músculo de su rostro se movía, la expresión de la mirada era como la de las estatuas. Se podía ver que debajo de la túnica tenía las piernas cruzadas; la mano izquierda, estrecha y alargada, extendida sobre la mesa de nogal macizo, mostraba el pálido brillo de un anillo de oro con el sello de familia. Flavus, que había afinado la vista en la oscuridad de los bosques germanos, pudo distinguir la figurita de un guerrero que llevaba de la mano a un niño y a hombros a un viejo inválido. Pendiente de una percha detrás de él, la toga laticlavia hacía de fondo a su figura que casi se confundía con ella.

—Continúa —dijo César en un tono de voz muy próximo al silencio.

Fue Flavus quien prosiguió:

—Diodoro, nuestro maestro de letras y de arte, nos había mostrado unos dibujos en hojas de papiro que representaban las figuras esculpidas en las paredes de mármol del altar y nos había enseñado a reconocerlas una por una. Nos había indicado a Germánico de niño, que hoy es un joven y valeroso combatiente, a Agripa, y al comandante Druso con su manto militar, y a ti, César. Por último, a aquella que es una de las tres cabezas entre dos cuerpos y es el centro de todo, de vida y de muerte.

»Tu hija, César.

XI

Arminius y Flavus regresaron ya casi de noche, guiados por Privato, que montaba un mulo, y de camino hablaron sin descanso en lengua vernácula, pese a saber que, si Privato reconocía el sonido de una lengua extranjera y se lo contaba a Tauro, tendrían problemas. La prohibición para los príncipes de hablar una lengua que no fuese el latín era férrea.

César Augusto les había pedido que continuaran indagando: habían resuelto el enigma del mensaje y su conexión con el Altar de la Paz, ahora era necesario ir más allá y comprender qué significaba la última parte: «en el centro de todo, de la vida y de la muerte». Era una incógnita: ¿de qué vida y de qué muerte se trataba, a qué se refería la frase y en qué nivel se situaba el carácter central de Julia? Habían comprendido que Tauro tenía una vía de acceso directa al emperador y que por eso los habían convocado. También habían comprendido que el hermunduro les había dado la facultad de decidir cómo emplear el significado que eventualmente identificarían en el mensaje, y quizá también su padre, Sigmer, admitiendo que él lo hubiese enviado.

Finalmente, habían comprendido que el hermunduro había recibido el encargo de César de protegerlos poniéndose a su lado durante los ejercicios contra los gladiadores. El emperador sabía también que había sido él quien había entregado el mensaje. La información la había obtenido por Tauro, a quien se la habían comunicado ellos mismos.

Flavus trató de aclarar la intrincada cuestión.

—Veamos: el hermunduro formaba parte del grupo que nos trajo a Italia. Puede que lo enrolase Tauro, pero seguramente hoy se encuentra al servicio de César como miembro de la guardia personal. En esta situación puede estar en contacto tanto con nuestro padre, por medio de los auxiliares que aseguran los contactos con los jefes germanos, como con el emperador, a través de Tauro. Pero ¿cómo podía saber nuestro padre que conseguiríamos identificar la figura que está en el centro entre la vida y la muertc?

—Tienes razón —respondió Arminius—, no podía.

—¿Y entonces?

—De momento no podemos dar una respuesta a esta pregunta. Y además, si César ha sabido del mensaje por Tauro, ¿por qué no ha torturado al hermunduro para hacerlo hablar?

—Exacto: ¿por qué no lo ha hecho?

—En su lugar, tampoco yo lo habría hecho. Es evidente que un mensaje de viva voz es confiado a un hombre que no está en condiciones de comprender lo que ha aprendido de memoria.

Tauro los invitó a cenar y la invitación fue motivo de gran satisfacción para los dos jóvenes. Su relación con el centurión mudaba en cierto sentido día a día, cada vez era más directa y confidencial, aunque el veterano de tantas batallas parecía preferir el carácter espontáneo de Flavus al más reservado e introvertido de Arminius.

Le contaron el encuentro con César, que les había impresionado profundamente.

—¿Qué es lo que os ha asombrado más de él? —preguntó el centurión.

—Su sencillez —respondió Flavus—. Esperaba un hombre cargado de preciosas telas y joyas, coronas y brazaletes, sentado en un trono dentro de una sala resplandeciente de mármoles y mosaicos; alguien como él puede permitirse cualquier cosa.

Y en cambio nos hemos encontrado delante de un hombre vestido con una túnica blanca tejida a mano, un cinturón de cuero sin curtir y un par de sandalias recias pero no rebuscadas, sin más adorno que el anillo de familia. Y el ambiente en el que nos ha recibido era elegante pero sencillo. Cualquiera se lo podría permitir. Tu sala de recibir, centurión, es más grande y, diría, hasta más rica.

—Quien tiene el verdadero poder no necesita joyas ni trajes fastuosos para demostrarlo. Quien siente esta necesidad admite su propia debilidad... ¿Tú qué piensas, Arminius?

—Sus manos. No son las manos de un guerrero. Debe de haber empuñado la espada solamente en las paradas militares.

—Son las manos de un político. No está obligado a ser fuerte: hay quien lo es por él. La batalla de Accio la ganó Agripa, su brazo derecho, mientras él estaba vomitando bajo la cubierta. Más bien está obligado a ser inteligente, sagaz, prudente, pero también escéptico o hipócrita, si es necesario. En determinados casos es tan importante parecer como ser. En su palacio hay más de una estancia decorada con máscaras de teatro, casi una obsesión. ¿Os habéis percatado? ¿Os habéis preguntado el porqué? —No esperó a la respuesta—. Porque el poder es llevar una máscara. Viste esa sencilla túnica hecha a mano porque quiere que se piense que no es muy distinto de un ciudadano humilde. Puedo deciros, sin embargo, que es un hombre capaz de sentimientos cuando se lo puede permitir.

»Dentro de las fronteras del imperio reinan la paz y la prosperidad. Cierto, no es la edad de oro, como anuncian las esculturas del Altar de la Paz, pero ese hombre vestido de blanco ha puesto fin a las guerras civiles, construido calles, puertos, acueductos, puentes, termas y bibliotecas, ha organizado el ejército y la administración del Estado, distribuido tierras a los necesitados. Más: ha hecho escribir por un gran poeta un poema nacional consagrando a Italia como el corazón del imperio.

»¿Qué os ha pedido?

Fue también Arminius quien respondió.

—Quiere que prosigamos nuestra búsqueda para descubrir qué significa que Julia, su hija, está en el centro entre la vida y la muerte, pero nosotros no somos espías, somos guerreros. Temo, sin embargo, que no podamos librarnos.

—Me temo que no —repuso Tauro.

—Pero por ahora no estamos en condiciones de comprender eso que él quiere saber. No sabemos qué hacer para acercarnos a la verdad que él busca. Julia es la mujer más poderosa de la ciudad, y acercarse a ella, para personas como nosotros, es de hecho imposible.

—¿La mujer más poderosa de la ciudad? Tal vez, pero también la más frágil... Por lo que se refiere a vosotros, demostrad vuestra fidelidad a Roma y al emperador y él sabrá agradecerlo. En cuanto a Julia, no debéis en absoluto acercaros a ella, no permaneceríais vivos por mucho tiempo. Ahora os diré cuanto necesitáis saber, tras lo cual deberéis bastaros solos.

Arminius y Flavus sintieron una especie de vértigo: se habían encontrado con el hombre más poderoso del mundo y ahora tenían la posibilidad de permanecer entre los grandes y los poderosos, en el centro de la fuerza del imperio. Esta conciencia hacía palidecer en su mente los tiempos de la infancia y la mocedad. Era una sensación muy fuerte que cada día se apoderaba más de ellos. El mismo Arminius últimamente había hecho transformar su leonina cabellera en una melena fluente que le enmarcaba el rostro y la frente pero no le llegaba a los hombros. Una especie de elegancia original con un matiz étnico que lo hacía más interesante. Flavus, en cambio, se había cortado el cabello a la manera militar y se había dejado crecer una barba corta.

Mientras los dos jóvenes tomaban sitio delante del dueño de la casa, se procedía al primer turno de guardia y en el breve silencio que siguió a las palabras de Tauro oyeron la consigna de los comandantes de piquete.

—Aún queda mucha noche —dijo Tauro—. Cuando salgáis de aquí sabréis todo lo que necesitáis saber para dar quizá un sentido completo al mensaje que habéis recibido...

Así comenzó a contar:

—Julia era la única descendiente directa de César Augusto, por eso el supremo regente, pese a no querer declarar directamente el final de la república y el nacimiento de una monarquía dinástica, destinó a su hija a una serie de matrimonios de estado para tener un heredero directo. Primero Julia se casó con su primo Marco Claudio Marcelo, pero el muchacho murió muy joven al cabo de un año de matrimonio, se sospecha que de envenenamiento, sin haber engendrado un hijo. Entonces Julia fue destinada a Marco Vipsanio Agripa, veinticinco años mayor que ella, y le dio dos hembras y tres varones: Cayo y Lucio Césares y Agripa Póstumo, así llamado porque nació tras la muerte del padre, acaecida hace unos diez años, cuando vosotros erais unos niños y yo estaba en la plenitud de mis fuerzas. Pero el seno de Julia era demasiado precioso para dejarlo vacío. Augusto impuso, por tanto, a Tiberio que se divorciara de su mujer Vipsania, a la que sin embargo amaba y de la que había tenido dos hijos, y se casara con Julia. Para Tiberio, perder a la mujer amada fue una herida incurable. Dicen que cada vez que la veía en público le venían las lágrimas a los ojos.

—Si la amaba, ¿por qué aceptó repudiarla? —preguntó Arminius—. Yo no...

Se arrepintió nada más haber hablado.

Pero Tauro completó su discurso.

—¿Tú qué? No lo habrías hecho, ¿es eso? Veo que todavía no has comprendido qué es lo que hace grande a Roma. Algo que vosotros los bárbaros —Arminius se puso rojo como la grana y Flavus frunció los labios en una sonrisa irónica— ni siquiera conseguís imaginar: el Estado. Al Estado, es decir, al pueblo, al Senado, al ejército y a los magistrados, a los dioses y a los sacerdotes, a los templos y a las sagradas fronteras, a las vestales consagradas que custodian el fuego ancestral en su santuario, a nuestros mares y a nuestras tierras estamos dispuestos a sacrificar cualquier cosa y cualquier persona: la casa y los campos, las esposas y las hermanas, los hijos y las hijas, los bienes y las moradas de los antepasados.

»Sé lo que piensas, que solo unos pocos tienen estos ideales, que muchos de nosotros estamos corrompidos por el dinero y por la avidez de poseer cada vez más, por costumbres decadentes que se desprenden del lujo y del poder último y extremo: poseer otros seres humanos como si fueran objetos o, a duras penas, animales. Pero esos pocos, crecidos en la dura disciplina de sus padres y fieles aún a ella, son suficientes para mantener vivos los ideales también para aquellos que los han perdido. Las lágrimas de Tiberio, si de veras las hubo, expresaban lo muy dolorosa que era la renuncia, pero también la firme intención de anteponer la obediencia al Estado y a su supremo regente a los sentimientos y afectos privados, por muy profundos e intensos que pudieran ser.

»Tiberio tuvo tiempo suficiente para concebir un hijo y verlo nacer en los campamentos de Aquileia, la ciudad de las águilas legionarias, y luego morir, engendrado a regañadientes en aquel perdido lugar de Italia. Tras lo cual volvió a partir a la cabeza de su ejército hacia las tierras orientales para extender nuestro dominio hasta el Danubio.

»Julia, en cambio, cansada de sufrir matrimonios políticos desde que tenía catorce años, con el marido lejos en tierras salvajes, el cuerpo, tras el parto, de nuevo esbelto y deseable, se dio finalmente a la buena vida de la Urbe que siempre había soñado. Las fiestas, los trajes más elegantes, los perfumes y las joyas, los enamorados que se habrían cortado las venas por disfrutar de sus favores. Se entregaba a algunos de ellos, a otros se negaba por el gusto de verlos enrojecer de celos y torturados por el deseo...

En aquel momento Arminius y Flavus pensaron lo mismo: que acaso también Tauro se había torturado por ella o había gozado de ella.

El centurión prosiguió hablando mientras acariciaba un pequeño brazalete de plata y ámbar nórdicos.

—Sus intemperancias siempre le fueron toleradas. El padre sabía que estaba en deuda con ella por los herederos del imperio. Si a veces ella exageraba, prefería escribirle: «Me dicen que no te comportaste bien la otra noche en casa de tal o cual… Recuerda tu posición y tus responsabilidades… Aquel traje era demasiado escotado…». Y ella era capaz de responder siempre a tono.

Arminius y Flavus de nuevo pensaron lo mismo: cómo podía Tauro conocer semejante correspondencia. Tal vez se tratase de frases solo imaginadas, dichas para dar a entender cuán alto había llegado, o de simples indiscreciones filtradas por la casa imperial. En cualquier caso, por las palabras de Tauro se comprendía a la perfección que cuestiones de aquel tipo se resolvían siempre en familia y que Julia era de hecho intocable porque el padre la quería sinceramente y ella lo sabía.

—Pero esta seguridad suya podría terminar por traicionarla…

Tauro hizo una pausa y Arminius pensó que había terminado su discurso, pero se trataba de otra cosa: Privato había entrado en aquel momento con un siervo trayendo dos mesitas para una cena frugal. No tardaron en traer otra para el dueño de la casa, que picó algo y luego siguió hablando.

—Cayo y Lucio —dijo— son la alegría del abuelo. Augusto los ha adoptado a los dos como hijos. Tienen unos pocos años menos que vosotros y pronto serán enviados con las legiones para formarse y prepararse para convertirse en grandes caudillos del ejército.

—¿Como el comandante Druso? —preguntó Flavus.

—Como el comandante Druso —asintió Tauro—. Agripa Póstumo es más pequeño y de carácter esquivo y poco expansivo. Lo que no quita que también él será tratado, en el momento oportuno, en consideración a su rango.

Todo se iba aclarando, pero las revelaciones del centurión no habían terminado.

—También Julia está muy unida a sus hijos, pero últimamente parece muy distraída por las personas a las que frecuenta. Son estas las que podrían traicionarla...

Tauro dejó el discurso en suspenso y tomó de su plato unas cucharadas de lentejas estofadas con un poco de hogaza cocida en las brasas. Arminius y Flavus no hicieron preguntas, esperaban que continuase con su relato.

—Las personas a las que frecuenta son una especie de círculo literario que, sin embargo, es sospechoso de haber difundido insinuaciones y críticas, incluso duras, al gobierno de Augusto. Aunque no parece que al emperador le preocupe, estoy seguro de que no se le escapa nada: sus informadores se hallan por todas partes y creo que alguien se ha infiltrado entre los componentes del grupo. Estaba evidentemente al corriente del mensaje del hermunduro que recibisteis porque el guerrero forma parte de su guardia personal. Y tú, Arminius, has descubierto que Julia es la figura central de esta situación. No sabes por qué, pero es casi seguro que has dado en el blanco. Ella es el centro de todo, de la vida y de la muerte.

»Como la aprecio, haría cualquier cosa por salvarla de sus imprudencias y de sus conocidos, pero no creo que pueda hacer nada por el simple motivo de que el animador de ese círculo es el hombre del que ha estado enamorada desde niña: Julo Antonio, hijo de Marco Antonio y de su primera mujer, Fulvia. En torno a él giran personajes turbios: pequeños césares huérfanos del *Dictator perpetuo*, feroces y rencorosos; veteranos de las guerras civiles que no son capaces de adaptarse a la paz y aún sueñan con sangre, venganzas y sublevaciones; vástagos de la nobleza republicana, frustrados e impotentes, que no han comprendido que el mundo ha cambiado. A ella le parece un juego excitante, le fascina porque le fueron robadas la adolescencia y la juventud, y no se da cuenta de que está jugando con fuego.

»El mismo Augusto no se atreve a golpear porque la mera idea de la guerra civil le aterroriza y porque ha dedicado su vida a conseguir que no se repita nunca más.

El centurión masticó hierbas amargas con un poco de pan tostado, en silencio, dejando que las voces de la noche penetrasen los muros de la casa.

—¿Qué podemos hacer nosotros? —preguntó Flavus.

Tauro pareció volver a la realidad y, mientras hacía una seña a sus libertos para que retirasen las mesas, hizo servir vino tinto en tres copas. Dos se las tendió a sus huéspedes.

—Bebed, quién sabe si el vino no excitará vuestra mente y hará que se os ocurra alguna idea que pueda seros útil.

Arminius bebió y le pareció haber comprendido: el emperador podía haber sabido del mensaje críptico por el hermunduro, pero también podía haberlo concebido él mismo. Conocía las esculturas del Altar de la Paz al mínimo detalle, y aquella imagen debía de estar siempre presente sobre todo en su mente. Pero otra imagen se asomó entonces a la mente de Arminius: la ceremonia de la fiesta de primavera, años antes, en el bosque germano. Estaba con su padre cuando vio a la chiquilla coronada de flores que lo miró por un instante, flanqueada por otras dos muchachas y dos gigantescos hermunduros: también allí había tres cabezas entre dos cuerpos. Y Sigmer podía habérsela grabado en la mente.

Se le ocurrió una posible explicación: Sigmer había sabido por medio del hermunduro que Julia era parte de un plan peligroso y la había asociado a dos imágenes parecidas y al mismo tiempo distintas que Arminius podía reconocer: la procesión en el bosque y la procesión en el mármol del altar que Sigmer había conocido y visto el día de la inauguración del monumento, cuando fue invitado como soberano aliado. A él correspondía la elección de revelar el significado del mensaje o de mantenerlo oculto dejando que la peripecia llegase a sus extremas consecuencias por obra quizá de la propia Julia, protegida por su altísima posición social y por el afecto que haría incrédulo a su padre. Esta última eventualidad supondría un durísimo golpe al emperador y al imperio. En cambio, si Arminius elegía parar una conjura que a cada momento le parecía más probable, se ganaría la confianza incondicional del emperador, con todo lo que comportaría un reconocimiento semejante.

Tauro desplegó nuevamente sobre la mesa de trabajo el esquema de la procesión del Altar de la Paz, haciendo una seña a los dos jóvenes para que lo flanquearan en su lado de la mesa, y señaló una figura en concreto, la primera de la izquierda en el lado septentrional.

—La próxima vez que visitéis el altar, fijaos bien en este hombre y retened mentalmente sus facciones. Este es Julo Antonio, al que Julia ha amado desde niña. Probablemente es él quien la ha atraído a una loca aventura que podría acabar con ella.

»Y ahora decidme si estáis dispuestos a ayudarme.

Arminius y Flavus intercambiaron una rápida mirada y acto seguido, volviéndose hacia el centurión, asintieron.

—Entonces, nos hemos entendido —dijo Tauro—. Es hora de moverse. He reflexionado largamente antes de esta conversación y he pensado en presentaros en un ambiente que podría constituir un excelente observatorio y donde podríais tener encuentros de gran interés: el astillero de la naumaquia, en la colina Vaticana.

»El enorme lago artificial que se está excavando será el lugar donde se conmemorará la batalla naval de Accio, de la que dentro de no mucho se celebrará el trigésimo aniversario. Para mí y para aquellos como yo, esa batalla significa el final de las guerras civiles que ensangrentaron nuestras tierras durante más de medio siglo, mientras que para cierta gente significa el comienzo de la tiranía. De este tipo de personas forman parte los amigos que frecuenta Julia.

»No esperéis resultados rápidos: podríais necesitar meses o años. Deberéis tener paciencia y mucha cautela, pero vuestro papel podría revelarse crucial. Sois poco conocidos pero estáis muy bien preparados para entrar en sociedad.

Se despidieron tarde, al final del segundo turno de guardia.

Mientras recorrían el corto sendero que conducía a su morada conversaban como solían hacerlo cada vez que vivían experiencias especiales. A ambos les incomodaba un tanto que los hubieran investido del papel de informadores simplemente porque habían reconocido una imagen en el friso del Altar de la Paz, pero Flavus hizo notar que Tauro no les pondría nunca en una situación que no fuera honrosa para ellos. Para eso los había educado y adiestrado, para eso habían derramado sudor y alguna vez también sangre: para estar preparados ante cualquier eventualidad. Llevarían a cabo la tarea más por curiosidad que por interés en progresar en esa sociedad de la que ya formaban parte y que quizá, gracias a aquella experiencia, conocerían mejor.

Entraron en el astillero como responsables de la vigilancia. Allí trabajaban miles de hombres de todas las partes del mundo, esclavos o libertos, según las tareas, que hablaban lenguas distintas y se reagrupaban por etnias, idioma y costumbres. Dada la situación, era fácil que se produjeran peleas y refriegas, las cuales habrían retrasado los trabajos, cosa que los empresarios no podían permitirse de ningún modo. Había jefes de cuadrillas y vigilantes que se ocupaban de aquellas peleas usando la verga y el látigo; la tarea de Arminius y de Flavus consistía simplemente en parecer lo bastante amenazadores para desalentar fugas, rebeliones y algazaras. Muy altos y de complexión imponente, llevaban lorigas musculadas y yelmos áticos crestados como los de los oficiales superiores del ejército romano; empuñaban lanzas más que jabalinas y llevaban terciadas largas espadas de forma germánica pero de temple romano. Fulminantes a la hora de intervenir cada vez que era necesario, se hacían temer hasta el punto de que con el paso del tiempo las intervenciones eran cada vez menos necesarias y ellos parecían más ornamentos estatuarios del terraplén de contención que miembros de las fuerzas armadas en servicio.

A medida que la obra avanzaba, el lugar se poblaba de nobles y de matronas de la aristocracia romana y los dos jóvenes guerreros fueron cada vez más admirados, como obras maestras de la naturaleza. No había pasado mucho tiempo cuando comenzaron a ser invitados a las termas, tanto en villas privadas como en instalaciones públicas, de modo que las señoras de los estamentos más altos de la capital del mundo, como también los ricos eunucos que alquilaban los baños, pudieran desterrar el aburrimiento admirando la resplandeciente desnudez de los jóvenes guerreros germanos. Llegaron luego las invitaciones a fiestas y banquetes, y luego las relaciones de amistad y también más íntimas, primero con jóvenes libertas y luego con mujeres de ilustres familias, cuyos maridos estaban ausentes porque eran gobernadores de provincias lejanas.

Aquel tipo de relaciones, el ser aceptados o incluso que se los disputaran poco menos que los poderosos y las mujeres más bellas y sofisticadas, les hizo sentirse satisfechos y halagados, cada vez más parte de un mundo que primero los había mantenido al margen. Su lenguaje y su pronunciación se perfeccionaban cada vez más hasta hacerlos capaces de percibir los matices y las ironías, los sobreentendidos y los dobles sentidos, y de expresarse espontáneamente de modo semejante. Sabían que eran considerados bárbaros, hijos de naciones salvajes e indomables, pero sabían también que en eso radicaba gran parte de la fascinación que ejercían sobre aquellos que los invitaban.

Comenzaron a captar las inclinaciones políticas de estos poderosos y a confrontar las esculturas marmóreas en las que aparecían majestuosos y solemnes, pensativos y amablemente humanos, con la realidad cotidiana, con las intrigas, los resentimientos y la mezquindad. La barbarie, que en un cierto sentido era su fuerza, comenzó a convertirse en una carga, por lo que tendían a ocultarla.

Así estaban en condiciones de llegar a conocer lo que podría interesar al poder supremo y de discutir con Tauro, pero nunca se plegaron a dar el parte o a informar, rechazaban la delación, comportamiento traicionero e indigno de la educación guerrera que habían recibido primero como campeones germanos y luego como oficiales —en lo que pensaban que se convertirían un día— del más grande y poderoso ejército existente en el mundo.

Con el paso del tiempo, Arminius y Flavus fueron empleados en misiones más importantes que la de responsables del orden en el astillero de la colina Vaticana y a menudo se alojaban en los campamentos de los auxiliares germanos más que en su residencia del Aventino. Luego, un día, fueron convocados al puerto de Rávena, donde encontraron esperándolos al centurión de primera línea Marco Celio Tauro.

Se dieron un caluroso apretón de manos y saludaron con el brazo a la manera militar, luego habló Tauro:

—Ella está verdaderamente en el centro de todo: de la vida y de la muerte. Pero alguien debe salvarla de sí misma. He ideado un plan, pero os necesito a vosotros. ¿Me ayudaréis?

—Te ayudaremos, centurión. ¿Qué debemos hacer?

—Deberéis someteros a un duro adiestramiento...

—Adiestrados... ¿para qué? —preguntó Flavus.

—Para una batalla naval —respondió Tauro.

XII

Tanto Arminius como Flavus repitieron de forma interrogativa la afirmación de Tauro:

—¿Una batalla naval?

—Exactamente. Faltan aún algunos meses, y luego darán comienzo los grandes festejos. Se inaugurará el gran lago en la colina Vaticana, donde se representará la batalla de Accio. Será un espectáculo memorable. He oído decir que el emperador está indeciso sobre si reconstruir o no la nave capitana de Marco Antonio y Cleopatra con sus enseñas: no quisiera provocar en el pueblo el resurgimiento de su antiguo amor por el triunviro. No creo equivocarme si digo que no lo hará; es un político demasiado hábil para cometer un error semejante. Sabe bien que los entusiasmos del pueblo deben ser regulados y guiados en la justa dirección.

Arminius se sentía bastante crecido en su ánimo para pedirle a Tauro la libertad de hacerle una pregunta comprometida, cosa que no se habría atrevido a decir un año antes.

—Oigamos —respondió el centurión.

—Desde la última vez que hablé contigo deseo hacerte esta pregunta, porque sé que nos dirás la verdad, aunque sea contraria a tu opción política. Si la alternativa fuese entre la paz y la libertad, ¿cuál debería ser la elección?

Tauro meneó la cabeza con una expresión que habría podido interpretarse como de compasión por un joven ambicioso pero inexperto.

—Soy soldado y he visto la muerte mil veces en los campos de batalla, he visto a hombres llenos de fuerza y de vida exhalar el último aliento vomitando sangre, a otros los he visto soportar dolores atroces e invocar a la muerte y arrojarse sobre la espada para poner fin a sus sufrimientos. A miles, a decenas de miles. Demasiadas veces he visto el terreno empapado de sangre para no comprender el valor de la vida. La vida, muchacho, es el tesoro más preciado, y solo puede ser sacrificada por una causa: salvar la de los demás. La libertad es un concepto abstracto: ¿la libertad de quién? ¿Es libre un pobre que no tiene lo suficiente para sustentarse a sí mismo y sacar adelante a su familia? En los tiempos de la república he visto hordas de clientes miserables hacer fila delante del atrio de la casa de los ricos y de los poderosos para vender su propio voto a cambio de pan. A muchos de ellos los había mandado yo en el campo de batalla, conquistas que habrían de enriquecer desmesuradamente a los comandantes aristócratas de los ejércitos mientras ellos se volvían más pobres de lo que eran, encontraban sus campos sin cultivar malvendidos y a sus mujeres prostituidas a quien tenía el dinero para comprar los unos y las otras.

»Nuestro grandísimo comandante, ocho veces cónsul cuando el consulado era concedido a los mejores, defensor de los proletarios, en un discurso para su candidatura, dirigido a la curia del Senado, señalando al pueblo que lo apoyaba, gritó: "¡Estos hombres que os han conquistado un imperio no tienen tierra suficiente ni para que les den sepultura!".

Tauro y Arminius caminaban uno al lado del otro; Flavus, a menos de un paso, no se perdía ni una palabra del discurso del centurión. Llegaron delante de la palestra de los gladiadores y recordó al jinete que, montado en un semental negro, galopaba rápido hendiendo la espesa niebla y desaparecía en la noche dejando tras de sí el ruido de los cascos, nada más. Y recordó el gigantesco quinquerreme que entraba en el puerto alzando los goteantes remos.

—He vivido también las guerras civiles —prosiguió Tauro

acercándose a los caballos que los esperaban atados al armero de la *mansio*—, el acontecimiento más obsceno y cruel, la maldición de este pueblo que nació del fratricidio de Rómulo y Remo. ¿Podéis imaginar qué se siente cuando sales de casa por la mañana sin saber si volverás al caer la noche, cuando vives en un caos de sangre, venganzas, crueldad, torturas sin sentido, sin honor y sin fin? ¿Qué se siente cuando oyes pasos que te siguen en la oscuridad y temes que alguien te plante una hoja entre las costillas solo porque hay quien ha escrito tu nombre en una tabla de madera en el foro y ha prometido tus bienes, tu mujer como concubina y tus hijos como esclavos a cualquier sicario capaz de matarte? Únicamente asco, horror y vergüenza.

»La paz significa en la mayoría de los casos una vida serena, la disponibilidad de lo necesario, la dignidad de no tener que implorar piedad. La paz puede significar también libertad, si es administrada sabiamente. Pero me detengo aquí, he hablado demasiado y sé que para un joven la libertad es la arena de la gloria mientras que la paz es para los viejos que temen a la muerte porque ya no tienen fuerzas para defenderse.

»A partir de mañana comenzamos con el adiestramiento a bordo de las naves.

—¿Por qué debemos hacer este adiestramiento? ¿Vamos a tomar parte en la naumaquia?

—En primer lugar, porque las fuerzas del imperio están constituidas por el ejército y por la marina militar, y por consiguiente vosotros debéis estar en condiciones de combatir tanto por tierra como por mar. En segundo lugar, sí, esto tiene que ver con la naumaquia de Accio, pero aún no sé qué deberéis hacer. Os lo diré en el momento oportuno.

Arminius y Flavus aprendieron a moverse con destreza a bordo de una nave de guerra y a maniobrar onagros, escorpiones y balistas tanto como las escotas y los cabos que tendían y recogían las velas. Junto con Tauro, exploraron una liburna ágil y rápida, capaz de navegar tanto a remo como a vela. Pasaron por entre los bancos de los remeros y observaron sus movimientos sincronizados, que se combinaban con los de la dirección de popa, subieron a los mástiles y a los pendones para desplegar las velas y, por último, aprendieron a armar las piezas de artillería, a apuntar y disparar. A poca distancia de la nave, en la orilla, había una tabla de madera sostenida por unos puntales, a modo de diana. Los dos jóvenes entablaron competiciones encarnizadas para ser el mejor tirador y centrar el blanco de modo cada vez más preciso con un dardo de cinco libras. Un veterano a bordo dijo que cuando todavía estaba en el servicio en la legión había luchado en África y que ese tipo de dardos se utilizaban en el campo de batalla para abatir a los elefantes de guerra.

No tardaron en apasionarse por el uso de aquellos artefactos y adquirieron gran precisión en el tiro. Se ejercitaron también en la natación, actividad que siempre habían practicado en los ríos y en los lagos de su tierra natal y que practicaban también en Roma, en las piscinas de las termas públicas. Su completo adiestramiento fue llevado a término en un par de meses, durante los cuales tuvieron ocasión también de ir una vez al anfiteatro para asistir a una lucha de gladiadores, pero ninguno de los dos comprendió la pasión de los romanos por aquellas exhibiciones. En su mentalidad solamente se combatía por motivos fundamentales como defenderse de un invasor o vengar un insulto, una ofensa, una traición. Luchar y perder la vida para divertir a los espectadores les parecía algo carente de sentido.

Sin embargo, el anfiteatro era una construcción imponente, impresionante. Perfectas las dos curvas en los lados cortos y perfectas las curvaturas de los lados largos. Las entradas estaban situadas de modo que se regulara el flujo de entrada y de salida: la gran tribuna era para el personaje más importante.

Terminados todos los adiestramientos, Tauro y los dos jóvenes regresaron a Roma a caballo por la vía Flaminia, la misma que recorrieron la primera vez que entraron en Italia. De camino, hablaban, recordaban los tiempos pasados, los golpes y los castigos, la dureza del centurión, las incertidumbres y las melancolías, los primeros encuentros de amor, la pequeña Yola que había encantado a Flavus. Los orígenes germanos ahora parecían remotos y olvidados. Solo la preocupación por los padres, por el padre en particular, sobrevivía, en parte porque de vez en cuando recibían noticias de él. La madre, Siglinde, era un recuerdo más desvaído, ligado a lejanos momentos de la infancia, a su voz que cantaba antiguas baladas, a su rostro enmarcado por largos cabellos.

Llegados a la capital, Arminius y Flavus descubrieron a Thiamino y sus capacidades: era un masajista extraordinario, muy solicitado en las termas por los personajes más eminentes de la ciudad, tanto hombres como mujeres, las cuales lo hacían pasar por eunuco para sortear el rígido reglamento de los baños femeninos y nadie se había tomado nunca la molestia de comprobar si era cierto. Thiamino, además, era muy discreto, de manera que sus clientes se relajaban y hablaban libremente o, en el peor de los casos, por alusiones que él, tras tantos años de servicio, sabía interpretar sabiamente.

El día de los idus de mayo se celebraba el cuadragésimo segundo aniversario del nacimiento del centurión Tauro, y Privato había salido con la calesa al Foro Holitorio para comprar legumbres y carne de cordero para hacerla asada. Los invitados llegaron avanzada la tarde con otras carnes, quesos, especias y ánforas de vino añejo. Había colegas de la XVIII y de la IX Legión, Quinto Silvano y Tito Macro, que habían militado con él durante años; y estaba también Publio, el hermano muy querido de Bononia.

En la entrada, Publio reconoció a los dos muchachos.

—Esperaba volver a veros en Rávena o en Bononia, tal vez con ese oso de Tauro, pero no habíamos vuelto a encontrarnos desde esa vez en la posada.

—El centurión Tauro está siempre muy atareado —respondió Flavus—, y a decir verdad también nosotros: nos somete a entrenamientos demoledores de continuo, ¡y yo que creía que en Roma sobre todo nos divertiríamos!

—No te quejes, muchacho —respondió Publio Celio—, sois jóvenes, apuestos y tenéis toda la vida por delante. ¡Si yo tuviese vuestros años…! Os los cambiaría por mi posada, os lo juro.

Thiamino y Privato, como de costumbre, atendían a los invitados y se ocupaban de las mesas junto con algunos siervos alquilados para la ocasión a un empresario al que se dirigían los senadores en las festividades solemnes. Arminius y Flavus no estaban invitados a la cena, pero se habían sentado en el jardín y recibían los platos junto con el vino en una bonita mesita de mármol lunense.

Entre un plato y otro Flavus se fijó en que Thiamino entregaba algo a Privato al encontrarse con él en la salida de las cocinas. Acto seguido Privato se dirigió hacia ellos con una bandeja de carne de cordero y una jarra de vino tinto. Tras saludarles, dejó las vituallas y dijo en voz baja y con una ligera sonrisa:

—Debajo del plato.

Arminius y Flavus asintieron con la cabeza y comenzaron a comer. Solo cuando hubieron terminado la comida y bebido el vino levantaron el plato vacío. Flavus retiró un pequeño rollo de pergamino, lo leyó rápidamente y se lo pasó a su hermano, que leyó:

Mañana, en el segundo turno de guardia, debes estar en el almacén de grano en el puerto tiberino y mirar dentro por la abertura que hay en el techo.

—¿Tú lo has entendido? —preguntó Flavus.

—Diría que sí —respondió Arminius—, pero me cuesta entender por qué en Roma todos juegan a las adivinanzas.

—Entonces ¿sabes dónde está ese puerto?

—Sí, hemos pasado cerca muchas veces.

—¿Qué será?

—Algo peligroso, de lo contrario habría ido Tauro.

—Él no le teme a nadie.

—Sí, pero nunca pone en riesgo nada, y menos aún a sí mismo.

—¿Cuándo hay que ir?

—Mañana en el segundo turno de guardia. ¿Cuándo si no? Iremos ligeros, solo con un puñal y un par de cuchillos de lanzamiento, descalzos para no hacer el mínimo ruido.

Macro, Publio Celio y Quinto Silvano estuvieron charlando en la casa de Tauro hasta tarde, sobre todo acerca del lago que se estaba completando en la colina Vaticana. Estaba previsto un gran desfile militar en representación de siete legiones y Marco Celio tomaría parte en uniforme de gala con las condecoraciones ganadas en el campo de batalla. Publio lo escuchaba con gran admiración, como si fuese la primera vez que hablaban juntos. Luego, Tauro y Publio Celio se retiraron a un pequeño reservado para continuar la conversación.

Al día siguiente, entrada la noche y sin decir nada a Tauro, Arminius y Flavus se dirigieron al lugar indicado por Privato cruzando el puente Emilio y descendiendo la corriente del río durante cerca de trescientos pasos hasta que encontraron el almacén anexo a un muelle de atraque para las naves de carga. Alrededor reinaba la oscuridad aparte de alguna lucerna que indicaba la presencia de prostitutas que paseaban por la orilla en busca de clientes. Por la rendija de debajo de la puerta del almacén llegaba, sin embargo, una luz apenas perceptible que indicaba la presencia de alguien. Inusual, dada la hora. Pero Arminius y Flavus habían aprendido que las noches oscuras de Roma eran mucho más animadas de lo que pudiera creerse: citas ilícitas de amantes, hechiceras que hurgaban en los cementerios en busca de partes de cadáveres para utilizar en sus hechizos o para amuletos contra el mal de ojo, emboscadas de ladrones y de sicarios, y no se inquietaron demasiado.

Nunca habían llevado a cabo una empresa de aquel tipo, pero la curiosidad los empujaba a explorar el lugar que les había sido indicado sin preocuparse de los peligros que una inspección semejante podía entrañar.

Arminius subió a los hombros de su hermano y trepó sobre el tejado tratando de no hacer ruido. La cubierta del edificio era en gran parte una terraza a cuyo suelo se había dado un acabado de cal y cemento alisado con paleta. Pero ¿dónde estaba la abertura? La oscuridad era tan densa que resultaba imposible distinguir nada en la azotea.

De pronto le pareció ver un ligerísimo halo de luz expandirse en el suelo del terrado, se acercó y debajo de algunas tablas de madera vio una abertura que debía de haberse hecho en otro tiempo para dejar salir el humo de un hogar que se hallaba debajo. Desplazó las tablas y miró dentro. Había un par de hombres trabajando en torno a una plataforma giratoria y a un artefacto bélico que Arminius conocía bien por haberlo probado con su hermano en una nave de guerra en Rávena: una balista. A un lado, sobre una mesa, había algunos dardos de hierro templado de cinco libras.

De vez en cuando Arminius volvía sobre sus pasos para ver si todo iba bien; su hermano seguía de guardia en la parte posterior del edificio. En una ocasión, cuando estaba a punto de volver atrás, oyó un suave silbido como los que solía emitir Flavus para llamar su atención.

Se asomó al borde del terrado y vio que su hermano señalaba algo a su derecha: un grupito de personas precedidas por otras dos que llevaban unas lucernas que iluminaban un poco el camino.

Arminius hizo el gesto de haber comprendido y, mientras Flavus se pegaba al muro, retrocedió hacia el interior de la azotea a medida que el grupito se acercaba al edificio. Alguno, quizá uno de los criados con las lucernas, dio una contraseña y la puerta fue abierta con circunspección. Arminius retrocedió de nuevo hacia la abertura central para tener una vista más amplia del interior.

La oscuridad de la noche hacía que cualquier cosa iluminada resaltase nítidamente, y Arminius reconoció a un personaje que recordaba haber visto representado en el friso del Altar de la Paz: Julo Antonio. ¿Qué hacía el poeta y magistrado, el gran amor de Julia, hijo del triunviro Marco Antonio, a aquella hora en aquel lugar?

Los hombres del interior hablaban en voz baja, pero los gestos de los dos que estaban con la balista eran inequívocos: en un momento dado descubrieron un objeto oculto por un paño y apareció la maqueta de una liburna con dos balistas por costado, una hacia popa y otra hacia proa.

Arminius pensó que había hecho bastante por aquella noche. Cubrió la abertura con las tablas de madera y volvió hasta el borde del terrado. Flavus, pegado a la pared lo más posible, alzó los brazos para hacerle de apoyo mientras descendía y en poco rato se encontraron fuera de la zona crítica.

No obstante, esperaron en un punto bien protegido por la vegetación a que reapareciese el grupito y se encaminase hacia el Foro Boario. En ese mismo momento un carruaje tirado por un par de caballos pasó delante del teatro de Marcelo y fue a situarse entre el templo de Portuno y el de Hércules, como si tuviese una cita. Poco después de pasada el ara de Hércules, el grupo se dividió y Julo Antonio se fue por su lado. Llegado a las proximidades del templo de Portuno se encaminó hacia el vehículo parado; casi enseguida se abrió una portezuela y apareció una figura femenina envuelta en una estola blanca. La reverberación de los dos pebeteros delante del templo iluminó su rostro. Arminius no podía dar crédito a lo que estaba viendo: era el rostro entre las dos cabezas y los dos cuerpos en el centro del friso del Altar de la Paz.

Julia.

Arminius volvió la cabeza hacia su hermano.

—¿Has visto quién es? —susurró.

—Por un instante, no sabría...

—Julia —respondió Arminius alzando apenas la voz.

Flavus se llevó el dedo a los labios y emitió un silbido.

—¿Estás loco? No te atrevas siquiera a pronunciar su nombre. Nos va en ello la vida, la tuya, la mía y la de quién sabe cuántas personas. Vámonos, vámonos…

Arminius se opuso, se limitó a ponerse a buen recaudo, fuera de la vista.

—No, esperemos un poco más.

—Vámonos, te digo, o me voy solo.

En aquel momento Julo Antonio tomó asiento al lado de Julia, la puerta se cerró, luego el siervo que llevaba las riendas dio una voz a los caballos y el carruaje se alejó en dirección a la isla Tiberina.

Arminius y Flavus se miraron, pero Flavus meneó la cabeza enérgicamente.

—Ni pensarlo. Hemos hecho lo que se nos ha pedido y es ya demasiado. Habría podido ser una trampa para atraernos a ese lugar oscuro y a trasmano. Ahora nos vamos a casa a dormir.

En el breve silencio que siguió a las palabras de Flavus se oyó claramente el murmullo del río que discurría raudo entre las orillas y entre las arcadas de los puentes, pero además oyeron otro ruido: el bufido de uno o más caballos y el raspar de cascos contra el pavimento. Arminius avanzó con cautela en dirección a esos ruidos y se encontró delante dos caballos cubiertos por paños de lana negra y atados a una barra de madera. Se estiró para ver mejor: dos vigilantes se habían parado a orinar en la orilla del río y estaban volviendo. En pocos instantes alcanzarían sus cabalgaduras. Pero Arminius cogió una de las mantas y se la envolvió en torno al cuerpo y al rostro, luego saltó sobre la grupa de un caballo y se lanzó al galope en la dirección del carruaje de Julia y de Julo Antonio. Esperó en el extremo del puente Fabricio, que unía la isla Tiberina con el barrio de los judíos asignados por Julio César a la capital, luego lo recorrió al paso, cruzó la isla y el otro puente, siempre al paso, hasta que se encontró en zona habitada, frecuentada también por una población mixta que incluía romanos empobrecidos y numerosos inmigrantes de Oriente.

Entretanto el carruaje se había detenido.

Negro en la oscuridad de la noche, Arminius se había vuelto casi invisible. Ató el caballo y desde detrás de la esquina de una vieja casa observó lo que sucedía. La bella señora y su acompañante se apearon del carruaje y llamaron a una puerta. Alguien abrió y les hizo entrar. La bella señora ocultaba la cabeza y el rostro con un velo.

Arminius se deslizó a lo largo de la pared buscando una abertura que le permitiese entrar, ver y oír lo que sucedía en el interior. No encontró ni puerta ni pasadizo de ningún tipo. Se levantó de la oscuridad una fina brisa que venía del mar: traía un ligero olor a sal y despertaba el sonido de un susurro de frondas.

Frondas de plátano, un gigante que se erguía delante de él inmediatamente detrás de la esquina septentrional de la casa. Era enorme, sin duda alargaba sus raíces hasta absorber agua del río. Una rama del grosor de un árbol se prolongaba hasta el tejado del edificio, y Arminius trepó por el tronco apoyando los pies en los muñones de viejas ramas cortadas hasta alcanzarlo. Lo recorrió manteniendo el equilibrio con los brazos extendidos en el vacío hasta que apoyó los pies descalzos sobre las tejas. Alcanzó la parte superior, bajó por el otro lado hasta el canalón y avanzó hasta encontrar el atrio y el impluvio. Anudó el paño negro a una gárgola y se descolgó hasta el suelo.

Estaba dentro.

Llegaban ruidos del estudio y del recibidor, voces de gente que discutía. También una voz de mujer, la única.

¿La bella señora?

Centro de la vida y de la muerte.

Quizá llegase a comprender. Por eso había venido hasta el interior de la oscura morada: para comprender.

Pensó que normalmente estaba deshabitada. No había siervos alrededor, no olía a comida, había pocos muebles y solo un par de lucernas daban un poco de luz, el mínimo para orientarse, para no caer en el impluvio y no golpearse contra las esquinas. Siguió las voces, a veces desviado por los ecos roncos, ciegos.

Se encontró delante de la sala, separada del resto de la casa por un telón de lana recamada que absorbía mucho los sonidos, y pensó que en el interior debía de hacer mucho calor pero que la necesidad de silencio había impuesto aquel gran cortinón a la cita secreta.

Hablaban moderando el tono y la fuerza de la voz, parecían contenerse en cada una de sus manifestaciones, hasta en la propia imagen. También aquí la luz era escasa y cada uno de los presentes se podía distinguir a duras penas, inmerso como estaba en la penumbra. Oyó palabras más que frases, pero fueron suficientes para comprender los pensamientos. El círculo se cerraba, la bella señora esculpida en el mármol era el centro de aquella junta de fantasmas.

Era hora de irse y reunirse con Flavus: necesitaba hablarle, consultar con él para decidir conjuntamente qué hacer. Y además tenía miedo, no estaba hecho para arrastrarse por las sombras de una casa abandonada. El gran telón de lana estaba lleno de polvo y de improviso irrumpió en su pecho un golpe de tos seca y dura. Los discursos cesaron, todos se miraron atónitos y aterrados. Luego se volvieron hacia el cortinón que los aislaba del resto de la casa, desenvainaron los puñales y corrieron hacia delante. Arminius ya había huido, rápido, hacia el impluvio, había aferrado la capa que pendía de la gárgola del tejado y había trepado ágil como un gato.

Ganó el tejado, trepó hasta arriba, volvió a bajar por la otra vertiente y saltó sobre la gran rama sin volver en ningún momento la vista atrás pero oyendo el alboroto de los perseguidores que llegaba de abajo.

Recorrió la gran rama rápidamente, exponiéndose a caer en el vacío, alcanzó la bifurcación y comenzó a descender por el tronco. Las frondas eran espesas y ocultaban completamente el suelo, pero en un momento dado vio algo blanco, los trajes de sus perseguidores, y comprendió. Intuyendo la única escapatoria para el intruso, se habían apostado alrededor del árbol tratando de esconderse donde fuera posible. Arminius se dio cuenta, cada vez más abajo, de que las manchas blanquecinas eran los mantos de algunos de los que antes estaban dentro de la casa, situados en el suelo detrás de los arbustos pero perfectamente visibles desde lo alto. Se habían desembarazado de ellos para sentirse más ligeros y manejar las armas con más libertad. Sintió la ansiedad del animal acorralado y la sequedad en las fauces, pero el latido del corazón mantenía su ritmo lento y poderoso. ¿Golpearía? ¿Y si le denunciaban? Un bárbaro que hiriera o diera muerte a ciudadanos romanos no tendría escapatoria. Desde lo alto ni siquiera veía dónde había dejado el caballo. En pocos instantes descendió por el tronco y saltó al suelo, pero el círculo de los perseguidores era cerrado, impenetrable, y alrededor de él las puntas de numerosos puñales buscaban un sitio por el que penetrar en el negro manto que se había enrollado en un brazo y que le colgaba sobre el vientre.

Arminius saltó hacia delante, pero cuatro hombres formaron una barrera y lo empujaron hacia atrás. Querían matarlo, golpeaban para acertarle en un punto vital. Arminius reaccionó con furia, un puñal en cada mano, contra el asedio que se estrechaba cada vez más.

—Déjate matar, muchacho, es lo mejor —dijo una voz ronca—. Un golpe y basta. Si te cogemos vivo, sufrirás torturas atroces, una muerte lenta y...

No había terminado de decirlo cuando el terreno resonó por un galope tendido. Luego una figura negra a caballo irrumpió en el círculo arrollando a todos y gritando en lengua germánica:

—¡Salta!

Arminius saltó a la grupa del caballo. Cuando los otros quisieron reaccionar, los dos estaban ya lejos. En la dirección opuesta de la calle, el carruaje de la señora se alejaba rápido.

Arminius se agarraba a la cintura de su hermano, que continuaba incitando al caballo en dirección al Aventino.

Pasaron veloces delante del soñoliento cuerpo de guardia; ni siquiera le dio tiempo a ver quiénes eran esos jinetes embozados de negro.

Apenas estuvieron a buen recaudo saltaron a tierra, se quitaron el paño de lana negra y lo escondieron en el desván dentro de un viejo arcón; el caballo fue enseguida metido con los otros en el establo y secado.

—¿Es el del otro vigilante? —preguntó Arminius.

—Era el único que quedaba. Pero no me ha sido tan sencillo como a ti: he tenido que arrojar a su dueño al Tíber.

Cuando pasó la ronda para inspeccionar el recorrido del cercado y el muro de seguridad, todo estaba tranquilo y silencioso; Arminius y Flavus estaban acostados en sus lechos y parecían dormidos. No se movieron ni dijeron palabra hasta que los ruidos de la inspección —puertas que golpeaban, perros que ladraban— se hubieron apagado.

—¿Por qué me has seguido? —preguntó Arminius en voz baja.

—Porque me he dado cuenta de que realmente podías ser tan estúpido como para meterte en semejante avispero. Quién sabe lo que habría pensado de mí nuestro padre ante tus estúpidas cenizas…, que no te había mantenido al margen de los contratiempos.

—Gracias —respondió seco Arminius.

—¿Qué has descubierto?

—Ella está metida en la conjura.

—¿La bella señora?

—En persona.

—¿Y de qué conjura se trata? A buen seguro no será capaz de conspirar contra su padre.

—¿Por qué no?

—Porque es monstruoso.

—La bella señora es Julia, es decir, la única hija del emperador. No le falta nada: ni libertad, ni elegancia y lujo, ni hijos y sobrinos. Tiene de todo en abundancia. Necesita vencer el tedio de quien lo tiene todo, absolutamente todo, pero también necesita reconquistar su adolescencia perdida, su juventud robada, el amor que es compañero de la juventud sacrificado a las exigencias del Estado. Ha descubierto que jugar con fuego es el juego más excitante. Para mí que no se da cuenta de lo que está haciendo.

—¿Y ahora qué? —preguntó Flavus.

—No lo sé. Hemos comprendido algunas cosas, otras siguen siendo un misterio.

—Tal vez Tauro tenga la clave para interpretar las piezas del mosaico que hemos reunido. Él sabe muchas cosas. Nosotros pocas.

—No me parece que tengamos elección.

—No la tenemos, en efecto. No nos queda sino esperar que nos convoque.

La invitación no tardó en llegar, y fue por medio de Privato.

—Os espera mañana a cenar —dijo—. Seréis los únicos invitados.

Arminius y Flavus comprendieron lo que significaba: Tauro no quería ser distraído ni importunado por exigencias de relaciones sociales. Había esperado dos días en mandar la invitación, días que le habían servido para meditar sobre la situación en general y que había dejado a los dos jóvenes para que procesaran sus experiencias.

—Dale las gracias al centurión Tauro por su invitación —respondió Flavus.

Los dos hermanos se pusieron enseguida de acuerdo sobre cómo moverse y sobre cómo hablar o cuándo callar.

Como de costumbre, al día siguiente se presentaron a la hora del primer turno de guardia, vestidos como convenía a un encuentro importante. Tauro parecía tranquilo y seguro de sí, y hablaba como si no supiera nada, como si el mensaje en el pequeño rollo de pergamino no hubiese sido escrito o sugerido por él.

Hablaron de muchas cosas: el calendario de los juegos en el anfiteatro, el de las carreras en el circo, la nueva gestión de los baños públicos y la situación en Oriente con los continuos disturbios de los judíos, pero no de las que habrían tenido sentido. Cuando parecía que la velada había concluido, Tauro los miró con expresión irónica y dijo:

—A propósito de disturbios, he oído que la otra tarde salisteis, que hubo persecuciones por la noche, que al otro lado del Tíber alguien se jugó la piel y que la ronda salió en busca de dos individuos vestidos de negro que han desaparecido... ¿Ninguna noticia para mí?

Habló Arminius del modo más discreto posible: hizo referencia a un almacén y a un artesano que estaba trabajando, a una casa grande, oscura, al otro lado del Tíber, a frases entrecortadas, a actitudes, a un plátano, a una persecución y a...

La bella señora.

XIII

Hubo silencios en el transcurso de la velada para dejar espacio a la reflexión. Varias veces Flavus y Arminius intercambiaron miradas y señas, como si quisieran consultarse; sin duda estaban preparados para juntar los pedazos de conocimiento que habían conquistado siguiendo el hilo de sus hipótesis. Tauro, sin embargo, no quería aún exponer abiertamente las conclusiones a las que había llegado.

La cena se prolongó hasta tarde, como de costumbre, y cuando Privato terminó de recoger las mesas, Tauro reanudó la conversación.

—Los trabajos en la colina Vaticana casi han terminado, el día de la gran conmemoración se acerca. El convoy con las partes de las naves que hay que montar para la batalla naval llegará dentro de no mucho remontando el Tíber. Serán desembarcadas en el lago artificial, donde un brazo de acueducto realizado a tal efecto ha comenzado ya a verter agua. Se calcula que se necesitarán dos meses para alcanzar el nivel prefijado.

—¿Dos meses? —replicó Flavus.

—Es lo mínimo, porque se trata de una masa de agua igual a la que todos los acueductos de Roma llevan a la ciudad en diez días.

»Recuerdo cuando el comandante Druso excavó el canal que había de permitir a nuestra flota entrar en el Océano evitando el largo desvío del Rin hacia el occidente y luego hacia el septentrión. Trabajaron en ella diez mil hombres durante dos años, y aún veo el momento en que hicimos entrar el Rin. Habíamos compactado una superficie de quinientos pies hacia el septentrión. Construimos una serie de represas hundidas en el terreno virgen a lo largo de toda la amplitud del canal de una profundidad de cincuenta a cien pies desde la orilla meridional del río —Tauro se enfervorizaba a medida que narraba la extraordinaria empresa de su comandante—, así que cuando el canal estuvo terminado pudimos cortar el último tramo hasta el Rin sin que el agua del río nos arrollase, contenida como estaba por las represas construidas para resistir a la presión del agua durante cinco o seis horas. En el momento previsto, cedieron de golpe y el Rin irrumpió dentro del canal. Un espectáculo que no olvidaré nunca...

—Creo que nuestro padre asistió personalmente, si no recuerdo mal —comentó Flavus.

Arminius sabía que eso no era del todo cierto, pero para Flavus era un orgullo decir que su padre había asistido a la última fase de la grandiosa obra del comandante Druso. Tauro reanudó su narración:

—El río irrumpió en el canal como un ariete y corrió rapidísimo arrastrando consigo detritos y sedimentos. Turbio y espumoso, avanzó raudo por la llanura hasta que chocó contra las aguas del Océano creando una ola altísima que refluyó hacia atrás por la superficie del canal hasta la vieja orilla del Rin, mientras la parte profunda de la corriente continuaba su carrera hacia el Océano. Fue un choque titánico que dejó a todos sin aliento, pero cuando el flujo se hubo calmado estalló un grito de las bocas de los miles de trabajadores y legionarios que habían asistido a aquel prodigio. Tres días después, la nave capitana del comandante Druso recorrió triunfalmente el canal y pudo hendir con la proa las aguas del Océano.

Se detuvo, era consciente de que se había abandonado a la oleada de recuerdos cuando debía guiar a los dos jóvenes hacia la conclusión de su tarea. Volvió por tanto al que era el tema del encuentro.

—Aún no sé todo lo que quisiera saber, pero sí lo bastante para comprender que va a suceder algo grande y terrible. Va a celebrarse la conmemoración de Accio, donde Antonio fue derrotado, y vosotros habéis visto a su hijo, ahora adulto, junto con la hija del vencedor. Seguro que esto encierra un significado, y no puedo excluir que el enfrentamiento en la práctica pueda restablecer el equilibrio de la historia. Pero ¿cómo?

«Pero ¿cómo?», pensó Flavus para sí.

—No creo que sea aún el momento para lo que he dicho. Creo que dependerá del nivel del agua dentro del gran embalse en la colina Vaticana. Por eso se ha colocado una vara de medición en el lado opuesto a la entrada del acueducto. Controladla cada tres días y anotad cuánto ha crecido.

—Así se hará, centurión —respondió Flavus.

Como solían hacer, en el camino a casa Arminius y Flavus hablaron de lo que se había dicho durante la cena.

—Pero ¿no podría hablar más claro? —dijo Flavus.

—Es evidente que no. Este asunto es demasiado peligroso. Tampoco él puede correr riesgos.

—Por tanto, ¿qué debemos esperar? ¿Qué es esa historia de la vara de medición?

Arminius sonrió.

—En Roma viven con los relojes, los de sol y las varas de medición. Cuentan las horas y las medias. Estos instrumentos sirven para contar el tiempo que falta para un acontecimiento grandioso y muy peligroso. Y este acontecimiento tendrá lugar en el lago. Debemos comprender qué será y estar preparados.

Habían llegado delante de la puerta y, mientras Flavus insertaba la llave en la cerradura, Arminius se volvió de improviso, como si hubiera percibido una presencia. Sus sentidos de joven lobo germano seguían despiertos: en la oscuridad se recortaba un guerrero gigantesco. El hermunduro. Los observaba mudo. Los perros no lo habían oído o su presencia no los había inquietado.

Se acercó a paso lento y los dos jóvenes apretaron bajo el manto sus puñales con las manos sudorosas.

—Tengo un mensaje de vuestro padre —dijo con voz ronca.

—Habla —respondió Arminius.

—El mensaje es: «Ahora es el momento. Aquella que es el centro de la vida y de la muerte dejará que la muerte golpee. Tarea vuestra será establecer si aquel que es el blanco debe morir o vivir».

—¿Te lo ha dicho nuestro padre o es cosa de otros?

El hermunduro no respondió. Enseñó los dientes blanquísimos en una sonrisa burlona, les dio la espalda y se fue. La llave giró en la cerradura, la puerta se abrió con un clic. Los dos entraron y se acostaron para dormir, pero Flavus tenía aún algo que preguntar:

—Si eso sucede, ¿qué decidirías?

—¿Tú qué harías?

—No lo sé. Depende de quién fuera el blanco...

—No me hagas más preguntas, no sabría qué responder.

—Pues yo sí —añadió Flavus—, y espero que tú también. No puedo imaginar que tuviésemos que separarnos.

—Tampoco yo —respondió Arminius.

—Júralo —dijo Flavus.

—Lo juro.

Se durmieron.

Durante las jornadas siguientes, Arminius y Flavus debían comprobar cada tres o cuatro días la subida del nivel del agua en la vara de medición y calcular cuándo estaría lleno el embalse. Entretanto, del Tíber subían uno tras otro largos carros tirados por bueyes que llevaban las tablas y las vigas para las construcciones navales. Cuando una barcaza había sido descargada, se la giraba en el sentido de la corriente y se la dejaba descender en dirección a Ostia, mientras otras, aún cargadas, remontaban la corriente hasta la altura del astillero.

Un día, a media mañana, Arminius vio que Germánico llegaba a caballo al astillero y se detenía a observar las fases de montaje de las naves. Se veía que tenía gran interés en la actividad de los carpinteros de ribera y no paraba de hacer preguntas a los arquitectos navales, hasta el punto de que Arminius sintió curiosidad y continuó observándolo. Germánico se dio cuenta de ello en un momento dado, cuando alzó la cabeza para enjugarse el sudor de la frente y las miradas de los dos se encontraron. La expresión de Germánico era la de estar preguntándose dónde había visto antes a aquel muchacho. Arminius desvió enseguida la mirada y se alejó por la orilla del lago artificial.

A partir de aquel momento se fijó en que Germánico volvía al astillero cada día, y continuó viéndolo hasta que la primera nave estuvo lista; el nivel del agua no había llegado aún hasta el borde del embalse y se dejó varada en un plano inclinado.

Con el paso del tiempo el agua alcanzó el nivel requerido para la espectacular naumaquia que debería repetir el acontecimiento de la batalla de Accio. Faltarían algunos de los protagonistas de aquella batalla que había cambiado el equilibrio del mundo. Estaría presente Augusto, pero no Marco Vipsanio Agripa, que en la época ostentaba el mando supremo y tuvo el mérito mayor de la victoria. Llevaba muerto diez años, así como habían muerto Marco Antonio y su esposa egipcia, Cleopatra. El emperador no mencionaba nunca a esos enemigos, y no pocos se preguntaban si la conmemoración de la batalla no sería también una ocasión para recordarlos y, sin quererlo, devolverles su popularidad, que se creía extinta pero que resurgía de vez en cuando. Había muerto hacía varios años también Virgilio, el poeta que había escrito la *Eneida*, el poema nacional en el que se evocaba la batalla que había inaugurado una nueva edad de oro poniendo fin a las guerras civiles.

Pero seguro, pensaba Arminius, estarían presentes la bella señora inmortalizada por un gran artista en los frisos marmóreos del Altar de la Paz y quién sabe cuántos de los otros personajes representados en el friso. Se le pasó por la cabeza una idea que no le era nueva en los últimos tiempos: ¿también él sería un día inmortalizado en mármol o en bronce para que su memoria perviviese para siempre? Y este pensamiento daba pie a otro. Si merecía tanto, seguro que estaría en Roma. Su pueblo ancestral no conocía ninguna forma de arte ni de literatura, no conocía la elaboración de los metales y tampoco la agricultura. Aún recordaba las gachas de lino silvestre que tan a menudo eran su comida diaria de niño; ya no le parecía que el vino pudiera compararse con la turbia cerveza, ni el aceite de oliva, oro líquido, con la grasa fundida del uro y del jabalí. Y sin embargo aquellas lejanas raíces que parecían perdidas se dejaban sentir de vez en cuando en la mente y en el corazón. Pero quizá era una impresión suya; Flavus, que era sangre de su sangre, parecía totalmente inmune a ese tipo de sentimientos.

Flavus... Los unía un juramento. Se le plantó delante de improviso, como una aparición.

—¿De dónde sales? —le preguntó.

—Llevo aquí delante de ti desde hace un rato ¿y no me has visto hasta ahora? Debías de estar absorto en profundos pensamientos... ¿Quizá la muchacha de la corona de flores?

—Solo distraído por viejas historias. ¿Qué pasa?

—Ven conmigo.

Arminius lo siguió a lo largo del dique del embalse hasta que lo vio detenerse a cien pasos de un astillero separado donde estaban montando las últimas partes de otra nave.

—Fíjate bien —dijo—. Por lo que me dijiste, en el taller del puerto fluvial viste construir una máquina. ¿Oíste algo de lo que decían?

—Era difícil de comprender, hablaban en voz baja.

—¿Ves algo de particular en esa nave?

—Aunque lo hubiese, lo taparía esa vela tendida que ocupa tres cuartas partes entre proa y popa.

—Tienes razón, y no creo que nos permitan acercarnos.

—Por supuesto que no. En todo caso, haz que me metan en esa nave el día en que sea botada, en el costado derecho a ser posible.

—Voy enseguida a buscarlo —respondió Flavus, y quedó claro que se refería al centurión de primera línea Marco Celio Tauro.

Tauro se puso serio cuando Flavus le contó las conclusiones a las que él y su hermano habían llegado juntando los fragmentos de sus deducciones hasta configurar un peligro.

—¿Un peligro para quién? ¿Y quién ha creado el peligro?

La voz del centurión, perentoria en la primera pregunta, tuvo un momento de incertidumbre en la segunda, una especie de imperceptible temblor.

Flavus no se atrevió a ir más allá y sacar la conclusión final. Pensaba que lo haría Tauro, pero había algo que se lo impedía; se habría dicho que lo cegaba. Pero ¿qué podía obnubilar el pensamiento del roqueño centurión? ¿Qué fuerza? ¿Tal vez un recuerdo? ¿Un error? ¿Un error cometido a saber cuándo y dónde?

—No digas una palabra a nadie. Yo ahora tengo que irme...

«... antes de que sea demasiado tarde», pensó Flavus completando para sí la frase de Tauro. Luego añadió:

—La nave de la que te he hablado está prácticamente terminada. Están poniendo a punto los últimos detalles. Arminius querría estar dentro el día en que la boten.

Tauro asintió, se hizo traer el caballo por Thiamino y se alejó al galope.

Al día siguiente Flavus se fijó en que habían descargado tablas de asiento y montantes en las que apoyarlas, y los trabajadores estaban construyendo una pequeña tribuna para una veintena de personas. Imaginó que algunos personajes importantes asistirían a la botadura de la nave ya lista para hacerse una idea de cómo podría maniobrar en el interior del embalse preparado para la naumaquia. Aún faltaban por construir la mayor parte de las naves, por lo que estaban a tiempo de introducir algunas modificaciones, especialmente en sus dimensiones.

El día de la botadura solo estaban presentes en la colina Vaticana los destinados a los trabajos, en grupos de una decena de personas. A lo largo del perímetro del lago, en correspondencia con los diferentes grupos, había barcas que permitían atravesarlo mucho más rápidamente que haciendo el recorrido a pie.

Arminius embarcó en la nave cuando los remeros estaban ya sentados en los bancos y los dos pilotos se hallaban en sus puestos al mando del timón. Llevaba una gran alforja con instrumental, como la de los jefes de equipo encargados del montaje, y una tablilla para tomar apuntes. El comandante lo detuvo.

—¿Quién eres? No te he visto nunca.

—Soy el encargado de registrar la maniobrabilidad de este tipo de nave en un espacio cerrado.

Le mostró la tésera que llevaba al cuello con el código de la flota de guerra de Rávena grabado. El comandante le dejó pasar sin decir nada más y Arminius fue a sentarse sobre un rollo de cuerda cerca del flanco derecho hacia popa. El comandante ordenó descender los remos al agua y el cómitre comenzó a marcar el ritmo de la boga.

Arminius se volvió hacia el otro lado, hacia la orilla, y vio que los invitados tomaban asiento en la pequeña tribuna. La nave avanzaba hacia poniente por el agua inmóvil del lago, acercándose a la tribuna, cuyos ocupantes cada vez se veían mejor. Había cuatro hombres con toga, todos los demás eran pretorianos, al menos una treintena; sin duda los personajes togados habían querido ver cómo maniobraba la nave con miras a la gran conmemoración histórica. Pero ¿quiénes podían ser? Treinta pretorianos justificaban la presencia de personajes de una importancia excepcional.

Ahora estaba lo bastante cerca como para distinguir los rasgos de cada uno, y reconoció a uno de ellos por el corte de pelo, por cómo dejaba caer inerte la mano derecha por la muñeca, y por el pulgar de la mano izquierda en el cinto de la túnica. Lo había visto antes a dos pasos de distancia y durante mucho rato.

Augusto. El emperador.

Se sobresaltó, y al instante se dio cuenta de lo que podía suceder al cabo de unos pocos golpes de remo. Abrió su alforja, extrajo los segmentos de ensambladura de un asta y apretó en la mano la punta herrada. Pero recordó también el primer mensaje del hermunduro. El destino del mundo, el de Roma y el de su pueblo ancestral estaban en la palma de su mano. ¿Dónde estaba la amenaza?

Debía de encontrarse detrás de la vela recogida, en la única parte escondida a las miradas. Se arrastró por el entablado del puente de popa de modo que pudiera ver.

Detrás de la vela, un hombre agachado destapó un objeto escondido debajo de una tela. Una balista. La tensó con la barra de hierro. Cargó un dardo de tres libras.

Estaban delante de la tribuna.

El hombre desplazó la vela y alargó la mano para quitar el seguro.

Apuntó. El oficial de los pretorianos lo vio, gritó algo.

Arminius ya había montado la punta herrada, arrojó su lanza y clavó la mano del hombre en el montante de madera de la balista.

¿Qué elección había hecho? Se sintió confuso. Gritos a su alrededor. Se arrojó al lago, se sumergió protegido por el agua turbia y nadó lo más lejos que pudo; emergió lo justo para ver qué sucedía: el emperador estaba rodeado de pretorianos, barcas de transporte rodeaban la nave, hombres armados subían a bordo y tomaban el control. Oyó el grito del hombre cuando le arrancaron de la mano la lanza que él le había arrojado con tanta precisión. Luego vio que lo bajaban a una de las barcas y se lo llevaban a tierra.

Arminius alcanzó una barcaza de transporte anclada, subió a ella y se escondió entre fardos de tela y materiales de construcción hasta que cayó la noche. Cuando el lugar estaba desierto y en completo silencio oyó tres veces el canto del autillo.

—Estoy aquí —respondió—, en la barcaza.

—Ven a tierra —dijo una voz.

La de Flavus. Le había llevado ropa, comida y un poco de vino para que se recuperara. A escasa distancia los esperaba un carro tirado por dos caballos, con un hombre a las riendas. Partieron.

De nuevo en la casa del Aventino, hablaron como tantas otras veces hasta tarde.

—Cuando me he dado cuenta de que el emperador podía morir he tenido que decidir en un instante si impedirlo o dejar que los acontecimientos siguieran su curso —dijo Arminius—. Entonces he comprendido cuál era el significado del mensaje referido de viva voz por el hermunduro, pero he reaccionado como me sugería el instinto. He montado las piezas del asta que llevaba en mi alforja y la he lanzado contra el sicario que estaba a punto de disparar. Le he clavado la mano en el montante de la balista y enseguida he saltado al agua. No quería que me apresaran e interrogaran. He hecho incluso demasiado.

—Has hecho lo que debías hacer —respondió Flavus—. Por lo que me dices, al hombre lo han cogido vivo; no querría estar en su piel ni en la de quien ha armado su mano. Lo torturarán hasta que haya revelado el nombre de todos los que están implicados en este asunto. Me pregunto qué será de la bella señora.

—Ella es la que más tiene que perder. Ha entrado en un juego que la supera, sin saberlo, y será aplastada.

—Mañana Tauro nos dirá qué está pasando. Nosotros quizá durmamos algunas horas porque no sabemos verdaderamente lo que ha sucedido. Muchos no pegarán ojo esta noche. Ahora ya andan por las calles de Roma en busca de un lugar en el que esconderse para descubrir que no hay lugar donde esconderse.

El alba.

Amaneció en una ciudad sumida en el silencio. Pero los dos hermanos, que se despertaron al primer canto del gallo, podían imaginar los gritos desgarradores de un hombre torturado a muerte para que revelase cuanto sabía y sobre todo los nombres de quienes habían armado su mano. Nombres que en parte Arminius podría saber si hubiera sido capaz de reconocer a las personas que había visto dentro del taller del puerto del Tíber y en la casa de la isla Tiberina.

Cuando el sol se alzó en el horizonte el terror recorría ya la ciudad. Muchas personas fueron arrestadas y corrió la voz de que Julia había sido convocada por el padre a su despacho privado. Había permanecido allí largo rato y había salido sollozando. Dos pretorianos guardaban su aposento.

Tauro, que había salido temprano a caballo, regresó hacia la hora quinta, convocó a Flavus y Arminius y los esperó, con rostro sombrío, en el umbral de sus dependencias.

—Teníais razón —comenzó apenas hubieron entrado—, se trataba de una conjura como la que cuarenta y dos años atrás truncó la vida del divino César en los idus de marzo. La conmemoración de la batalla de Accio ha sido cancelada, se hará solo una representación de la batalla de Salamina, para el pueblo no cambia mucho. Esta noche se han efectuado muchas detenciones. El sicario, bajo tortura, ha revelado un par de nombres y estos han revelado otros. También la liberta de Julia, Febe, ha sido interrogada bajo tortura, pero no ha dicho palabra. Esta mañana la han encontrado colgada de su faja para sujetar los pechos. Lo ha hecho para proteger a su señora, consciente de que no podría soportar otro día más de tortura.

Al amanecer el emperador ha visitado las mazmorras y, tras haber visto el cuerpo de Febe colgado de una viga, parece que ha dicho: «Hubiera preferido tenerla a ella como hija».

»Augusto está preparando un documento que enviará al Senado y cuyo contenido es por ahora secreto. Lo que parece claro es que esta vez a Julia ser la hija del emperador no le servirá de nada.

Tauro estaba en lo cierto: aquel documento enviado al Senado era un acta de acusación pública contra la hija, pero curiosamente Augusto no la culpaba tanto por conspiración como por delitos de malas costumbres sexuales, adulterio y orgías. Durante el proceso, sin embargo, los acusados no fueron inculpados por los delitos sexuales sino por alta traición. No pocos fueron condenados a muerte, entre ellos Julo Antonio; otros, al destierro y a la confiscación de sus bienes. A Julia se le perdonó la vida, pero fue desterrada a la pequeña isla de Pandataria. Su madre, Escribonia, a la que le había sido arrancada todavía en pañales, no quiso abandonarla y compartió su destino en aquel escollo negro y baldío.

Segunda parte

XIV

Días después de que se hiciera público el documento enviado por Augusto al Senado, Arminius fue nuevamente convocado por Tauro junto con su hermano.

Los dos jóvenes se dirigieron a primera hora de la mañana a la residencia del centurión, que los recibió en su despacho privado, donde Thiamino sirvió como desayuno tres tazas de caldo con pan tostado.

Comieron con apetito, hasta que Tauro se secó los labios con una servilleta, hizo una seña a su liberto para que retirara las mesas y se dirigió a Arminius:

—Todos fueron testigos de tu gesto, incluido el emperador, pero no todos comprenden por qué huiste, a tal punto que alguno creyó que caíste al agua y te ahogaste. César, sin embargo, no tenía dudas y me convocó anoche.

Arminius no abrió la boca y Tauro prosiguió:

—«Debo la vida a ese muchacho», me dijo, «y siento enormemente no darle el reconocimiento público del que es merecedor. No puedo, por otra parte, premiar en público al joven extranjero que me ha salvado de la conjura de la que formaba parte mi hija única...» —Mientras hablaba con las palabras del emperador, Tauro volvía a ver la escena de aquel diálogo dramático—: «César...», dije yo, «perdona mi osadía, pero quizá es pronto para pronunciar una sentencia tan severa. Te ruego que...» «Ya basta, centurión, sabes que te aprecio y te he honrado varias veces con las más altas condecoraciones, pero no digas una palabra más.»

Arminius lo miró y vio los ojos del soldado curtido en infinitos combates humedecerse, oyó que la voz le temblaba. No podía ser sino amor. Un amor secreto y atormentado, impronunciable, nunca confesado ni siquiera a sí mismo, por la bella señora, por la hija del hombre más poderoso del mundo, a la que también él había amado y quizá seguía amando en el momento en que enfangaba su honor públicamente. Y aquella frase delante del cuerpo exánime de Febe, la heroica, la humilde sierva que había preferido quitarse la vida antes que traicionar a su señora, ¡con cuánto dolor debía de haberla pronunciado!

—¿Qué será de ella? —preguntó Flavus.

Tauro meneó la cabeza lentamente, la mirada fija en el suelo.

—No podrá volver nunca más, a menos que se produzca un milagro. Ella, acostumbrada a ser libre, sin prejuicios, audaz tanto en el amor como en la vida, desterrada a ese islote áspero, inaccesible, sin otra compañía que la de su madre, no podrá evitar comparar los esplendores de su condición y de su rango con su miserable existencia. Pero no estáis aquí para escuchar estas palabras: hoy es para ti un día importante, Arminius.

El joven no se atrevió a preguntar de qué se trataba.

—Dejemos estos tristes recuerdos —prosiguió Tauro—. Estáis aquí porque he de comunicarte un mensaje personal de César: en atención a tus méritos, y a pesar de tu juventud, desde este momento serás comandante del cuerpo de los auxiliares germanos con el grado de prefecto de caballería. Este podría ser para ti el primer paso para convertirte un día en ciudadano romano de etnia extranjera.

»Pronto te serán conferidas tareas adecuadas a tu rango, pero ahora el emperador está destrozado y no puede pensar en nada más que en el drama que vive en su casa. Ha decretado el divorcio de Julia sin siquiera avisar al marido, y aún no se sabe si Tiberio regresará de Rodas y cuándo.

Acto seguido se dirigió a Flavus:

—Tu ayuda y tu apoyo no han pasado inadvertidos, y se te reservará también un tratamiento de respeto.

Arminius respondió por ambos:

—Te ruego que hagas llegar a César nuestra gratitud. Ambos nos sentimos muy honrados.

Durante varios meses la atmósfera de Roma siguió siendo pesada. Numerosas familias importantes se habían visto afectadas, y la suerte de Julia parecía a muchos demasiado severa. También el pueblo estaba de su parte y la consideraba víctima de una despiadada razón de estado. Pero Livia, mujer de Augusto y madre de Tiberio, permanecía vigilante y no había duda de que mientras ella estuviera viva haría lo posible y lo imposible para que no volviese. Julia tenía solo una esperanza: sus hijos Cayo y Lucio, que habían sido adoptados por Augusto y preparados para la sucesión. Solo ellos, quizá, podrían liberarla.

Hubo de pasar el tiempo hasta que Arminius fue convocado para una tarea: se trataba de dirigirse a Brundisium, un puerto importante desde el que se zarpaba hacia Oriente. Para él, el destino final era desconocido, y también las personas con las que viajaría. Flavus se quedaría en Roma con Tauro, pero pronto partirían juntos para otra misión, quizá en Germania. Se despidieron con un abrazo.

—Cuidado dónde pones los pies dondequiera que vayas —dijo Flavus.

—Lo mismo digo. Y si te envían a Germania, intenta ver a nuestro padre y que sepa que no lo hemos olvidado.

—Así lo haré —respondió Flavus—, pero siempre lo ha sabido.

Arminius montó a caballo y, junto con un grupo de soldados, tomó la dirección de la vía Apia, la vía pavimentada más antigua de Roma, que atravesaba los pantanos, luego los Apeninos, y llegaba al puerto de Brundisium. El viaje duró solamente una semana porque tenían poco equipaje y podían cambiar los caballos en cada casa de postas a lo largo del camino. Dormían cinco horas como máximo, lo estrictamente necesario, volvían a partir y avanzaban mientras hubiera luz. Formaban parte del grupo una decena de auxiliares germanos, diez soldados romanos y dos oficiales: Sergio Vetilio, tribuno militar de la XVIII Legión, y Rufio Corvo, prefecto de un ala de caballería de la misma legión. Durante la marcha Arminius trató de entablar conversación con sus compañeros de aventura.

—Visto que nos espera un largo viaje, estaría bien que nos conociéramos, si no os molesta.

—En absoluto —respondió Vetilio, y se presentó con sus tres nombres, Sergio Vetilio Celere, el grado, la cohorte y la legión de pertenencia. Y otro tanto hizo Rufio Corvo Afro.

—¿Y tú quién eres? —preguntó Rufio.

—El comandante de esta unidad —respondió Arminius.

—¿Qué? —preguntó Sergio Vetilio.

—El comandante de esta unidad —repitió Arminius.

Y mostró su credencial firmada por el centurión Tauro por cuenta de la casa imperial.

—Pero ¿quién eres? —insistió Rufio—. No puedes tener más alto grado que yo.

—No, en efecto —respondió Arminius—. He recibido encargo por orden de César. Si esto os crea problemas, una vez hayamos llegado dirigíos al comandante del puerto, que ya está informado.

—Creo haber comprendido —dijo Sergio Vetilio—. Debes de ser ese que está en boca de todos.

Y la conversación acabó aquí.

Durante el viaje tuvieron ocasión de conocerse mejor mientras comían juntos, intercambiaban ideas y discutían sobre la misión que los esperaba.

—¿De dónde provienes? —preguntó Rufio en un momento dado.

—¿Tiene importancia? —replicó Arminius.

—No —respondió Rufio—. Mera curiosidad.

—Tendremos tiempo para satisfacer nuestras curiosidades —concluyó Arminius.

La nave que los esperaba anclada en el puerto era una unidad de la marina militar y el grupo subió a bordo de buena mañana. Ver una gran nave de batalla levar anclas y zarpar era siempre un espectáculo emocionante, sobre todo para Arminius, que antes de llegar a Italia nunca había visto el mar. Sus hombres se pusieron cómodos, había toda una tripulación ocupándose de gobernar la nave. Se tumbaron sobre las velas de reserva recogidas o en los catres que les habían proporcionado para pasar la noche. Solo los dos oficiales andaban por las amuradas o se colocaban en popa, donde el timonel, o en proa, para observar el horizonte o los movimientos de la tripulación y escuchar los tambores que marcaban el ritmo de la boga de ciento setenta y cinco remeros como si fueran un solo hombre.

En cuanto el viento fue favorable, los remeros metieron a bordo los remos y la tripulación izó la vela mayor y el foque de proa. En la gran vela campeaba la imagen de un monstruo con cuerpo de león, cola de serpiente y una segunda cabeza, de ariete, en el lomo. Debajo, una inscripción con el nombre del bajel: CHIMAERA.

Lo que impresionó más a Arminius durante la travesía fue que hombres y máquina eran una misma y sola cosa: la máquina era una especie de extensión de los hombres; los hombres eran la energía que movía la máquina y la hacía funcionar. Le parecía recordar que su padre le había descrito ese tipo de experiencia a bordo de la nave capitaneada por el comandante Druso en el Rin, pero ningún relato podía dar realmente cuenta de lo que estaba viendo con sus propios ojos. Hasta la fuerza del viento era domada por los timoneles, que la recogían en la vela disponiendo la nave en el equilibrio adecuado. La velocidad que podía alcanzar el bajel empujado de lleno por la fuerza del viento era muy elevada, pero esa velocidad no podía desplegarse completamente si el mar no estaba dispuesto a tolerarla. Si las olas eran demasiado altas, se transformaban en otros tantos obstáculos por la proa y por el casco, que a cada embate emitía ruidos siniestros, y la tripulación comprendía entonces que debía reducir el velamen para no destruir la nave. Un equilibrio increíble hecho de viento, casco, mar y hombres. Arminius comprendió también que las naves del comandante Druso, hechas para la navegación por río, no tenían mucho en común con *Chimaera*, hecha para navegar sobre las olas del mar.

Doblaron el cabo Malea y pusieron rumbo entre el poniente y el mediodía pasando de una isla a otra, algunas desnudas y ásperas, otras cubiertas de pinos y de palmeras como pequeños paraísos solitarios. Arminius no había visto nunca islas y miraba maravillado aquellos paisajes de roca y agua, las pequeñas calas y los perfiles rocosos que emergían de las olas como el dorso de un dragón. La luz era lo que más lo llenaba de asombro: el cielo y el mar la reflejaban en mil matices diversos. Cada ola era un espejo de mil esplendores, y de noche el reflejo de la luna era una larga estela de plata que se perdía en el horizonte. Comprendió entonces por qué el mar había incubado tantos reinos y tantas civilizaciones y qué abismo separaba su tierra ancestral, sombría y cenagosa, de aquellos lugares resplandecientes. ¿Podría volver a los largos y gélidos inviernos y dejar aquel mundo de luz y de infinitos colores?

Después de siete días de navegación la nave atracó en Rodas. El comandante, antes de desembarcar a sus pasajeros, dio a Arminius un estuche que debía entregar a un hombre que lo esperaba en el puerto. Luego debía acompañarlo al lugar de entrega para asegurarse de que llegaba al ilustre personaje al que iba dirigido.

Arminius encontró en el muelle a la persona de la que le había hablado el comandante: un liberto griego de nombre Antemio que debía de ser parte de la servidumbre de una casa muy distinguida. Le entregó el estuche, que Antemio abrió inmediatamente, dejando a la vista algunas cartas selladas, y se hizo imprimir el sello de la casa en una tablilla encerada a modo de recibo. No fue fácil comunicarse: el latín de Antemio era pésimo y Arminius sabía solo dos o tres palabras de griego. Cuatro de sus hombres, entre ellos Rufio Corvo y Sergio Vetilio, le seguían como escolta sin ningún orden concreto y hacían de vez en cuando de intérpretes.

Recorrieron un camino en cuesta y tras rodear un gran templo se toparon con un espectáculo que dejó a Arminius sin aliento. Un gigante de bronce, del que solo quedaban en pie las piernas hasta la rodilla, yacía hecho pedazos en el terreno circundante: la cabeza radiada había rodado hasta quedar de lado; la cavidad interior del torso era vasta como una caverna que hubiera podido contener una treintena de hombres; los brazos eran enormes, y las manos, tan grandes que ningún hombre, por fortachón que hubiese sido, habría podido abrazar su pulgar. Debía de ser el coloso de Rodas, del que había oído hablar a su maestro Diodoro, pero verlo con sus propios ojos lo llenó de estupor. ¿Cómo había sido posible levantar un gigante semejante? Sergio Vetilio comprendió lo que sentía.

—Se construyó en una época en la que todo parecía posible, pero dicen que el escultor cometió un error en el diseño y, desesperado, se suicidó.

Lo había derribado un terremoto.

Arminius habría preguntado otras muchas cosas, pero no quería quedar como un ignorante y continuó caminando, fascinado por tantas maravillas. Pensó que tenía que haber un motivo misterioso para que los pueblos y las naciones que vivían en torno a aquel mar se hubieran reunido por voluntad o por la fuerza en un gran imperio que los incluía a todos y los mantenía ligados a un destino común que se llamaba Roma. Aquel imperio duraría aún siglos. Solo un cataclismo o quizá el martillo de Thor podría abatirlo como el gigante de bronce que yacía hecho pedazos para recordar su grandeza. Y tras su hundimiento el mundo se sumiría en una larga oscuridad. Volvió con la imaginación al momento en que decidió arrojar la lanza para clavar la mano que se preparaba para golpear a César con un dardo mortífero de balista. Pensó que había hecho bien, aunque nadie lo supiera nunca. Había hecho bien.

Cuando llegaron a su destino, una preciosa villa rodeada por un jardín de palmeras, arrayanes, pinos, higueras y granados, fue introducido por Antemio en el atrio y esperó hasta que apareció un personaje imponente por su complexión e intimidante por la seriedad de su rostro. Antemio le susurró:

—Es Tiberio Claudio, hermano de Druso, comandante de los ejércitos imperiales, hijo de Livia Augusta.

Arminius observó intensamente al triste príncipe exiliado desde hacía años en aquella cárcel de oro, lejos de Roma, no deseado en la capital del imperio. Quizá el estuche que Antemio le había dado en aquel momento contenía una carta de su madre con las últimas noticias. Tiberio lo abrió enseguida y desenrolló rápidamente uno de los rollos con expresión sombría. Después se volvió hacia Arminius.

—Así que tú eres el hombre que ha salvado la vida a César —dijo, gélido.

Arminius se limitó a agachar la cabeza.

—Eres muy joven…, quizá tengas tiempo de arrepentirte.

Arminius no supo qué responder y optó por el silencio.

—Aguarda. Debo entregarte las respuestas para aquellos que me han escrito.

Arminius esperó durante casi dos horas; de vez en cuando le servían bebidas y fruta fresca.

Al final Tiberio volvió, seguido por un siervo que llevaba el estuche forrado de piel con las respuestas para sus corresponsales.

—El hombre a cuyo lado decidas luchar será un hombre afortunado —dijo—. Antemio sabe a quién deberás entregarlas antes de reanudar la ruta para tu destino. Que tengas buen viaje.

—Te lo agradezco, comandante —dijo Arminius, y salió con Antemio para reunirse con sus hombres.

Llegados al puerto, el liberto condujo a Arminius a bordo de una esbelta embarcación de altura que se dirigía a Ostia para varias entregas a la casa imperial. Entregado el correo, Arminius se hizo llevar al trirreme con el que habían llegado hasta allí.

El encuentro con Tiberio le había impresionado; la experiencia le había producido una sensación de vértigo. En muy poco tiempo había llegado cerca de las más altas cimas del poder y estaba teniendo experiencias que nunca habría soñado siquiera. Había aprendido cómo comportarse con esa clase de personas: hablar solo si le preguntaban y el mínimo posible. Hombres de ese tipo estaban siempre rodeados por multitud de aduladores, espías y cortesanos, que generalmente les asqueaban, sobre todo a los de carácter serio y reservado como era Tiberio, un hombre educado a la antigua, un soldado incansable, pero muy experto en los intríngulis de la política de familia y de la hipocresía que reinaba soberana en ella. Los últimos acontecimientos, de los que ciertamente había sido informado, debían de haberle disgustado aún más. Su ánimo, en cualquier caso, debía de verse muy atormentado. Difícil decir qué y cuánto sabía de lo sucedido.

A la mañana siguiente, antes del alba, Arminius estaba ya listo para embarcar al misterioso pasajero que sus hombres, a las órdenes del tribuno Sergio Vetilio, habían ido a buscar a su vivienda. Los vio descender como un pequeño cortejo de sombras por uno de los caminos tortuosos que bajaban de la colina que miraba al puerto. Hizo instalar la pasarela en el momento oportuno y formó a los hombres que se habían quedado a bordo, romanos y auxiliares germanos, para el recibimiento y los honores.

No consiguió ver bien la cara del pasajero que subió a bordo. Se limitó a acogerlo con la guardia de honor mientras la escolta lo acompañaba a su alojamiento de popa.

Alboreaba.

Erguido en la proa, Arminius escrutó el horizonte velado

por una ligera bruma y esperó que el sol saliese a dispersarla. El viento entre el oriente y el septentrión permitía una buena navegación a vela. Resonó una voz a su lado:

—Tú debes de ser el responsable de mi escolta.

Arminius se sobresaltó ligeramente, no había percibido el ruido de ningún paso. La persona que estaba junto a él iba, en efecto, con los pies descalzos y solo vestía una túnica de mangas largas.

—Soy Publio Quintilio Varo —dijo—, goberné Siria hasta la toma de posesión del nuevo gobernador hace un año.

—Salve, legado —respondió Arminius—, soy el responsable de tu escolta y me asisten el tribuno Sergio Vetilio y el jefe de caballería Rufio Corvo. Estamos a tu disposición. Las previsiones del tiempo son buenas y la travesía debería ser tranquila. Desembarcaremos en Laodicea dentro de seis o siete días, dependiendo del viento.

—Parece que hayas navegado siempre —comentó Varo—. ¿Cuántas veces has estado en el mar?

—Es mi primera vez, legado, con una responsabilidad, pero fui instruido durante algunos meses en la base de Rávena.

—Increíble —dijo Varo—. Por otra parte, si es cierto lo que se dice de ti, no hay que asombrarse. Eres un joven de gran inteligencia y con espíritu de iniciativa. ¿Es cierto que has entregado el correo a Tiberio Claudio?

—Lo es, legado.

—¿Y no tienes nada que decirme respecto a lo que contenía?

—Nada, legado.

—Obviamente —respondió Varo sin insistir.

Se vieron de nuevo al día siguiente después de convocar a la tripulación debido a un empeoramiento del tiempo. El comandante estableció que si se intensificaba el viento arriarían y recogerían la vela y el equilibrio de la nave se confiaría a los remeros y al timonel. Y añadió:

—Esperemos que el viento arrecie mientras es de día. Entretanto tratemos de acercarnos a la costa, mejor afrontar el peligro de los escollos que la mar gruesa en altura. Por lo menos podremos encontrar abrigo. Usemos la vela mientras sea posible, así ganaremos tiempo.

Ni Arminius ni Publio Quintilio Varo parecían preocupados y se quedaron conversando; evidentemente el legado sabía de aquel joven mucho más de lo que daba a entender. Además, sus lazos con el emperador eran bien conocidos. Arminius descubriría el motivo hablando con Sergio Vetilio y Rufio Corvo, dos hombres leales y dos oficiales expertos, tenidos en cuenta para misiones más bien delicadas.

Entretanto el cielo había comenzado a oscurecerse y el viento a soplar más fuerte, pero al mismo tiempo empezaba a divisarse la costa hacia el septentrión y luego el golfo de Antalya, al socaire del Tauro oriental. El comandante ordenó poner el timón a babor y mantener en todo momento la sonda en el agua. La mar se fue engrosando en un tiempo más breve de lo previsto: se recogió enseguida la vela y el cómitre aumentó el ritmo de la boga para llegar cuanto antes a la costa occidental del golfo. Pero el viento del septentrión empujaba la nave hacia alta mar haciéndola ir a la deriva sobre olas orladas de una espuma gris. Una ráfaga de viento imprevista y muy fuerte la hizo inclinarse sobre el costado derecho y arrancó el pendón del mástil haciéndolo caer sobre la toldilla. Rufio, que estaba tratando de echar una mano a la tripulación, se quedó atrapado debajo. Arminius corrió a ayudarle empuñando el asta de un remo para hacer palanca. El prefecto consiguió arrastrarse por debajo y liberar la pierna, desollada y sangrante pero no rota. Fue llevado enseguida al castillo de popa, al abrigo, y confiado a los cuidados de un médico. Luego Arminius volvió a cubierta para ayudar a la tripulación a fijar de algún modo el pendón en la base del mástil y la vela al pendón para que no causase más daños. Publio Quintilio Varo lo observaba desde su cabina y se quedó impresionado por la fuerza y la rapidez de reflejos del joven oficial que mandaba su guardia.

El cómitre aceleró al máximo el ritmo de boga para superar

la fuerza del viento, y la proa de la nave, lentamente, consiguió entrar en el abrigo de las montañas y luego del promontorio. El cómitre disminuyó la frecuencia para que los remeros recuperaran el aliento y la nave continuó avanzando hacia el interior del golfo, donde el mar estaba casi en calma.

El sol asomó entre las capas de nubes y el horizonte y expandió un fulgor sangriento sobre el cielo y el mar. La nave echó por fin las anclas de proa y de popa, y se detuvo para pasar la noche en el fondeadero.

La tripulación encendió las luces de abordo para señalar la presencia del *Chimaera* a otras naves que pudieran buscar refugio allí durante la noche. El comandante mandó distribuir una cena muy frugal tanto a la tripulación como a los remeros y un vaso de agua por cabeza. Arminius se sentó con Rufio y Sergio Vetilio, y le pareció agradable cenar con ellos después de una jornada tan intensa y fatigosa. Hablaron de su pasajero y así Arminius supo que aquel hombre era persona allegada al emperador, se había casado con Vipsania, hija de Agripa y de su primera mujer, había hecho de árbitro y juez en una causa entre el rey Herodes de Judea y sus hijos y herederos, y había sofocado una revuelta en Jerusalén haciendo crucificar a dos mil rebeldes.

XV

A la mañana siguiente, durante el desayuno, Varo quiso congratular a Arminius por cómo había socorrido al oficial de caballería Rufio Corvo, atrapado bajo el pendón caído del mástil sobre la toldilla. Quiso ver también al propio Rufio, que se le acercó cojeando. Tenía la pierna dolorida, pues el cirujano había tenido que coser la herida, que dejaba al descubierto la parte exterior de la tibia. Un buen vendaje había sido aplicado alrededor de la pierna tras el lavado con vinagre fuerte y vino puro para que no se infectase.

La marejada era menos intensa que el día anterior y, después de que el pendón hubiera sido devuelto a su posición, con la vela medio recogida para no exponer demasiada superficie al viento aún recio, retomaron la navegación. Pasaron a lo largo de la costa de Panfilia y a veces, cuando el comandante viraba hacia el sur para recoger mejor el viento, se entreveía alguna montaña de Chipre al mediodía. Al cuarto día se asomaron a Cilicia, gobernada por un anciano soberano sin herederos. Era fácil prever cuál sería el futuro de aquel pequeño reino.

El viento había cambiado y soplaba del sudoeste. La mar estaba muy calma y era reconfortante pensar que aquella tierra de piratas feroces había sido totalmente pacificada por Cneo Pompeyo medio siglo antes. Había confinado a todos los piratas en el golfo de Alejandreta de Cilicia y luego les había preguntado si querían hacerse agricultores y trasladarse tierra adentro o si preferían ser crucificados del primero al último. Respondieron que preferían ser agricultores.

Varo se carcajeaba mientras contaba esos lejanos acontecimientos.

Ahora navegaban también de noche y cada amanecer era más hermoso que el del día anterior. De vez en cuando pasaban muy cerca de islitas diseminadas aquí y allá en el mar; Arminius habría querido desembarcar y ver cómo era encontrarse en una pequeña isla. Se preguntaba, en efecto, cómo era aquella en la que había sido desterrada la bella señora: la imaginaba vagando por los estrechos espacios de esa tierra ingrata o sentándose en una roca a escrutar el horizonte como un náufrago, a la espera de que llegase una nave y la liberara.

Arribaron finalmente a Laodicea, donde fueron recibidos por un pelotón de jinetes y, tras haber pernoctado, tomaron el camino a Antioquía.

Arminius estaba muy emocionado por lo que estaba viendo y experimentando. Oriente se abría ante sus ojos con imágenes maravillosas. Ciudades antiquísimas surgidas cuando su pueblo ancestral todavía no tenía conciencia de existir: Alepo y Jerusalén, Babilonia, Damasco, Tiro y Sidón, Biblos y Tapso. Otras también convertidas en los últimos trescientos años en centros de deslumbrante esplendor: Antioquía, Gaza, Seleucia, Alejandría y Palmira. De Diodoro había aprendido acerca de su existencia y de su grandeza pasada y presente, y de cuando Alejandro el Grande reunió todas las naciones desde el Danubio hasta el Indo y el Nilo en un único e interminable imperio que se disolvió inmediatamente después de su muerte. Y a menudo meditaba sobre este hecho: si era inevitable que cada imperio estuviese destinado a hundirse, quizá también lo estaba el de Roma. Y en ese momento la idea casi lo asustaba.

Durante las paradas en las casas de postas o en las ciudades, Varo intentaba conversar con el joven que mandaba su guardia y que demostraba gran agudeza y gran capacidad de aprender.

—Ahora el mundo está dividido entre dos imperios: el

nuestro y el de los partos, que se extiende hacia el oriente hasta la India y constituye una amenaza continua para nuestras fronteras y para nuestros aliados. Se dice que Julio César, antes de ser asesinado, estaba organizando la invasión del Imperio parto para ensanchar las fronteras hasta el corazón de Asia, adonde solo Alejandro había llegado hace tres siglos. El plan terminó con su muerte.

El viaje prosiguió hasta Antioquía, una ciudad maravillosa, la tercera del imperio por tamaño después de Roma y Alejandria, con calles flanqueadas por pórticos de columnas y templos de increíble fasto y belleza, habitados por estatuas de culto esculpidas o fundidas por los más grandes artistas del pasado y del presente, algunas de ellas animadas, capaces de mover los brazos, de inclinar la cabeza, de girar los ojos mirando a un lado y al otro. Y había hipódromos y baños con agua caliente y fría y con piscinas de más de cien pies de largo en las que nadar y jugar a la pelota.

Antioquía era el punto de llegada de todas las caravanas provenientes de Persia, de la India y de Bactriana con piedras preciosas, telas de seda, perlas y especias; era la sede del gobernador romano que representaba el poder de Roma y tenía el mando de cuatro legiones, pero era también el lugar de todos los placeres, los más refinados y escandalosos, lugar de orgías y perversiones, el paraíso de los gozadores y los hedonistas, el lugar de mil tentaciones, el ideal para un joven que quería conocer los secretos más tenebrosos y más turbios del alma y del cuerpo. Arminius había dejado su país ancestral siendo apenas adolescente. La única inquietud amorosa que había sentido en el corazón fue cuando en la fiesta de la primavera vio a una muchacha con una corona de flores y sus miradas se cruzaron. ¿Cuánto tiempo había pasado? Le parecía que una eternidad, pero no porque hubiesen transcurrido muchos años, sino porque cada uno de esos años había estado increíblemente cargado de acontecimientos, de pensamientos, de temores y entusiasmos, de esperanzas y sueños, tanto que valía como tres o cuatro, y como consecuencia él se sentía ya hombre, una persona adulta con responsabilidad, conciencia y pensamientos complejos, a veces intrincados.

Nunca recordaba sus sueños, como si se los hubiesen quitado o robado, pero estaba seguro de que en alguno de ellos vivía apasionantes aventuras con su hermano, carreras desenfrenadas a caballo, y también vuelos, en las cimas de los montes, a ras de las copas de los bosques y de la superficie de los ríos, donde los peces saltaban fuera del agua refulgente de plata. No recordaba imágenes, colores ni sonidos, pero los sentimientos y las emociones que experimentaba en el sueño sobrevivían durante unos pocos instantes al despertar cada mañana.

Aquella tarde escoltó al procónsul Quintilio Varo hasta la residencia del gobernador Calpurnio y, tras haber sido relevado y teniendo la noche libre, se alejó con sus amigos Rufio Corvo y Sergio Vetilio, que se habían ofrecido a hacerle de guía por los laberintos del placer.

Quintilio Varo, huésped de la máxima autoridad romana en Siria, pasaría una noche tranquila, primero discutiendo de asuntos públicos y de política con su colega, luego durmiendo en una habitación confortable en el centro de la guarnición.

Para Arminius aquella noche fue como descender a un infierno de sensaciones desconocidas: ardientes, turbias, pasionales, y no pudo olvidarla por el resto de sus días.

En Antioquía las prostitutas estaban por todas partes. Las más solicitadas se hacían llamar a la griega *hetairas*, o sea, «compañeras»; vivían en pisos de propiedad, eran de condición libre, y las más conocidas, en virtud de sus artes eróticas, se entregaban por sumas ingentes y habían acumulado auténticas fortunas. El sueño de cada una de ellas era encontrar un compañero fijo y pudiente al que darse en exclusiva. De este modo él habría podido tener relaciones sin preservativo y evitar la promiscuidad con otros clientes; ella habría vivido en medio del lujo en una residencia elegante, con jardín, siervos y animales de compañía, comidas refinadas y vinos caros. Las prostitutas normales, casi siempre esclavas en las dependencias de un empresario, vivían en barrios que ningún hombre ni mujer de alto rango social habría frecuentado. Pero Antioquía era la capital de la provincia, y en las cercanías de la ciudad había acampadas al menos dos legiones con miles de jóvenes varones que debían satisfacer sus necesidades.

Llegados a la entrada de aquel barrio, Rufio Corvo ofreció a su joven compañero de viaje un objeto que le preservaría de enfermedades extremadamente desagradables y en ciertos casos deformantes y le enseñó cómo usarlo. Comenzaron luego juntos el viaje por la ciudad del erotismo y el placer. En primer lugar, los tres asistieron a un espectáculo teatral en el que las escenas de amor eran representadas en vivo por actores y actrices que se unían en cópulas de hombres con mujeres, hombres con hombres, mujeres con mujeres. En otros casos se ponían en escena verdaderas orgías en simulados banquetes. A veces, en ciertos teatros, se representaban historias mitológicas en las que una Leda completamente desnuda se ofrecía a un actor disfrazado de cisne que en el momento del éxtasis erótico emitía agudos y estridentes graznidos. Otras compañías teatrales proponían la unión de Pasífae con el toro: una falsa reina de Creta, apostada dentro de una vaca de madera, era montada por un actor disfrazado de toro en el monstruoso apareamiento que engendraría el no menos monstruoso minotauro.

Arminius y sus dos compañeros asistieron por último a la unión pederástica de Zeus, donde un hombretón grueso y peludo, sin plumas de águila, desfloraba a un pasivo y resignado Ganimedes que a Arminius se le antojaba demasiado huesudo y anguloso en comparación con la rotundidad de los modelos estatuarios a los que le había habituado Diodoro. El público parecía más divertido que excitado, en parte porque la pobreza de la puesta en escena y lo inadecuado de los intérpretes y los disfraces no podían convencer a nadie.

De cuando en cuando Arminius observaba a sus amigos y los veía divertirse como la mayoría de los espectadores. Estuvo varias veces a punto de proponer que regresaran a su alojamiento y se perdieran la parte siguiente del programa, pero Rufio Corvo y Sergio Vetilio habían preparado una especie de iniciación sexual para el joven compañero, al que suponían inexperto en prácticas eróticas; les parecían poca cosa sus encuentros con las señoras romanas atraídas por su físico estatuario y sus ojos azules, pero sin duda ignorantes de las refinadas prácticas de amor de las hetairas de Antioquía, herederas de artes milenarias refinadas en los gineceos de los antiguos señores del Éufrates y del Nilo para disputarse sus favores con la única arma que poseían.

Arminius se dio cuenta de que sus amigos eran muy conocidos en aquel ambiente por cómo se movían y por cómo eran recibidos y rodeados por las muchachas que lo habitaban. Allí las cosas cambiaban: ninguna improvisación. La seducción era un arte muy sofisticado, así como el cuidado corporal y del rostro. Había muchachas de todas las etnias: frigias, egipcias, persas y babilonias, fenicias y griegas, etíopes de piel color de bronce y ojos húmedos, armenias de ojos verdes y cabellos corvinos, hasta judías, cada una vestida con los trajes y las joyas de su tierra natal.

Rufio Corvo y Sergio Vetilio confiaron a su amigo a las atenciones de dos muchachas fenicias de piel ambarina y pagaron por anticipado sus prestaciones. Las pequeñas compañeras de placer le ofrecieron vino, lo desnudaron y, viéndolo tan hermoso y joven, le dedicaron sus artes más refinadas y le llevaron varias veces a un paso del delirio. Lo hicieron tumbarse en un estado de semiinconsciencia, en una tensión leve y trémula, para luego despertarlo una y otra vez, la una y la otra juntas, y hacerle conocer el éxtasis extremo.

Duró toda la noche.

Poco antes del amanecer prepararon un baño de agua termal perfumada con aceite de áloe y se sumergieron con él, pasándole una esponja de mar por la espalda y el pecho. Luego lo secaron, lo envolvieron en un paño de lino egipcio y se estrecharon contra él rodeándolo con sus cuerpos lisos hasta que cerró los ojos.

Llegaron al cuartel general justo a tiempo de presentarse a la legión, con las señales de la noche en vela en el rostro. Después de hacer los honores junto al estandarte y al águila de plata se retiraron a sus alojamientos para recuperar algunas horas de sueño.

En los días siguientes Arminius volvió a la ciudad del placer, pero solo para observar aquel lugar extraño y ajeno que había vivido durante unas horas sin percibirlo en profundidad ni verlo en cada uno de sus recovecos. Quería comprender si aquella era también la civilización del mundo de la que ya formaba parte. Se acordó de Yola, la prostituta niña de la que por breve tiempo su hermano Flavus se había enamorado y que quizá en aquel momento estuviera ya muerta. Pensó que aquel y otros horrores eran el precio que había que pagar a la civilización plena y completa. Volvió a su mundo cotidiano, a la normalidad. Volvió a la vida de cada día y de cada noche.

Durante un mes todo se desarrolló con tranquilidad y en la preparación de otro viaje, hacia el oriente, y Arminius tuvo tiempo de explorar los secretos de Antioquía y los cultos a Baal, a Mitra y a Astarté con sus prostitutas sagradas. La diosa del amor que los griegos llamaban Afrodita y los romanos Venus se decía que se aparecía a los fieles que dormían el sueño sagrado en el interior del santuario. Y cuando Rufio y Sergio se dieron cuenta de que aquel lugar parecía despertar la curiosidad de Arminius, se propusieron satisfacerla. La empresa que había llevado a cabo en Roma merecía ciertamente el abrazo de una diosa.

Así, una noche, mientras andaba por el barrio del templo, Arminius fue abordado por un chiquillo que vendía agua y tomó un vaso. Aparte de aquello no recordaba nada más que su sueño: la diosa se le había aparecido en un jardín de rosas y granados, florido, perfumado, y su belleza era más embriagadora e intensa que aquel perfume. Estaba rodeada por un aura lunar, una luz hialina que realzaba las facciones y el rostro. Llevaba un vestido de un tejido desconocido abierto desde la cintura hasta los pies. Su divinidad quedaba atestiguada por la ausencia de ombligo en el vientre. Solo una leve cavidad, más un adorno que una cicatriz. Se había tendido junto a él, que era incapaz de creer en un milagro semejante. El sueño era tan real que las caricias de la diosa lo hacían temblar, estremecerse, vibrar como una caña al soplo del viento.

Y había un canto. En una lengua desconocida, remota, de una armonía extenuante, sutil. El deseo le abrasaba el corazón y los pensamientos. Se sentía arder de una fiebre nunca experimentada antes, el sudor le perlaba la frente, lo sentía descender como lágrimas por el rostro.

Luego, sin ver ni hablar, se introdujo dentro de ella, y lo invadió un desvarío alucinante, un temblor convulso e incontrolable. La tensión era tal que habría podido morir. Cuando se retiró de ella, también el sueño se desvaneció, y sintió que se hundía en una oscuridad más sombría que la noche. Un hálito cálido soplaba sobre él. ¿El viento de las montañas? ¿El viento del mar? Luego una lluvia ligera, perfumada, gotas de niebla, le lavó suavemente el cuerpo, purificándolo.

Por un instante estuvo seguro de que del sueño se deslizaría a la muerte sin dolor.

Y ya no despertaría nunca más.

Partieron una mañana temprano. El procónsul Varo viajaba en su carruaje y de vez en cuando a caballo. Seguían el camino que discurría entre Siria y Anatolia teniendo a la izquierda la cadena del Tauro con las cimas aún nevadas. A la derecha se extendía la llanura, primero verde con viñedos y trigales y aquí y allá palmeras datileras, luego más seca y estepa. Los pueblos estaban formados por pocas casas de adobe y paja en las que vivían los agricultores. En unos quince días llegaron a Nisibis y luego, doblando hacia el mediodía, a Carras.

Carras. Había oído antes ese nombre, pero no podía recordar.

—Hubo aquí, hará cosa de medio siglo, una espantosa batalla —comenzó a contar Sergio Vetilio—. Un magnífico ejército romano de unas siete legiones fue aniquilado por los partos. El comandante era el triunviro Marco Licinio Craso. Se había adentrado en este territorio engañado por la información de jefes de tribus locales que lo exhortaban a atacar con todas sus fuerzas disponibles. Tan incapaz como ávido, Craso quería llegar a Seleucia, donde esperaba encontrar el fabuloso tesoro de los partos, y confió en los consejos y la información de un jefe árabe, un reyezuelo. Era una trampa. Craso avanzó a marchas forzadas por un territorio árido y llano bajo un sol abrasador y la infantería pesada romana llegó exhausta al contacto con el enemigo. El comandante de los partos, joven, astuto, inteligente, supo dirigir a su caballería acorazada y a sus temibles arqueros a caballo, capaces de dar en el blanco disparando hacia atrás mientras huían o fingían huir...

El paisaje alrededor hacía presentes y terribles aquellos acontecimientos lejanos. Varo y sus jinetes miraban la llanura abrasada por el sol y a su izquierda los muros de Carras, antiquísima ciudad siempre disputada. Solo se oía el sutil silbido del viento que levantaba una ligera bruma del terreno desnudo, vasto y llano. Varo parecía que solo escuchase eso, absorto como estaba en sus meditaciones. Sergio Vetilio retomó su relato.

—Craso formó a los suyos en un bloque compacto que así pasó a ser aún más fácil de cercar por esos enemigos que no entablaban nunca el cuerpo a cuerpo sino que siempre golpeaban de lejos y salían bien parados. Alrededor del bloque romano los partos hacían retumbar unos tambores gigantescos que infundían terror y desaliento entre las filas de los legionarios. El comandante romano llegó a un desconsuelo tal como para esperar que los enemigos agotasen sus dardos… Pero era una esperanza vana. Había cientos de camellos cargados con esas armas mortíferas. Y la lluvia de dardos era continua e incesante. Nada podía proporcionar protección contra aquella lluvia letal. Las flechas traspasaban los escudos y luego los brazos y las manos detrás de ellos. Muchos trataban de arrancarlas de los cuerpos martirizados, de las manos y las piernas, pero de ese modo se desgarraba la carne provocando terribles hemorragias.

Sergio Vetilio parecía hallarse en un estado de alucinación, como si la escena se desarrollase delante de sus ojos, y Arminius continuaba mirando alrededor como si temiese una agresión, como si los jinetes catafractos, demonios cubiertos de acero, fueran a aparecer de un momento a otro.

Vetilio miró también en torno y se alejó unos pasos. Parecía el actor de una tragedia moviéndose en el escenario, el rostro cubierto por la máscara de la que salieron sus lamentos:

—El comandante romano intentó una maniobra arriesgada lanzando la caballería gala al mando de su hijo Publio contra los jinetes enemigos, que se alejaron en fuga y le hicieron creer que había sido una carga victoriosa: una vez más se equivocaba. Cuando Publio y sus jinetes galos se hubieron alejado lo bastante del centro de la batalla, los partos reaccionaron rodeándolos. Publio, herido en cada parte del cuerpo, pidió a su ayudante que acabara con él, pues no tenía ya fuerzas para sostener la espada. Los partos le cortaron la cabeza, uno de ellos la clavó en una pica y antes de la caída del sol pasó al galope por delante de las filas romanas, tan cerca que Craso pudo reconocer a su hijo…

Al narrador le temblaba la voz mientras pronunciaba aquellas palabras. Rufio Corvo se acercó al oído de Arminius y le dijo:

—El joven ayudante que hundió la espada en el costado de Publio Craso y lo ayudó a morir era su abuelo. No sé cuántas veces le he oído contar esta historia.

Arminius no entendía por qué se encontraban en ese lugar a esa hora escuchando esa trágica evocación y por qué Varo había querido llegar hasta allí y permanecía en silencio dando la espalda a la gran extensión desierta.

—La masacre se detuvo al caer la tarde porque los partos, como los persas, no combatían nunca de noche. Craso trató de llegar a Carras abandonando a los heridos que lanzaban gritos desgarradores; al día siguiente fueron rematados uno por uno. Cuatro mil hombres. La batalla duró en total tres días y dos noches, en diversos lugares y diversas situaciones. Al final también Craso fue muerto, su cabeza cortada fue llevada a Seleucia y, por lo que se supo a continuación, utilizada en una representación de *Las bacantes* de Eurípides, en la escena en que el rey Penteo es hecho pedazos por las mujeres en una orgía dionisíaca.

Sergio Vetilio calló mientras el cielo se cubría de nubes del septentrión. Varo pareció volver a la realidad.

—Sigamos adelante, quiero ver los lugares de la batalla.

—Pero, procónsul —dijo Rufio Corvo—, quizá podríamos dejarlo para otro día con un tiempo mejor.

—Quiero hacerlo ahora —respondió Quintilio Varo—. La tempestad está lejos, en los montes.

Los dos oficiales y Arminius se pusieron, pues, a la cabeza del destacamento y avanzaron hacia el mediodía. También Varo dejó su carro de viaje y montó a caballo.

Tanto Rufio como Sergio Vetilio conocían el camino, y Arminius pensó que ese era el motivo por el que Quintilio Varo los había querido consigo.

El itinerario no carecía de peligros. En aquella zona la frontera era muy vaga porque el desierto se extendía por espacio de cientos de millas y las tribus nómadas de depredadores iban y venían a su antojo y con ellos también grupos de jinetes partos, rápidos y mortíferos. Hacia media tarde vieron los primeros signos de la masacre: armas corroídas por el viento, por la arena y por la herrumbre, yelmos y espadas romanas, fragmentos de armaduras desmembradas apenas reconocibles, puntas de flecha clavadas en el terreno en tal número que Arminius y sus compañeros prefirieron desmontar para no dejar cojos a los caballos y mejor distinguir los pasos más problemáticos.

Conforme avanzaban, el paisaje se hacía cada vez más angustioso y espectral.

Huesos.

A millares.

Los había en una cantidad espantosa. Los restos de los cuatro mil heridos abandonados por Craso y aniquilados por los partos, hechos pedazos, decapitados. Varo estaba cada vez más ceñudo y torvo, no decía palabra pero dejaba vagar la mirada por aquel interminable campo de muerte. De cuando en cuando su rostro tenía contracciones, sobresaltos imprevistos, como si oyese los gritos de los moribundos y el trueno de los tambores.

Luego aparecieron huesos de caballos mezclados con huesos humanos, los grandes esqueletos de los guerreros celtas de Publio Craso; aún eran visibles las señales de los dientes de las hienas y de los chacales que habían descarnado los cadáveres hacía medio siglo. Había también jinetes galos en el grupo de los auxiliares y sus rostros se agrisaron como la tierra al ver los míseros restos de sus antiguos compañeros.

—Regresemos, procónsul, te lo ruego —dijo Sergio Vetilio, incapaz de seguir viendo la más seria derrota que Roma había sufrido desde la batalla de Cannas—. El tiempo está empeorando. Si se levanta una tormenta de arena corremos el riesgo de perdernos y acabar igual que estos pobres desgraciados.

Varo por fin pareció darse cuenta de la situación; se oía el retumbo de los truenos a lo lejos.

—Sí —respondió—, volvamos a Carras.

El viento arreció, levantando una nube de polvo, y el cielo se oscureció; los tamariscos secos en el lecho de los torrentes áridos recibieron el soplo, que se transformó en silbido y en lamento. Los jinetes avanzaban encorvados en la bruma como espectros. Cayeron las primeras gotas y el aire se llenó de olor a tierra, la bruma fue desapareciendo, luego un relámpago iluminó la llanura con una luz cegadora, un trueno estrepitoso estalló sobre sus cabezas y la lluvia comenzó a caer recia y pesada. El terreno no podía absorber toda el agua y pronto se formaron unos riachuelos que confluían en las grietas de las rocas y luego en los torrentes con el cauce seco. Arminius pensó en las calaveras de los caídos sobre las que se abatía la lluvia, como para apagar la sed de las mandíbulas desarticuladas, y se preguntó otra vez el motivo de aquel viaje absurdo. No podría pedir cuentas al procónsul, pero quizá Sergio y Rufio se lo habrían podido hacer saber.

Echaba de menos a su hermano, con el que desde siempre estaba habituado a intercambiar impresiones y dudas. No sabía siquiera dónde se encontraba.

La lluvia cesó entrada la noche y entre las nubes desgarradas apareció la luna llena, que difundió su claridad sobre la llanura de yeso. Arminius vio a Rufio Corvo y Sergio Vetilio sentados en torno al vivaque, donde estaban secando sus ropas mojadas. Se apeó del caballo y fue hacia ellos.

—¿Por qué hemos venido a este sitio, donde no hay nada, y por qué hemos ido a ver el lugar de esa batalla?

Sergio Vetilio fue el primero en hablar.

—Derrotar a los partos y vengar esa masacre ha sido el sueño de muchos comandantes. Varo ha sido gobernador de esta provincia, es posible que también él se haya planteado intentar la empresa. Su ambición es desmedida. Reprimió una gran revuelta en Judea. Sin embargo, esa no fue una empresa gloriosa sino la obra de un carnicero.

—No comprendo —dijo Arminius.

—Tal vez con este viaje y este macabro reconocimiento ha querido borrar de su mente toda tentación de lanzarse a una iniciativa imprudente y suicida. Varo no está loco, y la derrota de Carras es un aviso tremendo. No encuentro otra explicación.

—Tu interpretación no es plausible —intervino Rufio—. Es muy improbable que él esté de nuevo destinado a este frente, pero sabe también que su carrera sigue abierta, y la proximidad a la casa de Augusto alimenta sus ambiciones. Simplemente ha querido comprender los errores del pasado para no repetirlos en el caso de una empresa militar propia en el futuro. Es lo que he colegido por algunas cosas que dijo después de cenar, cuando sometí a su consideración la relación sobre las actividades de los últimos días.

—¿Y qué conclusiones ha sacado según tú? —preguntó Arminius.

—No me lo ha dicho y yo no habría osado preguntárselo, pero he hecho mis deducciones.

Rufio las fue enumerando contando con los dedos de la mano.

—El ejército romano, por muy aguerrido que sea, puede ser derrotado.

»No te fíes nunca de un extranjero, aunque sea tu aliado.

»No te dejes atraer nunca a un territorio que no conoces y que tu enemigo conoce como la palma de su mano.

Los tres oficiales se miraron en silencio. La llamada de un chacal, como un largo lamento, resonó en el desierto de Carras.

XVI

Arminius meditó largamente sobre la extraña iniciativa de Quintilio Varo, sobre el viaje al campo de batalla de Carras y sobre el hecho de que el ejército romano podía ser derrotado. Con todo, en los años siguientes habría muchas ocasiones para convencerse de lo contrario. Pasó casi cuatro años en Oriente y viajó mucho con los mismos personajes con los que había visitado Carras. En aquel largo lapso de tiempo tuvo ocasión de comprender muchos aspectos del Imperio de Roma y de conocer a fondo a sus camaradas Rufio Corvo y Sergio Vetilio, estrechando amistad con ellos. Entretanto Arminius se había informado de cómo funcionaba el correo. Había que dirigirse al puerto, donde se encontraba la información sobre las naves que iban a partir, día, mes y nombre del comandante con el que ponerse de acuerdo sobre el precio. Si uno era afortunado podía encontrar una nave directa a Ostia y, por tanto, a Roma remontando el Tíber. En Roma, una persona de confianza del remitente iría al muelle a recibir la plica y la entregaría en la dirección del *cursus publicus* que Augusto estaba poniendo a punto y preparando. Desde ahí proseguiría la red vial hasta su destino.

Escribió, así pues, primero a Diodoro, a la casa del Aventino, seguro de encontrarlo; bastante menos seguro era encontrar allí a Tauro, hombre de armas aparte de otras importantes virtudes y experiencias. Pidió a su viejo maestro que enviara a su hermano Flavus la carta que adjuntaba en el mismo estuche sellado y, cuando le llegara la respuesta, se la hiciera llegar a Antioquía al cuartel general de la XII Legión Fulminata. Para su gran sorpresa, al cabo de dos meses recibió respuesta.

—Los vientos han sido favorables en nuestro mar —le explicó Rufio Corvo tendiéndole el mensaje— y el buen tiempo en el continente. Aquí tienes tu carta.

Arminius la abrió con cierto nerviosismo; en el exterior se veían las señales del largo viaje: pequeñas abrasiones de la piel del estuche, arañazos, huellas evidentes de un trayecto de miles de millas. El camino que no se termina nunca no acababa ni frente al mar. Desenrolló con circunspección el pergamino: había una carta escrita en un latín incorrecto y torpe, obra seguramente de un escriba campesino, pero Arminius sintió de todos modos una fuerte emoción al ver aquellas palabras.

> Flavus a su hermano Armin, salve.
> Ayer recibí con gran alegría tu carta donde me hablas de las maravillas de Oriente y de sus ciudades. Yo, en cambio, estoy en Germania, en el ejército de Marco Vinicio movilizado en el frente del Rhein, donde se lucha de continuo, con escaso fruto.
> He sido nombrado prefecto de un ala de caballería y tengo un alojamiento reservado en el campo. Tengo también un esclavo ilirio que me sirve la comida en la mesa y una esclava que me lava la ropa y consuela mis noches solitarias.
> Aquí hace aún mucho frío y echo mucho de menos el clima de Roma. No tengo dudas acerca de dónde querría vivir. Espero que la suerte pronto nos reúna.
> Cuídate.

No era mucho, sin embargo Arminius se sintió feliz de haber recibido una carta de su hermano desde los confines del mundo y desde las riberas del Océano. Le parecía un milagro. La leía y releía y le causaba gran placer saber que le gustaría reunirse con él. Se retiró a su aposento y preparó enseguida la respuesta.

> Armin a Flavus, queridísimo hermano, salud.
> He recibido con gran placer tu carta esta mañana y me congratulo por tu rango en el ejército de Vinicio. Te ruego que no te expongas demasiado a los peligros y que te cuides. Espero estar en Roma el próximo otoño y cuento con verte. Tendré muchas cosas que contarte y te llevaré un regalo. Hazme saber cuanto antes cuándo volverás a Roma, y si has tenido la suerte de ver a nuestro padre y si lo has encontrado con buena salud.
> Cuídate.

La carta salió con un navío mercante directo a Nápoles y luego a Roma, desde donde seguiría camino hacia el septentrión.

La respuesta de Flavus, en caso de que llegara, esperaría largo tiempo en el cuartel general de la XII Legión, pues Arminius debía escoltar a Quintilio Varo en varias ciudades de la región siropalestina, donde tenía encargos que despachar por cuenta del emperador. La pequeña Judea, a la muerte de Herodes, hacía ya unos años, había sido dividida entre sus hijos, que se habían disputado la sucesión de forma lícita e ilícita. Herodes había sido muy apreciado por Augusto, que había aceptado educar a dos de sus hijos en Roma. Varo, por tanto, tenía que ser de incógnito el informador privilegiado del emperador sobre cuanto sucedía en Judea.

Así Arminius tuvo ocasión de visitar la más austera ciudad de Oriente, lo contrario de Antioquía: Jerusalén. Allí pudo ver a un pueblo que adoraba a un dios único, irascible e invisible, presente en el santuario del templo, una de las mayores construcciones del mundo, deseada por el rey Herodes y frecuentada por millones de peregrinos que llegaban de todas las partes de Oriente y de Occidente. Al principio Augusto no quería el dominio directo de los romanos en Judea, tierra rebelde e indomable. Prefería que fuese Herodes, su protegido, y sus hijos después de su muerte, quienes mantuvieran el orden interno en sus tierras. De la protección exterior del Impero parto se encargarían las legiones estacionadas en Siria. También la XII Legión.

Arminius visitó la fortaleza Antonia y desde lo alto de las torres contempló estupefacto la inmensa explanada del templo, los pórticos, las escalinatas y el sanctasanctórum, el lugar donde habitaba su dios invisible. Su sumo sacerdote podía entrar allí y pronunciar una vez al año su nombre. Jamás había visto un país así. Tan pequeño, tan crucial. El Imperio parto se encontraba a solo cincuenta millas de la costa y por ninguna razón debería alcanzarla y romper en dos el Imperio romano. En ningún lugar como en Judea había podido admirar Arminius la sabiduría de gobierno del imperio, ejercida con increíble sagacidad y cinismo en un enredo de pequeños territorios regidos por pequeños soberanos y en una delicada y difícil relación con el clero de aquel templo y el sumo sacerdote, directo intermediario con dios y con el emperador de los romanos. Se dio cuenta de que la administración del poder era una actividad extremadamente compleja que exigía inteligencia y mucha experiencia. Comprendió también que en su país ancestral este arte estaba totalmente ausente y que la única forma de poder era el ejercicio de la fuerza.

Una noche, al regresar a la fortaleza donde se alojaba el procónsul Varo, lo vio ceñudo y con semblante sombrío.

—¿Algún problema, procónsul?

Varo asintió.

—Ha llegado hace poco la noticia de que ha muerto el sobrino e hijo adoptivo de Augusto, Lucio César, hijo de su hija Julia y de Marco Vipsanio Agripa.

Arminius se quedó atónito. ¿Habría recibido la bella señora la noticia en su isla desierta?

—El emperador está destrozado —prosiguió Varo—. Adoraba a ese muchacho y sin duda lo había designado para la sucesión. Ha ido a ver sus restos vestido de luto y dicen que su semblante parecía aún más pálido por el contraste con el negro de sus ropas. Lo ha escoltado hasta Roma llorando y ha dado sepultura a sus cenizas en el mausoleo de la familia.

El amo del mundo podía, pues, llorar: castigaba a su hija con el destierro más despiadado y lloraba amargamente al hijo de ella. La más dura razón de estado y los sentimientos humanos podían, pues, coexistir.

—He mandado escribir a mi secretario una carta de pésame para el emperador —continuó Varo— y he dispuesto que se haga una estatua retrato de Lucio César para el Campo de Marte.

—¿Puedo preguntar, procónsul, si volveremos a casa?

—No —respondió Varo, decidido—. Nos quedaremos aquí hasta el final de la próxima primavera, luego pondremos vela hacia Rodas.

—¿Para hacer una visita al príncipe Tiberio?

—No solo —contestó Varo; luego apoyó la frente sobre la mano izquierda.

Arminius salió. Pasó revista a sus auxiliares y luego a los legionarios de guardia sobre las torres; abajo, las antorchas encendidas y los braseros aún ardientes alzaban su humo hacia el cielo y su fulgor al dios invisible y mudo de los judíos.

Se acostó después del primer turno de guardia y pensó en Flavus, que a esa hora quizá se acostaba después de una dura jornada de lucha. Cada uno de ellos en un extremo opuesto del mundo. Y, quizá, el padre, Sigmer, en el centro.

Oía el salmodiar de los sacerdotes de la noche, oía la llamada de los centinelas en las torres de la fortaleza y pensaba en el mensaje de su padre y en cómo lo había interpretado arrojando la lanza contra el sicario. ¿Era eso lo que quería Sigmer? ¿Era otra cosa? Quizá algún día lo sabría.

En el otoño y en el invierno visitaron Galilea y luego, una vez franqueado el Jordán, Gaulanítide e Iturea, después de haber bordeado el lago de Genesaret, y finalmente Damasco, en Siria, una espléndida ciudad perfumada de rosas y jazmines, manchada por el rojo sangre de las granadas en los jardines secretos. En la gran plaza se alzaba un gigantesco templo de Júpiter Doliqueno, construido sobre las bases de un templo cananeo a Baal. En aquellas visiones sublimes Arminius se daba cuenta de que las civilizaciones nacían, crecían y luego periclitaban hasta morir, y comprendía que el gran imperio de Alejandro primero y el romano después las habían reunido todas en un único e inmenso sistema que había conseguido así el poderío y las fuerzas necesarias para crear maravillas. Pequeñas entidades, pequeños pueblos no producían sino modestas estructuras: cabañas de madera y estiércol de animales, humildes moradas de barro seco mezclado con paja.

Todo esto costaba sangre, pero las pequeñas comunidades no eran inmunes a guerras intestinas, asesinatos, envenenamientos, exterminios, y eso sin conseguir algo grande y admirable. Ahora su sueño era Egipto, del que había oído hablar mucho como del país más extraordinario, mágico, rico y asombroso: las pirámides altas como el cielo, revestidas de piedra blanca y con la cúspide de oro, geometrías de pureza absoluta, diamantes en los que se reflejaba el disco solar; los templos de Tebas, que se alzaban a modo de un bosque de cientos de columnas de piedra tan gruesas y altas como para parecer los troncos de robles milenarios, adornadas con miles de misteriosos signos para cuya comprensión era necesaria toda la vida de un hombre; estatuas colosales que se alzaban sobre sus pedestales o esculpidas en las paredes de las montañas; el Nilo, el río más grande de toda la tierra, que alimentaba dragones con las fauces erizadas de dientes y cubiertos por una coraza impenetrable y otros monstruos de cuerpo desproporcionado que resoplaban y expulsaban agua y vapor por la nariz, «caballos de río» los llamaban. Un reino que había durado treinta siglos, nunca domeñado por nadie, y que finalmente había tenido que someterse a Roma.

Era cierto: un ejército romano podía ser derrotado, pero no Roma. De eso Arminius estaba ya seguro. Su tierra ancestral le parecía un lugar sombrío y frío, lleno de ciénagas.

Preguntó, pues, a Quintilio Varo si irían a Egipto, y aquel respondió:

—No es posible. Egipto es propiedad privada del emperador, ningún hombre de rango senatorial puede entrar en él si no es con su permiso explícito, y la entrada en Egipto no está prevista entre mis misiones. Un día, sin embargo, podría suceder, y en tal caso me acompañarías. Eres un joven inteligente y con sentido común, además de valiente y, cuando es preciso, también duro, agresivo, implacable.

—Cuando es preciso, procónsul —repitió Arminius, y sus ojos brillaron con una luz fría, como los lagos helados en invierno.

De regreso en Antioquía, Arminius encontró la carta de respuesta de Flavus. Escribía desde Germania.

Flavus a Armin, hermano queridísimo, ¡salud!

He recibido tu gratísima carta y he calculado que ha necesitado solo dos meses y medio en llegar hasta mi cuartel de invierno, donde nos hemos instalado para la mala estación. No sé cuándo te llegará esta mía y si los vientos serán favorables, pero estoy casi seguro de que nos encontraremos en Roma con la ayuda de los dioses.

Los queruscos se han rebelado y el cónsul Vinicio ha tenido que intervenir. No me ha pedido sin embargo que le siguiera a la cabeza de mi destacamento. No sé por qué pero puedo imaginármelo. Y si es por lo que pienso, se ha equivocado. Wulf ya no existe. Yo soy Flavus.

Expido esta carta desde Magontiacum y tengo orden de no dejar el cuartel general. Supongo que comprenderás que no he podido ni puedo ver a nuestro padre.

Espero estés bien de salud.

La *Chimaera* zarpó una mañana de mayo y navegó a vela a lo largo de la costa meridional de Anatolia, directa al occidente, hasta que llegó a una vasta ensenada y se detuvo a esperar que el viento del septentrión se calmase. El comandante decidió aguardar tres días anclados antes de reanudar el viaje hacia Rodas y dejar a su espalda la costa de Licia. La travesía transcurrió sin excesivos problemas pese a que, a causa de las corrientes marinas, la tripulación tuvo que recurrir a menudo a los remos y a los timones para mantener el rumbo. Durante el trayecto, Arminius leyó y releyó la carta del hermano y trató de comprender cómo se sentía y si había interrumpido todo contacto con su pueblo ancestral y hasta con el padre. Reflexionó de nuevo sobre el significado del mensaje entregado por el guerrero hermunduro en el Aventino. Sigmer le había dejado elegir cómo actuar cuando llegara a saber que la bella señora era el centro entre la vida y la muerte, vida y muerte de su propio padre, el emperador Augusto.

Él había elegido, pero, evidentemente, para su padre había sido la elección equivocada, toda vez que había decidido romper la alianza con Roma y guiar a los queruscos contra los romanos.

Cuando asomó el perfil de la isla de Rodas dejaron escapar un suspiro de alivio y Arminius pensó en cómo debía de ser cuando aún se erguía esplendente el gigante de bronce levantado por los rodios para dar gracias al dios Sol que les había socorrido durante un durísimo asedio. El coloso solo había permanecido en pie setenta años, y sin embargo el mundo entero recordaría durante siglos aquella obra soberbia y temeraria.

En Rodas, Quintilio Varo encontró hospitalidad en una hermosa casa frente al puerto, mientras Arminius, con sus amigos Sergio Vetilio y Rufio Corvo y con los hombres de escolta, se estableció en un alojamiento para el personal del puerto.

Al día siguiente Quintilio Varo quiso salir únicamente con Arminius y los otros dos oficiales, dejando al resto de la escolta en sus cuarteles. Lo acompañaron a la villa de Tiberio, pero se quedaron fuera, en el jardín, hablando con la servidumbre. Pasó un buen rato y llegó la hora de la comida. Ni rastro de Varo; probablemente el amo de la casa lo había invitado a comer con él.

Los siervos llevaron comida también para la escolta, y no fue hasta la tarde, hacia la hora décima, cuando Quintilio Varo salió de la villa acompañado por un liberto.

Rufio Corvo, tras haber recorrido con los compañeros y con el procónsul todo el camino de regreso, se fue por su lado.

—¿Adónde va? —preguntó Arminius a Sergio Vetilio.

—No deberías hacer estas preguntas —respondió Vetilio—, eres comandante, ¿no?

—Comprendo. Pero tengo la impresión de que no se trata de un asunto de mujeres.

—Tampoco yo lo creo, aunque el viaje ha sido largo y Rufio es un hombre vigoroso.

Rufio regresó entrada la noche. Arminius lo reconoció por el paso de su caballo y fue a su encuentro como si fuese pura casualidad.

—¿Insomnio? —preguntó Rufio.

—No, ruidos. Y tengo el sueño ligero. ¿Novedades?

—Alguna. El joven Cayo César, hermano del pobre Lucio, pasará por aquí. El muchacho superviviente de los dos sucesores designados ha sido enviado al ejército de Oriente para ganarse los galones. Dentro de unos días pasará por Samos en dirección a Armenia, y Tiberio tendrá que ir a humillarse ante él, un muchacho mimado y presuntuoso, y pedirle permiso para regresar a Roma. ¿Te das cuenta? Tiberio es el más grande soldado del imperio, y sé de qué hablo; he luchado bajo sus insignias. Con Druso conquistó la frontera alpina como área impenetrable para Italia y sometió las regiones ilíricas hasta el Danubio, y ahora debe postrarse ante un muchachito inexperto que ha pasado más tiempo jugando a los dados con su abuelo que ejercitándose en el uso de las armas. Difícil explicar el motivo de una humillación semejante, por no llamarla castigo.

Arminius no quiso hacer más preguntas al respecto, pidió solo una información:

—¿Habrá algún otro con él? ¿Y necesitarán de nosotros?

—No creo —respondió Rufio—. En mi opinión, Varo está aquí solo para observar y dar el parte. La posición de Tiberio es muy difícil. En este momento solo puede contar con su madre, Livia. Que tengas una noche tranquila.

Arminius se despidió a su vez dispuesto a volver a su alojamiento.

—¿Puedo hacerte una pregunta? —dijo entonces Rufio.

—Por supuesto.

—¿Qué hay escrito en esa carta que llevas siempre contigo y por la que ha cambiado tu humor?

—Es de mi hermano Flavus. La respuesta a mi última carta. Nada importante. Nos veremos, parece, en Roma, y no ve llegar la hora. Nada ha cambiado mi humor; debe de ser una impresión tuya.

—Es posible —respondió Rufio, y empezó a subir la escalera hacia su aposento.

Ni a Quintilio Varo ni a ninguno de los tres oficiales de la guardia se les pidió seguir a Tiberio a Samos, donde en el ínterin había desembarcado Cayo César con su séquito. Pero Sergio Vetilio y ciertamente el propio Quintilio Varo tenían ojos y oídos también en la isla. Tiberio no se entretuvo ni una noche siquiera, señal de que no había sido invitado a quedarse. Se supo luego que Cayo César se había comportado muy mal con él, y lo mismo habían hecho los jóvenes que lo acompañaban y que eran sus compañeros preferidos en Roma. Varo se enteró después de que durante un banquete uno de los jóvenes invitados, ya medio borracho, tal vez por pura fanfarronada, había dicho que estaba dispuesto a zarpar con la primera nave que partiera rumbo a Rodas y matar a Tiberio.

Cuando contó aquella historia, Arminius, que estaba presente, imaginó la escena: aquel insignificante fanfarrón que se presentaba ante Tiberio con la intención de matarlo y en un abrir y cerrar de ojos salía corriendo aterrorizado delante del más grande soldado del imperio. «Ser jóvenes», se dijo, «no es un mérito ni una virtud. Es simplemente una condición de la existencia». Pensaba en cualquier caso que aquel hombre, uno de los más importantes y en teoría más poderosos del mundo, vivía en un estado de constante humillación, soportaba críticas continuas, debía calcular cada paso que daba, considerar a quién decidía acoger o recibir y a quién ignorar o rechazar. Qué aceptar y qué evitar. Cada acción suya era espiada, interpretada, sopesada, y sin embargo también él figuraba en la lista de los posibles sucesores de Augusto.

—No es una posición cómoda —decía Sergio Vetilio—. El primer heredero designado, Claudio Marcelo, murió muy joven; el segundo, Lucio César, ha muerto recientemente en una situación poco clara en Marsella, en la Galia. El tercero, Agripa Póstumo, hijo de Julia y de Marco Vipsanio Agripa, está confinado en una isla inhóspita, sin que haya ningún cargo para una condena semejante. El único motivo es que se trataría de un joven perturbado, desequilibrado, violento y agresivo, pero no son más que rumores, nada ha sido demostrado y nadie ha sido agredido ni herido.

—Así pues, el único sucesor posible —concluyó Arminius— es Cayo César.

—Nadie ha dicho eso. Cayo César es aún muy joven y parte para la guerra en Armenia. Tiberio sigue estando en la línea de sucesión. Hay otra figura en este juego tan complejo: Livia, mujer de Augusto y madre de Tiberio. ¿No te has preguntado nunca cómo es que en tantos años Livia no ha dado a luz un hijo de Augusto? Él tuvo una hija, Julia, de su primera mujer, y Livia tuvo dos hijos varones, Druso y Tiberio, de su primer marido. ¿Cómo es que, una vez juntos, Livia no ha parido nunca un hijo o una hija de Augusto?

Arminius no supo qué responder.

—Porque tomaba fármacos para no quedarse embarazada. Quería mantener la sucesión para sus hijos del primer matrimonio. Druso murió. Tiberio está a buen recaudo en Rodas. Cayo César está en el frente armenio. En la guerra pueden suceder muchas cosas...

—Así pues, ¿la partida es entre ellos dos? —preguntó Arminius—. ¿No hay nadie más?

—Sí, habría otro, pero hay que saltarse una generación.

—¿Y quién es, pues?

—Germánico —respondió.

XVII

Permanecieron en Rodas un tiempo, y alguna vez Arminius tuvo ocasión de navegar hacia otras islas de alrededor. Aquellos pequeños territorios circundados por el mar lo fascinaban, cada vez sentía más placer por la natación, incluso bajo el agua. Una actividad que desarrollaba aún más su musculatura y le permitía explorar un paisaje de sueño: criaturas de todos los colores y de todas las formas, algunas casi invisibles por su capacidad de adoptar el color de las rocas y de la grava. Se habituó también a alimentarse de peces de mar, que asaba con sus compañeros en la orilla en torno a un pequeño vivaque, de moluscos rociados con aceite de oliva y de crustáceos de carne blanca y sabrosa que no había probado en su vida. Y había descubierto el celebrado vino de Rodas, del que se cargaban naves enteras en el puerto para su exportación a todos los países del mar interior.

La brisa del atardecer, los colores llameantes de los ocasos, el canto de los pescadores y de las mujeres que los esperaban con los niños al cuello, los peces arrojados por las redes en la orilla: todo era nuevo, mágico y asombroso para él, que solo había visto el golfo adriático y antes de aquel el oscuro Rin en el que se reflejaban bosques de negros abetos.

Las tareas eran escasas, pues Varo tenía ya sus informadores y, en cualquier caso, Tiberio estaba al corriente de su presencia en Rodas y no podía dejar de invitarlo con cierta frecuencia, por cuanto había sido colega suyo en el consulado unos años antes.

Arminius pudo, por tanto, dedicarse a la compañía de una graciosa liberta griega que había conocido en una recepción a la que había acompañado a Varo.

Al expirar el segundo año desde que había dejado Siria y los placeres de Antioquía, llegó una nave veloz con las velas desplegadas que enarbolaba un pendón negro a popa y en lo alto del mástil. Algo muy grave debía de haber ocurrido. Arminius, acompañado por Rufio Corvo y Sergio Vetilio, se dirigió con la unidad de escolta al atracadero. Poco después llegó Varo, seguido en un breve lapso de tiempo por el mismo Tiberio escoltado por una veintena de legionarios y por dos lictores. Llevaba la túnica lacticlavia y no el palio griego, como solía, y las sandalias militares en vez del calzado rodio de piel suave.

Se bajó una pasarela de la nave para permitir descender al comandante con un tribuno militar y un destacamento de infantes de marina que rindieron los honores militares al hijastro de Augusto.

Tiberio se adelantó y el tribuno se dirigió a él:

—Salve, Tiberio Claudio, te traigo una noticia funesta: el procónsul Cayo César fue víctima de una emboscada en Armenia y quedó gravemente herido. Solo de milagro sus hombres consiguieron arrancarlo de la muerte y ponerlo en manos de los médicos para la curación de su herida. Despreocupado del dolor y de la fiebre que lo devoraba continuó desarrollando las tareas inherentes a su cargo, pero al final tuvo que ceder a la enfermedad y ha muerto en Limira, en Licia, no lejos de aquí. Sus cenizas han sido llevadas a Roma, donde recibirán sepultura junto a las de su hermano en el mausoleo de la familia del emperador. He considerado oportuno traerte la noticia personalmente.

Tiberio no mostró ninguna emoción ante aquellas palabras. Permaneció impasible, ni un solo músculo de su rostro se contrajo. Los dos jóvenes en la flor de la vida y en la plenitud de sus fuerzas, predilectos de Augusto e idolatrados por la juventud de la capital, le habían detestado siempre por su silencio y su discreción, por sus modales reservados y también por sus glorias militares que nadie había podido igualar.

Arminius pensó en la bella señora prisionera en su islote yermo, en cuando se enterara de la muerte de su segundo hijo, que le había sido arrebatado por un destino terrible, como la última esperanza de ser liberada de su destierro.

Tiberio dio las gracias con pocas y desapegadas palabras al comandante de la nave y al tribuno militar. Ni un detalle de aquella escena escapó a Varo, ni un gesto, ni un respiro, y muchos pensamientos asaltaron en aquellos pocos instantes su mente. En dos años Augusto se había visto privado de sus hijos adoptivos, a los que adoraba, de las esperanzas de una sucesión directa de su misma sangre. ¿Qué haría? ¿Cuál sería el siguiente movimiento del gran jugador?

Cuando Tiberio y su séquito se hubieron alejado, Varo se dirigió a sus oficiales:

—Preparaos. Zarpamos mañana. Volvemos a Roma.

El viaje duró ocho días con un viento primero de través y luego, tras el paso del estrecho de Mesina, con un lebeche más favorable pero no fácil de aprovechar. Recalaron en Ostia y luego remontaron el Tíber hasta el atracadero de la Ciudad. Arminius se despidió de Sergio Vetilio y Rufio Corvo con sobriedad.

—Espero volver a veros pronto, me he sentido bien con vosotros.

—Hasta la próxima, entonces.

—Hasta la próxima —respondió Arminius, y se dirigió hacia su alojamiento en el Aventino.

Los perros en un primer momento parecieron no reconocerlo y empezaron a gruñir, pero bastó que les diese una voz para que se calmaran y, moviendo la cola, se acercaran a darle la bienvenida.

—Pero ¡quién está ahí! —resonó una voz a su espalda.

Arminius se volvió y se encontró enfrente a su hermano. Se dieron un caluroso abrazo y se quedaron mirándose, las manos del uno en los hombros del otro. En sus ojos se veían las imágenes de la infancia y de la mocedad.

—Es como si hiciera un siglo que no nos veíamos —exclamó Arminius.

Lo observó mejor y le pareció que estaba chupado y delgado, pero la fuerza de sus brazos seguía inmutable.

—Tienes buen aspecto —dijo Flavus—. Te has divertido en Oriente, ¿verdad?

—Sí, me he divertido con mujeres mágicas, divinas, embrujadoras, nada que tú puedas haber probado y ni siquiera imaginado, y he visto lugares increíbles, cosas extraordinarias. Lástima que no hayamos ido a Egipto. Varo me ha dicho que es un país inolvidable.

—Ojalá vayamos juntos alguna vez —dijo Flavus.

—¡Ojalá! —replico Arminius—. ¿Cenamos juntos?

—Será una alegría después de todo este tiempo. Creo que la cena estará dispuesta enseguida.

—Lo sé, en Siria muchas veces pensaba: «Si estuviese aquí mi hermano...», sobre todo en los momentos en que era difícil tomar una decisión... ¿Y Tauro?

—Lo he perdido de vista. A menudo el comandante Vinicio le confiaba misiones delicadas o por lo menos comprometidas. Pero estoy seguro de que más pronto que tarde volveremos a verlo.

Cenaron en el jardín próximo al pequeño ninfeo, su charla acompañada del murmullo de la fuentecilla. Arminius habló de Antioquía, de Laodicea, de Jerusalén y Damasco, y Flavus escuchaba encantado. Pero la que para ambos era la conversación más importante quedaba en todo momento al margen.

Al final fue Arminius quien abordó el asunto.

—Siento que no hayas visto a nuestro padre. No estabas tan lejos.

—En el ejército romano, la disciplina es lo más importante —respondió Flavus—, todo lo demás viene después, también la familia, también los padres, las madres y los hermanos. No es concebible desobedecer una orden. Yo mismo, como comandante de un ala de caballería auxiliar, en varias ocasiones he decretado castigos para mis hombres si se tomaban libertades al margen del reglamento. La disciplina es una de las cosas que han hecho grande a Roma. ¿Recuerdas a Tauro?

Arminius asintió; recordaba sus azotes. Ninguno de los dos quería hablar del pasado y del futuro. El primero lo habían olvidado o eso creían; el segundo era insondable. Solo su relación parecía inatacable. Cuando terminaron de cenar, Flavus dijo:

—Tengo una muchacha.

—¿La esclava?

—No, esa es para el campamento. Es hija de un magistrado de los caminos en Magontiacum.

Arminius habría querido decir: «Y tú eres un príncipe de antigua estirpe», pero prefirió no hacerlo para no encontrarse con una respuesta desagradable.

—¿Cómo es? —dijo—. Me gustaría conocerla.

—Es graciosa. Tiene ojos bonitos, un cuerpo hermoso y un carácter amable. Dentro de poco tendré derecho a un alojamiento de cierto prestigio y quizá comencemos una vida juntos.

—¿Y Yola? ¿Te acuerdas aún de ella?

—Estuve con ella menos de una hora… Sí, alguna vez. Pero seguramente ya está muerta. Tan joven en aquel lugar es imposible que resistiera mucho.

Hablaron largo y tendido, como en los viejos tiempos, y durmieron en sus alojamientos de entonces. Alguien debía de haber previsto dejarlos arreglados. Quizá Thiamino y Privato, si aún estaban.

—Están —dijo Flavus—, y eso significa que Tauro volverá en cualquier momento.

La Ciudad presentaba todavía los signos del duelo reciente por la muerte de Cayo César: altares adornados con ramas de ciprés, paños negros en las fachadas de los templos, el mausoleo de la familia con un altar siempre humeante en la base del túmulo.

Tauro regresó veinte días después de la llegada de Arminius y casi al mismo tiempo regresó Tiberio de Rodas.

El centurión se estableció en su casa del Aventino e invitó a cenar a Flavus y Arminius para informarles de la situación.

—El emperador está destrozado por la pérdida de Lucio y Cayo César, sus nietos e hijos adoptivos, pero debe garantizar la sucesión. El hecho de que haya llamado a Tiberio de su largo exilio solo puede tener este significado. Además, las operaciones en Germania están estancadas, no avanzan, por tanto es probable que el emperador quiera imprimir un gran giro a la campaña germana que dura ya demasiado tiempo y sin resultados definitivos. Para hacerlo necesita del más grande soldado del imperio, ídolo de todos los ejércitos desde el Rhein —se le escapó el nombre germánico— hasta el Danubio: Tiberio Claudio Nerón.

—Un soldado que no empuña la espada desde hace muchos años... —comentó Flavus.

—Un soldado es un soldado para siempre —respondió Tauro—. Pero hay algo más...

Ni Flavus ni Arminius habían dudado un instante de que lo hubiera.

—Queda un último heredero de su estirpe, el último hijo de Julia y de Marco Vipsanio Agripa: Agripa Póstumo, el joven torvo y violento, como lo describen los rumores difundidos hábilmente por quien yo sé, que vive como Filoctetes confinado en una isla de serpientes.

»Y luego está el afecto profundo que el emperador siente por un muchacho espléndido al que conocéis y con el que os batisteis en la palestra, un joven dios de cuerpo escultural y de formidable brazo.

«¡Germánico! —pensó Arminius—. El hijo del comandante Druso.» Muchos recuerdos vinieron a la mente de Flavus y Arminius, los recuerdos de su padre Sigmer.

Marco Celio Tauro raramente se equivocaba. No pasaron más que tres meses y el sumo regidor del Estado adoptó a Agripa Póstumo y a Tiberio Claudio, al que le fue impuesto a su vez adoptar como hijo a su sobrino Druso Claudio Nerón Julio César Germánico.

Arminius pensó en el día en que apareció en la palestra el resplandeciente muchacho que pidió enfrentarse a él. Habían estado frente a frente, habían respirado el uno el aliento del otro, y sin embargo los separaba un abismo. La mortalidad de los herederos del imperio era muy alta, ¿acaso un día Germánico sería emperador de los romanos? Recordaba al niño con toga con la bula al cuello en el friso de mármol del Altar de la Paz. ¡Cuánto había crecido en todos los sentidos!

Arminius fue pronto movilizado como comandante e instructor de los auxiliares germanos del ejército, y sus jornadas se llenaron cada vez más de compromisos y adiestramientos. Cuando al atardecer volvía a su casa del Aventino no era raro que Tauro lo invitase a cenar junto con Flavus y tuviese así la oportunidad de pedirle consejo sobre cómo dirigir e instruir a sus hombres. Con ellos usaba el lenguaje ancestral, pues las órdenes debían ser inmediatamente entendidas y cumplidas. Y esto hacía que sus hombres confiasen en él. Le gustaba conocer sus pensamientos, sus aspiraciones y esperanzas. Una noche que fue solo al aposento de Tauro porque Flavus estaba ocupado en otra parte, le hizo una pregunta que desde hacía tiempo le rondaba la mente.

—El pueblo de mi padre ha luchado y lucha contra los ejércitos romanos de Enobarbo y de Vinicio. ¿Te consta?

—Sí —confirmó Tauro—, así es.

—¿Y cómo es que no ha habido represalias contra nosotros?

—Porque ya no sois pequeños rehenes: sois oficiales del ejército romano a todos los efectos.

—¿Hay noticias de mi padre?

Tauro permaneció en silencio unos instantes y luego respondió con otra pregunta:

—¿Es importante para ti?

—Es mi padre —dijo Arminius.

—No sé nada de él. De veras. Puede haber caído en la lucha. Lo conocí; era un combatiente valeroso. Podría decirte que si hubiese tenido que elegir entre la salvación de sus hijos y la independencia de su pueblo habría elegido la segunda.

—Yo también lo creo —respondió Arminius.

—Si consigo saber algo de él, te lo diré. Pero no cuentes con ello. Hace mucho que no tengo noticias.

Arminius no añadió nada más, preguntó solamente qué debían esperar él y su hermano.

—Augusto —respondió Tauro— nunca ha renunciado a la idea de extender la frontera septentrional del imperio del Rin al Elba. Y eso significa anexionar, educar y asimilar a los germanos. Se trata de un gran sueño que fue también el del comandante Druso...

—He oído hablar de ello —dijo Arminius.

—El imperio debe incluir Germania, con su fuerza y su indomable apego a la independencia y a la libertad. Un día habrá emperadores ilíricos y celtas, ibéricos y dálmatas y... germanos.

—¿De verdad lo crees posible, centurión?

—Por supuesto. Ya hay senadores galos en nuestra curia. El comandante Druso quería a los germanos en el imperio porque se había enfrentado a ellos en muchas batallas y conocía su valor. Esta es la grandeza de Roma: convertirse en una sola patria para muchas naciones distintas. Yo mismo soy de madre germánica.

—Tus ojos azules, centurión..., lo había imaginado. —Arminius volvió la mirada a la armadura de Tauro colgada de una percha como un trofeo, rematada de un yelmo con la cresta oblicua, cubierta de decoraciones—. Debes de haber creído en ello profundamente.

—Claro —respondió—, con todo mi corazón. El Imperio de Roma es el único lugar donde vale la pena vivir.

—He oído decir que se está preparando una gran ofensiva en Germania y supongo que me llamarán de un momento a otro. ¿Puedo preguntarte si mi hermano vendrá conmigo?

Tauro pareció reflexionar unos instantes para luego responder:

—Por lo que sé, Flavus será el primero en partir directamente a Germania, a la frontera con los territorios de los frisones, para preparar la llegada de Tiberio. El comandante partirá dentro de unos días.

—¿Y yo? —preguntó Arminius.

—También tú partirás.

—¿Para dónde?

—Lo sabrás a su debido tiempo. Ahora ve a descansar.

—¿No debemos despedirnos?

—No lo creo necesario. Dos soldados romanos siempre acaban reencontrándose. Adiós.

—Adiós, centurión.

Arminius regresó a su alojamiento. Cuando se despertó al día siguiente y se asomó a la terraza que daba a la Ciudad vio un pequeño grupo descender de la colina en dirección al Tíber, donde tal vez le esperaba una embarcación. Reconoció a Tauro a caballo, seguido por sus libertos montados en un carro con la armadura y los efectos personales del centurión. Se preguntó, en la quietud de las primeras horas de la mañana, si lo volvería a ver.

Llegó, caminando descalzo y en silencio a su espalda, Flavus.

—¿Te has despedido de él también de mi parte?

—Ya sabes cómo es, no le gustan los adioses. Ha dicho que volveremos a vernos, antes o después.

Flavus asintió.

—Nosotros, sin embargo, podemos despedirnos; no habrá abrazos ni lágrimas.

—Seguro que no. ¿Cuándo partes?

—Cuestión de días. Me ha llegado el aviso.

Flavus recibió cinco días después la orden de dirigirse al Campo de Marte para asumir el mando de su unidad de caballería germana y emprender el viaje hacia el septentrión con la legión.

Comenzó a recoger sus cosas para la partida y a meterlas en las alforjas para el caballo mientras Arminius lo observaba.

—O sea que me voy —dijo Flavus.

—Ya lo veo —respondió el hermano.

—¿Nada de lágrimas?

—Nada de lágrimas.

Se abrazaron y Arminius lo siguió un poco con la mirada. Diez días después le tocó a él hacer los preparativos para la partida. Cuando hubo terminado y se disponía a cerrar la puerta con llave tuvo la clara sensación de que con aquella puerta se cerraba el período quizá más importante de su vida y que no habría vuelta atrás.

En las varias fases de su viaje, Arminius tomó conciencia como nunca antes de lo que era el poderío del imperio: los ejércitos que desde todas partes convergían hacia los pasos de montaña, interminables columnas de soldados, honderos, arqueros, jinetes, la infantería pesada de los legionarios, cientos de carros que llevaban comida, suministros, recambios para las armas, equipos de campaña, tiendas, artefactos de tres puntas que esconder en el terreno para dejar cojos a los caballos y a los infantes enemigos, la artillería con balistas, catapultas, escorpiones y onagros que viajaban desmontados para ser ensamblados en el momento de su uso. Por cada combatiente había al menos dos hombres de apoyo en las retaguardias y en los talleres. Además de los hospitales de campaña con cientos de cirujanos y enfermeros.

Y cuando llegaron, tras dos meses de marcha, a los puertos de la Galia septentrional vio las flotas: cientos de naves de transporte armadas para las operaciones anfibias; miles de carpinteros de ribera y de forjadores trabajaban día y noche, y los astilleros recibían continuos suministros de maderamen, piezas curvas para las cuadernas de los cascos, montones de remos, cabestrantes, anclas, rollos de sogas, pilas de telas de cáñamo para las velas y mástiles para sostenerlas. E imaginó cuántas personas estarían aún trabajando en la retaguardia para proveer a los astilleros de abetos y fresnos, robles y hayas, cepillando y dando forma a los maderos, construyendo las grúas para levantarlos y los carros para transportarlos.

En la cima de aquella inmensa pirámide humana, un hombre solo: el comandante Tiberio César Claudio Nerón, nunca derrotado. Le bastaba un ligero asentimiento de cabeza para movilizar a cientos de miles de hombres, caballos y animales de tiro, naves, tripulaciones, remeros, infantes de marina, legionarios, artilleros...

Nunca como entonces Arminius comprendió lo que eran el poder y la fuerza del mando.

Un día, mientras observaba el avance de una columna por el camino que no se termina nunca, creyó reconocer a su hermano Flavus a la cabeza de un escuadrón de caballería. Lo llamó, pero su grito se perdió entre los infinitos ruidos, fragores, llamadas y relinchos, chirridos, toques de trompeta: la voz del mayor ejército que había visto nunca.

Tuvo también la fortuna de asistir a la llegada del comandante supremo. Lo vio pasar a caballo entre las legiones formadas en tres filas para que todos pudieran verlo. Iba revestido del paludamento de púrpura símbolo de su grado, la coraza musculada, pero no el yelmo, que mantenía bajo el brazo izquierdo a fin de que los hombres pudieran verle el rostro.

Los centuriones gritaban la orden de presentar armas y las legiones inclinaban hacia delante los *pila* perfectamente alineados, mientras los estandartes, los lábaros y las águilas se inclinaban a su paso.

Pero pronto la férrea disciplina cedió al entusiasmo. Los

legionarios eran casi todos veteranos de las viejas campañas de Tiberio en los Alpes y en el frente danubiano. Una voz resonó poderosa en el silencio:

—¡Comandante, nos volvemos a ver!

Tiberio se volvió hacia donde estaba el legionario que había gritado y le apuntó con el dedo como diciendo «¡Te he visto y te he oído!». En aquel punto muchos otros comenzaron a gritar.

—¡Comandante!, ¿estás bien, estás en forma?

Y él flexionaba los músculos.

—¡Comandante, estaba contigo en Armenia!

Tiberio sonreía y asentía.

—¡Yo en Recia, comandante!

—¡Me condecoraste entre los vindelicios!

—¡Yo en Panonia!

—¡Yo en Germania!

Las legiones alineadas estaban en pleno delirio, estalló un estruendo, luego el fragor de los *pila* contra los escudos, ritmado, interminable. ¡El comandante que siempre les había conducido a la victoria pasaba en medio de ellos sin escolta porque el ejército del septentrión al completo era su escolta! Arminius, formado con su caballería auxiliar, sintió que un escalofrío le recorría el espinazo, y poco después vio frente a sí, muy cerca, a un joven con las insignias de comandante de legión, rodeado por unos cincuenta pretorianos en uniforme de gala. Germánico.

Por un instante sus miradas se encontraron.

Un parpadeo. ¿Lo había reconocido?

Hacia el atardecer las legiones se retiraron a sus campamentos y a sus tiendas. Los gritos y el alboroto resonaron por doquier hasta tarde. Los fuegos de los vivaques ardieron hasta entrada la noche. Los centuriones y los tribunos hicieron la vista gorda ante los excesos de la francachela.

Al día siguiente comenzó la guerra.

XVIII

El poderío sin límites del Imperio romano, la gloria de su comandante supremo y la asombrosa organización de sus estructuras había deslumbrado completamente a Arminius, que ahora comprendía por qué Flavus no había tenido nunca dudas. Viviendo luego entre las unidades del ejército del septentrión se había dado cuenta de que los legionarios y los jinetes, los arqueros y los honderos eran de todas las etnias —hispanos, italos, galos, germanos, réticos, dálmatas, griegos, númidas, sirios...—, y todos habían saludado a su comandante con increíble entusiasmo. Todos se identificaban con las insignias de la cohorte y de la legión, el águila de oro que representaba la fuerza de la legión y el honor de sus soldados.

Tiberio dio inicio a las operaciones con la determinación y la inteligencia estratégica que siempre había distinguido a cualquiera de sus acciones militares; parecía que hubiese pasado los últimos diez años entre grandes expediciones y luchas en el campo de batalla en vez de en la inercia de Rodas estudiando y recibiendo lecciones de retórica. Era fulminante en los movimientos, hábil en preparar las reservas, en enviar unidades ligeras de avanzadilla, en recabar noticias sobre las condiciones del terreno y las poblaciones con las que iba a encontrarse.

Muy pronto Arminius comprendió por qué se aprestaban tantas naves en las costas septentrionales de la Galia y de Germania: Tiberio estaba sometiendo a todos los pueblos establecidos en los ríos principales, el Rin, el Amisia, el Visurgis y el Elba. Era, pues, evidente que serían las vías fluviales que habría que remontar con la flota tanto para aprovisionar al ejército rápidamente como para llevar refuerzos.

Fueron atacados en primer lugar los caninefatos, nombre extraño para una nación porque significa «los señores del puerro», una planta que, en efecto, crecía en abundancia en sus tierras. Arminius, en esta primera campaña, conoció a un oficial de alto rango, Veleyo Patérculo, que lo tomó como comandante de sus auxiliares. Veleyo era un hombre muy instruido que llevaba un diario de cuanto acontecía. Le contó que su intención había sido escribir un diario detallado pero que al final había tenido que contentarse con un resumen mucho más conciso, en parte porque con sus apuntes no conseguía mantener el ritmo de los avances fulminantes del comandante Tiberio César.

Luego les llegó el turno a los casuarios, una tribu establecida entre el Rin y el Amisia, y después a los brúcteros.

Arminius fue destinado primero con una guarnición del ejército que permanecía de defensa en los territorios de los casuarios, pero pronto fue reclamado por Veleyo en previsión de los movimientos siguientes. Llegó con su escuadrón a la caída de la tarde, y un ayudante del prefecto del campamento le indicó dónde debía plantar las tiendas. Asimismo, le refirió que el legado Veleyo le esperaba en la tienda pretoriana en el centro del castro.

Apenas la tienda estuvo lista, puso en orden su equipaje, pero no se despojó de la armadura, pues se presentaría al comandante de la legión en breve. Se dirigía allí a pie, pasando entre las antorchas encendidas que iluminaban los dos ejes principales del campamento, en cuyo cruce se alzaba el alojamiento del comandante, cuando de pronto se encontró frente al hermunduro en lo alto de su caballo pardo. No dijo una palabra, pero le indicó que le siguiera.

Llegados a una zona oscura del campamento, saltó a tierra y se le acercó. Le sacaba la cabeza.

—Salve, guerrero —dijo Arminius.

—Salve a ti, Armin —respondió el hermunduro.

—Tu imprevista aparición es siempre portadora de mensajes tan oscuros como cruciales. ¿Qué debes decirme esta vez?

—Tu padre, el noble Sigmer, ha permanecido fiel a los pactos durante largos años sabiendo que estabais en Roma y sabía también por qué motivo.

—Y todo ha ido bien.

—Pero ahora la situación ha cambiado. Los caudillos entre el Rhein y el Weser han decidido oponerse y él no ha podido negarse. Los queruscos están también en guerra, aunque por ahora no se han enfrentado, pero no hay tiempo que perder. Habla con el legado Veleyo, luego vuelve aquí. Esta noche te llevaré con tu padre.

Las palabras del hermunduro le hicieron temblar.

Iba a ver a su padre.

—Espérame aquí —dijo—. Volveré en cuanto pueda. —Y se encaminó hacia el pretorio.

Veleyo lo recibió con expresión cordial y le indicó que se sentara en un asiento plegable junto al suyo. Delante tenían un mapa dibujado sobre una gran piel de toro.

—Esta es la representación de nuestras operaciones en los próximos días. Los queruscos han roto la alianza con el pueblo romano y se han unido a las otras etnias germánicas entre el Rin y el Visurgis, pero, como ves, no tendrán escapatoria. Nuestras legiones y nuestras unidades de caballería avanzarán en tres direcciones. Tu unidad se moverá por esta línea roja —concluyó, e indicó con el dedo el itinerario ya trazado.

Arminius permaneció un instante en silencio.

—Sé en qué estás pensando. Pero esta es la más alta prueba que puedes dar de tu fidelidad al comandante Tiberio César, que ya conoce lo que has hecho por el emperador.

—Legado, estoy aquí para proponerte una solución distinta

que podría resolver el problema sin derramamiento de sangre. El comandante Tiberio César es hermano del comandante Druso, caído hace trece años durante una de sus campañas germánicas. Quizá no sepas, legado, que mi padre, el noble Sigmer, tuvo una relación privilegiada y secreta con el comandante Druso…

—Creía que no eran más que habladurías.

—Es la pura verdad. Mi propio padre nos lo reveló a mi hermano Flavus y a mí.

—¿Cuál sería tu solución?

—Sé que mi padre se ha visto obligado a abandonar la alianza con el pueblo romano y sé que es contrario a la guerra. Tal vez yo podría convencerlo para un nuevo tratado de alianza que el comandante Tiberio César aceptase.

—No hay tiempo. Atacaremos muy pronto.

—Estoy dispuesto a partir esta noche.

Veleyo suspiró y se pasó una mano por los ojos cansados.

—¿Esta misma noche?

—Sí. Ahora. Estaré de vuelta antes de que se haga de día.

—¿Cuento con tu palabra?

—Tienes mi palabra.

Veleyo asintió. Arminius salió de la tienda y siguió el eje principal. Encontró un piquete de legionarios de ronda que lo reconocieron y le hicieron el saludo. Luego, llegado al punto convenido, dejó la vía iluminada por las antorchas y se adentró en la zona oscura.

La silueta del hermunduro se recortó de improviso frente a él sujetando dos caballos de las bridas. Montaron rápidamente y se encaminaron al paso hasta una de las puertas. El hermunduro mostró un salvoconducto a los centinelas de guardia y espoleó enseguida al caballo, seguido por Arminius. Recorrieron al galope senderos escondidos y oscuros, atravesaron vados levantando nubes de salpicaduras, trotaron por un trecho de largos puentes y se detuvieron en el lindero de un claro del bosque. La luna comenzaba a asomar por las copas de los árboles.

—Es aquí —dijo el hermunduro.

Arminius saltó a tierra. Llevaba aún la armadura de los auxiliares germanos del ejército romano y se sentía incómodo, pero no se la quitó. Al poco, se oyó ruido de cascos, resoplar de caballos, y apareció el poderoso Sigmer, su padre, el señor de los queruscos, escoltado por unos cincuenta guerreros con equipo de combate. Sigmer avanzó sobre su caballo a paso lento, casi de desfile. Con la caída de la noche, la temperatura había bajado y el animal expulsaba nubecillas de vapor por los ollares.

Arminius avanzó hacia él a pie.

—Padre.

Sigmer se apeó del caballo y fue a su encuentro. Tenía el cabello gris y lo llevaba recogido sobre la nuca; vestía unos calzones de burda lana y la coraza de cuero de buey; al costado llevaba una larga espada colgada de un talabarte con tachas de plata.

Arminius sentía que el corazón le latía fuerte, como si aún fuera un niño en presencia de su padre.

—Padre —repitió.

—Has crecido —dijo Sigmer con un mohín indescifrable.

—Tienes buen aspecto.

—Te han visto combatir con gran ímpetu contra nuestros aliados del septentrión.

—Tus aliados del septentrión han luchado contra ti muchas veces. Los romanos mantienen siempre los pactos hechos bajo juramento.

—¿Qué debería hacer, entonces? —preguntó Sigmer.

—Quiero mostrarte una vía de salida en una situación muy peligrosa, tanto que en pocos días podría volverse letal para ti y para tu pueblo.

—Nuestro pueblo —le corrigió su padre.

—No hay tiempo para discutir palabra por palabra. Escúchame: Tiberio César es el hermano mayor del comandante Druso, al que tú conociste muy bien, y es no menos valeroso, tan fuerte que nadie puede resistírsele, tan poderoso en el enfrentamiento armado que nunca ha perdido ninguna batalla. Ni siquiera una. Si su hermano llevó la frontera del imperio al Rhein, él la ha llevado al Donau. Los dos hermanos han establecido las fronteras del Imperio romano. En pocos años.

»No tienes escapatoria, padre. Y no creo que quieras ver a tu gente masacrada o reducida a la esclavitud, las mujeres violadas y subastadas, los pueblos arrasados. Yo estoy en condiciones de negociar un buen tratado entre los queruscos y los romanos, entre tú y Tiberio César. Conservarás tu reino y el gobierno de la nación, y renovarás el tratado de alianza con Roma más o menos en las mismas condiciones que tenías antes.

—¿Las mismas condiciones? Pero eso es imposible.

—No, es posible, y ya ha sucedido. Hazme caso, te lo ruego. Reflexiona: precisamente porque Tiberio conoce tan bien la guerra prefiere la paz cada vez que es posible.

Grandes nubarrones de tormenta comenzaron a reagruparse en medio del cielo y a tapar la luna. Se vieron relámpagos serpentear en el horizonte, se oyeron truenos retumbar a lo lejos.

—¡Encárgame que negocie, padre, antes de que se desencadene el temporal!

Sigmer agachó la cabeza; un relámpago abrió profundos surcos en su rostro curtido por mil estaciones y por muchas guerras.

—Tienes permiso para negociar —dijo como liberando su pecho de un gran peso.

Arminius lo abrazó con fuerza y también él, tras un instante de vacilación, devolvió el abrazo.

—¡Vamos, corre lo más rápido que puedas! —dijo.

Arminius saltó a la grupa de su caballo y se adentró veloz en el bosque, acompañado por el hermunduro. A su espalda, el dios de la tormenta cabalgaba los nimbos tragándose la luna y las estrellas una tras otra. Los relámpagos incendiaban los arroyuelos con una luz cegadora y revelaban aquí y allá el terreno y sus asperezas, el sendero entre los árboles colosales que imprimían trágicas sombras en el suelo.

Muchas veces expusieron la vida en pasos angostos, entre peñas rezumantes y musgos chorreantes de límpida agua.

La tormenta estalló de repente, la lluvia cayó como una catarata del cielo, pero Arminius sabía que si llegaba después de la alocución del comandante nada ni nadie podría contener a las águilas.

Fue el hermunduro quien lo condujo al castro pretorio, al campamento donde se alzaba el alojamiento del comandante supremo, vigilado y defendido por quinientos pretorianos. Tiraron de las bridas de los caballos delante del torreón que defendía la puerta decumana.

—¡Abrid! —gritó.

—¿Quién va? —preguntó el centinela.

—El comandante Tiberio César hará que te asen a fuego lento si no me dejas entrar. Le traigo un mensaje urgentísimo. ¡Es cuestión de vida o muerte! ¡Abre! —gritó el hermunduro, y estalló sobre ellos un trueno tal que pareció que hubieran sido los mismos dioses quienes habían dado la orden.

La puerta se abrió chirriando y gimiendo y los dos guerreros germanos se precipitaron en el campamento; solo se detuvieron ante la amenaza de cientos de espadas pretorianas.

—¡Avisa al comandante de que aquí fuera hay un enviado de Sigmer que pide negociar! —exclamó Arminius.

—¡Estás loco! —gritó el tribuno que mandaba la guardia—. ¡Vete!

Estalló otro trueno, luego hubo un silencio y se oyó la voz del comandante Tiberio César.

—Hazle entrar.

Arminius entró empapado de lluvia y cubierto de barro e hizo el saludo militar al comandante supremo.

—Has tenido un viaje difícil —dijo Tiberio con una mirada distraída.

—Valía la pena, comandante. Traigo una noticia de gran importancia.

—Habla.

—Sé que eres un soldado extraordinario, que no has sido derrotado nunca en el campo de batalla, pero también he oído decir que, cuando se presenta la ocasión, prefieres la negociación al uso de la fuerza...

—Prosigue —le exhortó Tiberio sin comprometer su palabra.

Arminius decidió arriesgarse de todas formas.

—He visto a mi padre, el señor de los queruscos, Sigmer, al que había solicitado un encuentro. No lo había vuelto a ver desde que fui llevado a Roma siendo adolescente por el centurión de primera línea Marco Celio, llamado Tauro.

—Lo conozco. Continúa.

—Le he dicho que no había esperanzas de que salvase a su pueblo y a él mismo de tu ataque. Le he aconsejado que se rindiese... —Tiberio no dijo palabra. Arminius se vio obligado a llegar al punto más difícil—. Él se ha negado a pactar, y yo, sabedor de que tus tropas cruzarán pronto la frontera del territorio de los queruscos, he decidido hacerle una propuesta que él pudiera aceptar con seguridad sin considerar si tú la aceptarías por tu parte, comandante.

»Le he prometido que si volvía a la alianza con Roma, tú lo aceptarías con las mismas condiciones que antes.

—Estás loco —respondió Tiberio—. Ni pensarlo. Tu padre ha traicionado la confianza del pueblo romano y deberá soportar las consecuencias de un acto semejante.

—Comandante —prosiguió Arminius—, te ruego que aceptes mi petición, no por mí ni por mi padre, sino por la memoria de tu hermano, el comandante Druso, que expiró entre tus brazos.

—¡No mentes a mi hermano! —exclamó Tiberio.

—Sí, lo mento —insistió Arminius—, en nombre de la amistad que le unía a mi padre...

—Eso no es más que una leyenda.

—Te equivocas, comandante. Es muy cierto. Era poco más que un niño cuando mi padre me contó la historia de su amistad con el comandante Druso. Nunca me habría mentido, y podría decirte detalles que solo ellos dos sabían. Su lucha con la hechicera germana para tener su oráculo.

Tiberio enmudeció y agachó la cabeza. Las palabras de Arminius habían dado en el blanco.

—Está bien —dijo—. Con los mismos términos. Te doy mi palabra. Pero tú arréglatelas para que no tenga que arrepentirme. No habrá una segunda oportunidad.

—No ocurrirá —respondió Arminius—. Volveré ahora para darle la noticia e impedir que sucedan imprevistos.

Tiberio no trató de detenerlo. El temporal entretanto había amainado. Arminius se reunió con el hermunduro.

—¿Cómo ha ido? —le preguntó el guerrero.

—Bien. Ha aceptado renovar el pacto con las mismas condiciones. Es una buena solución que resulta ventajosa para todos. Y ahora volvamos a donde está él. No quisiera que alguien lo convenciese de hacer cosas de las que habría de arrepentirse.

El hermunduro no profirió palabra, montó a caballo y los dos juntos desanduvieron el camino que habían hecho para verse con Tiberio. El retorno de la luna entre las nubes rasgadas por el viento fue propicio para el viaje de los dos guerreros, que descubrían los obstáculos a tiempo y avanzaban a buen ritmo.

Llegaron antes del amanecer al claro del bosque donde había tenido lugar el encuentro y donde quedaban algunos guerreros. Fueron ellos los que los guiaron hasta el lugar donde Sigmer había decidido pasar la noche. Con ellos estaba también Ingmar, hermano del soberano de los queruscos, y Arminius lo abrazó antes de ponerse de nuevo en camino hacia su destino: una cabaña de caza hecha con palos de madera revocados.

—No esperaba ya volver a verte —dijo Ingmar—, y a duras penas te he reconocido. Ahora me doy cuenta de lo jóvenes que erais tú y tu hermano Wulf cuando partisteis. Pero un hermunduro nos ha dado siempre noticias de vosotros. ¿Es cierto que te batiste con Germánico?

—Sí —respondió Arminius—, pero se trataba de un simple ejercicio. Acabamos en tablas.

A Ingmar le alegró mucho la noticia de que volvían a los antiguos pactos de alianza con Roma, que habían asegurado al pueblo poderío, prosperidad y riqueza. No mostró ninguna inquietud ante la idea de que deberían luchar contra otros pueblos germanos. No era una novedad.

—Terminada esta guerra —dijo—, nadie podrá competir con nosotros. Seremos el pueblo más poderoso de la tierra y todos deberán respetarnos y temernos.

También para Sigmer la noticia traída por Arminius fue un gran alivio. La idea de llevar al pueblo a la guerra contra Roma, de la que habían sido aliados durante mucho tiempo, lo angustiaba.

—Lo que queda de noche lo pasarás en casa de tu padre —dijo—. Es una gran alegría para mí.

—También para mí —respondió Arminius, y lo abrazó nuevamente.

A la mañana siguiente, Veleyo, en su campamento, esperó inútilmente el regreso de Arminius y se lamentó varias veces con sus oficiales de la doblez de los germanos, de los que no debía fiarse.

Arminius volvió hacia la hora sexta y le refirió lo que le había referido a Tiberio César. Veleyo anotó la noticia en su diario.

La campaña siguió adelante casi hasta finales de año, y solo en diciembre el comandante supremo decidió llevar de regreso a sus hombres a los cuarteles de invierno. Luego Tiberio César partió de nuevo con una reducida escolta hacia Italia y atravesó los Alpes ya cubiertos de nieve para reunirse con su padre adoptivo e informarle de cómo había ido la campaña germánica. Pero los maliciosos dijeron que había también otros motivos para aquel viaje: encontrarse antes de nada con su madre para asegurarse de que, estando él ausente, nadie atentaría contra su posición política y la línea de sucesión. Con la primavera conseguiría lo que nunca nadie había hecho.

Domeñar a Germania.

XIX

En aquel invierno, Arminius se quedó en Germania, primero a las órdenes del legado Veleyo en los cuarteles de invierno de las legiones al occidente del Rin; a continuación pidió permiso para reunirse con su padre en su residencia y Veleyo no se opuso. Recordaba que había convencido a su padre Sigmer, soberano de los queruscos, para que aceptase una nueva alianza con los romanos tras haberse separado y que luego había inducido al mismísimo comandante Tiberio César a ratificarla, evitando así, con su inestimable mediación, una larga y sangrienta campaña contra la más poderosa nación germánica allende el Rin.

La residencia de Sigmer seguía tal como la había conocido de niño y de adolescente con su hermano Flavus: una construcción lo bastante grande como para dar cabida a treinta personas, hecha de troncos descortezados y con un techo de doble vertiente cuyo lado largo miraba al sur. Delante de la puerta de entrada, un tejadillo sostenido por dos palos en los que se había esbozado apenas un capitel y una base. Dentro había diversos ambientes separados por paneles divisorios de cañizo revocado con cal, y uno central y más grande donde recibía a las visitas. En las paredes, armas y armaduras, escudos con lanzas entrecruzadas, trofeos de enemigos derrotados y presas de caza, presentes de visitantes importantes exhibidos en los puntos más iluminados.

Recordaba la habitación de sus padres, en la que a veces conseguía colarse a primera hora de la mañana con Wulf para saltar en el enorme lecho cubierto de pieles de oso y con los travesaños forrados de piel de bisonte.

Tenía muchas cosas que contar a su padre y también a su madre, a la que nunca habría imaginado encontrar aún viva. No por la edad, sino por su constitución frágil y delicada, y sin embargo tenía un aspecto agradable, suaves el perfil de su rostro y la luz azul de sus ojos.

La abrazó y le hizo una tosca caricia.

—Madre, cuánto tiempo...

Ella bajó la cabeza para no dar el espectáculo con su emoción, pues las mujeres germanas eran siempre modelos de entereza. Arminius recordaba que a los amigos de su padre les asombraba ver hijos tan robustos paridos por una mujer tan delgada.

—Cuánto tiempo —había repetido ella.

En aquellos meses Arminius había reanudado las partidas de caza con su padre, con su tío Ingmar a veces, y con su guardia personal, como si quisiera habituarse de nuevo al riguroso clima y a las ásperas condiciones de un ambiente que en los años de su permanencia en Roma y en Oriente casi había olvidado. Su padre le había regalado un caballo, un corcel de Panonia acostumbrado a correr por las ilimitadas praderas de su tierra natal, regalo a su vez de un caudillo de una tribu lejana.

Las noches de invierno eran largas; al ocaso, el sol descendía en una fosca atmósfera neblinosa y se hundía lentamente en la ciénaga.

Comenzó a nevar con grandes copos que danzaban con el viento y extendían un manto blanco sobre la tierra de un horizonte a otro. En aquellos días lentos Arminius pasaba el tiempo al amor de la lumbre y de vez en cuando añadía un leño que chisporroteaba y crepitaba. Su padre le hacía compañía. Su madre, en un rincón, hilaba la lana con el huso y la rueca.

—¿Qué hacen los romanos en invierno?

—¿No has pasado nunca una estación fría con ellos?

—No.

—Reparan las armas, los carros, los caminos y los puentes; ponen orden en los almacenes y hacen inventario; los oficiales escriben cartas a los amigos, a sus prometidas, a sus mujeres, quejándose del frío, de la humedad, de la comida, del vino agriado. Por la noche se juegan la paga a los dados, a veces incluso lo que llevan puesto. Los más cuerdos, en cambio, se compran calzones y ropa interior de lana...

Sigmer meneaba la cabeza perplejo:

—Nunca he entendido qué vienen a buscar aquí con todo lo que tienen en Roma y en Italia.

—Una frontera, la que sea la más segura y defendible, y bárbaros que civilizar. Creen que es su misión.

—¿Y tú?

—No deberías hacerme esta pregunta. Has tenido largas conversaciones con el comandante Druso. Conozco tus dudas: ¿por qué mi pueblo debe pagar impuestos y tributos al gobierno romano? Es cierto, tal vez os roba, pero construye ciudades y caminos, puentes y acueductos, excava canales y drena zonas pantanosas; si tuviese tiempo construiría bibliotecas, termas y teatros. También los romanos pagan impuestos y tributos al Estado. Se quejan, pero los pagan. Y los ciudadanos ven para qué ha servido su dinero cuando recorren un camino o atraviesan un río sobre un puente construido para que dure siglos. Nosotros no hemos hecho otra cosa que matarnos los unos a los otros, y cada una de nuestras generaciones ha crecido más feroz que las anteriores. ¿Sabes? Desde que estoy aquí, contigo, con mi madre, con los recuerdos de mi infancia y mi adolescencia, en vez de enternecerme me siento cada día más feroz y salvaje.

—Es nuestra naturaleza —respondió Sigmer—. Habitamos una tierra sombría y despiadada. No estás cambiando, has sido siempre el que eres. Simplemente al vivir durante años en una tierra encantadora y luminosa lo habías olvidado.

Arminius se quedó largo rato en silencio, como si escuchase las voces del bosque que se perdían en las tinieblas. Luego dijo:

—¿Has vuelto a ver a la muchacha?

Sigmer lo miró con expresión interrogativa.

—Esa que vi en la fiesta de primavera…

—Era una niña. Te dije «déjalo correr». ¿Esa?

Arminius asintió.

—Se llama Thusnelda.

—¿Está casada?

—No. Pero como te dije entonces, está prometida.

—Así pues, me ha esperado.

—¿Por una mirada? Estás loco.

Arminius decidió entonces hacerle la única pregunta por la que habría valido la pena reunirse con él en su casa.

—¿Fuiste tú quien me mandó un mensaje de viva voz por medio del hermunduro? ¿Un mensaje en el que hablabas de una mujer entre dos cabezas, centro de todo, de la vida y de la muerte?

Sigmer suspiró.

—No sabía mucho de vosotros, pero lo suficiente a través del guerrero hermunduro, y sabía que en vuestra posición y con la amistad del centurión Tauro podríais intervenir en esa intriga y desviar el curso de la historia en la dirección que a vosotros, especialmente a ti, mejor os pareciese.

—¿No habrías podido ser más explícito?

—No. Un mensaje escrito habría podido ser interceptado, y uno más claro os habría expuesto a situaciones peligrosas. El mismo hermunduro no debía ser capaz de entenderlo. Solo tú y tu hermano. Siempre que se presentara la ocasión propicia, el giro crucial, podríais tomar una decisión que os habría situado, en cualquier caso, en una posición muy ventajosa: o respecto al emperador o respecto a todas las naciones germánicas que desde hace más de tres lustros se baten contra él y sus hijos, el comandante Druso y el comandante Tiberio.

»Para mí siempre ha sido un dilema irresoluble: por una

238

parte, el destino de nuestros pueblos; por la otra, el pensar en el comandante Druso, al que, como sabes, me unía una fuerte amistad y una admiración aún más fuerte.

Arminius prestaba atención hasta a los silencios de su padre.

—Al final decidiste actuar deteniendo la mano del sicario y ganándote así la confianza de Augusto. No es mi deseo preguntarte si es tu elección definitiva, pero diría que sí y yo mismo comienzo a creer que es la acertada. Por cuanto sé, tu hermano Wulf no tiene dudas y está considerado uno de los más valientes oficiales del ejército romano. Yo soy de edad avanzada y mis sienes ya platean, pero tú, hijo mío, tienes aún muchos años por delante para consolidar tu elección. Espero haber respondido a tu pregunta.

En aquel momento Arminius cruzó su mirada con la de su madre y no tuvo dudas de lo que pensaba: se percibía en la luz casi cortante de sus ojos.

Una tarde, a la puesta del sol, mientras volvía de una partida de caza con un venado atado al lomo del caballo, Arminius se topó de pronto con una cortina de niebla que avanzaba entre los troncos seculares; se detuvo y buscó en torno con la mirada una vía de escape. ¿Qué haría cuando la niebla se lo tragase? El olor de la sangre atraería a los lobos. ¿Cómo había podido ser tan despistado? Se ajustó el puñal y la funda sobre el pecho, aminoró el paso y trató de alcanzar una colina a su izquierda para pasar la noche. Desató las cuerdas, el venado cayó a tierra y Arminius se volvió hacia la colina. En aquel instante oyó un ruido de cascos y vio irrumpir de la niebla a un jinete que corría a una velocidad inverosímil por un lugar como aquel.

Al instante echó mano a la espada que pendía de los arreos y se preparó para combatir. El jinete detuvo el caballo y desenvainó a su vez.

—¿Qué lengua hablas? —preguntó Arminius en la lengua ancestral.

—La tuya, estúpido —respondió una voz que conocía bien.

Saltaron a tierra en el mismo momento y se abrazaron con tanta fuerza que sus huesos crujieron.

—¡Wulf!

—¡Armin!

—¿Qué haces aquí?

—Lo mismo que tú.

—¿Y por qué corrías como un loco en un sitio como este?

—Para escapar de la niebla, de la oscuridad y... —se oyó un aullido— de esos.

Unos ojos amarillos brillaron en la nebulosidad y se oyeron cerca unos gruñidos.

«El jinete que emerge al galope de la niebla con un caballo negro...», pensó Arminius, ¿lo había visto ya... en sueños? ¿En una noche itálica, germánica?

Dejaron libres los caballos y treparon a la colina mientras los lobos se disputaban la carcasa del venado.

—¿Y cuando se lo hayan acabado? —preguntó Flavus.

—Podríamos seguir adelante, pero con esta oscuridad y la niebla nos exponemos a perdernos y que nos asalten otras jaurías. En el fondo son perros salvajes. Estas bastarán —dijo Arminius mostrando la espada en la derecha y el puñal en la izquierda.

El asedio comenzó en plena noche y el círculo empezó a estrecharse cada vez más. Ninguno de los dos llevaba armadura; se pusieron espalda contra espalda para hacerles frente. Las hojas asaeteaban la oscuridad, recorriendo y defendiendo cada una un semicírculo perfecto. Pero los lobos actuaban como un grupo militar, siguiendo una precisa estrategia con ataques y retiradas para encontrar un pasillo, carne desprotegida en la que hundir los dientes.

—¿Adónde te dirigías? —preguntó Arminius para aligerar la tensión.

—A casa —dijo jadeando Flavus.

—También yo —dijo Arminius—, llevo un mes allí. ¿Y tú de dónde vienes?

—De la isla de los bátavos.

Lucharon hasta el agotamiento, rodeados de los cadáveres de los lobos que habían matado mientras otros seguían saliendo del bosque.

De improviso un meteoro llameante recorrió el cielo y fue a caer a poca distancia de ellos: una antorcha encendida que chisporroteó en la nieve y a la que siguió inmediatamente otra. Flavus recogió una.

—Estamos salvados —dijo.

—Pero ¿quién...? —comenzó a decir Arminius al tiempo que recogía la otra.

—Déjalo estar. Sigamos las pisadas de los caballos mientras dure el fuego.

Encendieron algunos haces de ramas al pie de unas encinas secas y quebradas por el rayo, que ardieron estallando y crepitando en la llama incandescente. Los lobos retrocedieron y huyeron.

Flavus y Arminius alcanzaron sus caballos, que habían huido para ponerse a buen recaudo, y se dirigieron hacia la morada de Sigmer, iluminando el sendero con las antorchas. Al asomarse a la cima de una colina vieron palpitar otra luz bermeja a media milla de distancia dentro de un bosque.

—Ha sido él quien nos ha lanzado las antorchas para que nos defendiéramos de los lobos —dijo Flavus.

—¿Quién? —preguntó Arminius.

—No lo sé, y creo que no lo sabremos nunca. Le debemos la vida: eso sí lo sabemos.

Sigmer no disimuló su dicha al ver a sus dos hijos. Esperaba que se quedasen con él durante lo que quedaba de la estación invernal, pero no sucedió así. Los dos hermanos se pusieron en camino una fría mañana de febrero en dirección al septentrión. Después de solo tres jornadas de viaje se separaron. Arminius se dirigía hacia el campamento de invierno de Veleyo y Flavus aguardó la barcaza que atravesaba el Visurgis.

—Nos veremos pronto, espero —dijo Arminius.

—Es posible —respondió Flavus—. Sea como fuere, está bien que nos despidamos.

Se abrazaron y Arminius observó al hermano mientras subía con su caballo negro a una balsa que cruzaba el río.

A finales del invierno se reiniciaron las operaciones militares y Tiberio César volvió a asumir el alto mando del ejército del septentrión. Entretanto, la flota, favorecida por vientos que soplaban entre el septentrión y el occidente, empezó a remontar el Amisia, el Visurgis y el Elba navegando a vela y transportando provisiones, equipos y los primeros contingentes de tropas. El grueso llegaría posteriormente. El despliegue de fuerzas era enorme: cientos de naves y decenas de miles de soldados, tanto legionarios como jinetes y auxiliares. Veleyo fue convocado en el estado mayor como comandante de legión y se convirtió en ayudante de campo de Tiberio César. En las intenciones del comandante supremo, aquella debía de ser la acción definitiva sobre Germania. Tiberio había ya sometido a todas las poblaciones balcánicas y había combatido también antes con su hermano Druso para estabilizar la frontera Rin-Danubio. Era el hombre que no había perdido nunca una batalla, era el ídolo del ejército y no tenía intenciones de fracasar en la misión más importante de su vida. La flota desembarcó los primeros contingentes de tropas a lo largo del curso de los ríos, algunos en la orilla izquierda de uno, otros en la orilla derecha de otro, de modo que los cuerpos de ejército pudieran converger del oriente y del occidente simultáneamente en el territorio comprendido en el interior y someterlo. El de los queruscos fue atravesado pero no devastado como se había acordado. A los otros se les brindó la posibilidad de discutir las condiciones de rendición.

Arminius obtuvo, al menos al comienzo, el poder de prestar servicio de guarnición en el territorio aún gobernado por su padre, de este modo evitó misiones que lo habrían obligado a luchar en primera línea con sus propios consanguíneos.

Veleyo pareció apreciar su comportamiento.

—Me fío de ti —dijo—, pero no tardará en llegar el momento en que deberás luchar en primera línea contra otros germanos. La amistad exige siempre nuevas pruebas, un poco como el amor, y entre soldados se trata a menudo de la prueba de la sangre.

Lo miró fija y directamente a los ojos para buscar un atajo hacia sus pensamientos, pero la mirada de Arminius era indescifrable como debió de serlo en otros tiempos la de la esfinge con Edipo a las puertas de Tebas.

—Y recuerda una cosa: en la batalla no hay nunca piedad para los auxiliares germanos por parte de los enemigos consanguíneos, y por tanto deben batirse hasta la última gota de sudor y hasta el último aliento.

—Lo recordaré —respondió Arminius en voz átona e incolora.

Encontró de nuevo a Rufio Corvo y a Sergio Vetilio en el campamento de la XVIII Legión. Corvo comandaba una centuria de primera línea en la tercera cohorte y Vetilio era tribuno militar de la quinta.

Se encontraban a menudo para beber cerveza y jugar a los dados en un pueblo de cabañas y de tiendas construido por los mercaderes que seguían al ejército, y su amistad se consolidaba en la camaradería militar y en compartir todos los esfuerzos y toda la fanfarronería que comportaba aquel tipo de vida.

El comandante Tiberio César en persona ordenó que, en la segunda parte de la campaña, Arminius fuese a la cabeza de la caballería de los auxiliares y, en caso necesario, tuviese autoridad también sobre el comandante de la infantería germánica que militaba con los romanos, en total cerca de quince mil hombres.

De su hermano, Arminius no sabía nada más que las pocas informaciones que le llegaban de vez en cuando por medio de ocasionales mensajeros, de las que deducía que estaba siempre en primera línea en apoyo de una u otra legión. Parecía como si alguien tratase de mantenerlos separados pero no verdaderamente alejados. En realidad los dos hermanos se comportaban del mismo modo: combatían con gran valor contra los enemigos de Roma.

Varias veces las intervenciones de Arminius salvaron al ejército romano de situaciones peligrosas, y la consideración de Tiberio por él continuó creciendo. Muy pronto el jefe supremo del ejército se dio cuenta de que Arminius era un verdadero combatiente, una máquina de guerra. Bastaba lanzarlo a la refriega y su instinto belicoso predominaba inmediatamente sobre cualquier otro pensamiento, incluso sobre el de tener que atacar a gente que hablaba su lengua y era de su misma sangre. El comandante supremo no hizo nada por ahorrarle este tipo de acciones; en primer lugar, porque habría sido imposible, y en segundo lugar, porque las acciones de Arminius constituían para él la prueba de su fidelidad al imperio y al emperador. En su fuero interno, Tiberio pensaba que si su comandante de los auxiliares germanos continuaba batiéndose de aquel modo pediría para él la mayor recompensa y los máximos honores.

La ofensiva de primavera llevó al ejército del septentrión a moverse allende el Visurgis y en dirección al Elba, donde, según los planes de Augusto, debería fijarse la línea de frontera entre el oriente y el septentrión. Para alcanzar semejante resultado Tiberio César no debía dejar detrás ningún foco de resistencia y de rebelión. Augusto había afrontado casi veinte años de guerra con enormes gastos, pérdidas ingentes de soldados y de extraordinarios comandantes como Druso, sin nunca conseguir el resultado definitivo: reducir a Germania a provincia romana, con un gobernador romano, administración romana y leyes romanas.

Una tarde, tras una reunión del estado mayor de la XVIII Legión en la tienda pretoriana, el legado Veleyo retuvo para cenar a algunos de sus más altos oficiales, entre ellos Rufio Corvo, Sergio Vetilio y el propio Arminius. En la reunión se habló de la gran maniobra que Tiberio estaba preparando: la flota oceánica había embocado el Elba y lo remontaba desembarcando contingentes en función de la consistencia de los asentamientos enemigos que había que ocupar, a veces la región entera, lo que comportaba al menos dos jornadas para la compleja maniobra.

En la cena la conversación continuó sobre los mismos temas.

—El hecho es —decía el legado— que aquí no es como en la Galia. Contaba mi tío, que había militado con Julio César, que en aquella tierra había asentamientos muy próximos, por su aspecto y sus características, a nuestras ciudades, y cada uno de ellos era el centro en torno al cual giraba toda una vasta área con los pueblos que contenía. Bastaba conquistar una de estas plazas fuertes para conquistar una región entera. Los galos las defendieron con denuedo una por una y al final se calcula que pagaron su heroica resistencia con un millón de muertos…

—Arminius no pudo evitar volverse hacia él—. Aquí solo hay pueblos de cabañas como las de la Roma de los orígenes, tienen de cincuenta a doscientos habitantes, no más, dispersos por los bosques y en torno a las ciénagas. Controlarlos a todos es casi imposible a menos que se efectúe un peinado total del territorio.

»Y eso es lo que quiere hacer el comandante: el ejército del Rin se moverá hacia el oriente y el ejército del Elba hacia el occidente, arrasando cada pueblo que se niegue a rendirse. ¿Recordáis las palabras de Virgilio? *Parcere subiectis et debellare superbos*. Perdonar a los vencidos y combatir a los soberbios.

»En cualquier caso, tienen una elección.

—¿Lo conseguiremos, legado? —preguntó Sergio Vetilio—. Esta guerra dura desde hace casi veinte años.

—Yo digo que sí —respondió Veleyo—. El comandante Tiberio nunca ha perdido una batalla y tampoco una guerra. Es cierto, este conflicto dura demasiado tiempo, pero si concluye como yo pienso habrá valido la pena. Habrá paz finalmente, paz durante siglos. Los nietos y bisnietos, generación tras generación, olvidarán la sangre de los abuelos como la han olvidado los galos, cuyos caudillos llevan la toga laticlavia, se sientan en el Senado de Roma y promulgan las leyes a las que el pueblo romano deberá obedecer. Dentro de unas generaciones, también para los germanos será lo mismo. Serán legionarios, cuidadores de acueductos y caminos, comerciantes y emprendedores. Recibirán honores y reconocimientos, vivirán en casas con agua corriente, comerán alimentos cocinados con recetas elaboradas. Algunos de ellos se harán poetas, filósofos y músicos, otros nos gobernarán en calidad de magistrados, se cortarán la pelambrera, adoptarán espontáneamente la lengua latina y nuestro corte de pelo.

»Conozco al comandante: no parará hasta que haya completado la obra que le ha sido confiada. Y sé cómo concluirá esta campaña porque nunca arriesga inútilmente las vidas de sus soldados y nunca entabla batalla si no es para vencer.

—También existe el componente caótico de la historia, legado —dijo Sergio Vetilio.

En aquel momento resonó bajo el gran pabellón una voz que casi todos los presentes reconocieron.

—Es cierto, el azar es imprevisible. ¡Pero el tribuno Vetilio olvida una cosa!

«¡Tauro!», exclamó Arminius para sus adentros.

—Que me parta un rayo —murmuró Corvo al oído de Vetilio—. ¿De dónde sale el viejo bastardo?

—¡Adelante, centurión! —mandó Veleyo.

Tauro, esplendente en su armadura reglamentaria y tocado con el yelmo crestado con penacho atravesado, avanzó.

—¿Qué es lo que he olvidado, pues? —le preguntó Vetilio.

—Has olvidado al comandante Druso —respondió—. Era su hermano, y murió entre sus brazos delante de las legiones formadas. A despecho de los dioses y de los mortales, del cielo y del infierno, de los rayos y de los truenos, Tiberio nunca deja cuentas en suspenso, ni margen al azar.

XX

Todos los que daban la espalda a la entrada de la tienda pretoriana se habían vuelto al aparecer Tauro. Nadie habría podido imaginar que pudiera llegar tan de improviso, en aquel momento y en aquel lugar.

Veleyo se levantó, fue a su encuentro e hizo ademán de apoyarle una mano en el hombro.

Tauro hizo el saludo militar al legado de la XVIII Legión; luego, a una seña de Veleyo, lo siguió a la mesa de la cena.

—Continúa lo que estabas diciendo, Tauro. Lo que has dicho del comandante Druso es importante.

Tauro entonces prosiguió.

—Es cierto, existen los imponderables, lo imprevisto. Existen las convulsiones de la naturaleza, las tempestades y los rayos, pero existe la manera de ser de los hombres, que no siempre pueden controlar sus sentimientos y emociones... Yo estaba presente en las exequias del comandante Druso y vi lágrimas frías en el rostro de Tiberio César.

Veleyo sonrió.

—¡Un centurión filósofo! ¿Quién lo hubiera dicho?

—Nosotros estamos en contacto directo con nuestros hombres: debemos darles ejemplo de valor y arrostrar siempre la muerte los primeros para poder pedir la máxima disciplina. Aprendemos a conocer al género humano y también los imprevistos en cada situación; y la guerra está llena de imprevistos.

—Tienes razón, centurión. Y en cualquier caso, haremos todo lo que sea posible para que el éxito de nuestra empresa sea el que desea cada uno de nosotros. Ahora escucha cuáles serán los movimientos de nuestra legión para que puedas prepararte adecuadamente: he sido yo quien ha pedido tu presencia sabiendo que a menudo eres destinado para misiones especiales. Come algo con nosotros: el vino, al menos, es bueno.

Veleyo, con su legión, siguió a Tiberio en toda la segunda campaña germánica. Primero contra los caucos, guerreros gigantescos que daban miedo solo de verlos y más aún cuando lanzaban sus terroríficos gritos de guerra. Enfrentados con las legiones más aguerridas, se dieron cuenta muy pronto de que su estatura no valía contra las apretadas formaciones, las «tortugas» que formaban un sólido techo de escudos, ni contra la lluvia de los *pila* que caía del cielo como una granizada de acero, ni contra las máquinas que lanzaban dardos de tres libras y esferas de cáñamo y pez ardiendo. Intentaron emboscadas y apariciones imprevistas desde la espesura de los bosques, emergiendo de las ciénagas negras como el infierno, armados con hachas y grandes cuchillos, pero no conseguían imponerse.

Al final, tras haber visto a muchísimos de sus guerreros subir a la pira fúnebre para ser acogidos en el paraíso de los héroes, a los jefes caucos no les quedó otra que rendirse y alcanzar el campamento romano para deponer las armas a los pies de Tiberio. El comandante supremo los recibió sentado en un trono sobre una tribuna de madera circundada de estandartes y enseñas, rodeado por dos legiones en formación con uniforme y armadura centelleante, entre los sonidos lúgubres de los lituos y los cuernos y el retumbar cadencioso de los tambores. Todo estaba preparado para que quedasen estupefactos por lo que veían, para que el comandante sentado en la gran tribuna con el paludamento púrpura y la coraza musculada pareciese un dios invencible, para que no olvidasen nunca ese día.

Luego los ejércitos de Tiberio se enfrentaron con los longobardos, feroces y primitivos, asentados en las dos orillas del alto curso del Elba. Era la primera vez que un ejército romano con sus águilas y sus enseñas llegaba a las riberas de aquel río a más de cuatrocientas millas de distancia del Rin. Allí la flota que había circunnavegado las costas del Océano septentrional y luego remontado el Elba cargada de soldados de refuerzo se reunió con el ejército del septentrión. Más de cien naves de guerra echaron el ancla en la orilla oriental del gran río. La infantería de marina, desde las bordas, dirigió el saludo militar a los legionarios que desembarcaron para unirse a sus conmilitones ya formados en tierra. Hicieron sonar sus trompetas para saludar a los compañeros que habían llegado para echar una mano en el cumplimiento de la más grande empresa nunca llevada a cabo por un ejército romano en toda su historia.

Arminius combatió con dureza en todas las batallas y siguió al hermunduro mientras atravesaba el territorio de su tribu. A finales de otoño, toda Germania había sido peinada, desde el Rin hasta el Elba, desde el Océano hasta los montes de Boiohaemia. Solo aquella tierra había quedado por someter. Habitada por los marcomanos, una nación poderosa, constituida en un reino de fronteras nunca establecidas porque su soberano estaba siempre dispuesto a ensanchar su propio territorio. Su nombre indígena era Marbod. Trataba con los soberanos extranjeros como con dioses pares suyos, era astuto y hábil y contaba con un ejército poderoso y bien armado. Tiberio no quería arriesgarse, en parte porque, de haber sido derrotado, Marbod tendría el camino allanado para invadir Italia. Debía golpear tan duro que lo dejara, aunque sobreviviera, medio muerto, nunca ya capaz de constituir un peligro. Convocó por tanto una reunión del estado mayor para principios de octubre. Estaban presentes Sergio Vetilio, Veleyo Patérculo y Sencio Saturnino, el brazo derecho del comandante, más los comandantes de tres de sus legiones: Atilio Celere, Sexto Longino y Aulo Prisco. Al final también Marco Celio Tauro fue admitido, aunque fuese un simple centurión. Ninguno de los altos oficiales mostró sorpresa, tales eran la fama y los méritos del hombre.

Tiberio se mostraba tranquilo, como quien tiene ya en mente la solución a todos los problemas. Estaba sentado en una silla curul, vestía una túnica de lana roja larga hasta los pies y un par de coturnos de buey. Uno de sus libertos le servía vino tinto de sus fincas de Rodas, otro había llevado un gran rollo de piel de ternera sellado y lo había dejado sobre la mesa. Antes de hablar, Tiberio hizo una seña para despedir a los dos libertos, que salieron de la tienda pretoriana. Entonces hizo saltar el sello con la punta de su espada y desplegó el rollo, que reveló ser un maravilloso mapa pintado en piel de toda la región entre el Rin, el Elba y los Alpes.

—Estableceré mi base en Carnuntum, en el Nórico —comenzó el comandante supremo señalando con una vara la localidad—, porque la ciudad se hallará en el centro de las dos directrices de marcha: la primera, desde el septentrión, que mandaréis los aquí presentes. Dejaréis contingentes de defensa en los puntos estratégicos —continuaba señalando con la punta de la vara—, a fin de que no se pierda el trabajo que hemos llevado a cabo hasta ahora. Cada uno de vosotros recibirá una copia idéntica de esta representación. Debéis aprenderos de memoria lo que os digo.

»Entretanto haré llegar desde Iliria y Dalmacia cuatro o cinco legiones hasta mi base de Carnuntum y desde allí nos moveremos hacia el septentrión. Vosotros avanzaréis hacia el mediodía con tres o cuatro legiones, según la necesidad, y cada dos días me informaréis con un correo de vuestra posición. Con el mismo correo recibiréis mi respuesta. Una y otra serán de viva voz. Al final, nuestros dos ejércitos llegarán a su objetivo el mismo día.

»Marbod es un zorro, pero no tendrá más elección que rendirse sin condiciones si no quiere ser triturado entre las mandíbulas de nuestra tenaza. El rey de los marcomanos no es ningún estúpido: apenas tenga noticias de la avalancha de hierro que estará a punto de lloverle encima vendrá a mi campamento a pedir nuestra amistad. Haremos de Boiohaemia un estado cliente, destinado a absorber los choques del septentrión, para ganar tiempo de prepararnos en caso de intentos de invasión.

»Germania se convertirá así en nuestra nueva y espero última provincia. El Imperio romano se volverá invencible cuando sume la furia germánica a la disciplina y experiencia romanas. En dos generaciones, no más, sus pueblos habrán comprendido que el imperio es el único lugar en el que vale la pena vivir y, si es necesario, morir.

Los seis oficiales presentes y el centurión Tauro se miraron estupefactos: el comandante supremo Tiberio César estaba movilizando un tercio de las fuerzas armadas del imperio para realizar en dos años lo que no se había conseguido hacer en doce de guerra ininterrumpida. Se alzaron en pie, desenvainaron las espadas y las batieron rítmicamente siete veces contra la coraza que cubría su pecho, luego se pusieron firmes para hacer el saludo militar. Tiberio los miró uno por uno, satisfecho.

—Diría que mi plan es aprobado por unanimidad. Sin embargo, si hay observaciones, hablad libremente: sois los mejores oficiales del imperio y os he reunido para contar con vuestros consejos más que con vuestras manifestaciones de fidelidad, que ya conozco.

Habló Veleyo.

—Comandante, creo interpretar el pensamiento de mis colegas diciendo que tu plan es impecable y que no podríamos tener uno mejor. Y solo tú, después de Augusto, posee la autoridad y el poder necesarios para mover una fuerza semejante en un territorio tan amplio.

—Os doy las gracias —respondió Tiberio—, sin embargo Veleyo me ha referido la frase que el centurión Marco Celio Tauro pronunció al entrar en su tienda y pienso que debería ser meditada y profundizada. Así pues, centurión, ¿en qué pensabas cuando pronunciaste esas palabras?

—En realidad quería decir que el deseo de vengar la muerte de tu hermano Druso y de llevar a cabo su empresa prevalecerá sobre cualquier imprevisto, aunque esta guerra que dura desde hace unos veinte años nos ha acostumbrado a considerar que no puede darse nada por seguro. Esto no debe detenernos si estamos convencidos de hacer lo que es acertado. Así pues, ¡estamos todos contigo, comandante!

—Gracias, centurión —respondió Tiberio—. ¿Nada más que decir?

—Tengo una petición, que espero puedas aceptar.

—Habla —dijo Tiberio.

—Pienso que, en esta guerra, Arminius, comandante de los auxiliares germanos, hijo de Sigmer, príncipe de los queruscos, ha dado pruebas de gran fidelidad al imperio combatiendo contra tribus ajenas a él pero de estirpe germánica, y que merece convertirse en un romano como lo somos todos los aquí presentes.

Tiberio adoptó una expresión de ligero asombro.

—Tenía pensado hacer lo que dices —respondió—, y te agradezco tanto tu respuesta como tu petición. Que los dioses me conserven siempre tu amistad y tu fidelidad. Hombres como tú son bastante raros.

En aquel punto Veleyo pidió la palabra y Tiberio le hizo seña de que hablara.

—Comandante, perdona mi atrevimiento, pero cuando a la cabeza de tu ejército septentrional bajabas hacia el mediodía tras haber arrollado toda resistencia, fue a mí a quien Arminius pidió con extraordinario valor ir a ver a su padre, en plena noche y bajo la furia de la tempestad, para convencerlo de que volviera a los antiguos pactos de alianza con el pueblo romano. Pactos que tú has aceptado y ratificado con gran prudencia y magnanimidad. No pocos de nuestros aliados han tenido junto a la ciudadanía el rango de équites. Pienso que también él lo merece y que esta dignidad lo vinculará aún más a nosotros.

Tiberio asintió de nuevo, pero pidió la aprobación del consejo.

—¿Qué decís?

Tauro fue el primero en tomar la palabra.

—No me habría atrevido a tanto, pero pienso que Arminius merece también este privilegio. Su intervención evitó el derramamiento de mucha sangre y ha recuperado un poderoso aliado.

—Estoy de acuerdo con el compañero Veleyo —respondieron uno tras otro los legados comandantes de legión.

—Muy bien —concluyó Tiberio—. Entonces también yo estoy de acuerdo. Y ahora volvamos al asunto principal de este consejo.

»La estación está ya avanzada, por tanto este plan que os he planteado será puesto en ejecución la próxima primavera. Dentro de menos de un mes nuestras legiones regresarán a los cuarteles de invierno. Veleyo ha recabado noticias precisas sobre la consistencia y la calidad del ejército de Marbod, que por su organización y estructura se asemeja mucho al nuestro, es por tanto muy peligroso y no debe ser infravalorado.

Cuando Tiberio terminó su discurso, cedió la palabra a Veleyo para que ilustrase las características, la fuerza numérica y el ordenamiento del ejército de Marbod, y luego todos se levantaron y se retiraron a sus alojamientos para descansar.

Arminius recibió la ciudadanía romana y el nombramiento de équite, tal como se había dicho, pero no lo supo hasta pocos días antes del acontecimiento, por Tauro. Fue un golpe, casi una conmoción para su ánimo. De algún modo se sentía dividido íntimamente.

—En realidad, sigues siendo el que eras —dijo Tauro tras habérselo anunciado—. Ser romano no significa formar parte de una etnia sino de una manera de concebir la vida, y tú has vivido como romano la mayor parte de tu existencia. No te queda más que recibir el reconocimiento: nada cambiará salvo la consideración que la gente te tendrá. Contarás con un gran futuro cuando esta guerra haya terminado. Se necesitará gente como tú que comprenda a ambos pueblos. Así fue también para mí, porque mi madre, como sabes, era germana... Te he traído un regalo.

Arminius se quedó sorprendido.

—¿Un regalo? ¿Por qué?

—Porque es la costumbre —respondió Tauro, y le alargó una caja de madera de pino.

Arminius la abrió y vio que contenía una tela. La desplegó y la extendió sobre el arcón donde conservaba sus objetos personales.

—¡Una toga!

—Es el signo distintivo de un ciudadano romano y de un équite. Quien no lo es no puede llevarla. Deberás aprender a vestirla: no es cosa fácil.

—Te lo agradezco —dijo Arminius—, es un regalo precioso, pero no deberías haberlo hecho, te habrá costado una fortuna.

—Perteneció a mi padre, que ya no vive, y yo no tengo familia. Espero que así conserves un buen recuerdo de mí, aunque a veces tuve que enseñarte la disciplina de un modo brusco.

Arminius la levantó y se la pegó al cuerpo. Había deseado tantas veces aquel traje solemne, majestuoso e incómodo...

—Cuando la lleves puesta solo podrás hacer movimientos mesurados y elegantes —siguió diciendo Tauro—; tú y yo somos combatientes y de ordinario llevamos ropas muy distintas. Ahora debo partir de nuevo para un largo viaje, quizá a Roma, quizá a otra parte.

—En Roma me dijiste que dos soldados romanos se reencuentran antes o después.

—Así es. Por tanto, volveremos a vernos.

Tauro hizo solo un gesto con la cabeza y salió. Arminius se quedó escuchando el ruido de sus pasos en el adoquinado de la calle.

Arminius pasó algún tiempo en casa de su padre cazando con su tío Ingmar, que tenía perros, caballos y armas para el jabalí y para el oso. Cuando regresó al campamento de invierno de la XVIII Legión encontró una carta de su hermano Flavus:

> Flavus a su hermano Armin, ¡salve!
> He sabido del gran reconocimiento que te han conferido, y casi te envidio: trata de ser digno de él.
> Me caso. Estás invitado el tercer día antes de las calendas de noviembre en Magontiacum.

«Gracias —dijo para sí Arminius—, al menos habrías podido hacerme saber dónde se celebra la boda. Magontiacum es grande.»

Sin embargo, se puso de viaje el día antes del acontecimiento y se alojó en los cuarteles de invierno del ejército. Llevaba consigo la caja de pino que contenía su toga, obsequio de Tauro, y se dispuso a ponérsela con la ayuda de una joven sierva que trabajaba en la prefectura de los cuarteles de invierno. La muchacha, más bien pálida y delgada, examinó palmo a palmo la indumentaria en busca de eventuales manchas, comprobó las costuras y los dobladillos, luego le dio forma en torno a los hombros y el brazo izquierdo de Arminius y cuidó los pliegues uno por uno como si estuviese revistiendo a su amo. Todo ello frente a un gran espejo de bronce bruñido que reflejaba su imagen.

Si Arminius tenía dudas, la vista que tenía delante se las quitó todas. Alto, de complexión atlética, los cabellos ondulados color castaño, estaba imponente y elegante, y la muchacha lo miraba con admiración.

—Tienes un aspecto magnífico, *domine* —dijo en un latín esforzado y con un marcado acento germánico.

Arminius sonrió y se hizo atar las sandalias de piel vuelta que había comprado en el foro y que se parecían mucho a las que llevaban los senadores. Podría alquilar una silla de mano, pero se avergonzó solo de pensarlo: siempre había desaprobado la costumbre de hacerse llevar por otros hombres por no andar unos cuantos pasos. La muchacha le hizo ver el lado práctico de aquella costumbre.

—Si esta tarde lloviera, *domine*, llegarías a la celebración con el borde inferior de la toga embarrado.

Arminius pensó que se arriesgaría. La ciudad estaba pavimentada y había drenajes para el agua de la lluvia.

En la oficina de la prefectura del cuartel de invierno no tardó en enterarse de que las bodas se celebraban en la basílica del foro en torno a la hora duodécima, y cuando llegó el momento partió hacia el lugar de la ceremonia llevando un pequeño regalo para los novios: un ánfora de vino. De camino se cruzó con dos hombres que debían de regresar del mercado, pues llevaban una bolsa con dos panes y un queso.

—¡Mira —dijo uno en latín—, un bárbaro con la toga!

—Habrá que acostumbrarse —respondió el otro—, se los ve de toda clase por aquí.

Arminius deseó machacarlos a puñetazos, pero se contuvo. No quería llamar la atención con un gesto violento, sin embargo aquellas palabras le habían desagradado y le habían echado a perder el placer de asistir a la boda de su hermano.

A Flavus se le iluminó el rostro cuando lo vio y fue a su encuentro para abrazarlo. Una actitud muy distinta de cuando se despidieron la última vez. Quizá no esperaba que su hermano acudiese a su boda.

Señaló a su futura esposa, que estaba aparte, con el rostro cubierto por un velo que le llegaba a la cintura.

—Se llama Vatinia. Es germana pero tiene un nombre latino, como yo. Un nombre bonito, ¿no?

—Sí, es bonito, pero lo importante es que te guste a ti —respondió Arminius.

La ceremonia fue breve porque había otras parejas a la espera y a continuación hubo una cena en el alojamiento de Flavus con algunos de sus amigos y conmilitones, tanto romanos como germanos, y los padres de la novia. El ánfora de vino caldeó pronto el ambiente; un pequeño coro de muchachas contratadas para la ocasión cantó una canción nupcial de buen augurio y luego los recién casados se retiraron entre las chanzas y obscenidades de los acompañantes; todos estaban ya achispados.

Al cabo de unos meses fue evidente el embarazo de la esposa y Arminius recibió la noticia en su alojamiento de invierno. Flavus escribía en un latín muy elemental.

> El día anterior a los idus de febrero.
> Flavus a su hermano Armin, ¡salve!
> Vatinia está encinta. Con la ayuda de los dioses quizá serás tío.
> Espero que estés contento como lo estoy yo de convertirme en padre.

Así Arminius pasó el invierno en los cuarteles de invierno de la XVIII Legión en una situación entre el tedio y la expectativa de algo indefinible y con una especie de desasosiego interior en el que continuaba resonando aquella frase: «¡Mira, un bárbaro con la toga!».

Con la primavera, Arminius volvió a casa de sus padres para despedirse antes de la partida del ejército que tendría lugar con la vuelta de Tiberio César de Italia. Los encontró en plenos preparativos de la fiesta de la primavera. Era una fiesta antiquísima, en la que participaban todos los jefes de los pueblos con sus familias, pero él la recordaba por una sola cosa: la aparición de Thusnelda y la luz azul de su mirada. Una epifanía fulgurante que había grabado a fuego las facciones de la muchacha en su corazón.

—¿Puedo ir con vosotros? —preguntó.

Sigmer lo miró con asombro ante la inesperada pregunta e imaginó el motivo.

—Te equivocas —dijo Arminius como intuyendo sus pensamientos—. Ese rostro y esos ojos ya no existen, como no existe ya mi adolescencia…, solamente alguna vez, en sueños.

—Entonces ven con nosotros. Las noticias vuelan: te llevarás todas las miradas.

Arminius tomó parte en la procesión en el bosque con uniforme de guerrero germano. El padre le había prestado sus armas y su casaca de piel con tachas de plata y fue como había dicho Sigmer: se llevó todas las miradas.

Buscó a Thusnelda entre las muchachas que desfilaban coronadas de flores, esperaba ver al menos su imagen fluctuante entre las luces y las sombras del bosque, tantas veces evocada por sus recuerdos.

—Ahí está —resonó la voz de Sigmer.

Arminius se volvió hacia donde apuntaba el padre: un manantial en la base de una roca cubierta de musgo chorreante. La muchacha había sumergido en ella la mano y se la llevaba a la boca para quitarse la sed. Una mujer joven en el apogeo de su esplendor que incluía a la niña que había sido como un círculo de oro incluye una gema. Pero su mirada se había oscurecido, el color de sus ojos era el del agua profunda.

La quería. Sería suya al precio que fuese.

XXI

S us miradas se encontraron y fue como en aquel remoto día de primavera, una llamarada de fuego.

Sigmer se percató pero no dijo nada. Recordaba cuando buscaba la mirada de Antonia en la nave capitana del comandante Druso sin nunca encontrarla y las mil veces que se había dicho: «No es para ti». Y cuántas veces en los años siguientes había pensado en su amistad secreta con Druso casi como en una loca tentativa y una imposible esperanza de volver a verla. Y aquella visión, aquellas sombras que hacían el amor proyectadas por la lucerna contra el lateral de la tienda, continuaba torturándole. Pero allí, en el bosque sagrado, era muy distinto: Arminius era un príncipe de los queruscos y ella una joven noble, hija de Seghest. No debía de parecerle tan inalcanzable a aquel hijo perdido. En el fondo, Thusnelda estaba prometida pero no concedida; eso debía de pensar su muchacho. Y sin embargo trató una vez más de disuadirlo.

—Hijo mío, no hay muchacha en nuestro pueblo que no sueñe con convertirse en tu esposa y darte hijos, porque eres un príncipe y porque eres un hombre de alto rango en el Imperio de los romanos, cosa que fascina a muchos, tanto a chicos como a chicas. ¿Por qué quieres a esa? Te llevará a enfrentamientos violentos, o a conflictos sangrientos...

—Porque si no la consigo, lamentaré toda la vida no haberla conquistado. No hay otras mujeres para mí aparte de ella.

Todo aquel que quiera impedírmelo tendrá que enfrentarse conmigo, tú incluido, padre.

Sigmer no dijo nada más y Arminius pasó a despedirse de su madre antes de partir. La encontró preocupada por la suerte de sus dos hijos. Comprendía que luchar era su ocupación habitual. No eran como los guerreros de su gente, que solo luchaban por necesidad o para defenderse. Pero ¿cómo explicar a su madre lo que era el Imperio romano? Para ella los romanos eran los que le habían robado a sus hijos cuando aún eran pequeños y se los habían llevado lejos, tan lejos que las noticias que enviaban no llegaban nunca. Sus guerreros eran todos iguales, con las mismas ropas y las mismas armas, como las hormigas, y solo mandaba uno… ¿Cómo explicar a su madre qué era la disciplina? Y llevaban tierra donde había agua y agua donde había tierra: ¿cómo explicarle qué era una obra pública, qué era el camino que no se termina nunca?

Le dio un fuerte abrazo y le dijo:

—Madre, volveré pronto a verte; no te dejaré sola mucho tiempo. Si supieses leer, podría mandarte mis palabras incluso desde muy lejos.

La madre sonrió pálida.

—¿Te llevas bien con tu hermano? He sabido que se ha casado.

—Nos llevamos bien, madre, pero no siempre es fácil. Aquí la vida es más dura que cuando estábamos en Roma. He visto a su mujer, la hija de un personaje importante de la ciudad que han construido al otro lado del Rhein.

Erguida delante de la puerta de su morada, su madre lo miró saltar a lomos de su caballo y partir al galope desapareciendo en la lejanía.

Llegado a Magontiacum, Arminius se unió a su escuadrón y luego a la XVIII Legión, donde encontró a Veleyo y se quedó a la espera de órdenes.

El mandato de movilización de Tiberio llegó a finales de febrero, y el segundo al mando, el legado Sencio Saturnino, reunió a todo el cuerpo del ejército del septentrión: cuatro legiones más algunas alas de caballería, que comprendían también a los auxiliares germanos, comenzaron el descenso hacia el mediodía atravesando un país aparentemente tranquilo. El mismo día en que estaba previsto que el ejército del septentrión se pusiera en marcha, cuatro jinetes sin enseñas partieron de Carnuntum en dirección a Panonia para llevar al cuerpo del ejército panónico-dálmata, compuesto por cuatro legiones, la orden de moverse hacia Carnuntum y proseguir luego en dirección al reino de Marbod, que ya había intentado un contacto con Tiberio con el fin de negociar condiciones favorables para su rendición. La conquista de la última área de Germania aún independiente estaba al alcance de la mano.

Arminius sentía no solo la excitación de los legionarios, sino también la de sus jinetes queruscos y hermunduros. Todos estaban ya convencidos de que el ejército romano era invencible y que la constitución de la provincia de Germania era inminente, y estaba claro que quien contribuyese a la realización de ese proyecto obtendría grandes privilegios y posiciones de poder y de prestigio dentro del inmenso imperio. El emperador Augusto era anciano, antes o después le sucedería Tiberio, que no olvidaría a sus amigos y a sus soldados.

Arminius se preguntaba dónde estaba su hermano Flavus. ¿Cómo podía faltar a un acontecimiento semejante? Y tampoco había visto a Tauro. Buscar a alguien en medio de veinte mil hombres era muy difícil.

Según la orden de Tiberio, a finales de marzo debían hallarse a cinco días de la frontera del reino de Marbod, y el momento se estaba acercando. Sus emisarios llegaban ya cada día, y otros tantos enviaba Saturnino. De aquel modo los movimientos de los dos cuerpos del ejército estaban perfectamente sincronizados y se plasmaban cada día en el gran mapa.

En la víspera de la última etapa, Veleyo invitó a cenar a

Arminius y a otros oficiales de la legión en la tienda pretoriana y explicó el itinerario que seguirían. La operación prácticamente había terminado, faltaban solo cinco días de marcha para alcanzar la frontera con Marbod. La coordinación de los dos cuerpos del ejército había sido una estrategia maestra que sería citada en los manuales. Pero cuando la cena estaba ya a punto de terminar llegó un mensajero al galope y pidió comunicarse inmediatamente con el comandante de la XVIII Legión. Fue introducido a presencia de Veleyo; estaba empapado en sudor y a duras penas se sostenía en pie debido al cansancio.

—Legado —dijo—, lamentablemente traigo malas noticias.

Veleyo se estremeció y justo en ese momento recordó las palabras de Vetilio: «El componente caótico de la historia...».

—Continúa —le animó, e hizo una seña a los siervos para que le trajeran de beber.

El mensajero se bebió un vaso de agua fresca en un par de tragos.

—Panonia, Ilírico y Dalmacia se han alzado en rebelión.

—No es posible —exclamó Veleyo.

—Lamentablemente es cierto.

—¿Y entonces?

—El comandante Tiberio César debe volver atrás con las legiones que ha traído hasta aquí.

—Pero sería un error. Debemos terminar lo que hemos empezado.

Arminius dio un respingo que no escapó a Veleyo. El mensajero retomó la palabra.

—El comandante Tiberio ha mandado a otro como yo a Marbod. Le ha hecho saber que si mueve un solo dedo contra Roma, volverá aunque se encuentre en el fin del mundo y no dejará ni brizna de hierba, ni ser humano, ni oveja ni ternero en todo su reino. Y él sabe que Tiberio cumple siempre lo que promete. Nuestro comandante supremo piensa que Marbod no se moverá y que su inercia será un ejemplo para los otros que viven entre el Rin y el Elba.

—Pero ¿por qué no entramos primero en el reino de Marbod y le hacemos ver que no bromeamos? —preguntó Veleyo como si hablase directamente con Tiberio.

El mensajero debía de ser persona de cierta importancia, capaz de responder como habría hecho su comandante.

—Tiberio ha arriesgado ya muchísimo dejando desguarnecidas las provincias orientales. Ahora el camino hacia Italia y Roma está abierto, y si los bárbaros intentasen una invasión no encontrarían a nadie para pararlos. Es un riesgo demasiado grande que no podemos correr en absoluto.

Veleyo inclinó la cabeza; no había elección.

—¿Es todo? —preguntó.

—Si me permites —dijo el mensajero acercándose a él para hablarle al oído—: El comandante Tiberio César te pide que te pongas en marcha lo antes posible con la legión y los auxiliares y te reúnas con él en Carnuntum. De ahí proseguiréis juntos hasta destino.

—Haré que te preparen algo de comer y un sitio para que descanses; debes de estar agotado.

—Comeré algo —respondió el mensajero—, pero haz que me despierten al tercer turno de guardia: debo volver lo más rápido posible para dar el parte.

Veleyo despidió a los invitados y al día siguiente despertó personalmente al mensajero y dispuso que le dieran un caballo fresco, comida, agua y ropa para cubrirse en caso de mal tiempo.

—Dile al comandante Tiberio que le agradezco su confianza y que me reuniré con él a la máxima brevedad.

Dos días después de la llegada del mensajero, Arminius siguió a la XVIII Legión con sus auxiliares queruscos y hermunduros y cabalgó al lado de los legionarios durante las interminables marchas primero hacia Carnuntum y después hasta el pie de los Alpes y el Danubio, el otro gran río que señalaba la frontera del imperio.

La lucha fue de una aspereza nunca vista ni siquiera en Germania. Los pueblos del Ilírico, de Panonia y de Dalmacia se habían rebelado por las vejaciones que sufrían por parte de los gobernadores romanos y estaban dispuestos a morir todos en la lucha antes que vivir como esclavos. En cierta ocasión Tiberio, tras capturar a uno de los cabecillas rebeldes, le preguntó por qué nunca se había sublevado contra el Estado romano y aquel le respondió: «Porque no habéis mandado a gobernarnos a un perro pastor sino a un lobo».

Eran gente fiera, muy apegada a su pobre y desnuda tierra, donde los habitantes se dedicaban a sacar a pastar los rebaños, el ganado, y a cortar robles para vender la madera a los astilleros de la costa o para los armazones y las cimbras que los romanos utilizaban en la construcción de sus edificios de piedra, los arcos y los acueductos.

Arminius hacía tiempo que se había acostumbrado a no tener piedad de nadie, porque en la lucha solo hay una regla: matar para que no te maten, sembrar el terror para que no te agredan, aprender todo lo posible y no dejar traslucir los propios pensamientos.

Pensaba en Thusnelda, eso sí; también cuando había yacido con una mujer bárbara aterrorizada, capturada en un pueblo, poseída brutalmente para desfogar el propio instinto y luego entregada a sus hombres para que la disfrutasen también ellos.

Pero en el momento en que se abandonaba en su lecho de campamento, exhausto, y caía en un sueño profundo, la mirada de ella surgía de las tinieblas como la claridad de la luna de verano. Soñaba con llevarla en su caballo por la orilla del lago adonde su padre Sigmer solía llevarlos a él y a Flavus cuando eran pequeños. Hablaba con ella palabras que se desvanecían enseguida y dejaban solo un eco melancólico resonando en su corazón.

A veces la oía también cantar, con una voz que en realidad no había oído nunca, sonora y muy clara, antiguas canciones de su gente.

Soñó una vez, solamente una, una noche de amor con ella, una danza de sombras y de llamas, el perfil de su cuerpo desnudo como el de las estatuas que había contemplado en los templos y en las plazas de Roma. Pasó más de un año en medio de los horrores de una guerra tan feroz que no parecía de verdad, un enfrentamiento inhumano, ríos de sangre en los que le parecía ahogarse. El ardor del enfrentamiento, vorágine de una violencia atroz, aullante, le quemaba el corazón. Todo aquel sufrimiento acabó por ser aceptado, asimilado como una necesidad ineluctable. Fue consciente de haber traspasado el último confín, el límite más allá del cual ya no hay retorno.

Luego un día el ayudante de campo de Tiberio César lo mandó llamar para comunicarle que su padre estaba moribundo y que el comandante supremo lo había destinado al cuartel general del ejército del septentrión. Le entregó un par de mensajes para Sencio Saturnino, su brazo derecho en tierra germana, y puso a su disposición una pequeña escolta de imponentes auxiliares hermunduros.

Arminius partió inmediatamente, con gran pesar en el corazón pero también con el deseo de reunirse con su padre antes de que muriese. Quizá también Flavus se había enterado y corría a reunirse con su padre antes de que volase al paraíso de los héroes. Atravesó el Nórico y decidió pasar por el reino de Marbod para ahorrar tiempo, pese a saber que era arriesgado. Entró en su territorio de noche, con los hermunduros —gigantescos y aterradores por su semblante, sus tatuajes y su armadura erizada de puntas herradas— cubiertos con mantos oscuros. Cabalgaron durante tres días y gran parte de las noches, deteniéndose solo unas pocas horas para dormir. Al cuarto día fueron rodeados por un destacamento de la caballería de Marbod.

—¿Quiénes sois y adónde vais? —preguntó el hombre que los comandaba.

—Soy el príncipe Armin de los queruscos, hijo de Sigmer, y soy el comandante de los auxiliares de Tiberio César. ¿Qué queréis?

—¿Atraviesas el territorio de Marbod sin haber sido invitado y me preguntas qué queremos?

—Trato de reunirme con mi padre antes de que muera —respondió Arminius—. Puedes intentar detenerme si quieres, pero te lo desaconsejo: serías el primero en morir.

—Pero luego moriríais también vosotros, tú y tus hermunduros. Será mejor que me sigáis.

—¿Adónde?

—Pronto lo verás.

Arminius indicó con una seña a sus hombres que fueran detrás de él mientras él seguía a la escuadra de jinetes que los habían parado. El rey estaba a poca distancia con su campamento, lo cual explicaba la presencia de grupos armados que inspeccionaban el terreno alrededor.

Marbod era un hombre muy robusto y de mirada penetrante, y era la primera vez que Arminius se lo encontraba cara a cara.

—Así que tú eres el hijo de Sigmer y el jefe de los auxiliares germanos de Tiberio. Corres a la cabecera de tu padre, que no lo está pasando muy bien, y atraviesas mi reino con estos espantosos guerreros sin pedir siquiera permiso. Pero ¿qué modales son estos?

—No tengo intenciones hostiles. Quiero ver a mi padre antes de que muera. De haber tenido tiempo, habría venido a pedirte permiso, pero he de verlo antes de que cierre los ojos.

Marbod no tenía prisa, se demoraba en la conversación con ocurrencias irónicas o sarcásticas y esto inquietaba mucho a Arminius. Pero, por fin, la intención del rey de los marcomanos se reveló bastante clara.

—Te dejaré libre para que vayas a donde quieras con tu temible guardia, pero deberás recordar una cosa: dada la situación he tenido que aceptar un pacto con Tiberio, de hecho una capitulación. Mi ejército es fuerte, pero no tanto como para desafiar a diez legiones romanas, seis *alae* de caballería y diez mil auxiliares. Ahora Tiberio tiene ciertos contratiempos que resolver en Panonia, pero en cualquier momento podría cambiar de dirección y reaparecer en mis fronteras. Saturnino se ha retirado de mi frontera septentrional pero no ha desaparecido. Vayan como vayan las cosas, recuerda que si el movimiento antirromano vence, yo te he dejado libre y te he tratado como amigo; si son los romanos los que vencen, recuerda que yo he ayudado a un ciudadano romano, comandante de las fuerzas germánicas auxiliares. ¿De acuerdo? En cualquier momento que tengas algo importante que transmitirme, recuerda que mi puerta está siempre abierta.

Arminius asintió y los dos se dieron un apretón de manos.

Arminius y los suyos pasaron la noche sin ser molestados en el campamento de Marbod y al día siguiente, de buena mañana, reanudaron el viaje.

Al cabo de siete días llegó a la residencia de su padre. Su madre, Siglinde, primera y única esposa de Sigmer, lo acogió con los ojos velados por las lágrimas.

El hijo la miró con expresión interrogante. Ella inclinó la cabeza.

—Tu padre se está muriendo.

—¿Y Wulf?

—No sé dónde está, pero he mandado a uno de los nuestros a Magontiacum, donde muchos lo conocen.

—Mandaré a uno de mis hermunduros, seguro que lo encuentra. Llévame con mi padre.

Siglinde lo introdujo en el dormitorio sumido en la penumbra. Sigmer chorreaba sudor, estaba pálido, demacrado.

—¿Qué tiene? —preguntó Arminius a la madre.

—Nadie lo sabe. Después de que tú te fueras la última vez, con los romanos, y cuando tu hermano desapareció, partió también él para un largo viaje, acompañado por un grupo de guerreros: cuando volvió ya no era él. Parecía vivir en una pesadilla día y noche, parecía ver cosas que lo aterrorizaban, que lo llenaban de horror...

Arminius habría querido contar a su madre los horrores

que había vivido en la guerra con los romanos en Iliria y Panonia, decirle que al horror se puede sobrevivir, pero no lo hizo. Se acercó a su padre y le tomó la mano descarnada.

—Estoy aquí, soy Armin. Y Wulf no ha desaparecido. Se ha casado, tendrá hijos. Los verás.

Sigmer se volvió hacia él pero sin mirarlo. Su mirada se había perdido en el vacío, y sin embargo comprendía y veía: otros lugares, otros tiempos quizá. En un momento dado, Arminius vio que le hacía una seña para que se acercase y lo hizo. Aproximó el oído a su boca seca y le pareció oír un sonido, luego una frase y otra y otra más. Su padre parecía hablar una lengua que no había oído nunca, una lengua en parte comprensible, pero de la que se le escapaban muchas palabras.

Sintió una honda sensación de horror y de miedo.

—¿Has consultado el oráculo de los germanos? ¡Gran Thor! ¿Qué has hecho, padre mío? ¿Por qué? ¿Por qué?

Sigmer profirió otras palabras en aquella lengua extraña, ajena y familiar a un tiempo… y Arminius entonces comprendió que su padre sabía, y sabía a través de la revelación del oráculo germano lo que él había ocultado en su corazón: el lento y doloroso tormento que lo había hecho consciente de sus invencibles raíces salvajes, la verdad que lo obligaba a no decir palabra de ello a ningún ser humano, ni siquiera a su hermano, era un secreto que Sigmer conocía. Y ahora, en el lecho de muerte, le imploraba que renunciase a su intento.

El destino había hecho sonar la última hora para Sigmer y para su decisión definitiva en el mismo momento. No podía creer lo que oía. Y sin embargo había sido su padre quien había acompañado al comandante Druso ante la cueva del oráculo para oír una sentencia de muerte: «Morirás antes». Y ahora, a través de la voz de su padre agónico, le decía: «Morirás después».

Sintió que una hoja helada traspasaba su corazón. Ya no podía echarse atrás.

—Ahora ya es demasiado tarde, padre —dijo—. Lo he decidido. Liberaré a nuestros pueblos del yugo de los romanos para siempre. Me he ganado su confianza, siempre he obedecido a ciegas, aunque me repugnase, soy de hecho uno de ellos y quizá convenza también a Wulf para que se pase a nuestro lado. Juntos fundaremos un imperio germano desde el Rhein hasta las infinitas llanuras del oriente. También los celtas se unirán a nosotros cuando vean que podemos vencer.

Sigmer lo miró intensamente con una mirada llena de incredulidad y de desesperación, luego sus ojos se detuvieron de improviso en la atónita fijeza de la muerte.

El funeral de Sigmer, señor de los queruscos, duró tres días, y los sacerdotes invocaron largamente con cantos el nombre de Odín para que acogiese al gran guerrero que ascendía hacia su palacio dorado. Los bardos cantaron sus gestas, y los guerreros, llevando las armas más hermosas, cabalgaron tres veces en torno a la pira gritando su nombre y lanzando el grito de batalla. Luego se prendió fuego a las cuatro esquinas de la gran pira. En aquel momento irrumpió en medio del claro Flavus; llevaba solo una túnica gris y una espada terciada con un talabarte de plata. Arminius se le acercó con su caballo y juntos desenvainaron la espada para despedir a su padre, unidos. Aquel gesto calentó el corazón de muchos; nunca, sin embargo, los dos hermanos habían estado tan separados.

Finalizadas las exequias, las cenizas de Sigmer fueron enterradas al pie de un roble inmenso, milenario, y las mujeres alrededor de Siglinde vertieron lágrimas sobre la sepultura del más grande de los queruscos.

Arminius y Flavus cabalgaron en silencio hasta la colina que dominaba el lago, ya oscuro; Arminius sentía la tentación de decirle a su hermano lo que le había dicho al padre moribundo, pero no encontraba las palabras. Se limitó a hacerle una pregunta:

—¿Ha dado a luz tu mujer?

—Sí —respondió Flavus—, un varón.

—¿Y le has puesto nombre?

—Sí, Italicus. ¿Te gusta?

—Es bonito —respondió Arminius. Luego preguntó—: ¿A quién se parece?

—Es rubio. Por tanto, a mí. Su madre, como sabes, es morena. —Flavus permaneció un momento en silencio, escuchando el pisotear de los caballos por el sendero de tierra batida, luego prosiguió diciendo—: ¿Sabes? Ayer, antes de que partiese, corrió un rumor por el campamento. Dicen que el emperador ha elegido al que podría ser el nuevo gobernador de Germania... Hasta ahora Saturnino ha desempeñado tanto funciones de gobierno como de mando militar, pero ahora Tiberio podría necesitarlo en Panonia e Iliria, por lo que es muy probable que sea reemplazado.

—¿Y quién sería el nuevo gobernador?

—Se habla de Publio Quintilio Varo. Tú lo conoces bien, si no ando errado.

—En efecto —confirmó Arminius.

En aquel momento vio claro su futuro. El oráculo germano consultado por su padre se había pronunciado y había indicado para él y para su pueblo una meta para la que no había vuelta atrás. Era como un perro que de improviso recuerda que es lobo.

Comprendió que no debería hablar en absoluto de su proyecto al hermano y que sus caminos se separaban quizá para siempre. Pensó también que un día tal vez lucharían el uno contra el otro y la idea le rompió el corazón.

XXII

En los meses siguientes, Arminius se retiró varias veces a las profundidades del bosque germano a meditar y a tratar de comprender el recorrido que lo había conducido a abandonar todas las convicciones que había madurado en su larga permanencia en el mundo romano. Convertido en ciudadano y équite, había creído que aquel sería su mundo, había tratado por todos los medios de olvidar sus raíces, los días en que, en compañía de Flavus, corría por los bosques a la caza, o se tumbaba en los mediodías luminosos de primavera a observar el vuelo de los halcones por encima de las copas de los árboles.

Se había quedado fascinado, conquistado, por la magnificencia del imperio, la potencia de los ejércitos, los cantos y la poesía, las músicas, las comedias y las tragedias representadas en los teatros, los combates de gladiadores, los enormes monumentos. Había soñado con conquistar aquella civilización, con asimilarla y ser asimilado por ella.

Luego, lenta, secretamente, su origen ancestral había vuelto a la vida, había vuelto a trepar por sus miembros, a correr por su sangre, a hacerle revivir su naturaleza de oso, de lobo, de halcón de las alturas. Casi sin darse cuenta había comprendido que la disciplina, la obediencia a las normas de la civilización a costa de la pérdida de la libertad, era un sacrificio demasiado grande.

No había habido un momento decisivo, un acontecimiento detonante que hubiera liberado la fiera que dormía dentro de él: había sido algo imperceptible que había tomado forma tan lentamente que era imposible notarlo. La condición salvaje de su pueblo ancestral, la rudeza de los usos y las costumbres, las actitudes sanguinarias se le antojaban inocentes, así como inocentes eran las fieras que destrozaban y desgarraban a sus víctimas; en realidad, quien era llamado «bárbaro» solo era más antiguo, estaba más próximo a los orígenes de la creación, a la efusión de la vida de las manos de los dioses.

Había concebido un enorme plan casi sin darse cuenta: la derrota del Imperio romano y la liberación de los pueblos de Germania. Conocía todos los secretos de los ejércitos de Roma, su fuerza y sus debilidades. El «talón de Aquiles» lo llamaban ellos, aunque él no sabía qué significaba ni quién era Aquiles. Se había ganado su absoluta confianza: del centurión Tauro, de Veleyo, de Corvo y de Vetilio, de Tiberio César y quizá, incluso, del emperador Augusto. Primero con sinceridad, pero luego con doblez, sin comprender cómo ni por qué.

Solo le faltaba uno, el que podría ser el más peligroso de todos, el hijo del comandante Druso y de la bella, bellísima Antonia; también ellos estaban esculpidos en el Altar de la Paz, y aquel hijo era un niño vestido con una pequeña toga y con una bula de oro al cuello, un amuleto, un talismán. Quién sabía lo que contenía… No había luchado nunca junto a él. Habían cruzado sus miradas una vez y nunca más. Demasiado poco para comprender…

¡Germánico!

Y luego había alguien que seguramente nunca le creería, jamás se fiaría de él, aquel al que más echaba de menos, melena de cabellos de oro, burlón, cínico, fiel a sus amos como un perro al collar de puntas herradas: su hermano, la persona a la que más quería. Flavus. ¿Uno de los dos debería tal vez perder la vida?

Muchas veces había buscado a Thusnelda y solo en una ocasión había conseguido hablar con ella, pero desde cierta distancia: ella no había querido que se acercase. O le temía o temía ceder. Mirarse largamente y hablar después de haber imaginado cómo sería su voz, su olor, sus manos… Para él fueron solo confirmaciones: todo era como en los sueños.

Otras veces había intentado entender por qué su padre Sigmer había ido a consultar al oráculo germano, aquel hasta el que, siendo aún joven, había escoltado al comandante Druso y lo había visto combatir contra la giganta invencible, ella misma símbolo de Germania. ¿Por qué? ¿Por qué había querido consultar al oráculo? ¿Y por qué luego había muerto? ¿Qué era aquella lengua tan parecida a la suya y tan distinta? ¿Y qué pesadillas le habían atenazado? Tal vez no lo sabría nunca, quizá el secreto era el mismo que se escondía bajo la amistad misteriosa de Sigmer y Druso.

Para sus adentros temía el encuentro con Germánico, una extraña réplica del de su padre y el comandante Druso.

Temía, por otra parte, tener que encontrarse con Tauro. Habría querido olvidarlo, pero no veía cómo. En cambio, el encontrarse con Publio Quintilio Varo no lo turbaba en absoluto, y esperaba tranquilamente a que se presentase la ocasión.

En el ínterin, el paso de Tiberio por Germania había dejado una calma inquietante entre el Rin y el Elba, más parecida a un embotamiento que a una inercia voluntaria. Y sin embargo aquel paso le había brindado la oportunidad de comprender cómo se movía el ejército romano en el campo de batalla a las órdenes de un comandante capaz. Cuándo atacaba y en qué terreno, y qué situaciones evitaba.

En cuanto le fue posible comenzó a moverse por los territorios tribales con la excusa de exploraciones y encuentros con los más importantes jefes germanos para descubrir qué sentían y pensaban. Empezó por su pueblo ancestral: los queruscos que lo habían aceptado como jefe después de la muerte de su padre Sigmer. Flavus estaba fuera de su plan, y en la situación actual ni siquiera era concebible tratar de convencerlo.

Alguno de los jefes germanos se opuso.

—Pero ¿acaso no has estado y estás aún al servicio de los

romanos? ¿Y a cuántos guerreros germanos has dado muerte en la batalla luchando a sus órdenes? ¿Cómo vamos a hacerte caso? ¡Quieres arrastrarnos a una guerra por tu ambición, no porque nos ames y quieras vernos libres!

Arminius respondía punto por punto, y cuando tomaba la palabra sus ojos se inflamaban, su mirada se volvía casi insostenible, su voz tronaba. Varias veces había escuchado en el foro romano a los grandes oradores arengar a la multitud de rostros, y había guardado en la memoria los movimientos, los gestos, el tono, las pausas que creaban expectación. A veces se había ejercitado también él en la escuela del Aventino. Pero aquí todo era más difícil y había que dar explicaciones que no conseguía encontrar. Hablaba instintivamente:

—¡No soy distinto a vosotros! ¿Cuántas veces habéis matado a guerreros de otras tribus germánicas? ¿Cuántos de vuestros jefes han luchado junto con los romanos? Mi padre, el primero. ¿Cuántos de vuestros guerreros luchan a su lado como auxiliares? No pocos de ellos forman parte de la guardia pretoriana que protege al emperador. Y yo mismo no he sido distinto. ¿Y sabéis por qué? ¡Porque no somos conscientes de ser más fuertes que ellos! Continuamos luchando los unos contra los otros, aceptando todo lo que los romanos nos imponen. ¡Pero podemos vencerlos, podemos unirnos y reunir un ejército de cien mil guerreros! Yo lo sé todo de ellos, sé cómo derrotarlos. ¡Tomados uno por uno son hombrecillos menos fuertes que cualquiera de nosotros, menos valientes, menos duros, inferiores en complexión!

»¡Ha llegado el momento de liberar toda Germania, no quiero volver a ver sus fasces, sus segures y sus togas! Yo he comprendido que mi espíritu no puede ser comprado y que no hay nada en el mundo que valga lo que nuestra libertad.

Así hablaba, y poco a poco convencía a muchos jefes de que lo siguieran y confiaran en él. En secreto se encontraba con ellos en los bosques, en lugares impenetrables donde nadie podía verlos, e intentaba saberlo todo de aquellos que no estaban encendidos de entusiasmo por sus palabras pero que escuchaban en silencio. Luego llegó el nuevo gobernador Publio Quintilio Varo y poco después Arminius recibió la convocatoria al cuartel general a orillas del Rin.

Se puso la toga.

Varo lo recibió con alegría, como si fuese un viejo conmilitón.

—No puedo dar crédito a lo que ven mis ojos —dijo—. Parece que fue ayer cuando cabalgábamos con Vetilio y Corvo por el desierto de Carras.

Arminius devolvió el saludo.

—Me congratulo contigo por la tarea que el emperador te ha confiado y te deseo que la desempeñes del mejor modo. Considérame siempre a tu disposición.

Varo había hecho preparar una cena y tenía guardada una sorpresa: Vetilio y Corvo aparecieron de improviso y abrazaron a Arminius como a un viejo amigo.

—¡Esta toga te sienta de maravilla! —exclamó Corvo—. Nunca me lo hubiera esperado.

—¿Recuerdas aquella noche en Antioquía? —añadió Vetilio.

—¿Y quién no se acuerda? —respondió Arminius riendo—. ¡Aprendí más cosas aquella noche que en toda mi vida anterior!

Continuaron charlando y riendo de las muchas obscenidades que los dos oficiales legionarios contaban sin descanso, y bebiendo vino que no paraba de llegar a la mesa. Era el tipo de cena en la que uno podía esperar encontrar también a Tauro, que sin embargo no apareció ni fue recordado por nadie, y para Arminius fue un alivio: se habría sentido incómodo durante toda la velada.

Cuando la cena hubo terminado, Varo lo cogió del brazo y se lo llevó afuera.

—Estoy contento de haberte encontrado aquí, muchacho; tengo un proyecto muy importante para este país, y hombres como tú me serán indispensables. Ha habido demasiadas guerras en esta tierra, y yo quiero que haya paz. Quiero que tu gente comprenda qué es el derecho y qué enormes ventajas comporta el respeto a la ley… No, no la ley de Roma, sino simplemente la ley, la ley natural que protege al débil del prepotente, que hace prevalecer el derecho contra la arbitrariedad.

Arminius pensó en los dos mil judíos que Varo había crucificado cuando era gobernador de Siria.

—Tú conoces nuestro modo de vivir y conoces a tu pueblo —prosiguió Varo—, deberás ayudarme a traer aquí después de muchos años de guerra un período de paz en el que se desarrollen las artes y los intercambios, la técnica y la instrucción, en el que tu pueblo comprenda que el respeto a la ley es una ventaja para todos… ¿Me ayudarás?

—Te ayudaré, por supuesto. Es una ventaja para todos.

Faltaba aún casi un año para que Varo asumiera plenamente sus poderes, año que Arminius empleó en perfeccionar su plan al mínimo detalle. Los queruscos, muerto Sigmer, se adaptaron a él, tanto porque era el único heredero, pues Flavus había ya hecho una elección irrevocable de fidelidad al imperio, como porque sus palabras ardientes convencían a todos. Se comportarían de modo impecable, sin nunca provocar ningún incidente que hiciera sospechar al gobernador. Luego Arminius se dirigió a los brúcteros asentados entre el Lupia y el Amisia; a continuación a los catos, guerreros habituados a observar la disciplina en la batalla y capaces de formar fuertes unidades de infantería. Se le mostró el árbol de Thor, un roble sagrado y milenario de tronco enorme, poblado de aves rapaces nocturnas que de día encontraban refugio y una densa sombra en las numerosas cavidades del tronco y en sus rugosas cicatrices. Arminius se quedó confuso y casi conmovido. Ninguna de las desnudas estatuas de los romanos habría podido compararse con la pureza y la potencia de aquella inmensa criatura cubierta de musgo goteante.

También a los marsios, la tribu más pequeña en aquella parte del país, se dirigió Arminius, porque aseguraban la continuidad territorial y porque eran increíblemente resistentes al dolor, al hambre y al frío. Todos los pueblos germanos juntos controlaban un área muy vasta, en muchos puntos casi impracticable para quien no tuviese un conocimiento profundo y amplio del terreno.

Refería a Varo importantes resultados, de consolidación de alianzas, de mediaciones pacientes, y estaba constantemente a su lado como intermediario en las relaciones con los locales. Parecía a todos los efectos un ciudadano romano y un équite. Al final, la consecuencia de las últimas campañas de Tiberio fue tomada por Varo por una sumisión voluntaria y un deseo de paz.

El gobernador pasó el verano y el otoño siguientes viajando de una comunidad a otra y administrando justicia personalmente, como si fuese un pretor en el foro de Roma en vez del gobernador de una tierra rebelde y hostil, nunca sojuzgada.

La justicia germánica era simple. Cuando había un contencioso entre dos guerreros o notables, tenía lugar un combate. El perdedor estaba equivocado; el ganador tenía razón. Era facultad de quien sucumbía rendirse y reconocer el derecho del adversario. El coraje y el valor estaban en la base de esta ley no escrita, y la solución de los problemas era cuestión de dos personas. Varo aplicaba la ley romana ignorando los usos y costumbres de los germanos, y la aplicaba de un modo inflexible que humillaba a quien debía sufrir el juicio. Pocos se atrevían a hablar de rebelión porque la memoria de las campañas de Tiberio seguía viva, pero con el paso del tiempo cada vez más guerreros se sentían atraídos por el plan de Arminius y el deseo de venganza se volvía más fuerte que el miedo.

El invierno fue duro aquel año, y Varo condujo pronto al ejército a los cuarteles de invierno. Arminius obtuvo el permiso para volver a su casa en tierras de los queruscos para visitar a su madre, viuda y sola. Varo no tuvo nada que objetar. Quizá Veleyo o Tauro se hubieran reído, pero no estaban en el cuartel general. Veleyo había regresado a Roma, y Augusto le había confiado la misión de conducir una legión a Iliria como refuerzo para Tiberio, que afrontaba una guerra durísima contra las poblaciones de aquellas regiones alzadas en rebelión. Un gran honor que el legado no dejó de anotar en sus tablillas. Un día escribiría sus memorias. Del centurión Tauro no se sabía nada, pero corrió la voz de que había regresado a Italia, a la cabecera de su madre ya octogenaria.

Habladurías alarmantes sobre extraños encuentros y movimientos de las tribus del Rin comenzaron a filtrarse hasta el mando del ejército del septentrión, y alguno de los oficiales trató de saber más de ello, pero con escasos resultados. Alguno hizo notar también que los períodos en los que circulaban aquellos rumores coincidían con las ausencias de Arminius de los cuarteles de invierno.

Se habrían quedado perplejos si lo hubiesen visto sentado junto al hogar hablando con su madre.

—¿Sigues enamorado de Thusnelda?

—Más que nunca.

—No tienes esperanzas.

—¿Dónde está ella?

—¿Acaso debería saberlo?

—Tú lo sabes siempre todo, madre, porque todos confían en ti. Así pues...

—Se ha ido a ver a su hermana, que está a punto de dar a luz. Al pueblo del pequeño lago.

Al día siguiente Arminius partió en dirección al pequeño lago donde su padre seguía teniendo una cabaña de caza, y se instaló allí, atando a Borr, su caballo, dentro del cobertizo. Solo para verla. Aunque de lejos.

Y ella apareció al cabo de dos días. Iba a la fuente, rompía el hielo con un hacha pequeña y lo llevaba a casa. Era la hora del ocaso. Los rayos del sol asomaron de improviso entre la masa de nubes, haciendo brillar millones de minúsculos cristales e incendiando su rubia cabellera. Arminius deseaba salir de su escondite, pero no se atrevía porque no quería asustarla. Le volvió a la mente el día en que la vio por primera vez y recordó la profecía de los catos: aquella muchacha de la fiesta de primavera que hubiese visto a Freya en la oscuridad de los párpados adquiriría el don de la profecía y pronunciaría un oráculo en la víspera de una gran batalla. Era la hora del ocaso en aquel lejano día, como en ese momento en la extensión nevada. Reflexionó largo rato, luego esperó la oscuridad y se acostó. Partiría temprano a la mañana siguiente.

El alba se reflejó en el suelo helado y, aunque era apenas una llama clara en el horizonte, blanqueó el cielo y encendió la nieve sobre la tierra. Arminius volvió sobre sus pasos a lomos de su caballo hacia su casa. La había visto, pero no se había atrevido a dirigirle la palabra. Tras recorrer un breve trecho, dirigió a su cabalgadura dentro del arroyuelo que discurría por el fondo del valle, para no dejar huellas. Tenía sed y varias veces se dejó resbalar por el costado del caballo, un semental blanco que desaparecía en la nieve como Pegaso entre las nubes. Salió aguas más abajo y trepó por la colina de su izquierda. Desde allí, en el lado meridional del pequeño torrente se abría un largo valle: se veía negro por los abetos que más adelante daban paso a robles gigantes. No lo había recorrido nunca y se adentró a sabiendas de que podía perderse.

Los robles colosales y los abetos que perforaban el cielo lo llenaron de un sentimiento misterioso entre la maravilla y el temor. El viento se dejaba sentir en el valle: silbaba ligero entre las ramas de los robles y doblaba las puntas de los abetos. Deseaba volver atrás, pero algo lo obligaba a proseguir. Se detuvo unos instantes en una colina y escrutó lo más lejos que pudo. Se oía el gorgotear del torrente y el bufar del semental que expulsaba nubecillas de vapor. Trató de avanzar, pero el caballo se había plantado sobre sus cascos como si algo le asustase.

—¡Adelante, Borr, adelante! ¿Qué pasa! ¿Tienes miedo?

Borr golpeaba el terreno con los cascos y dilataba los ollares. Arminius le acarició el cuello para calmarlo y, mientras el viento parecía enmudecer, sintió una presencia a su espalda. Desenvainó la espalda y se volvió de golpe.

Thusnelda.

—¿Qué haces aquí? —le preguntó—. ¿Por qué andas sola?

—Porque me gusta y porque nadie se atrevería siquiera a mirar a la hija de Seghest, príncipe de los queruscos como tu padre.

—Yo me he atrevido. Llevo dos días observándote, durmiendo en el frío de la noche, y no te has dado cuenta.

—No sabía que eras tú, pero te presentía.

—Y yo te presentía a ti, espíritu del alba y del ocaso. Te amaba sin saber lo que era el amor, te deseaba sin saber lo que era el deseo, desde mi adolescencia. Soñé contigo en las noches perfumadas de Roma y de Damasco, me parecías ligera como el aire, sentía la fragancia que emanaba de tu piel y de tu cabellera aunque no me hubiera acercado nunca a ti. ¿Por qué me has seguido?

—Porque te he visto partir, te he reconocido, y he querido mirarte, hablarte. También yo he soñado bajo las vigas de mi cuarto perfumadas de resina.

Arminius saltó a tierra y también ella se deslizó al suelo por el costado del caballo.

Estaban frente a frente.

—Recuerdo la primera vez que te vi en la fiesta de la primavera. Me sentí deslumbrado por tu belleza y tu mirada. Luego cerraste los ojos. Se dice que la muchacha a la que se aparezca Freya en la oscuridad de los párpados bajados recibirá el don de la profecía. ¿Fuiste tú la designada? ¿Se te apareció a ti la bella Freya?

Estaban más cerca, el viento hinchaba y entrelazaba sus mantos. Un águila giraba sobre ellos en amplios círculos emitiendo agudos chillidos. El eco los multiplicaba contra las paredes de roca lisa que cubrían las laderas de las montañas.

—En cuanto volví de Italia —prosiguió Arminius—, acudí

a la cabecera de mi padre moribundo, Sigmer, guerrero intrépido y mi maestro hasta que con mi hermano Wulf, que ahora tiene nombre de esclavo, Flavus, fuimos apresados por los romanos y deportados a Italia, a Roma, para convertirnos en romanos... Supe así que mi padre antes de morir había consultado el oráculo germano, el mismo que pronunció la condena a muerte del comandante Druso.

—Armin... —murmuró Thusnelda.

Podía sentir el calor de su gran cuerpo, tan cerca ya como para calentar su pecho.

Arminius le cogió la mano derecha y se la llevó a su corazón para que sintiera los latidos de su pasión.

—Mi estrella brillante... —En el cielo solo quedaba la estrella de la mañana, trémula en el azul terso del invierno—. Ahora yo sé qué fue a preguntar y qué respuesta recibió.

Thusnelda tembló, no de frío, y luego dijo:

—«Morirás antes». —Y hablaba de Druso.

—¿Y conoces también la segunda parte del vaticinio, la que fue revelada a mi padre para mí? —preguntó Arminius.

Los ojos se le llenaron de lágrimas.

—«Morirás después.»

—¿Después de qué? —preguntó Arminius nuevamente, con voz firme.

—Después de que hayas librado la gran batalla... y después de que haya muerto tu más implacable adversario.

Arminius inclinó la cabeza. Thusnelda guardó silencio, después dijo:

—Aún estás a tiempo.

—No. He entrado en un territorio en el que ya no se puede volver atrás. Pero dime, amor mío, ¿qué vio mi padre en el futuro de nuestro pueblo y qué soñó?

—Sangre —dijo temblando la voz entre los labios de la joven—, dicen que se ahogaba en sangre.

Respiraban ya el uno en la boca del otro. Arminius se sentía casi sofocado por el horror de aquella imagen, pero sus labios se posaron ardientes sobre los de ella, abiertos para acogerlo. Quizá ya lo había hecho en sueños. La abrazó y la estrechó contra su pecho. No tuvieron ya fuerzas para hablar. La mitad del cielo se oscureció, la otra mitad aún azul teñía de añil las cimas nevadas de los montes. Del septentrión vino la nieve, un remolinear de blancos copos. El valle negro de abetos se veló de blanco.

—Debo recorrer este valle hasta el final —dijo Arminius—, pero antes volveremos atrás, te llevaré a la casa tu hermana. Cuando haya alcanzado mi meta, regresaré a buscarte.

—Voy contigo —replicó la joven.

—No puedes. No tenemos provisiones, y tú no llevas la ropa adecuada.

Ella meneó la cabeza, saltó sobre su caballo y se puso al lado de Arminius, que ya montaba a Borr.

Partieron y Borr avanzó dócil, acicateado por los talones de su amo.

El valle estaba completamente cubierto de bosque: robles inmensos, abetos encapuchados de blanco que apuntaban al cielo, añosos y retorcidos arces campestres, altos abedules en forma de candelabro, corteza plateada estriada de oscuro. En lo alto de las ramas más delgadas, la nieve acumulada en las hojitas otoñales se desprendía gradualmente y se oía un ruido sordo cuando caía sobre el manto de nieve.

Avanzaron al paso hora tras hora, hasta que el sol, que había mantenido un pequeño dominio en una franja de cielo, se ocultó tras el espeso bosque de abetos, proyectando sombras larguísimas. Luego el sol se puso en el horizonte, pero el reflejo de la nieve continuaba difundiendo claridad sobre el paisaje silencioso.

Antes de que fuese noche oscura y el frío se volviese punzante, Arminius saltó a tierra y buscó refugio bajo una de las rocas que asomaban en voladizo en las laderas de las montañas.

Encontró un pequeño recoveco y lo amplió removiendo los cascajos con la espada y el puñal. El arrastrar de la grava y la arena era el único ruido en el valle inmenso que se extendía a lo largo de muchas leguas hacia abajo y hacia el occidente. Al final el refugio quedó listo y de algún modo confortable. Arminius había separado la arena seca y la había esparcido uniformemente sobre el suelo, luego había puesto encima los paños de burda lana atados sobre la grupa de Borr; dejó uno para proteger al caballo de los rigores de la noche. Extendió una piel de oso que había cogido de la cabaña de caza de Sigmer y ayudó a Thusnelda a entrar. Faltaba aún el fuego y amontonó agujas de pino y, al lado, unas ramitas resinosas muy delgadas. Hizo saltar chispas de los pedernales que siempre llevaba consigo en los viajes solitarios. En el ejército romano el fuego no se apagaba nunca y todos tomaban sus llamas de él. Apenas las agujas de pino hubieron prendido, añadió ramitas resinosas y luego trozos de leña cada vez más grandes hasta obtener un bello fuego crepitante.

—Mantendrá alejados a los lobos —dijo—, que sienten el olor de Borr y no tardarían en atacarle.

—¿Por qué el fuego mantiene alejados a los lobos? —preguntó Thusnelda.

—Más que el fuego, el humo. Cuando sienten olor a humo, temen que se esté quemando el bosque y se alejan en la dirección opuesta. Lo mismo hacen los osos.

Recordó entonces el tizón ardiente que alguien había arrojado sobre la parte alta de la colina circundada por los lobos. ¿Quién podía haber sido? ¿Un dios acaso? ¿O un mortal?

—Si en la cima de esos montes hubiese alguien y volviese la mirada hacia este lado, nuestro fuego sería el único en toda la oscuridad de la noche, en todo el universo visible, la única luz, la única presencia, el único calor. Mi padre Sigmer contaba que cuando los bátavos acudieron en ayuda del comandante Druso, cuyas naves habían encallado en la marea baja, empuñaban cada uno una antorcha y parecía que un río de fuego discurriese de noche por la playa entre el bosque y el Océano.

Thusnelda miró a Arminius a los ojos.

—Un río de fuego…

Arminius se quitó la ropa para acostarse y el resplandor de las llamas lamió su cuerpo escultural, que brilló como bronce dorado.

—No puedo dormir vestido —dijo con cierto embarazo.

—Tampoco yo —murmuró Thusnelda.

Desató los lazos de su vestido de lana roja y lo dejó caer como una rosa que se marchitara a sus pies.

Se buscaron debajo de la piel de oso, frenéticamente, con las manos, con los labios, con las uñas, el rostro de ella impreciso en una nube de oro, los brazos de él en torno a su cintura para estrecharla contra sí, para sentir el ardor de su vientre. Y cuando ella se abrió para acogerlo, Arminius vio que sus ojos se ensanchaban en la expresión del éxtasis y reflejaban las llamas del hogar. Sintió que se hundía en un océano de fuego y perdió la conciencia del tiempo y el lugar.

Resonó en los montes el ulular del lobo y Thusnelda se estrechó más fuerte contra el pecho de Arminius. Borr soltó unas coces y relinchó sonoramente. Luego los dos jóvenes se abandonaron el uno al lado del otro, jadeantes y exhaustos, con el rostro perlado de sudor.

En mitad de la noche Thusnelda se despertó gritando. Arminius se sobresaltó y la estrechó entre sus brazos.

—¿Qué te pasa? ¿Has tenido un mal sueño?

—Sí. El torrente corría lleno de sangre, arrastrando cuerpos sin vida manchados de rojo… ¿Qué te propones hacer, Armin? ¿Qué era toda esa sangre?

—Tú deberías decírmelo, tú que has visto a Freya sonreírte tras el velo de los párpados cerrados.

—No lo sé…, no lo sé. He visto el torrente lleno de sangre… —repitió ella.

—Quiero unir a todos los germanos en una única nación,

quiero construir un imperio germano invencible, quiero expulsar a los romanos de nuestra tierra. Para siempre.

Thusnelda lo abrazó.

—Hagas lo que hagas, aunque te domine el delirio de la matanza, estaré siempre contigo, y si puedo te daré un hijo varón para que, llegado el momento, recoja tu herencia.

El lobo lanzó de nuevo su aullido y resonó por todo el valle, negro y boscoso; Borr pateó y raspó la nieve helada con los cascos. En ese mismo momento la luna se asomó entre los cirros errantes e hizo brillar los aguazales y las ciénagas en el fondo del valle.

Cuando estaban a punto de adormilarse, se oyó un trueno, pero ahora el cielo estaba casi despejado, sin nubes. Aquel ruido estaba cerca, aunque pareciese remoto y casi ahogado: hacía temblar la tierra y vacilar el corazón.

—¿Qué ha sido eso? —preguntó Arminius casi para sí.

Thusnelda lo miró con expresión desconcertada.

—El martillo —respondió—, el martillo de Thor.

—Será aquí —dijo Arminius—. Este valle oscuro será su tumba.

XXIII

El ejército pasó gran parte del estío en el campamento de verano mientras Varo, con una nutrida escolta, recorría varias áreas de Germania septentrional para administrar justicia. Arminius no comprendía si alguien le había dado aquellas órdenes aparentemente absurdas o si se comportaba así por propia iniciativa. Muchos jóvenes comenzaban a sentirse fascinados por la civilización romana, pero los guerreros veteranos que habían experimentado el poderío de los ejércitos de Tiberio y luego de la justicia del nuevo gobernador sentían repugnancia y desagrado por un modo para ellos totalmente extraño de resolver las cuestiones entre los individuos y entre las tribus. Además, no soportaban pagar impuestos: los consideraban tributos que los pueblos sojuzgados pagaban a los vencedores, y ellos no se consideraban siervos de nadie.

A veces atravesaban barrios de ciudades enteras en construcción, con calles, plazas, basílicas, teatros, termas y baños. Montañas de piedras y de mármol blanco de Luni o de importación, montones de vigas para los cientos de soportes de arcos y bóvedas y para los techos de las casas estaban listos para su uso, mientras otro material afluía sin cesar de todas partes. Con este enorme movimiento de hombres y de suministros circulaba el dinero, y con el dinero la posibilidad de adquirir bienes y objetos antes nunca vistos. Las ciudades, en la mentalidad de los romanos, eran el ambiente en que los bárbaros se daban cuenta de que hasta ese momento habían vivido en condiciones más parecidas a las de los animales que a las de los seres humanos, y era también el ambiente concebido para cambiar la mente y las costumbres de los hombres y de los pueblos. Para ellos, la Urbe y el Orbe eran lo mismo, y cada ciudad debía ser la réplica exacta de Roma.

Entretanto, Arminius cada vez convencía a más jefes a unirse a él: también los queruscos, que nunca habían aceptado del todo los pactos con los romanos, estaban ansiosos por retomar su autonomía y no veían llegar la hora de empuñar las armas. Pero él había luchado con Tiberio, había visto la fuerza devastadora del ejército romano y había entendido perfectamente que sus guerreros, incluso los mejores, incluso los que tenían alma de lobo o de oso, nunca podrían vencer en una batalla campal contra la legión. Les había convencido de que él sabía cómo aplastar a aquella formación aparentemente invencible, pero quería total libertad y la facultad de mando. Lo único que lo mantenía en un estado de ansiedad era estar separado de Thusnelda; su lejanía le impedía pensar, a veces incluso hablar.

Se había prometido que sería suya a toda costa y aquel momento había llegado. A través de una muchacha esclava que servía en el campamento le mandó un mensaje a cambio de un brazalete y un anillo de ámbar: una cita en un lugar apartado, cerca de la fuente donde la había visto por primera vez coronada de flores en la fiesta de la primavera. Debía ir vestida como un hombre para poder cabalgar veloz. A la puesta del sol.

—¿Irá? —preguntó a la muchacha esclava cuando volvió.

—Me ha costado hablar con ella, pero al final lo he conseguido. Irá.

Arminius añadió unas monedas a las joyas, para que pudiese gastarlas en el campamento, y se preparó para el encuentro. Conforme se acercaba el momento se sentía cada vez más ansioso: ¿tenía derecho a llevarse a la muchacha y arrebatársela a un futuro predestinado según la voluntad de Seghest, su padre? ¿Sería capaz de darle una vida feliz? Lo único cierto era el sentimiento que los unía, todo lo demás estaba a merced de los acontecimientos. Llegó, pues, a la cita sujetando a Borr de las riendas, caminando. Pasó mucho rato y casi temió que ella no acudiera, pero al verla acercarse, justo cuando las sombras comenzaban a alargarse, se dio cuenta de que él había llegado demasiado pronto. Thusnelda saltó a tierra con ligereza y fue a su encuentro dejando pastar en libertad a su caballo.

—No ha sido fácil escapar a la vigilancia de mi padre —dijo—, y temo que no tarde en ordenar que me busquen.

—Entonces, tenemos poco tiempo.

Thusnelda le echó los brazos al cuello.

—¿Para qué? —preguntó—. ¿Para esto?

Lo besó.

—No. Para irnos juntos. Quiero que me sigas y vivas conmigo para siempre.

—Mi padre no nos dará tregua. Pedirá ayuda a los romanos.

—No habrá ya romanos: estaremos nosotros solos y habrá de respetar lo que somos. Yo soy tuyo y tú mía.

Thusnelda se desprendió de él.

—Lo considerarían un rapto. Yo estoy prometida.

—Yo tengo el mando de las fuerzas de cuatro naciones germánicas y se sumarán otras. No temo a nadie si estás conmigo.

—Es mi padre...

—Entonces, deberás elegir.

—Ya elegí cuando pasé la noche contigo en aquella cueva y el trueno de Thor resonó en el valle.

—Pues monta en tu caballo y cabalga conmigo hasta la casa que he construido en un lugar secreto.

Los dos jóvenes atravesaron el bosque al galope por un sendero impracticable, flanqueando un precipicio, luego descendieron veloces a un valle recoleto y lo remontaron hasta el punto en que se internaba entre dos pendientes boscosas que se superponían a la vista como si fuesen un solo declive.

En un claro circundado por un espeso bosque de robles y hayas y de un intrincado sotobosque, se levantaba una casa de madera y de piedras perfectamente unidas, cortadas de la pendiente del monte. En torno pacían caballos.

—Aquí nadie te encontrará ni podrá acercarse sin que lo vean y lo detengan. Hay cincuenta hombres armados en el bosque. No se ven pero están. Los más fieles y más valerosos. Pasaremos aquí la noche y, si quieres, también otras muchas.

Dos días después, Seghest lanzó a sus hombres a la búsqueda de Thusnelda por cada rincón de su tierra, de sus bosques y de sus pastos. Volvieron con las manos vacías, pero el grupo que fue el último en regresar trajo consigo un boyero que decía haber visto a una muchacha bellísima y a un joven y poderoso guerrero cerca de la fuente de la primavera. Seghest no tuvo dudas de que era Thusnelda y que había sido raptada por Arminius, hijo de Sigmer.

Durante la segunda parte del verano, Publio Quintilio Varo prefirió quedarse en los campamentos atrincherados cerca del Rin y no parecía que quisiera moverse de allí. Arminius lo había seguido y se había unido, con los auxiliares que mandaba, a su cuerpo de ejército, constituido por tres legiones —la XVII, la XVIII y la XIX—, seis cohortes de infantería y tres escuadrones de caballería. Semejante poderío solo se había visto en tiempos de Tiberio y del comandante Druso, pero todo apuntaba a que Varo lo desplegaba solo como prueba de fuerza y de maniobra, sin intenciones reales de alinearlo en el campo de batalla.

Arminius, ahora instalado permanentemente en el campamento, a menudo era invitado a cenar con el gobernador, y en esas ocasiones rememoraba a veces su viaje a Oriente y sus aventuras picantes en los barrios prohibidos de Antioquía, provocando carcajadas y ocurrencias salaces. Evitaba, en cambio, recordar la excursión por el desierto de Carras para no inducir a Varo a pensamientos sombríos, a que considerase demasiado peligroso el internarse en territorios poco conocidos y entre gente de poco fiar. Seguramente le habían llegado voces de descontento, pero nada más, y el territorio que había recorrido hasta ese momento le había parecido tranquilo y pacificado. Parecía realmente que moverlo de los acuartelamientos fortificados era cosa imposible y que el gobernador estaba tenazmente arraigado en los lugares más seguros. En el período anterior, sin embargo, cuando Varo iba a los centros más importantes a administrar justicia, Arminius había desarrollado con gran habilidad y destreza sus misiones de reconocimiento, informando siempre que el territorio estaba tranquilo y que los pasos estaban despejados. Puesto que Varo encontraba la situación en el campo exactamente como le había sido descrita, el prestigio de Arminius aumentaba de día en día y también su familiaridad con el gobernador.

Por eso Varo lo invitaba a cenar en la tienda pretoriana o en el cuartel general en los fuertes legionarios, y él se presentaba impecable, con la toga si no se le exigía el uniforme de oficial del ejército: túnica de campo, manto, cinturón y espada. Aquella era otra demostración de confianza por parte del gobernador. Al mismo tiempo, precisamente cuando salía de reconocimiento, Arminius encontraba a sus hombres en los bosques y en los lugares intransitables que los volvían invisibles. Fijaba las citas en cada ocasión y utilizaba a sus exploradores para confirmarlas o cambiarlas. El sistema de comunicación del imperio le había enseñado muchas cosas. En particular, le impresionaba la manera de conseguir la sincronía de movimiento entre dos cuerpos armados distantes cientos de millas. Se lo había visto hacer a Tiberio con el ejército de Iliria y el ejército del septentrión. El verdadero problema para Arminius era otro: las dos tropas que Tiberio había concentrado en el reino de Marbod formaban parte del mismo ejército, marchaban bajo las mismas enseñas y obedecían al mismo comandante. Él, en cambio, primero tendría que convencer a Varo para que dejase sus acuartelamientos y se adentrase en el interior, cosa siempre más complicada, y luego tendría que coordinar los movimientos de dos ejércitos enemigos formados por decenas de miles de hombres: el germano, a sus órdenes directas, y el de Varo, al que debía inducir a meterse en la trampa ya preparada. Otro gran problema era mantener el secreto hasta el momento de asestar el golpe. Si Varo era informado de lo que estaba a punto de suceder, el final de Arminius sería atroz, pese a ser ciudadano romano.

Decidió afrontar un problema por vez y comenzó por convencer a Varo para que se internase tierra adentro.

—Si me permites el atrevimiento, gobernador, dada tu cercanía al emperador y la confianza que te ha concedido, ¿de veras piensas no moverte de los *castra* fortificados? Tú mismo has comprobado que el país está tranquilo. He pasado el tiempo suficiente en Roma para saber que tus peores enemigos podrían no estar aquí, sino allí, en la capital. Seguramente tienen aquí informadores que refieren cada uno de tus movimientos y también tu inercia y falta de iniciativa.

Varo se encogió de hombros.

—¡Que se pudran los informadores! He administrado la justicia como es mi competencia. No veo por qué debería lanzar una provocación y empujar a los germanos a reaccionar. En mi tierra se dice: «Deja en paz al perro que duerme», si no uno no se busca más que problemas.

—Es cierto. Era hablar por hablar…, porque me considero tu amigo. Pero, si quisieras, habría una manera de conseguir grandes méritos sin riesgos.

—¿Ah, sí? ¿Y cuál es?

—Un bonito desfile, o expedición, si se quiere llamarlo así, hasta el Visurgis, visto que el Elba está demasiado lejos; te daría enorme prestigio y no tendrías que arriesgar un solo hombre.

—Interesante. Pero ¿de qué modo?

—Simplemente atravesando el territorio de una nación grande y belicosa que sin embargo no moverá un dedo, se limitará a dejar pasar a tus tropas con las águilas y los estandartes.

—¿Y cuál sería?

—La mía. Los queruscos son mi pueblo y, ahora que mi padre ya no está, me obedecen a mí. Para que te sientas más seguro, seré yo quien te guarde los flancos y las espaldas, no fuera el caso que a alguien se le ocurrieran extraños pensamientos.

—Debo reflexionar —respondió Varo.

Y Arminius se sintió doblemente incómodo, primero porque no conseguía convencerlo y luego porque Varo escucharía otros pareceres ciertamente contrarios al suyo. Se exponía a un fracaso en toda regla. Hacía falta una razón más concreta para convencer al gobernador a desplazarse: un paseo hasta el Visurgis no era suficiente.

Aquella misma tarde a Arminius se le ocurrió cómo vencer la reluctancia de Varo: una petición de ayuda, incluso más de una. A eso no podría negarse. Mandó llamar enseguida a uno de sus hombres de más confianza y le confió el encargo. Debería partir inmediatamente y a escondidas y volver como máximo dentro de tres días para transmitir un mensaje directamente al gobernador. Arminius no se habría movido y esperaría a ser convocado.

El jinete partió y el comandante de los auxiliares germanos volvió a su vida normal en la fortaleza de la legión. Pasados los tres días, su hombre se presentó con todos los signos de haber realizado un viaje larguísimo —hambriento y sediento, las ropas hechas jirones, el caballo extenuado, el rostro rasguñado— e hizo saber al cuerpo de guardia que tenía mensajes urgentes para el gobernador.

No pasó mucho rato hasta que también Arminius fue convocado al pretorio, donde encontró a Varo hablando todavía con su hombre, que no dio muestra alguna de conocerlo.

—Este valeroso jinete me ha traído unos mensajes, en parte de viva voz, en parte escritos en un latín muy inseguro. Échales un vistazo y dime qué piensas.

Arminius recorrió por encima el documento reflejando atención e interés y explicó:

—Las comunidades más lejanas piden apoyo y defensas estables contra las correrías de tribus enemigas para restablecer así el orden y asegurar los suministros tanto de víveres como de otra naturaleza.

Varo permaneció un rato en silencio.

—Podrías hacer caso omiso de estas peticiones... —añadió Arminius para provocar una respuesta clara, y lo consiguió.

—No creo que fuese una decisión acertada. Si no respondemos a las peticiones de ayuda, ¿cómo vamos a decir que esta provincia es nuestra? Tu oferta de atravesar el territorio de tus queruscos ¿sigue siendo válida?

—Ciertamente, gobernador; solo tendría que enviar a un grupo de mis jinetes para que nos precediera y avisara a todos de nuestro paso. De todos modos, yo cabalgaré a tu lado y no tendrás sorpresas. Y ahora que parece que has tomado una decisión segura, deja que te diga una cosa: has hecho la mejor elección. En este momento la atención del emperador no está puesta en Palestina o Armenia y la frontera con los partos; su atención se concentra aquí. Aprovecha bien tu oportunidad en este momento. Es en Germania donde se decide el futuro del mundo.

Varo lo miró fijamente a los ojos, como si tratase de escrutar sus pensamientos.

—¿Tú crees? ¿Y por qué?

—Germania es un país pobre, no tiene marfil, ni oro, ni vastos campos de cereal. No puede cultivar olivares o viñedos, solo criar ganado...

—Y, entonces, ¿por qué Augusto la quiere a toda costa?

—Augusto mira lejos. Ha fundado un sistema monárquico destinado a durar largo tiempo, quizá para siempre, pero quiere que también el imperio dure para siempre. Los germanos pueden constituir un gran peligro, de eso no hay duda. Veinte años de guerras no los han domado. Se están multiplicando y pueden desplegar grandes ejércitos sin ningún coste, contando solo con su carácter guerrero, mientras que las fuerzas del imperio se hallan dispersas en un territorio enorme y tienen costes cada vez más altos. Hasta vuestro gran poeta, Horacio, ha profetizado que un día los bárbaros podrían conquistar la mismísima Roma.

—Los poetas no son profetas.

—Pero Horacio estaba cerca del emperador y conoció sus temores. Así pues, Germania debe convertirse en romana, a toda costa.

—¿Es lo que piensas de veras? —preguntó Varo.

—¿Puedes dudarlo?

Varo lo miró de nuevo intensamente, pero solo vio el azul gélido y esplendente de su mirada. No dejaba traslucir nada.

—No —respondió al fin—, no lo dudo. —Se quedó un rato como pensativo, luego añadió—: Debo revisar mi correo antes de acostarme. Que tengas una buena noche.

Arminius se despidió y Varo se retiró a su despacho privado.

Con el aviso del segundo turno de guardia el gobernador estaba sellando la última plica que mandaría con el primer correo del día siguiente, y se preparaba ya para acostarse cuando su secretario, un liberto de unos cuarenta años llamado Ausonio, llamó a la puerta anunciando una visita inesperada y urgente.

—¿Quién es? —preguntó Varo mientras Ausonio entraba.

—Seghest, noble de la nación de los queruscos. Desea verte inmediatamente por algo de la máxima importancia.

Varo indicó con una seña que lo hiciera entrar y Seghest poco menos que irrumpió en el despacho.

—Debo hablarte de un asunto muy grave, gobernador —comenzó.

—Habla libremente. Sé que tú y tu tribu habéis sido siempre fieles aliados de Roma; esta, por tanto, es tu casa y eres siempre bienvenido.

Seghest dio las gracias con un asentimiento y enseguida comenzó a hablar con gran excitación. Ausonio se había quedado para traducir.

—¡Está en marcha un plan de rebelión y de ataque contra ti y tu ejército, y el alma de todo es tu amigo Arminius!

Varo se quedó como fulminado.

—¿Arminius? Pero si es el mejor de mis hombres.

—¡Es un traidor, un hombre sin palabra y sin honor! Escúchame, gobernador: está reuniendo una gran fuerza para asaltarte y aniquilarte. ¡Hazlo arrestar enseguida y encadénalo y detenme también a mí!

—¿También a ti? ¿Por qué?

—Porque soy un jefe importante entre los queruscos y se sentirán solos. Manda arrestar también a todos sus amigos y ponles los grilletes. Nadie se atreverá a moverse. Los germanos, sin un guía, se pierden.

—No puedo hacer eso. Sería un acto de hostilidad contra un aliado, ciudadano romano por si fuera poco. ¡Entonces sí habría sublevaciones y revueltas! Debo indagar, comprender. Además, ¿cómo podría atacar a mi ejército si cabalga a mi lado?

—Sé lo que digo, gobernador. ¡Te lo ruego, arréstalos a todos, también a mí! Somételos a tortura y hablarán.

—Estás cansado, Seghest, y yo también. Nos iremos a dormir. Mañana, con la mente fresca, discutiremos de este asunto. Ausonio, haz que acompañen a mi huésped a sus aposentos.

Seghest siguió al siervo con la lucerna refunfuñando e imprecando en su durísima lengua. Ausonio se quedó.

—¿Tú qué dices? —preguntó el gobernador.

—Está furioso, *domine*, porque Arminius ha raptado a su hija, la espléndida Thusnelda que él había prometido a otro noble. Quiere verlo aherrojado, azotado y torturado. Es un asunto de mujeres, yo me mantendría a distancia.

—También yo lo veo así —respondió el gobernador, y con la ayuda de Ausonio se desnudó, dejando a la vista la abundante adiposidad del vientre, y se puso la bata, que de nuevo la ocultó.

Seghest se quedó de huésped de Varo durante varios días, comiendo y conversando con él, insistiendo continuamente en que arrestase a Arminius y a sus amigos más íntimos.

Al final, el gobernador dejó el Rin y se dirigió con el ejército hacia el territorio de los queruscos, donde lo acogieron con manifestaciones de amistad que lo tranquilizaron sobre el hecho de que a Seghest lo movieran únicamente razones personales y que no hubiera nada de cierto en sus acusaciones. Arminius estaba siempre a su lado y, por tanto, no habría podido causarle daño aunque hubiese querido.

Llegado a los territorios de las tribus que le habían pedido ayuda, dejó varias guarniciones para que las protegiesen de las incursiones de los enemigos y también para que le guardasen las espaldas y le mantuviesen libre el camino de vuelta cuando quisiera regresar. Uno de los hombres de Seghest solicitó ser recibido y Varo accedió casi de mala gana.

—Escúchame, te lo ruego —le dijo el germano—: si no quieres arrestar a Arminius, vuelve atrás antes de que sea demasiado tarde.

Varo respondió que no podía basarse solo en habladurías y que no quería mostrar hostilidad y desconfianza injustificadas contra los germanos. El hombre se rindió. No había manera de convencerlo.

Terminada la expedición en dirección al río Visurgis, Varo comenzó las maniobras de regreso satisfecho de que todo hubiera ido bien. Esa misma tarde Arminius se le acercó y le dijo que debía hablar con él de algo urgente.

—Gobernador, acabo de tener noticia de que una tribu estacionada entre el occidente y el septentrión se ha rebelado y ha matado a ciudadanos romanos que estaban tratando de establecer contactos y relaciones comerciales con ellos. No creo que sea oportuno dejarlos sin castigo: su ejemplo podría volverse contagioso. Se trata de recorrer un itinerario distinto, pero no perderemos demasiado tiempo. Habitan la franja de territorio entre las colinas y la llanura que luego se extiende hasta la orilla del Océano. Yo podría abrirte el camino con mi caballería, así me aseguraré de que todo esté tranquilo antes de que tú llegues a las zonas desconocidas.

Varo se mostró de acuerdo. Los legionarios, en cambio, rezongaron cuando se enteraron; estaban cansados por las largas marchas con la pesada armadura puesta y no veían la hora de instalarse en los cuarteles de invierno, mucho más acogedores que el campamento. Arminius aprovechó la ocasión para abordar otro asunto.

—Sé que circulan calumnias sobre mí, y quisiera decirte qué es lo que pasa realmente: es falso que haya raptado a la hija de Seghest. Nos enamoramos a primera vista, hace años, y he pedido la mano de Thusnelda varias veces, primero a través de mi padre, y luego por medio de hombres impecables y de gran nobleza, pero inútilmente. Seghest siempre se ha negado de modo despectivo y ofensivo, aduciendo pretextos injustos e inaceptables. Estamos enamorados y no tuvimos otra opción que huir juntos. Thusnelda me siguió por propia y espontánea voluntad haciendo caso a las razones de su corazón y no a las de la conveniencia; te ruego que me creas.

Le brillaban los ojos y sus palabras sonaron tan naturales que no podían ser falsas. Varo lo tranquilizó con su confianza y al día siguiente Arminius se puso a la cabeza de la columna. El valle era bastante amplio y el terreno, seco; la temperatura, fresca, casi agradable. En un momento dado se acercó de nuevo a Varo.

—Hay un paso un poco difícil a unas quince millas de aquí. Tomaré a un centenar de los míos e iré de reconocimiento y, si estás de acuerdo, me quedaré para defender el paso hasta que te vea llegar. Hay que ser prudentes.

A Varo le complació la sagacidad del comandante de sus auxiliares germanos y lo miró alejarse al galope por el valle.

Durante dos días todo fue como la seda, sin la mínima señal que pudiese producir preocupación. Solo el cielo se iba oscureciendo, pero también esto Arminius lo había ya previsto. Al caer las tinieblas Varo dio el alto para pasar la noche y ordenó a los tribunos y a los centuriones disponer centinelas y patrullas de guardia. No había espacio para instalar los campamentos, y eso le causó no poca inquietud. El sonido de una buccina avisó de que se aproximaba alguien y al poco se oyó un galope desenfrenado. No dio tiempo a preguntar quién era el que se encontraba al frente de una decena de jinetes. Delante de él, jadeante y cubierto de polvo, estaba el centurión de primera línea Marco Celio Tauro.

—Comandante, ¿qué haces aquí?

Varo sintió que le fallaba la tierra bajo los pies.

—Arminius me ha dicho que hay una pequeña tribu rebelde, en este itinerario, que debemos reducir.

Tauro frunció el ceño.

—¿Arminius? ¿Y dónde está él ahora?

—Ha ido por delante con un centenar de hombres para ocupar un paso y mantenerlo despejado hasta que lleguemos. Pero ¿cómo has llegado tú hasta aquí?

—Está en marcha un ataque a todas nuestras guarniciones. Son miles y miles, las están masacrando. Había venido para pedir refuerzos, pero veo que es imposible. Vuestra columna tiene más de dos millas de largo. No hay espacio para la maniobra ni forma de construir campamentos. ¿Cómo es posible que os hayáis dejado arrastrar hasta esta angostura? Solo podemos usar los carros a modo de muralla defensiva.

Varo dio inmediatamente la orden mientras la noticia referida por Tauro se propagaba a lo largo de la columna portando sorpresa y consternación.

En ese mismo momento se oyó un ruido ahogado, como un trueno pero distinto: sordo, profundo, poderoso, que hizo temblar la tierra y retumbó contra las montañas.

—¿Qué es eso? —preguntó Varo.

—El martillo de Thor —respondió Tauro—. Significa «sin piedad». Arminius ya no volverá.

Y mientras pronunciaba esas palabras y observaba el pánico en los ojos de Varo, no lograba entender lo sucedido. ¿Cómo lo había convencido Arminius para que pusiera la cabeza bajo el hacha germana?

Tercera parte

XXIV

Arminius había preparado la más grande acción bélica nunca desplegada contra las fuerzas romanas de ocupación en Germania. Los jefes de tribu y la aristocracia guerrera habían comprendido en buena parte su plan y estaban convencidos de que el príncipe de los queruscos era el único capaz de derrotar a los romanos porque conocía profundamente el sistema militar imperial y sabía cuáles eran sus puntos flacos. Pero no todos los combatientes estaban tan seguros de ello. Aún tenían ante sus ojos el ataque devastador lanzado por Tiberio tres años antes y la fuerza arrolladora de sus legiones, y las temían.

Había, pues, que preparar un dispositivo que les diese la seguridad de vencer y el convencimiento de poder golpear sin siquiera ver a las potentes formaciones del ejército romano y a sus mejores unidades de combate atacando desde un punto de fuerza completamente seguro.

El lugar al que empujaría a Quintilio Varo, el bosque de Teutoburgo, sería por tanto una trampa mortal, un matadero más que un campo de batalla.

Tauro ya no tenía ninguna duda. Sergio Vetilio y Rufio Corvo le habían informado de la misión de Seghest, de cómo había tratado por todos los medios posibles de convencer a Varo de que Arminius lo estaba traicionando, que era preciso arrestarlo de inmediato y encadenarlo junto con sus amigos.

Cualquiera habría comprendido que decía la verdad, a excepción de Varo.

—Volvamos sobre nuestros pasos —dijo Vetilio, nuevo legado de la XVIII Legión, después de que Veleyo hubiera seguido a Tiberio a Panonia—. Es evidente que ese bastardo nos espera al final de ese paso estrecho.

—No creo que podamos —replicó Tauro—, si volvemos sobre nuestros pasos deberemos simplemente ordenar dar media vuelta. Ellos deben de estar todos aquí alrededor y podrían atacarnos en cualquier momento, especialmente mientras maniobramos en este terreno insidioso con los carros y las bestias de carga. Ni siquiera podemos saber si la dirección de marcha por esa parte es practicable. Todas nuestras guarniciones han sido aniquiladas; los almacenes y las armerías, saqueados. Cuando he pasado he notado muchos movimientos sospechosos y creo que estoy vivo de milagro. Ahora no podemos hacer nada, está cayendo la noche. Da orden de poner todo tipo de obstáculos en el flanco izquierdo de la columna, pon centinelas avanzados por todas partes, haz encender fuegos y repartir las raciones de comida. Es preciso que los hombres estén en la plenitud de sus fuerzas.

Corvo avisó al comandante y la orden pasó a través de la columna entera.

En el segundo turno de guardia el tiempo empeoró, fulguraron relámpagos a lo lejos, en la oscuridad, luego un trueno rasgó el silencio de la noche y continuó rugiendo entre las laderas de las montañas. Su último estertor fue retomado por otro trueno aparentemente más bajo y sordo pero increíblemente potente. Retumbaba desde una garganta lejana, hacía vibrar la tierra y el corazón en el pecho.

—Quieren sembrar el pánico —dijo Sergio Vetilio.

—Y lo están consiguiendo —repuso Tauro—. Mirad a nuestros hombres: están aterrados. Están acostumbrados a amenazar, no a sentirse amenazados.

La noche transcurrió sin demasiados problemas, pero nadie

consiguió pegar ojo, con la mano anquilosada en torno a la empuñadura de la espada. Al comienzo del tercer turno de guardia, un grito ahogado en las tinieblas, luego otro y otro más. Tres centinelas se desplomaron. Uno, golpeado en el vientre y con las tripas desparramadas por el suelo, gritaba. Tauro puso fin a sus sufrimientos.

—Adiós, amigo, nos veremos en el infierno dentro de no mucho.

El bosque se estremeció: habían asestado el golpe y ahora desaparecían en la espesura. Solo ellos conocían sus escondrijos más recónditos.

El ejército retomó la marcha con las primeras luces de la mañana. Una luz cárdena que a duras penas se filtraba entre las negras nubes. No había camino, solo un paso no siempre practicable, con el suelo de fragmentos de roca y piedras sueltas, los flancos cubiertos por una espesa vegetación que hacía aumentar el miedo en los legionarios, oprimidos por una naturaleza amenazadora y oscura, habitada por presencias inquietantes. Luego se acercó la tempestad.

Llegó primero el viento doblando las copas de los robles y de las hayas. Inmediatamente después, una lluvia torrencial se abatió sobre los hombres cansados. Un rayo fulminó un roble secular y una rama enorme cayó atravesada en el sendero hiriendo a no pocos hombres, dejando cojos a otros y cerrando la marcha a otros. Los depositaron sobre uno de los carros, donde quizá un cirujano podría intervenir para intentar salvarlos. Las condiciones eran ya imposibles para la marcha: los carros y los animales de tiro obstaculizaban el camino, la lluvia torrencial hacía resbaladizo el terreno y una sensación de profundo desánimo se apoderó de los soldados, casi resignados a la derrota antes de que se iniciase la batalla.

El goteo de bajas aumentaba casi a cada paso. Los guerreros germanos se encontraban a sus anchas en la espesura del boscaje, invisibles, ágiles, ligeros; asestaban golpes fulminantes y luego se retiraban y se apostaban más allá. Ante la imposibilidad de defenderse, los soldados romanos se sentían como blancos inmóviles de un cazador mortífero y despiadado. Y el martillo de Thor no dejaba de hacer temblar el aire y la tierra con su retumbar sombrío.

—¿No hay manera de hacerlo callar? —gritó Corvo en medio del fragor de la tempestad.

—¿Y cómo? —gritó Tauro más fuerte—. El sonido llega de todas partes. ¡Debemos seguir adelante a toda costa hasta que dejemos atrás el temporal y, quiera el cielo, encontremos un ensanchamiento para desplegar nuestra fuerza!

Conforme avanzaban, las incursiones de los enemigos se hacían cada vez más frecuentes; a veces el fulgurar de relámpagos cegadores revelaba de improviso a los guerreros germanos con el rostro rayado de negro como espectros del infierno. Querían agotarlos, desangrar al ejército, que avanzaba como una larga serpiente, hasta extenuarlo. Hubo un momento en que pareció que ni siquiera los atacantes podrían resistir la cólera de los elementos y Tauro trató de avanzar con su grupo para explorar el recorrido, pero justo entonces apareció un jinete reluciente de lluvia sobre un caballo negro y con el rostro cubierto por una máscara de bronce.

—¿Quién eres? —preguntó Tauro.

—Un jinete romano —respondió el hombre con una voz juvenil y acento germánico.

—¿Qué quieres?

—Yo, en tu lugar, no seguiría adelante. Primero quiero ir yo, hasta mitad de la pendiente.

Tauro pensó que había oído esa voz antes, pero no sabía cuándo. El jinete vociferó:

—¡No te muevas!

Y partió al galope bajo la lluvia torrencial. Espoleó a su caballo negro gritando «¡Ah! ¡Ah!» y desapareció en el bosque. Pasó un rato, luego reapareció a cien pasos, sobre una pequeña colina y lanzó algo a los pies de Tauro y Sergio Vetilio. Las cabezas de dos guerreros germanos.

Les hizo señas de que avanzaran y desapareció de nuevo. En aquel punto Vetilio Celere volvió atrás a caballo hasta el lugar en que se encontraba el comandante general, el gobernador Quintilio Varo. Tauro se quedó donde estaba, a la cabeza del ejército, para controlar la posición más arriesgada. Pensó que valía la pena comprobar si el jinete con la máscara había efectivamente liberado un punto de observación de dos centinelas enemigos.

Tauro había informado al gobernador Varo de que iría de reconocimiento a ver si había un paso y de qué anchura, y partió lo más deprisa posible por el sendero todo hoyos y pedruscos salientes que se estaba transformando en un torrente turbulento y amenazador. Muchos carros estaban dañados, otros se hundían hasta los ejes de las ruedas en el barro, no pocos animales de tiro se habían quedado cojos entre los afilados guijarros. Cientos de civiles que seguían al ejército para vender comida, vino, pan y otras mercancías eran un obstáculo para la columna en marcha, pero se mantenían muy apretados a las filas de los soldados para no ser presa fácil de los atacantes. Muchas mujeres, en parte prostitutas, tenían consigo no pocos niños, empapados de lluvia y aterrados, que gritaban desesperados.

En menos de una hora, Tauro y los suyos llegaron a un punto en el que el sendero se hacía más practicable pero no menos peligroso debido al pantano que se extendía hasta la base de una colina rocosa, de cerca de cuatrocientos cincuenta pies de altura. La parte llana estaba surcada por arroyuelos cenagosos que descendían por las laderas de la colina e iban a verter sus aguas en una ciénaga enorme hacia el septentrión. La parte superior de la colina estaba completamente cubierta de vegetación, razón por la cual Tauro pensó que podía haber alguien en aquellos matorrales. Al no ver, sin embargo, a nadie, volvió atrás para avisar al resto del ejército, que en aquel punto se extendía en una columna de más de dos millas de longitud.

Los ataques y las emboscadas se intensificaron, eran muchos los soldados que caían heridos por las lanzas y las flechas disparadas por enemigos invisibles. Por su parte, los legionarios no podían reaccionar debido a la pendiente resbaladiza a derecha e izquierda, la furia de la tempestad, el entorpecimiento causado por una armadura de hierro que pesaba casi un talento. El calzado de los soldados se estaba desintegrando por la aspereza del sendero y a muchos les sangraban los pies.

En un momento dado la tempestad pareció calmarse y el viento remitió casi de improviso. Únicamente se oía el ruido del ejército en marcha, quince mil hombres cubiertos de hierro.

El sendero se hizo un poco más fácil, torcía en la base de la colina rocosa mientras otro proseguía hacia la ciénaga y los pantanos. Durante un tiempo también el retumbar del martillo de Thor pareció enmudecer.

Resonó entonces de improviso un aullido y de la falda de la colina se alzó una nube de dardos. Miles de lanzas germánicas subían hacia el cielo para acto seguido precipitarse silbando y abatirse sobre la legión en marcha. Crepitaban en los escudos y en los yelmos como una granizada de acero.

Tauro, de nuevo a la cabeza de la columna, se dio cuenta de lo que estaba sucediendo y gritó:

—¡Atentos a la izquierda! ¡Emboscada! ¡Emboscada! ¡Escudos a la cabeza! ¡Formar en... tortuga! ¡Hombres a mí, a mí!

Un segundo lanzamiento y un tercero se sucedieron en un breve lapso de tiempo y la lluvia mortífera traspasó a miles y miles de hombres en el cuello, entre las costillas, en los brazos, en las piernas, en el vientre. El terreno era cenagoso y los legionarios se hundían hasta media pierna. Llegó al galope Rufio Corvo, vio a Tauro y lo alcanzó protegiéndose lo mejor que pudo con el escudo.

—¡Han desviado el sendero! ¡Debemos alejarnos y salir del radio de tiro de las lanzas! ¡Vamos, vamos! ¡No nos adentremos en el valle, no hay que hacerlo, centurión! Alejémonos, yo voy atrás a desviar a nuestra columna que está llegando.

Tauro, que estaba disponiendo contra el terraplén una tortuga para dar el asalto al muro de contención, retrocedió compactando a sus hombres que se protegían con los escudos.

La base de la colina era una alfombra de césped con un enrejado de mimbres de ciénaga que se mimetizaba perfectamente con el verde de la colina rocosa. Ni siquiera él se había dado cuenta en su primer reconocimiento. Ahora el terreno estaba rojo de sangre y en el aire resonaban los gritos de dolor. Los heridos trataban de arrancarse del pecho y de los muslos las puntas de flecha y de lanza desgarrando la carne de los huesos. Otros, hundidos en el pantano, se convertían en blancos inmóviles para los dardos lanzados por los enemigos.

Cuando Arminius se dio cuenta de que el ejército de Varo estaba disgregado, diezmado por las lanzas germánicas, incapaz de moverse y de contraatacar, lanzó a los suyos al asalto fuera del valle.

Nunca antes esos guerreros se habían enfrentado cuerpo a cuerpo con las legiones, y desfogar la rabia largo tiempo reprimida sobre aquellas unidades derrotadas, presas del pánico y de la confusión, les parecía increíble. Aferrando hachas de doble filo desgarraban y mutilaban sin descanso; golpeando a diestro y siniestro rompían huesos, decapitaban a quien yacía en el suelo sin poder defenderse y clavaban las cabezas en picas cual trofeos.

La sección de Tauro, pequeña pero fuerte y compacta, parecía un escollo entre las tempestuosas oleadas y continuaba defendiéndose. Alrededor todo era horror, sangre, gritos horripilantes, articulaciones mutiladas.

Vala Numonio, el prefecto de caballería y segundo en la escala de mando después de Varo, encontrándose en el centro de la larguísima columna había tardado en entender lo que estaba sucediendo realmente. Pensaba que era un ataque de la pequeña tribu rebelde, pero luego, al comprender que se estaba consumando uno de los más grandes desastres militares de la historia de Roma, dio orden de acelerar la marcha para prestar ayuda. Al hacerlo, sin embargo, la situación empeoró, pues con la entrada de otras tropas en el lugar de la masacre creció el pánico y la confusión.

Tauro se acercó a Vala Numonio y le pidió que volviera atrás y transfiriera cuantos más legionarios fuera posible hacia el lugar en el que su abanderado mantenía el águila de la XVIII Legión aún bien firme en el terreno... Quería llevarlos a una explanada lo bastante despejada y ligeramente elevada para levantar allí un campamento improvisado. Pensaba, además, que podría enviar a uno de los mejores jinetes a buscar a Lucio Asprenas, sobrino de Varo y acuartelado a orillas del Rin, para contar con refuerzos, si es que aún estaban a tiempo.

Entretanto Arminius, en la grupa de Borr, se ensañaba con los soldados romanos empantanados y ya impotentes, pero no tardó en ver que hacia el oriente, en torno a Tauro, se estaba constituyendo un núcleo de resistencia que podría volverse peligroso, y se lanzó hacia delante con la espada empuñada. Les cayó encima casi sin que Tauro se diese cuenta.

—Dos soldados romanos siempre vuelven a encontrarse, ¿verdad, centurión? —le gritó.

Tauro evitó por los pelos un mandoble que le habría cortado la cabeza y adoptó una guardia estrecha manteniendo bajo el escudo y alta la espada corta. Arminius impuso a Borr un cambio de sentido que casi pareció romperle el espinazo y lo lanzó de nuevo a toda velocidad contra el centurión.

—¡Te azoté una vez y lo haré de nuevo, bastardo, hombre sin honor! —gritó Tauro, pero se encontraba en la trayectoria de un caballo de mil libras acicateado por un jinete de seis pies de altura. Se quedó inmóvil, firme como una estatua. Luego, cuando Borr estuvo a tiro, le lanzó entre las patas su honda balear y lo hizo desplomarse junto con su jinete.

—Si le has hecho daño te haré despellejar vivo —rezongó Arminius poniéndose nuevamente en pie de un salto.

—¡Inténtalo! —replicó Tauro, atrincherado tras su escudo y el águila legionaria.

Se abalanzaron el uno contra el otro haciendo saltar chispas de sus armas, pero Tauro tenía cincuenta y tres años y Arminius veintiséis. El centurión cargaba, además, con una larga noche en vela, una marcha durísima, dos horas de combate incesante y el estómago vacío; su destino parecía ya sentenciado cuando una voz resonó a su izquierda:

—¡Inténtalo con alguien que pueda hacerte morder el polvo! ¡Y no con un anciano!

Arminius se volvió hacia aquel lado y se encontró frente a un jinete con el rostro oculto tras una máscara de bronce; vestía uniforme romano pero blandía una espada germánica y montaba un caballo negro.

—¡Avanza! —exclamó Arminius.

¿Y quién era aquel? La voz salía deformada por la máscara, que le daba un timbre metálico.

Tauro se apoyó contra una roca entre jadeos de agotamiento; no había salido incólume del violento choque con Arminius, le chorreaba sangre del costado. ¿Quién era el jinete de la máscara?

Alrededor era un delirio de gritos, lamentos, fragor de armas que chocaban, animales agonizantes, relinchos de caballos destripados, pero sobre la pequeña elevación del terreno se iban reuniendo muchos que hasta ese momento habían sobrevivido. Se preparaban para el último enfrentamiento y para la muerte, anunciada de antemano por el sombrío estruendo del martillo de Thor.

Los dos jinetes se alejaron, arrastrados por el galope de sus cabalgaduras, furioso el del semental negro, más inseguro el de Borr, que aún acusaba su caída, hasta que se detuvieron al borde de un claro arenoso que rodeaba una gran ciénaga. Los dos guerreros se enfrentaron primero a caballo y luego a pie con violentos mandobles de espada y de puñal. Arminius aferraba también el hacha, con la que hacía enérgicos molinetes que zumbaban en el aire denso de Teutoburgo. El jinete de la máscara los esquivaba doblándose en dos para luego volver a alzarse y golpear con la espada germánica y la espada romana.

Ya no hablaban, solamente se golpeaban con increíble violencia, trataban de mutilarse el uno al otro apuntando a los brazos, a las piernas, a la cabeza.

Luego un golpe más fuerte de Arminius en el hombro izquierdo de su adversario fue desviado hacia arriba por las chapas de acero de la hombrera segmentada y la máscara cayó al suelo.

Estaban frente a frente, jadeando, resollando.

—¿Tú? —dijo Arminius, pasmado.

El jinete saltó sobre su semental negro y se alejó al galope por el campo de sangre y de muerte.

XXV

Por la tarde la masacre se reanudó con fogosidad. A los germanos, que tantas veces habían visto a sus mejores guerreros arrollados por las legiones, segadas las vidas de sus jóvenes, les parecía increíble que pudieran ensañarse con un ejército desarticulado e incapaz de moverse, ya sin mandos, en parte muertos, en parte fugitivos en la esperanza de alcanzar Castra Vetera. Muchos soldados habían buscado escapatoria hacia el septentrión y habían acabado en la gran ciénaga, tragados por el fango semilíquido de las orillas. Unidades de guerreros germanos los esperaban agazapados entre la vegetación lacustre para traspasarlos con flechas y lanzas y verlos luego flotar sin vida sobre las aguas negras del interminable aguazal.

Todos los que pudieron trataron de alcanzar con los caballos y los carros supervivientes un pequeño reducto en la modesta altura arenosa entre el pantano y el cerco de cañizo del que continuaban alzándose enjambres de lanzas aceradas que descendían luego del cielo para cortar, descuartizar, traspasar.

Thiamino y Privato, que formaban parte del acompañamiento de Tauro entre los carruajes y pertrechos, trataron en vano de evacuar al centurión para llevarlo a cualquier escondite y esperar allí a que terminase la batalla. Los guerreros germanos trataron inútilmente de expugnar el cerco de los carros antes de que se pusiese el sol y las tinieblas de la noche cubriesen el estrecho paso y la ciénaga sangrienta de Teutoburgo. Los carros dispuestos en círculo ofrecían cierta protección, y algunas balistas portátiles encontradas dentro tenían aún suficientes dardos para desalentar a los más audaces de entre los atacantes. Parte de la caballería de Vala Numonio había conseguido entrar dentro del cerco antes de que se cerrase.

—Marchaos —decía el centurión Tauro a sus libertos—, es una orden. No sois legionarios, no estáis obligados a morir en este agujero inmundo.

Pero era como hablarle al viento. Lo miraban sonriendo y no se movían ni un paso.

El martillo de Thor empezó de nuevo a difundir su oscuro retumbar para recordar a los soldados supervivientes que morirían todos, hasta el último hombre.

El cielo se oscureció, negro como la pez; truenos fragorosos acompañaban a los relámpagos y los rayos que iluminaban un paisaje yermo y triste, fango sanguinolento pisoteado por miles de pies, cadáveres ya sin cabeza, gris la piel y grises las entrañas expuestas, como el cieno. Luego las nubes hinchadas parecieron retorcerse y soltaron un granizo grueso y recio que cubrió el terreno con una capa de hielo. Aquí y allá los rostros petrificados recuperaron su triste semblante durante un breve aguacero. Luego un fuerte viento disgregó las nubes y dejó brillar por unos instantes una luna exangüe.

Publio Quintilio Varo había conseguido, defendido por su guardia, alcanzar el punto elevado, pero no era más que un espectro: su palidez, el pánico en cada uno de sus gestos, el temblor de las manos y del flácido vientre, los ojos que giraban extraviados, las profundas ojeras. No conseguía dar órdenes ni infundir un poco de valor a sus soldados extenuados. Rufio Corvo, casi irreconocible por la sangre que le chorreaba de la frente, se le acercó.

—Gobernador, el centurión Tauro tiene un plan y querría exponértelo. Haz llamar a los oficiales que hayan sobrevivido.

Varo asintió en señal de aprobación y cierto vislumbre de esperanza hizo su mirada menos patética.

La reunión de lo que quedaba del estado mayor tuvo lugar dentro de un carro cubierto en el centro del campamento, una especie de pretorio improvisado, último homenaje al comandante por parte de sus soldados. Habló en primer lugar el centurión, en la oscuridad.

—Ahora los germanos han hecho una pausa, también ellos están cansados: han dado muerte a demasiados de los nuestros, no pueden más. Aún contamos con alguna posibilidad que poner en juego sobre el tablero de este destino infame.

—¿Cuál? —preguntó ansioso Varo, como si esperase un milagro.

A Rufio Corvo le asombró la pregunta; le costaba creer que pudiese buscar la salvación de uno de sus hombres cuando había estado en sus manos evitar aquel desastre. Recordó cuando, junto con Arminius, lo habían acompañado a Carras y a lo que quedaba del campo de batalla en el que el ejército de Marco Licinio Craso había sido completamente aniquilado, con los huesos calcinados por el sol que cubrían a millares la superficie del desierto. Pensó entonces —y habló de ello con Arminius— que el gobernador que había sido capaz de crucificar a más de dos mil rebeldes judíos había aprendido al menos una lección muy dura pero simple. Volvió a oír sus propias palabras y, sin querer, las gritó, fuera de sí, a la cara de Quintilio Varo:

—¡El ejército romano, por muy aguerrido que sea, puede ser derrotado!

»¡No te fíes nunca de un extranjero, aunque sea tu aliado!

»¡No te dejes atraer a un territorio que no conoces y que tu enemigo conoce como la palma de su mano!

Varo no se atrevió a replicar y Rufio continuó vociferando:

—¡Fui yo quien pronunció estas palabras! ¿Cómo puedes haberlas olvidado? ¿No viste todos esos huesos? ¡Eran romanos! ¡Romanos como yo y como tú, gobernador, y como nosotros fueron llevados al matadero por un comandante incapaz! Arminius estaba con nosotros, ¿recuerdas? Él aprendió la lección. ¿Por qué tú no? ¿Por qué no escuchaste a quien mejor te aconsejaba?

Tauro, herido pero en pie, le apoyó desde atrás las manos sobre los hombros.

—Ya basta, Corvo; lo hecho, hecho está. Ahora debemos tratar de sobrevivir. Quizá aún tengamos alguna posibilidad de salir de este infierno y dirigirnos hacia Castra Vetera marchando en todo momento hacia el occidente. Lucio Asprenas, que manda la guarnición, puede venir a nuestro encuentro y poner en fuga a los germanos. Avanzaremos unidos, sin dispersarnos en ningún momento. No creo que intenten atacarnos en campo abierto.

—Pero ¿cómo llegaremos hasta allí? El enemigo está por todas partes —dijo Varo.

—Hay pez en el fondo de un carro, en ese de ahí —respondió Tauro—. Debía servir para crear cortinas de fuego en caso de necesidad. Esperaremos a que los germanos vuelvan a atacarnos, luego prenderemos fuego a los carros y a la pez y los lanzaremos hacia los atacantes. El resultado será doble: los detendremos durante cierto tiempo y, sin carros, solo con los animales de tiro, caminaremos más rápido. Tenemos que encontrar fuego, brasas...

Rufio Corvo extendió los brazos.

—¿Y dónde encuentro yo fuego en medio de esta ciénaga, en este condenado pantano?

Nadie respondió a la pregunta; en el pequeño grupo se hizo un silencio plúmbeo. Pero poco después Tauro aguzó el oído.

—Hay alguien ahí fuera —dijo, y se oyó, muy cerca, el ruido de un galope.

Luego un pequeño meteoro cayó del cielo surcando la densa oscuridad. Una minúscula esfera de fuego que cayó en medio del círculo de los carros.

Tauro miró estupefacto, luego se dirigió a Rufio Corvo.

—Corre, cógela antes de que se apague en el barro.

Corvo se precipitó a recoger el tizón que crepitaba en el

suelo, lo puso en un lugar seco y añadió enseguida estopa empapada en pez.

El ruido del galope se perdió en la noche.

—¿Qué ha sido eso? —preguntó Corvo.

Tauro dejó escapar un profundo suspiro.

—Alguien que ha querido pagarnos una deuda: una llama por una llama. No esperemos nada más.

—¿Y sabes quién ha podido ser?

—Sin duda. Sé distinguir el ruido de un galope. Cada caballo es distinto de los otros. Y este es muy distinto y tiene también un nombre. Se llama…, se llama Borr. Ahora tenemos una posibilidad…, al menos eso espero.

—¿Lo esperas? —chilló Varo—. ¿A esto se reduce tu plan? ¿No tienes otro si este fracasa?

—Tengo otro, en efecto.

—¿Y cuál es?

En la reverberación del tizón encendido Tauro lo fulminó con la mirada.

—Morir como un romano, gobernador.

Luego se dirigió a los legionarios que formaban corro alrededor:

—Deberían quedar alimentos en salazón en los carros. Comed y bebed, aunque os dé asco. Luego tratad de encontrar un lugar seco en los carros si podéis, o debajo, e intentad dormir. Mañana tendremos que afrontar pruebas no menos duras que las que hemos afrontado hoy. Buscaremos una vía de escape; o lo conseguimos, o volveremos a vernos en el infierno, muchachos.

Sergio Vetilio, cubierto de barro y de sangre, a duras penas reconocible, al que no veían desde hacía horas y al que todos daban por muerto, se abrió paso.

—¡El comandante de la Decimoctava! Qué sorpresa —exclamó Rufio Corvo.

Tauro pidió un pedazo de carne ahumada a un legionario y se lo lanzó.

—Come algo, comandante. Mañana habrá que pelear.

—¡Increíble! —dijo sarcásticamente Vetilio—. Y yo que pensaba darme un paseo.

Entretanto había desenvainado su espada corta y la afilaba con la cota como si fuera una navaja. Tauro lo miró sabiendo perfectamente para quién preparaba aquella hoja cuando no tuviese ya fuerzas para combatir.

Llegó también el prefecto del campamento, un muchacho de menos de veinte años, de nombre Ceionio, destinado a una carrera fulgurante.

—¿Tienes un bocado también para mí, centurión?

—Sírvete, muchacho —respondió Tauro—, aún queda un poco.

Ceionio comió con apetito y participó en la conversación como si fuera un viejo amigo de cada uno de los presentes. Se sentían todos iguales frente a la muerte inminente, sin diferencia de grado militar y rango social.

Varo los miraba estupefacto; era un espanto verlos: ensangrentados, desgarrados, sucios de barro, cojitrancos, heridos en varias partes del cuerpo y, sin embargo, en torno a aquel mísero fuego, rodeados por miles de enemigos feroces, masacrados y perdidos tantos de sus amigos, casi ciertamente destinados a una muerte horrible al cabo de unas pocas horas, tenían ganas de bromear.

Luego las voces se apagaron una tras otra, el fuego fue alimentado con piezas de los carros y, tumbados uno al lado del otro al calor del vivaque, los legionarios y los oficiales de la XVIII, agotados, se durmieron.

La reverberación de un alba plúmbea sacó de la oscuridad a un escuadrón de jinetes germanos que avanzaban al paso hacia el cerco de carros. Ceionio despertó a Tauro.

—Centurión…, ven a ver.

—Maldición —imprecó Tauro—. ¿Tan pronto?

Se ató el cinturón, se colgó la espada y fue a ver: cientos de guerreros avanzaban a caballo hacia el recinto de los carros y cada uno de ellos llevaba una lanza con la cabeza clavada de un soldado romano.

—Poderosos dioses… —murmuró entre dientes.

Los germanos se acercaron lentamente y los oficiales romanos y sus hombres se prepararon con Tauro para maniobrar los carros y disponerlos en dirección de la pendiente. A medida que los jinetes germanos se aproximaban, la escena se hacía cada vez más trágica. Los había que reconocían en aquellas cabezas cortadas, en los rasgos desgarrados y distorsionados, a los amigos, a los compañeros de tantas aventuras y batallas. Muchos lloraban en silencio, otros rebullían de rabia al ver aquello.

Tauro los hizo volver a la realidad con sus órdenes secas.

—¿Qué miráis ahí parados? ¡Adelante con esos carros, soldados! ¡Vamos! ¡Vamos!

Se dirigió también a los civiles que habían logrado refugiarse en el recinto.

—No podemos hacer nada por vosotros. Esperad aquí. Los germanos no la tienen tomada con vosotros. Os harán esclavos pero sobreviviréis. Sobre todo las mujeres. Buena suerte.

Las antorchas ya ardían, y prendieron fuego a todos los carros. Cuando comenzaron a arder, los empujaron pendiente abajo, hacia la caballería germana. El humo ocultaba a los romanos, y Sergio Vetilio ordenó la retirada en dirección al bosque, hacia el occidente. Había algo de espacio por aquel lado, el suficiente para alinear las unidades de forma bastante compacta, e increíblemente los germanos no atacaron en masa, como habrían podido hacer. Pero la tregua duró poco. Entre los grandes árboles del bosque era más difícil maniobrar. Las unidades avanzaban con esfuerzo, a menudo debían dividirse por los obstáculos que encontraban, mientras que los germanos, al mando de Arminius en persona, se internaban enseguida por todas las brechas. La marcha de los legionarios sembró muy pronto los senderos de muertos y de heridos. La caballería de Vala Numonio, enviada como avanzadilla para mantener abierto el paso, no volvía...

La infantería trató de permanecer unida y durante un buen rato muchos creyeron que sobrevivirían y alcanzarían los fortines de Asprenas delante de Castra Vetera. Pero la presión germana era incesante. Los romanos, al mando de sus más valerosos y arrojados oficiales, trataban continuamente de adoptar la formación de combate, pero el terreno hacía aquellas maniobras imposibles. Aun así, resistieron hasta que cayó la oscuridad. Al final, llegados a un claro, se dispusieron en círculo para la última, desesperada defensa.

XXVI

Tercera jornada.

Durante toda la noche el bosque resonó con el siniestro retumbar del martillo de Thor, obsesivo, angustiante, y nadie consiguió pegar ojo. Los centinelas escrutaban la densa oscuridad para adivinar de dónde vendría el ataque. Se oían ruidos de ramas rotas, reclamos, cantos de aves nocturnas. El bosque bullía de fantasmas invisibles.

La noticia de que Arminius había rodeado a los romanos y que el poderoso ejército de Varo estaba diezmado y exhausto, bloqueado por todas partes sin posibilidad de escapatoria, había convencido a los indecisos para entrar en la lid final y ganar méritos a los ojos del vencedor. Otros miles de guerreros habían marchado toda la noche para llegar a tiempo a la matanza final. Los más fuertes habían bailado las danzas de la muerte y de la masacre, bebiendo la sagrada bebida que elimina el dolor y el cansancio, desnudos, hasta alcanzar el furor delirante, rugiendo como fieras, los ojos llameantes de alucinada locura. ¡Eran los berserker!

Pero no bastaba a la crueldad del hado la afluencia de miles y miles de guerreros presos de delirio sanguinario para engrosar las filas de Arminius; el cielo hostil y el furor de la tempestad se desencadenaron de nuevo al alba con un viento fortísimo que agitaba las copas de los árboles centenarios; el rayo destrozaba ramas enormes que caían al suelo con un ruido ensordecedor. No había ya esperanza, a menos que se produjera un milagro, y al arreciar el temporal, y bajo la lluvia torrencial que caía del cielo como una catarata, el centurión de primera línea Marco Celio, llamado Tauro, el único en el ejército que tenía aún fuerzas, quiso dirigir un discurso, una exhortación y una despedida a sus hombres extenuados.

—¡Hombres de la Decimoséptima, Decimoctava y Decimonovena Legión! —gritó—. No soy más que un modesto soldado y no sé encontrar las palabras con las que querría expresaros la inmensa admiración que tengo por vosotros. He luchado en todos los frentes y en todas las regiones del imperio, y nunca había visto a hombres de vuestro temple. ¡Os habéis batido durante días y noches sin tregua, sin una queja, soportando el hambre, la sed, el dolor, la imposibilidad de dormir, la furia de las tempestades! Mereceríais la victoria, pero no ha sido así. La traición, el engaño y la fortuna adversa os han doblegado, no la falta de fuerza y de valor.

»Ha llegado la hora de la batalla final: será un enfrentamiento a vida o muerte sin ningún atisbo de esperanza. Moriréis y yo moriré con vosotros, pero caeremos como soldados y como romanos, arrastrando al infierno a todos los enemigos que podamos, y vuestro sacrificio será recordado durante siglos, cuando el Imperio de Roma ya no exista.

Los legionarios lo escuchaban en silencio. En sus ojos Tauro vio los signos de las dificultades inhumanas que habían soportado, el dolor por los compañeros perdidos que yacían en los senderos y entre las plantas del bosque de Teutoburgo, cadáveres rígidos en el fango.

También Varo había escuchado aquellas palabras; se había acercado y se había mezclado con sus hombres, víctimas de su ignorancia y de su ineptitud. Lo dejaron pasar, lo acogieron entre ellos y lo trataron con el respeto debido al comandante supremo.

Luego, de repente, se alzó de sus filas una voz solitaria, ronca y poderosa: entonaba una vieja canción legionaria, de

aquellas que los soldados cantan de noche al amor del fuego
del vivaque en la víspera de una batalla. Arrogancia y melancólicos presentimientos.

Miles meus contubernalis
Dic mihi cras quis erit vivus
Iacta pilum hostem neca
Miles sum, miles romanus!

A la primera voz se sumó otra, y luego otra más:

Miles sum, miles romanus!

También la voz de Tauro se alzó para unirse a la de sus soldados, y la de Varo, débil y vacilante, y la de Sergio Vetilio, la
de Rufio Corvo, vibrante, y la de Cayo Vibio. Luego, cuando
Tauro y los otros centuriones ordenaron: «*Suscipite... scuta!*»,
todos los supervivientes de las tres legiones alzaron los escudos
y apretaron las filas mientras continuaban cantando.

—*Suscipite... insignia!*

Y los abanderados alzaron las águilas y los estandartes de
las cohortes. El canto se hizo más fuerte y compacto y se difundió entre los árboles y los barrancos, hasta llegar a los formidables guerreros germanos agazapados en el bosque, impacien-
tes por salir contra el enemigo y aniquilarlo, hasta alcanzar al
mismo Arminius, que sentía en las manos y en los brazos la
fuerza de decenas de miles de guerreros listos a una seña suya,
a una orden suya.

Pero aquel canto absurdo e increíble que ni siquiera el fragor de los truenos, ni el eco del martillo de Thor conseguía
ahogar, detuvo durante un momento interminable su orden de
causar estragos.

Luego algo se quebró en él, el último pedazo de su alma
romana se separó con dolor del alma germana ancestral y Arminius aulló, en la lengua de sus padres, la orden de ataque.

Un resplandor cegador iluminó el bosque como si fuera de día y los soldados de Roma quedaron un instante a la vista: apretados escudo con escudo, hombro con hombro, las espadas empuñadas, en torno a sus enseñas. Desde aquella distancia, tan compactos, con el muro de escudos, las corazas de acero que habían repelido el resplandor del rayo, las águilas de alas desplegadas daban ahora la impresión de una fuerza intacta. Pero estaban en ayunas, exhaustos, heridos.

No les quedaba nada más que coraje.

Esperaron a pie firme el impacto de la avalancha germana. Las filas de Arminius se abatieron como las oleadas del Océano en tempestad contra el muro de escudos, que aguantó durante algunos momentos, hasta que empezó a retroceder. Arminius en persona se abrió paso entre las filas romanas buscando al comandante enemigo para darle muerte por su propia mano, como era tradición de su gente. Tauro trató de detenerlo y, por un instante, su rocosa complexión, su coraje, la habilidad en el duelo y la experiencia de mil combates cuerpo a cuerpo parecieron poner en dificultades al guerrero germano.

—¡Cuidado! —gritó el centurión—. ¡Aún no estoy muerto! —Y le golpeó en el hombro haciéndole un corte del que brotó la sangre.

Arminius se encendió de cólera y respondió con una lluvia de mandobles y hachazos que obligaron a Tauro a caer de rodillas.

—Aún no estoy muerto —rezongó el centurión, y trató de traspasarle el pie con el puñal.

Alrededor, no obstante la tempestad, el aire bullía de gritos salvajes, de rugidos, de furia sanguinaria, de fragor de armas contra armas. Eran tan numerosos los guerreros germanos, que no todos conseguían tomar parte en la refriega que tanto habían deseado. Aquellos que conseguían capturar vivo a algún legionario lo arrastraban al bosque —donde ya muchos guerreros se entregaban a gritos de victoria y a danzas frenéticas bebiendo cerveza celta— y lo torturaban de todos los modos posibles, le mutilaban manos, brazos y piernas, reduciéndolo a un torso informe.

Pero los aullidos reclamaron a la escena a otro personaje como una aparición espectral. Llevaba una máscara de bronce y montaba un caballo negro. Nadie le prestaba atención, y así descendió a lo largo del declive a gran velocidad blandiendo espada y hacha, pasó entre los guerreros semidesnudos haciendo molinetes con las armas, arrollándolos con la mole de su corcel y segándoles la vida con el hacha y la espada.

Desapareció por la otra parte tal como había aparecido.

Entretanto Arminius continuaba golpeando. Se dispuso a asestar un gran mandoble desde arriba sobre Tauro doblado de rodillas, pero el centurión gritó: «¡No en la espalda! ¡Nunca!», y con un último destello de energía se alzó, saltó hacia atrás dejando que la espada de Arminius golpease la tierra y, como vio que volvía a levantarla, se lanzó contra él y la recibió en pleno pecho, atravesándolo. Lo estrechó fuerte al morir. Lo miró a los ojos con una intensidad tal que le abrasase el alma.

—Buen golpe, muchacho —dijo agonizante—. Nadie había... conseguido matar a Marco... Celio... Tauro.

Se desplomó. Y Arminius se encontró delante de Quintilio Varo, que en ese mismo instante se apuñaló bajo el esternón alcanzando el corazón. Cuando la espada de Arminius lo traspasó estaba ya muerto. Los vencedores desfogaron su ira sobre el cadáver y lo hicieron pedazos. Arminius le cortó la cabeza con un seco hachazo.

Cuando los legionarios vieron a sus oficiales caer uno tras otro o ser encadenados por orden de Arminius, perdieron el último resto de fuerza que les quedaba. Muchos fueron así capturados vivos, pues eran ya incapaces de moverse; los otros cayeron luchando, hasta el último hombre.

La tempestad se aplacó, el trueno rugió a lo lejos y los guerreros berserker desahogaron su ferocidad sobre los pocos supervivientes. Únicamente se oían gritos de dolor y el seco crujido de huesos rotos.

Cayo Vibio, el joven prefecto de caballería que había ayudado a prender fuego a los carros, se despertó antes del ocaso en el campamento de Arminius envuelto en cadenas. Tenía una herida en el muslo derecho sobre la que se había formado un espeso grumo de sangre coagulada y debía de haber perdido el conocimiento.

Un gigantesco hermunduro se detuvo delante de él y, señalando con un gesto apenas perceptible a un grupo de queruscos que se ensañaban con un prisionero, dijo en un pesado latín:

—Luego te tocará a ti. Por eso te han conservado la vida.

El muchacho miró alrededor con espanto, luego volvió la mirada al hermunduro con expresión interrogante y él alzó la barbilla hacia las cadenas que lo mantenían atado al tronco de un árbol. Cayo Vibio comprendió y asintió. Antes de que los guerreros queruscos fueran a por él, cogió la cadena, la hizo rodar con toda la fuerza que le quedaba y se rompió el cráneo; su sangre y su cerebro salpicaron alrededor. Todos los oficiales supervivientes fueron degollados sobre los altares diseminados en aquel rincón del bosque en honor de los dioses germánicos. Otros fueron clavados en los árboles después de haber sido cegados.

Las insignias legionarias y las águilas fueron deshonradas y ensuciadas de todas las formas posibles para ser a continuación escondidas y que no fueran encontradas jamás.

El eco del gesto de Cayo Vibio, por medio del hermunduro, llegó hasta el campamento de Tiberio en Panonia, junto con la noticia de la derrota del ejército de Varo. Veleyo, ayudante de campo del comandante supremo, fue informado de ella el día en que se celebraba la última victoria contra los panones y contra los ilirios y los dálmatas, y decidió no hacerla saber hasta el día siguiente, para no empañar la alegría de aquella celebración.

Arminius fue recibido triunfalmente entre todas las tribus germánicas por la aplastante victoria sobre los romanos y le fue confirmado el mando supremo del ejército. Comenzó a pensar en una gran Germania unida e independiente con un único ejército y un único caudillo. Él.

Envió la cabeza de Varo a Marbod, rey de los marcomanos, con un mensaje en el que hacía referencia a la buena voluntad que el soberano había mostrado cuando lo había hospedado en su residencia de Boiohaemia.

Marbod mandó poner la cabeza en una vasija de sal y se la envió a Augusto, que había tenido noticia de la derrota y había quedado trastornado hasta el punto de no afeitarse más, de vestir siempre de luto y de vagar insomne por la noche por las estancias de su palacio gritando: «¡Varo, devuélveme mis legiones!».

La cabeza de Varo fue enterrada en el mausoleo familiar.

XXVII

Después de la masacre de Teutoburgo, Arminius se sintió invencible y pensó en poder expugnar una a una las estructuras defensivas y las fortalezas de la legión que protegían la frontera allende la ribera oriental del Rin.

En los primeros ataques les sonrió la fortuna porque fueron completamente inesperados y porque la caballería de Vala Numonio, que había intentado la fuga, fue interceptada en la ciénaga y destruida. Sin embargo, algunos supervivientes pudieron escapar y dar la alarma, por lo que Arminius se presentó ante la primera avanzadilla legionaria que encontró; el comandante estaba ya preparado y esperaba que los germanos atacasen. Si en los bosques y en los pantanos podían valer su energía guerrera, sus cuerpos fortísimos, la expresión feroz de los ojos y los rostros y, más aún, su perfecto conocimiento del territorio, ante una fortaleza con galerías de arqueros y de artillería pesada las cosas cambiaban radicalmente.

Convencidos de que llegarían refuerzos, los soldados de defensa se mantuvieron tranquilos y a la espera, pero los germanos, por decisión de Arminius, habían situado puestos de bloqueo en todo el territorio para que no entrase nada en la fortaleza y no saliese nadie.

En aquel punto, los soldados de la guarnición, pero también muchos civiles, decidieron traspasar las líneas germánicas al amparo de la oscuridad, exponiéndose a otra masacre. Se salvaron con una estratagema muy simple: alguien tocó la carga de la caballería e hizo correr la voz de que el ejército de Asprenas de Castra Vetera se acercaba. Además, Asprenas, en cuanto tuvo conocimiento de la situación, llegó de veras y los germanos se retiraron.

Arminius hizo otros intentos de forzar las líneas de baluartes legionarios que defendían la frontera del Rin, pero hubo de desistir porque sus guerreros eran diezmados por los arqueros y por las máquinas de guerra. Además, no poseía instrumental armamentístico para sitiar un lugar. Por si fuera poco, se extendió el rumor de que Tiberio en persona estaba llegando a marchas forzadas con un ejército de infantería pesada, y Arminius decidió suspender sus planes de adueñarse de las plazas fuertes de la frontera del Rin. La victoria de Teutoburgo había sido como una borrachera, pero ahora era imposible dirigir ni organizar a sus invencibles guerreros. ¿Y cómo reaccionaría el imperio? Para Roma él era solo un desertor, un oficial de los auxiliares germanos que había cometido traición. ¿Qué sucedería? ¿Cuándo llegaría la venganza? Arminius se dio cuenta de que únicamente podría tener éxito con emboscadas y asechanzas, pero si trataba de cruzar el Rin o atacar una fortaleza o un campamento atrincherado, la enorme desventaja técnica se manifestaría de inmediato.

Consiguió contar con informadores en Roma. No fue difícil, tenía muchos conocidos. Se enteró de que el emperador se había desembarazado de su guardia de corps germana y la había desterrado en pequeños grupos a unos islotes en medio del mar; había enrolado nuevas fuerzas, temía una invasión del septentrión como en los tiempos de los cimbros y los teutones.

Tiberio no llegó hasta el año siguiente. Con él iban Veleyo, su fiel ayudante de campo, y un joven al que Arminius conocía bien: Germánico. Lo había observado muchas veces, aún niño, en el friso de mármol del Altar de la Paz y había cruzado las armas de ejercitación con él cuando eran apenas adolescentes y su instructor era Marco Celio Tauro. En Teutoburgo había visto a los dos libertos de este último: Privato y Thiamino, muertos probablemente mientras intentaban llevarse el cuerpo de su amo para las exequias y darle sepultura. Pensar en aquellas cosas lo turbaba, sentía que su identidad romana no había desaparecido del todo porque en aquella identidad había muchas manchas y crueldad pero había también un sentimiento profundo que se llamaba *pietas*.

Tiberio no cruzó enseguida el Rin, tampoco intentó hacerlo Arminius para invadir la Germania romana y la Galia. Se limitaron a estudiarse, a observarse y a espiarse mutuamente. Arminius había combatido con Tiberio y sabía lo temible que era en la guerra. Tiberio sabía que Arminius casi con seguridad no aceptaría el enfrentamiento en campo abierto porque perdería. Así pues, reforzó las guarniciones, arregló los caminos y los puentes, se cercioró de que los comandantes de legión y de cohortes estuviesen del primero al último a la altura de su cometido. Arminius lo tenía constantemente bajo observación y al mismo tiempo recuperaba el control de varios territorios y de varias tribus desplegándose hasta el Visurgis, pero en ningún momento trató de entablar batalla, pues él no se dejaba atraer a lugares que habrían favorecido emboscadas. Tiberio, sin embargo, quemó pueblos y devastó territorios para que los germanos contrarios a la guerra tuviesen buenas razones para desacreditar a Arminius.

Quizá Augusto hubiera preferido un comportamiento más prudente, pero era consciente de que una catástrofe como la de Teutoburgo no debía quedar impune.

Arminius empleó aquel tiempo en cohesionar lo más posible las tribus que habían formado parte de la alianza contra los romanos en Teutoburgo, encadenando a quienes la habían traicionado. Muy pronto, sin embargo, se dio cuenta de que aquel tipo de coaliciones se podían hacer una vez, pero luego, concluida la empresa, tendían a deshacerse. Además, Seghest, el padre de Thusnelda, guerrero gigantesco y muy fiero, mantenía su hostilidad por lo que consideraba un robo y quizá también un estupro de la hija.

De Roma, tras las primeras reacciones confusas, llegaron noticias para él tranquilizadoras: Augusto había comprendido que era imposible reducir Germania a una provincia romana y que no se podía desplazar la frontera al río Elba. Después de veinte años de guerra y de gastos enormes, el proyecto era abandonado. La frontera debía detenerse en el Rin. Para siempre.

Arminius reflexionó largamente sobre lo que estaba sucediendo y sintió una suerte de extravío; comprendió algo importante: la victoria no había sido solo obra suya. La naturaleza de la tierra germana había combatido al lado de los guerreros, una naturaleza salvaje y feroz. Esto, desde cierto punto de vista, era emocionante, pero también era descorazonador. Los romanos no temían a la naturaleza y la desafiaban de continuo: drenaban ciénagas, talaban bosques, abrían canales, levantaban diques para impedir el desbordamiento de los ríos. Recordó el día en que con su hermano Flavus habían ido a ver el camino que no se termina nunca y el asombro que habían sentido. Los soldados romanos eran incansables y estaban acostumbrados al esfuerzo: eran ellos los que construían los caminos y los puentes en los períodos en que no combatían. Hasta bajo la lluvia de dardos los soldados de Varo talaban árboles, construían pasarelas, abrían caminos.

Recordaba las historias de su padre y sus encuentros secretos con el comandante Druso, y bien sabía que un encuentro parecido entre él y un comandante romano (¿Tiberio? ¿Germánico?) no se produciría nunca. Teutoburgo había cortado los puentes entre Germania y el imperio para siempre.

Su plan de unificación era muy difícil de llevar a cabo. Hasta sus parientes estaban en contra. Su tío Ingmar no se había unido a la coalición, se había aliado con Seghest, el padre de Thusnelda y su peor enemigo, que antes había sido siempre amigo de los romanos, hasta el punto de revelarle a Varo la emboscada que lo esperaba en el bosque de Teutoburgo.

Arminius había oído decir que a quien le pedía cuentas de aquella amistad embarazosa y para muchos despreciable le respondía que no lo hacía por interés personal, sino porque pensaba que la paz era preferible a la guerra y que los intereses de los romanos y los de los germanos eran los mismos. Y podía imaginar que su hermano Flavus era de igual parecer. Estaba casi seguro de haberlo visto en Teutoburgo. Y pensaba que ese día uno de ellos habría podido morir a manos del otro. No importaba quién. Cuando un hermano mata a otro hermano, ¿acaso importa quién de los dos ha golpeado primero? ¿Era de veras su rostro el de detrás de la máscara de bronce? Ese interrogante era como una herida siempre abierta.

El hermunduro: ¿quién era el titánico guerrero tatuado que aparecía en su vida y volvía a desaparecer? No había querido descubrirlo. Podría ser un dios de los bosques, un gigante solitario e invulnerable que pasaba de un mundo a otro, de un universo a otro sin un objetivo preciso salvo desviar la corriente de los acontecimientos en un sentido o en otro simplemente con su mole y acatar las consecuencias.

Así transcurrieron varios años sin que sucediese nada extraordinario. ¿Había conseguido Augusto olvidar la derrota de Varo?

—No —respondió el hermunduro—, Augusto es muy viejo y ya no tiene fuerzas para reaccionar ni ante las ofensas más atroces. Está cansado y triste, y tú sabes por qué: su hija languidece en una pequeña isla desierta por haber participado en una conjura contra él. Su nieto, hijo de su hija, está confinado en otra pequeña isla y allí sin duda morirá: su única culpa es ser considerado un joven violento y necio, pero nunca ha tocado a nadie. Él fue a verlo en secreto, acompañado únicamente de su mejor amigo. Se abrazaron, el abuelo y el nieto, lloraron el uno en los brazos del otro. El viaje debía permanecer en secreto pero fue descubierto, y esto significa solo una cosa: que el joven morirá. Es cuestión de tiempo. Si es que no está ya muerto.

—¿Y quién será el sucesor?

Era el día del solsticio de invierno. El hermunduro le volvió la espalda, montó a caballo y desapareció en la niebla.

No se había equivocado: Augusto murió al año siguiente, en el mes que llevaba su nombre, y fue enterrado en su mausoleo, donde había sido ya sepultada la cabeza de Varo. En su testamento había escrito que el Rin debía ser la frontera entre el imperio y Germania.

Le sucedió Tiberio.

«Un soldado despiadado e invencible —pensó Arminius—, para vengar Teutoburgo.»

Pero entretanto las legiones del Rin se habían amotinado por las condiciones inhumanas en que vivían, y Tiberio había enviado a sofocar la revuelta a Germánico, su hijo adoptivo y sobrino de sangre, hijo de su hermano el comandante Druso.

¿Era, pues, Germánico el hombre destinado a vengar Teutoburgo? ¿O había otros motivos detrás de su misión ante las legiones que pedían unas condiciones de vida más humanas? En el momento crucial de la sucesión de Augusto, ¿cuáles eran las prioridades? ¿Vengar a los muertos o seguir matando a los vivos para consolidar definitivamente el nuevo régimen monárquico y dar el último golpe a las residuales instituciones republicanas?

El hermunduro le hizo saber que, justo después de la sucesión de Tiberio, un centurión había desembarcado en la isla de Planasia y, no sin dificultad, había dado muerte al nieto de Augusto. Era de la familia Julia, mientras que el nuevo emperador era de la familia Claudia. Las dos situaciones no podían coexistir. El muchacho fue asesinado, pero tuvo un buen funeral y recibió sepultura en el mausoleo familiar.

Germánico, de todos modos, partió. Los soldados lo adoraban porque era el hijo del comandante Druso, se le asemejaba y tenía el mismo carácter: amigable, afectuoso, alegre y era un formidable combatiente. Llegó por la vía Flaminia, pasó por Ariminum y, a medida que avanzaba con su escolta de un centenar de pretorianos, la gente se agolpaba a los lados de la calle para aclamarlo.

Llegado a Bononia vio el gentío que lo esperaba, y casi le desagradó recibir tantas aclamaciones que habrían sido más adecuadas para el emperador.

De repente, oyó a una voz gritar:

—¡César! ¡Llévame a Teutoburgo!

Miró entre la multitud pero no distinguió a nadie. El grito se hizo insistente y cada vez más fuerte, tanto como para oírse por encima de cualquier otra voz.

—¡Llévame a Teutoburgo! ¡Llévame a Teutoburgo! ¡Llévame a Teutoburgo!

Germánico se detuvo y lo vio: era el único que corría en medio de la multitud para no perder contacto. Llamó a un centurión de la guardia.

—¿Ves a ese hombre que corre y grita? —le dijo.

—Desde luego, César. Y lo oigo.

—Tráemelo.

El centurión obedeció y condujo al hombre que gritaba esas extrañas palabras hasta Germánico.

—¿Por qué quieres que te lleve a Teutoburgo?

El hombre, de unos sesenta años, cabello ralo, barba de algunos días, algo entrado en carnes, dijo:

—César, mi nombre es Publio Celio y soy posadero aquí en Bononia.

—Tu nombre no me es nuevo —dijo Germánico.

—Soy el hermano de Marco Celio, llamado Tauro, centurión de primera línea de la Decimoctava Legión… —inclinó la cabeza para disimular la emoción—, caído en Teutoburgo.

—No es posible… —murmuró Germánico.

—Es la pura verdad.

—Lo sé —respondió Germánico—. Te le pareces.

Publio Celio lo miró sin comprender.

—Tu hermano fue mi instructor. Fue él quien me enseñó a usar esto —dijo Germánico echando mano a la espada corta—.

Y a convertirme en soldado. Hombres como él hay pocos; ¡qué pérdida más terrible! ¿Para qué quieres ir a Teutoburgo? Es un lugar maldito.

—Porque quiero encontrar los restos de mi hermano y darles honrosa sepultura. —Su voz se quebró cuando dijo—: He sabido… que los hicieron pedazos…, no será fácil.

Germánico sintió un nudo en la garganta y no consiguió decir palabra, pero le dio un abrazo apretado, como si fuese un viejo amigo al que no veía desde hacía mucho tiempo.

—Vendrás conmigo a Teutoburgo, Publio Celio —dijo finalmente—. Y haremos lo posible para rendir honores a Marco Celio, llamado Tauro, tu hermano y héroe del imperio.

La multitud enmudeció ante aquella escena: el hijo del comandante Druso abrazaba a un posadero bañado en lágrimas en medio de la ciudad de Bononia.

Y aquel posadero fue invitado a cenar la misma noche por Germánico, segundo en la línea sucesoria del imperio, y al día siguiente partió con sus tropas llevando a lomos de un mulo una tienda y su equipaje personal.

Arminius sabía por uno de sus hombres que militaba entre los auxiliares de Germánico que había habido un motín en las legiones de Panonia e Iliria, y ahora era la oportunidad de los legionarios del ejército del septentrión cuyo alto mando tenía Germánico. Una situación que se volvía totalmente ventajosa para él. Arminius podía jactarse con los otros jefes rebeldes miembros de la coalición de que esa terrible crisis del ejército imperial era consecuencia de la durísima derrota sufrida por Varo en Teutoburgo por obra suya.

Encontró a su informador entre las ruinas de un pueblo abandonado en la orilla derecha del Rin.

—La situación era muy grave, pero cuando el comandante llegó al campamento comprendió que los legionarios tenían razón. Vivían en condiciones inhumanas, afrontando dificultades enormes, a menudo más duras que el servicio militar. Muchos se habían convencido de que debían rebelarse y pedir lo que les correspondía, un modesto aumento del salario y una reducción del servicio militar de treinta a veinte años, porque estaban exhaustos y desesperados, pero seguían siendo conscientes de que el ejército era su única casa y nunca podrían separarse de él. He visto con mis propios ojos a un veterano tomar la mano de Germánico y llevársela a la boca. ¡No quería morderla, no! Quería que el comandante tocase sus encías ya sin dientes. Los había perdido todos en veinte años de servicio bajo las enseñas.

—¿Y luego? ¿Es cierto que ha conseguido sofocar la revuelta?

—Sí. Convenció a la mayoría garantizando con su propio patrimonio los aumentos pedidos. Los instigadores se vieron aislados y pagaron por todos: fueron azotados con los vergajos delante de las unidades formadas, hasta que los huesos desnudos quedaron a la vista, y luego decapitados.

—*Divide et impera* —concluyó Arminius—. Divide a tus adversarios, pon los unos contra los otros y luego ejerce tu poder. Eso es lo que hacen también con nosotros, y eso harán hasta que nos convirtamos en un solo pueblo. ¿Qué más tienes que decirme?

—Se ha reunido con él su mujer, su amadísima esposa, Agripina, hija de Julia, sobrina de Augusto, en estado de seis meses. Por lo visto se enamoraron de adolescentes y son inseparables como lo fueron el comandante Druso y su bellísima Antonia. Está embarazada, como te he dicho, y le ha traído al último hijo: el pequeño Cayo César. Y esto ha unido más aún los legionarios a su comandante.

—¿Algo más? —insistió Arminius.

—Restablecida la disciplina, los legionarios incluso se ofrecieron a seguirlo a Roma y proclamarlo emperador en lugar de a Tiberio, pero él se negó.

—¿Por qué?

—Creo que porque el emperador es su tío, padre adoptivo, y fue su comandante en Iliria y Panonia.

—¿Quieres decir que es un hombre leal?

—Eso se diría. Es un hombre del que podría fiarme.

El informador volvió a subir a su barca y se separó de la orilla para regresar a la margen izquierda del Rin. Arminius se quedó meditando sobre cuanto había oído decir, vagando entre las cabañas destruidas y las vigas quemadas del pueblo; luego llamó a Borr con un silbido y el semental lo alcanzó enseguida, caracoleando con las riendas sueltas. Todo estaba claro: Germánico era el hombre enviado por el emperador para vengar Teutoburgo. El niño de mármol con toga y bula en el Altar de la Paz era ahora un hombre de su misma edad. Esta vez no combatirían con armas de madera. Se batirían hierro contra hierro y al final solo uno de ellos sobreviviría. Sintió la necesidad de reunirse con Thusnelda, pero fue a saludar a su madre, que vivía a escasa distancia.

—Ten cuidado —le dijo Siglinde, a la que nada escapaba de sus movimientos y de sus palabras—. Tu victoria es una especie de tesoro que has acumulado con tu valor y tu inteligencia. Debes gastarlo con parsimonia y no dejar entrever nunca lo orgulloso que estás de ello. La envidia de los otros es tu más peligroso enemigo y podría destruirte.

Arminius no dijo nada, pero sabía que su madre tenía razón. ¿Cómo gastar su prestigio sin provocar envidia y rivalidad?

—Y otra cosa, hijo mío: Germania no ha existido hasta ahora y nadie sabe de dónde viene esta palabra. La aprendiste en Roma y tiene un significado sobre todo para ti. También tu padre la conocía, la aprendió, creo yo, del comandante Druso. Significa que todos los pueblos que habitan entre el Rhein y las grandes llanuras orientales son un solo pueblo y un solo territorio. Pero significa también que ese pueblo y esa tierra deberán tener un solo jefe. Y tú sabes quién.

—¿Yo?

—¿Y quién si no? ¿Quién ha puesto de rodillas a tres comandantes de legión? ¿Quién ha decapitado al gobernador? ¿Quién ha exterminado a la mitad del ejército romano del septentrión?

—¿Qué debería hacer, pues?

—Nada más que lo que estás haciendo. Solo te digo que tengas cuidado: los romanos no han olvidado Teutoburgo, y también entre nuestros pueblos tienes enemigos acérrimos que si pudieran te matarían. Haz lo posible para no verte atenazado.

—Lo sé Estoy solo. Ni siquiera puedo contar con mi hermano.

—Trata de dar con él si puedes, mejor si es en secreto. Dile que yo deseo que se pase a nuestro lado.

—Lo haré, madre, y espero que tus palabras lo induzcan a hacer la elección justa, pero me temo que no será fácil.

Pensaba en la máscara de bronce, tan oscura como para no dejar entrever la expresión de los ojos.

XXVIII

Arminius prosiguió hacia el lugar secreto en el que se encontraba Thusnelda y pasó la noche con ella. Pero no fue solo una noche de amor y de fuego; fue también una noche triste, por mucho que el cielo estuviera límpido y lleno de estrellas. Le confió sus esperanzas y también los temores que la hostilidad de Seghest le causaba. Deseaba tenerlo de su parte porque lo estimaba y apreciaba la fuerza, el valor, la influencia que tenía sobre su gente.

—Tu padre no estaba en Teutoburgo…

—Lo sé. El pueblo quería adherirse a la coalición, pero prevaleció su voluntad. Es un hombre inflexible.

—¿No podrías hacer algo para convencerlo?

—Si lo viese, me llevaría con él y no te vería nunca más.

—Me atormentan las dudas. Después de Teutoburgo pensaba que todos nuestros pueblos se sumarían a mi proyecto de unirnos en una gran nación. Pero si los romanos se detienen en el Rhein habrá menos motivos para estar unidos. Volveremos a luchar entre nosotros.

»Debo saber qué intenciones tienen. Estoy creando un sistema para conocer lo que hacen y lo que piensan. Hombres que tienen ojos y oídos por todas partes. Lo aprendí de ellos.

No había terminado de hablar cuando se oyó un galope que se acercaba rápido. Salió al aire libre para recibir al hombre que ya saltaba a tierra.

—Germánico ha desencadenado el ataque allende el Rhein.

—No es posible. Las legiones están aún agitadas por la turbulencia de la rebelión.

—La cosa ocurrió hace tres noches. Germánico les ha hecho comprender que ese era el modo de redimirse y mostrar su fidelidad al emperador. Han partido de las fortalezas construidas o restauradas por Tiberio, esas mismas que tú atacaste...

—Sin éxito... Prosigue.

—Han caído sobre los marsios, que acababan de celebrar la fiesta de la primavera, y los han masacrado: hombres aún medio borrachos, viejos, mujeres y niños. Han devastado un territorio de cincuenta millas de extensión y ahora están regresando por el bosque.

—Hay que atacarles ahora, mientras están el bosque. Vamos.

—La reacción no se ha hecho esperar. Tienen ya encima a brúcteros, usípetes y tubantes.

—¡Debe ser otro Teutoburgo! —gritó Arminius, y partió con el mensajero sin esperar un instante.

Thusnelda los vio desaparecer en un relámpago. Se quedó mirando el cielo despejado y lleno de estrellas con el corazón pesaroso.

Al amanecer consiguieron tomar contacto con los guerreros de las tribus que habían decidido reaccionar y los jefes celebraron consejo, pero no invitaron a Arminius a asumir el mando.

—¿Cómo pensáis llevar a cabo el ataque? —preguntó.

El jefe usípete, un guerrero de casi cinco codos de altura, con malla de hierro, espada y escudo, respondió:

—Les hemos atacado continuamente por los flancos para hacerles creer que ese es nuestro objetivo, pero el verdadero ataque será por la retaguardia, donde nosotros somos mucho más numerosos, y después de que hayan entrado en el bosque.

—Bravo. Espera a que hayan desaparecido dentro del bosque —dijo Arminius— y luego golpea con toda la fuerza que tengas.

—Sé lo que debo hacer —repuso el jefe usípete.

Estaba claro que quería su parte de gloria y trataba de reproducir la victoria de Teutoburgo. Pero los romanos no querían una segunda Teutoburgo.

La I Legión a la cabeza de la columna debía mantener despejado el camino y era precedida por cohortes de auxiliares y por unidades de caballería. La XXI y la V Alaudae protegían la impedimenta a derecha e izquierda. La XX era de retaguardia, seguida por las tropas ligeras de los aliados. El jefe usípete esperó a que la columna entera hubiera entrado en el bosque y luego ordenó el ataque.

Ante el impacto de decenas de miles de guerreros, las infanterías aliadas de los romanos cedieron y empezaron a retroceder, echándose encima de la XX en marcha. Parecía que todo iba bien para los atacantes, pero Arminius estaba preocupado: algo no iba bien, las prisas por conquistar una tan fácil como clamorosa victoria habían traicionado al comandante germano, que ordenó el ataque demasiado pronto, sin esperar a que la columna romana en marcha se adentrase completamente en la espesura.

En aquel momento Germánico, que avanzaba en cabeza, debió de ser avisado de lo que estaba pasando en la retaguardia porque tiró hacia un lado las riendas del caballo y retrocedió a toda velocidad por el flanco izquierdo de la columna asumiendo personalmente el mando.

—¡Vigésima! —gritó—. ¡A dos caras!

Y la legión invirtió con un ruido seco y metálico la dirección de marcha girando sobre sí misma. Únicamente el águila pareció volar de la primera fila a la última, transformándola en el frente de ataque. Los legionarios, al mando del comandante supremo, desencadenaron un contraataque durísimo contra los guerreros germanos y los empujaron hacia atrás hasta terreno descubierto. La XX tuvo todo el espacio y el tiempo para desplegarse en ocho filas de más de dos mil pies de frente. Sus legionarios no eran ya los exhaustos, desangrados combatientes de Teutoburgo, eran una avalancha de hierro y cólera que se volcaba en silencio sobre el frente enemigo.

Arminius acicateó a Borr a toda velocidad para entrar en la lid, en la vorágine de gritos y sangre que se extendía delante de él. Pensaba así infundir coraje y furor a los guerreros germanos, pero era demasiado tarde para invertir el curso de la jornada campal. Hubo un momento en que solo cien pasos lo separaban de Germánico y pudo oír su voz gritar: «¡Vengad Teutoburgo!». Vio brillar en su pecho un pequeño disco de oro, el mismo que llevaba de niño en el friso de mármol y de adolescente en la palestra de Tauro. Por un instante, un rayo de sol lo golpeó de lleno, casi lo cegó y Arminius tomó aquel destello como un aviso de los dioses. «¡Thor, ayúdame!», pensó antes de verse completamente rodeado. Borr respiró olor a muerte por sus dilatados ollares, se encabritó como si tuviera el brío de Pegaso y se lanzó de un salto más allá del cerco de los enemigos, poniendo a salvo a su jinete.

Entrada la noche, Arminius volvió al campamento iluminado por la luna. Estaba cubierto de rubios, pálidos cuerpos exánimes.

En otoño, Germánico regresó a Roma y atravesó triunfante el foro, entre el pueblo en delirio, llevando a sus niños en el carro y prisioneros encadenados a su espalda. Era como si hubiese vuelto el comandante Druso en carne y hueso. Su nombre no era ya solo la herencia del padre: era el emblema del valor ganado en el campo de batalla. Germánico era el héroe del imperio.

El día del equinoccio de otoño Arminius encontró al hermunduro en el gran claro cerca del lago.

—Ha muerto también la hija de Augusto —dijo—, la bellísima Julia. Había mostrado cierta compasión por ella trasladándola de la yerma isla negra a una decorosa residencia en el estrecho de Sicilia. Pero Tiberio, que había sufrido largamente la humillación de sus traiciones, mandó encerrarla en una habitación para que muriera de penuria, rabia y soledad.

»Germánico está preparando una nueva campaña, pero todo está rodeado de gran secreto. Imposible saber cuándo y dónde será. Adiós.

Desapareció.

Arminius se reunió con Thusnelda en el tálamo que había construido con sus propias manos y olvidó entre sus brazos todos los pensamientos angustiosos. Un abrazo de fuego, los cuerpos envueltos en el espasmo del deseo, las imágenes de la fiesta de la primavera, sus cabellos entrelazados de flores, la aparición de Freya tras los suaves párpados, las infinitas imágenes de su pasión incendiaron sus mentes y sus corazones y al final los postraron en una extenuada languidez.

—Estoy embarazada. Daré a luz un hijo tuyo. Será un varón como tú.

Arminius se levantó, resplandeciente en la claridad lunar.

—¿Cómo puedes asegurarlo?

—¿No sabes que las muchachas que ven a Freya tras los párpados el día de la fiesta de la primavera adquieren poderes adivinatorios?

—¿Cuándo será?

—Pronto, a comienzos de la primavera.

—No puedo creerlo. Tus palabras han iluminado la oscuridad de mis pensamientos. Me encuentro delante de la fuente de la vida después de haber dado muerte a millares. Mi mirada será tu protección; los latidos de mi corazón llegarán hasta él a través de tu piel cuando te abrace fuerte. Te amaré más allá de la muerte.

»Ahora debo partir para construir la fuerza de los germanos y levantar un muro de lanzas contra los invasores. Cada instante y cada pensamiento serán para ti hasta que te vuelva a ver.

Tres días después Thusnelda oyó el relincho de Borr y el repicar de sus cascos sobre el puente de madera que salvaba el torrente. No se vio con ánimos de presenciar la partida de Arminius desde el umbral de casa.

Arminius viajó cientos de millas por los bosques, los ríos, las colinas boscosas y las interminables orillas del Océano llamando a reunión a los germanos ante la inminencia de una nueva invasión. Hasta que una noche, cuando se acercaba al vado del río Visurgis, oyó un galope sobre el entablado del puente: un escuadrón de queruscos de su guardia. Lo habían seguido de día y de noche recabando noticias de su paso.

—Malas noticias, príncipe —dijo el jefe de la guardia—. Seghest se ha llevado a Thusnelda aprovechando tu ausencia. Los hombres de guardia se han batido, pero han recibido muerte. Alguien te ha traicionado. Es difícil proteger tan gran secreto durante un tiempo tan largo. Vuelve con nosotros. Nadie puede prever cuándo decidirán atacar los romanos.

Arminius se encendió de ira y de desdén, pero fue presa también de una sombría desesperación: la mera idea de que no volvería a ver a su esposa le rompía el corazón. Volvió a casa de sus mayores en el territorio de los queruscos y esperó a tener más noticias. Desde allí mandaba continuamente mensajes de voz, como los que le hacía llegar el hermunduro, a todas las etnias germánicas. Pero sus esfuerzos se centraban sobre todo en la liberación (así la consideraba) de Thusnelda. Cierto día su informador, el barquero del Rin, lo citó en el pueblo abandonado. Arminius se presentó escoltado por un invisible escuadrón de jinetes. Sabía que los sicarios de Seghest estaban desde hacía tiempo detrás de él y que su reluctante suegro no se andaría con escrúpulos.

Una leve agitación de las aguas anunció la llegada del barquero y Borr lo saludó con un bufido. Arminius saltó a tierra y se acercó con la mano en la empuñadura de la espada.

—¿Qué nuevas hay?

—Esta es una noticia que vale mucho.

—Siempre has recibido lo que has pedido. Pero yo no trato de estas cosas. Y ahora habla o me voy, y eso no será bueno para ti.

El barquero habló:

—Germánico ha preparado una campaña de verano. Franqueará el Rhein antes del solsticio.

Arminius agachó la cabeza con semblante sombrío.

—¿Demasiado pronto? —preguntó el barquero.

Arminius hizo caso omiso a sus palabras. Saltó sobre la grupa de Borr y se alejó al galope.

La noticia pasó de boca en boca, con petición de máximo secretismo, entre los jefes que se adherían a la coalición. Arminius temía que la concentración de las fuerzas se retrasara; continuó recabando información también de otras fuentes y recibió siempre la confirmación de un ataque romano en verano. También Thusnelda consiguió hacerle llegar mensajes: «Tu hijo está a punto de nacer: ya no puede esperar ver a su padre. Será guapísimo y se parecerá a ti. Pienso en ti de día y de noche. He de verte a toda costa. ¿Qué nombre debo ponerle?».

«Tumlich —respondió Arminius—. Es el nombre de un antepasado mío, aún venerado como un héroe entre los queruscos.»

Cogiendo a todos por sorpresa, Germánico cruzó el Rin tres meses antes de lo previsto con cuatro legiones, seguido de su segundo en la escala de mando, un oficial de antiquísima familia etrusca, Aulo Cecina, con otras cuatro legiones y una cantidad de auxiliares germanos y aliados de igual número de la orilla izquierda del Rin. Un ejército enorme para una simple represalia, que por otra parte contrastaba con las intenciones de Tiberio, y antes de él de Augusto, de establecer la frontera en el Rin. Pero en aquel punto Germánico era demasiado popular para que se le pudiese negar lo que pedía.

Atacó primero a los catos, miembros de la coalición que había tomado parte en la masacre de Teutoburgo, y los aniquiló, incendió y arrasó su capital, Mattium, luego se retiró a orillas del Rin dejando a su cuerpo de ingenieros construyendo puentes y caminos para una ocupación estable de Germania. Arminius entonces intentó con verdadero empeño crear una gran alianza de todas las tribus germánicas y lanzar en guerra a sus queruscos, pero no pudieron hacer nada contra el ejército de Cecina y tuvieron que retirarse.

El enfrentamiento entre Germánico y Arminius era ya un duelo estrecho, alimentado por una pasión ardiente y porque tenían en común edad, fuerza y ambición, pero también la personalidad y el estado de sus mujeres. Ambos estaban enamorados de dos mujeres hermosísimas, dominadas no solo por un amor inmenso hacia su hombre sino también por una ambición poderosa, y las dos estaban embarazadas, a punto de parir. También por esta razón Thusnelda no podía soportar estar prisionera de su padre y continuamente mandaba mensajes a Arminius para que fuese a liberarla. Había instruido a una esclava para que le refiriese sus palabras, y la muchacha se había tomado tan en serio el encargo que interpretaba el papel de su señora con extraordinaria eficacia. Imitaba hasta su voz: «No puedo vivir un solo instante más separada de ti y espero con ansiedad el momento en que pondré a nuestro hijo en tus brazos».

Así pues, Arminius, con la esperanza de liberar a Thusnelda y tomar el control absoluto de su gente, había incitado a los hombres de la tribu de Seghest a asediar la plaza fuerte en la que el soberano se había atrincherado. Pero Seghest se había enterado de que Germánico había cruzado el Rin con un ejército muy poderoso, ya había derrotado duramente a los catos y avanzaba con dos ejércitos, uno bajo su mando y el otro a las órdenes de su lugarteniente Aulo Cecina. Seghest le mandó un mensaje pidiendo su inmediata intervención para romper el asedio de sus enemigos.

Germánico celebró consejo.

Habló en primer lugar Lucio Asprenas, comandante de las guarniciones del Rin.

—Debemos responder enseguida a esta petición. Si tomamos a la hija de Seghest, encinta de Arminius, lo tendremos debilitado, si no destruido. Nadie como tú puede comprender lo que digo: imagina cómo te sentirías si tu bellísima Agripina, en estado de siete meses, cayese en manos de Arminius. —Germánico frunció el ceño—. Conoces bien el juego del rey con los dados. Quien se come la reina ya ha conquistado en parte al rey y ganado la partida.

—Lucio tiene razón —replicó Quinto Florio, legado de la XX—. Hagámonos con la muchacha y tendremos a Arminius en nuestras manos.

Germánico asintió y al día siguiente se desvió con su ejército del objetivo que había decidido para liberar a Seghest del sitio. Los sitiadores se dispersaron y Seghest salió rodeado de sus amigos y defensores, de su familia y de sus mujeres. Era gigantesco y lucía para la ocasión la armadura más hermosa. Y salió también la persona por la que Germánico se había desviado de su camino: Thusnelda. A Ingmar, sin embargo, le desagradó aquel comportamiento y se pasó al bando del sobrino, se adhirió a la coalición.

La muchacha no dijo una palabra, no preguntó nada, no lloró. En un momento había perdido todo excepto lo que llevaba en el vientre y que guardaba como un tesoro que debía proteger.

Un tribuno militar la tomó en custodia, como si hubiese sido un acuerdo tácito.

—Esta se viene con nosotros —dijo.

Thusnelda escupió a su padre en la cara cuando pasó a su lado. Germánico ordenó que la trataran con suma consideración.

Muchos del séquito de Seghest llevaron al mando romano los restos de los caídos de Teutoburgo que habían recibido en obsequio como botín de guerra. Ahora esperaban que salvasen su vida.

Publio Celio, el posadero de Bononia que en ningún momento se había separado del séquito de Germánico, se mezcló con ellos buscando entre los objetos a ver si alguno le resultaba familiar y balbuceando algunas palabras de la lengua de los naturales que había aprendido. En vano.

A continuación el ejército prosiguió con la invasión de los territorios de otras tribus germánicas, incendiando los pueblos, destruyendo las cosechas y pasando por el filo de la espada a todos los hombres en condiciones de llevar armas. En la tierra de los brúcteros encontraron ya todo destruido por obra de los mismos habitantes, pero descubrieron el águila de la XIX Legión exterminada en Teutoburgo. El centurión anciano la lavó, le sacó brillo y se la entregó al comandante Germánico para que la enviase a Roma.

Cuando Arminius tuvo conocimiento de que su mujer era prisionera de Germánico y que su hijo crecería esclavo de los romanos creyó enloquecer, pero, sabedor de que su humillación solo daría mayor satisfacción al caudillo romano, no se dio por vencido ni envió a nadie a Germánico para pedir el rescate de su esposa. Reunió, en cambio, a su gente y les dedicó un discurso apasionado:

—He aquí el héroe del Imperio romano que ha empleado a ocho legiones para conquistar a una mujer sola, encinta e indefensa. ¡Yo, en cambio, hice postrarse de rodillas ante mí a tres comandantes de legión y exterminé con mis guerreros a los mejores soldados de Roma, hombre contra hombre, espada contra espada! ¡Esta es la diferencia entre un romano y un germano!

Y durante todo el tiempo que siguió no hizo sino recorrer el país a lo largo y ancho para unir a todos en la única empresa de expulsar al invasor. Su mirada estaba siempre inflamada de pasión, y sus palabras vibraban de entusiasmo por la libertad. Solo por la noche, cuando se abandonaba exhausto sobre una improvisada yacija, derramaba en silencio lágrimas de angustia por su amor perdido y por el hijo al que no vería jamás.

Germánico pasó con sus tropas a devastar el territorio entre los ríos Lupia y Amisia, en la región próxima a Teutoburgo, donde se decía que yacían los restos insepultos de Varo y de sus legiones.

—No lo hagas, comandante —dijo Asprenas cuando comprendió que Germánico quería llevar el ejército al campo de la muerte—. No lleves a tus soldados entre esos inquietos fantasmas. Su moral se vendrá abajo, muchos sentirán espanto…

—No —respondió Germánico, gélido—, al contrario. Se volverán aún más feroces y despiadados, ansiosos por vengar a sus compañeros caídos y descuartizados como animales.

Cuando supo adónde se dirigía, Publio Celio empezó a temblar. Llevaba años buscando noticias del hermano desaparecido en combate, llevaba años ahorrando para el día en que viajara hasta aquel lugar de sangre y levantara un monumento fúnebre en su honor, pero ahora que estaba cerca notaba un dolor profundo, temía reconocer sus restos y descubrir los signos de atroces torturas que habría querido no ver. Germánico lo observaba a menudo, en él veía al simple ciudadano que conserva en su corazón los valores de una civilización. Se había fijado en que le gustaba comprar vino a los comerciantes y ofrecerlo a los soldados porque así le parecía que se lo servía a su hermano Marco.

—Publio Celio de Bononia —le dijo un día—, no temas. Daremos sepultura a nuestros compañeros y continuaremos combatiendo con renovado vigor para vengarlos y apaciguar su enojado espíritu. Nadie osará impedírnoslo. ¡Ojalá lo intentasen! Perseguiremos a Arminius hasta capturarlo y lo estrangularemos como se hace con los criminales.

Publio Celio dio las gracias por el gran honor que el hijo del legendario comandante Druso dispensaba a un simple posadero y se puso en marcha como si fuese un soldado. Hasta había comprado una espada que llevaba colgada al costado.

El ejército tomó el mismo camino que había recorrido Varo seis años atrás, pero a la cabeza avanzaba Aulo Cecina con los suyos, enviando exploradores a caballo, despejando el terreno en los pasos estrechos, construyendo puentes y pasarelas sobre los arroyos y las aguas estancadas, retirando árboles caídos y pedruscos arrastrados por antiguos torrentes. Cuando finalmente Germánico llegó al paso entre el monte de roca y la gran ciénaga encontró las legiones de Cecina formadas a derecha e izquierda del lugar de la masacre. Toda la superficie estaba cubierta de esqueletos que blanqueaban al sol de mediodía. Treinta mil legionarios enmudecieron: se instaló un silencio plúmbeo en el campo de la muerte. Publio Celio se cubrió el rostro con las manos para no mostrar su desesperación, pero permaneció erguido en honor a los caídos. Luego se puso a buscar, corriendo de un punto a otro, deteniéndose apenas junto a los esqueletos de los fugitivos dispersos aquí y allá, pero entreteniéndose largamente en los grupos numerosos que habían intentado resistir, porque allí tenía que estar su hermano. Sin embargo, la muerte y los expolios habían desnudado los cuerpos de los caídos volviéndolos irreconocibles. Publio Celio no se detenía, hurgaba febril entre aquellos huesos buscando algo que pudiese reconocer, pero se daba cuenta de que los cuerpos abandonados habían sido presa de los animales salvajes, que habían dejado los signos de sus zarpas sobre los míseros restos y mezclado sus huesos con los de los enemigos y de los animales de carga. Muchos de los legionarios presentes tenían amigos y parientes caídos en aquellos días malditos, y ver personalmente la escena de la masacre les hizo temblar de horror y desdén. Algunos, armados de picos y palas, enterraban los cuerpos dispersos por la llanura sin saber si estaban enterrando los huesos de sus parientes y compañeros o los de enemigos arrastrados al infierno por la postrera y desesperada resistencia de los legionarios de Varo.

Seis años después un ejército romano había regresado a Teutoburgo guiado por un pequeño grupo de supervivientes para rendir los honores de la sepultura a los compañeros caídos. Pero el horror no parecía tener fin: en el bosque encontraron los cráneos de los centuriones y de los oficiales superiores clavados en los troncos de los árboles a través de las cuencas de los ojos y los esqueletos de otros hechos pedazos en los altares de las divinidades germánicas.

Había llegado la hora de la piedad y del honor: a una orden de Germánico llegaron decenas de carros arrastrados por mulos sobre los que cargaron los restos de tres legionarios para ser depositados en un único lugar. El comandante supremo echó sobre ellos la primera palada de tierra y luego, uno tras otro, legionarios, centuriones, tribunos y legados arrojaron un terrón sobre aquellos huesos desnudos hasta cubrirlos.

Germánico se puso la armadura de los desfiles y el manto púrpura de comandante e hizo una seña al legado Asprenas. Las legiones formaron, unidad por unidad. Un gigantesco abanderado de la V Alaudae dio tres pasos delante de todos y enarboló el águila de la XIX recién recuperada. El legado dio orden de presentar armas y veinte mil espadas fueron desenvainadas.

Otra orden:

—*Percutite... scuta!*

Y veinte mil legionarios comenzaron a golpear el escudo con la espada corta, todos al mismo tiempo y a ritmo de marcha. Se alzó un fragor ensordecedor, un retumbo de trueno resonó por el valle.

Cien golpes. El trueno debía recorrer Germania entera.

Publio Celio permaneció todo el tiempo rígido haciendo el saludo militar con la espada extendida hacia delante en dirección al túmulo ya terminado: una verde colina que la lluvia había rociado con las lágrimas del cielo.

Luego el silencio que siempre acompaña a la muerte.

XXIX

Germánico decidió perseguir a Arminius hasta en las regiones más impenetrables de su territorio y, habiéndolo casi alcanzado en una zona llana entre bosques y ciénagas del septentrión, mandó a la caballería a atacarlo por sorpresa. Los germanos contraatacaron y hubo de intervenir la infantería pesada en un terreno cenagoso y casi impracticable. Germánico envió entonces a Cecina a la zona de los puentes largos que Arminius y Flavus habían visto con asombro de muchachos. Pero eran estructuras en parte dañadas y las tropas enemigas hostigaban.

Los hombres se encontraron en graves dificultades, se hundían en el fango y no conseguían reaccionar a los ataques. Cundió el desaliento y el pánico por las condiciones terribles de un ambiente hostil y desconocido, mientras que las tropas germánicas, conocedoras de los lugares, sin pertrechos ni carruajes que se hundían hasta los ejes de las ruedas, más ágiles en sus movimientos, dotadas de armamento ligero pero eficaz, eran cada vez más agresivas. A pesar de ello, Germánico consiguió alcanzar el río Amisia y embarcar a sus legiones en la flota que los puso fuera de peligro.

El espectro de Teutoburgo amenazaba nuevamente sobre las filas exhaustas del ejército de Cecina y aleteaba en las palabras de Arminius.

—¡Adelante, hombres, adelante! ¡Está a punto de tener lu-

350

gar una nueva Teutoburgo! ¡Se hundirán en las ciénagas, venceremos de nuevo y seremos libres para siempre! —gritaba, pero no daba la orden para el ataque definitivo.

Aulo Cecina era un veterano con la piel dura: ni sabía lo que era el miedo ni había perdido nunca el ánimo, y hablaba como un patibulario. A costa de increíbles esfuerzos, arriesgando muchas veces la vida, al cabo de dos días de marcha consiguió alcanzar un lugar seco en un terreno abierto. Pero les pisaban los talones por todas partes y Arminius estuvo a un paso de matar a Cecina, cuyo caballo había destripado.

Avanzada la noche, el veterano soldado habló a los legionarios y consiguió infundirles un poco de confianza y de calma.

—¡Hombres! ¿De veras queréis morir en este pantano y dejar que venza el traidor hijo de perra que condujo a vuestros compañeros al matadero de Teutoburgo? ¿No tenéis ganas de volver a los cuarteles del cuerpo del ejército? ¿No tenéis ganas de volver a ver a vuestras mujeres o de tiraros a vuestras fulanas? ¿No tenéis ganas de una comida decente, un buen vino, un ambiente seco y un buen fuego para asar en inverno una buena carne de caza?

Nadie respondió.

—¿Me habéis oído, por Hércules? —imprecó Cecina.

—¡Te hemos oído, comandante! —respondió uno.

Alguno rio socarronamente.

—¡Apuesto la paga de todos vosotros a que mañana habremos vencido!

—¡Ya voló, comandante! —gritó otro.

Mentía, pero logró el resultado que buscaba.

Con todo, fue una noche oscura y angustiosa, sin tiendas, sin un fuego con el que secarse la humedad. Cada cual trataba de darse ánimos, pero ninguno tenía ganas de hablar. Nadie durmió aquella noche, en ninguno de los dos campamentos, quién por una razón, quién por otra. No demasiado lejos se veían los fuegos de los queruscos y se oían las risotadas y los cantos de victoria de los guerreros.

—Sí, cantad, cantad —gruñía Aulo Cecina—. ¡Mañana haremos que se os pasen las ganas!

Estaba rodeado casi por todas partes, pero seguía pensando que podría amenazar. Llamó a los oficiales a consejo.

—Sé de buena fuente que estos bárbaros tienen dos opciones: Arminius se propone dejarnos pasar y cuando estemos en medio de los bosques y las ciénagas, como en Teutoburgo, atacarnos por todas partes hasta desangrarnos. Su tío Ingmar, en cambio, quiere atacar nuestro campamento para echar mano a todo lo que hemos acumulado. Prevalecerá su parecer porque goza de gran estima y prestigio mientras que Arminius resulta antipático a muchos. Por consiguiente, si es así, les daremos una buena sorpresa. Cuatro de vosotros —dijo señalando a otros tantos comandantes de cohortes— saldréis ahora con cuatro mil hombres y os apostaréis allí arriba, donde ese robledal, y por allá, detrás de ese montículo. Dejaréis que vengan al ataque de nuestro recinto defensivo y cuando estén debajo del vallado oiréis unos toques de trompeta. Será la señal. Los atacaréis por la espalda con todas vuestras fuerzas. Al mismo tiempo, nosotros saldremos por arriba y los cogeremos en medio. Ahora partid.

Salieron sin hacer el más mínimo ruido y fueron a apostarse. Los queruscos estaban tan tranquilos y borrachos que no se dieron cuenta de nada, y los romanos pudieron también dormir bajo la vigilancia de los centinelas.

Al amanecer, los queruscos salieron de su campamento en masa, se dirigieron contra el modesto vallado creado por el ejército de Cecina y echaron cañizos para pasar el foso, listos para el enfrentamiento final. En aquel momento se oyeron las trompetas y los cuernos resonaron en el valle. Los hombres apostados salieron al descubierto, apretaron las filas en un único bloque y atacaron, mientras que del campamento de Aulo Cecina hizo irrupción el resto de su ejército. Los queruscos y los otros germanos se encontraron con que los atacaban por delante y por detrás.

Se entabló una pelea furibunda, e increíblemente los romanos mostraron una entereza y un poderío físico casi milagroso. Ingmar fue herido de gravedad, Arminius se salvó de milagro. A mediodía el choque estaba decidido. Los germanos supervivientes huyeron a los bosques. Las legiones de Aulo Cecina marcharon sobre los puentes largos hasta que encontraron las naves de Germánico, que los recibieron a bordo y los llevaron de vuelta a las fortalezas a orillas del Rin sin gran número de bajas.

La primera expedición de Germánico había concluido con muchas vicisitudes pero sustancialmente a favor de los romanos, y había servido para hacerle comprender cuáles eran las grandísimas dificultades de conquistar un país como Germania, donde la naturaleza oponía obstáculos casi insalvables a un ejército como el romano, que continuamente debía ser reabastecido de una cantidad enorme de materiales y que necesitaba espacios abiertos para desarrollar su poderío. Ciénagas, bosques impenetrables, una red de canales en la que era fácil perderse o permanecer aislados, arenas movedizas, mareas en las zonas costeras donde ejércitos enteros podían ser engullidos por el Océano... Atravesar esos terrenos insidiosos costaba enormes esfuerzos, construir campamentos en ellos era una empresa a menudo imposible. Los veranos eran muy cortos; los inviernos, largos, húmedos y helados; las fuerzas germánicas, incansables, encarnizadas en la defensa del territorio, equipadas del mejor modo para integrarse en la naturaleza. Podían golpear e inmediatamente desaparecer, pero estaban también en condiciones de agrupar a multitud de guerreros capaces de batirse como leones contra los ejércitos de Roma. Cuando las legiones se hallaban finalmente en la zona de operaciones, quedaban desgastadas por el afán de hacer practicables aquellos terrenos con caminos, puentes, drenajes y diques y por las condiciones adversas del clima y el territorio.

Germánico pensó en cómo sortear todo eso para alcanzar la zona de operaciones con sus fuerzas al completo y en las mejores condiciones físicas y morales. Construiría una flota.

Mil naves.

Cada escuadra fue proyectada de acuerdo con su destino: bajíos, aguas fluviales, lacustres u oceánicas. Las embarcaciones destinadas a navegar en el Océano fueron construidas con dos proas y dos bancos de timonería, de modo que bastara invertir el movimiento de los remos para cambiar de dirección, sin perder tiempo en maniobras. Fueron dotadas de puentes para albergar millares de hombres equipados, provisiones, cordaje y velamen, máquinas de artillería ligera y pesada: balistas, onagros, catapultas.

En toda la costa entre la Galia y Germania se levantaron astilleros donde se realizaban los cascos y las arboladuras y, detrás de estos, cientos de otros talleres para cortar y talar árboles, descortezarlos y darles forma según lo exigido por el montaje y las tablas para las paredes laterales. Había miles de carpinteros de ribera y de forjadores trabajando día y noche, y los astilleros eran abastecidos a continuación con los materiales necesarios: inmensos montones de remos, cabrestantes, anclas, rollos de sogas, pilas de lonas de cáñamo para las velas y palos para sostenerlas.

Una vez completada, la flota era tal que, cuando fuese dispuesta a lo largo de una sola directriz, crearía una fila de más de veinte millas de longitud. Mientras las naves se reunían, Germánico mandó a Silio, uno de sus lugartenientes, contra los catos, que asediaban una fortaleza a orillas del río Lupia, y los dispersó. El mal tiempo, sin embargo, paralizó las operaciones. Silio constató, en una triste jornada de lluvia, que el túmulo erigido por Germánico sobre los huesos de los caídos de Teutoburgo había sido desmantelado.

Luego la flota se internó por el canal excavado por Druso, de casi treinta millas, que unía el Rin con una laguna costera, y desde allí, tras salir a aguas abiertas, empezó a remontar el río Amisia. Los aliados bátavos que vivían desde siempre en el Océano dieron el espectáculo zambulléndose en el agua desde las amuradas de las naves y nadando contra las olas del reflujo oceánico. Algunos se ahogaron.

Arminius fue informado de que Germánico remontaba los ríos con mil naves y ocho legiones. Germánico supo que Arminius se estaba preparando para un ataque masivo.

Los dos ejércitos estaban frente a frente en las dos márgenes del Visurgis: en la orilla derecha, los germanos; en la izquierda, los romanos. Arminius y algunos jefes se reunieron para observar los movimientos de las tropas enemigas. En un momento dado, viendo a un grupo de oficiales romanos pasar por la orilla, Arminius gritó en latín:

—¿Es cierto que el comandante está en el campamento?

—¡Es muy cierto! —respondió uno de los tribunos.

—Quisiera preguntarle si me concedería una charla entre mi hermano y yo, quien me dicen está también en el campo de batalla y al que vosotros llamáis Flavus.

Los oficiales se miraron unos a otros al darse cuenta de que tenían delante a Arminius, el caudillo de la coalición germánica.

—Espera —respondieron—, vamos a ver qué nos dice.

—¡Pero haced retroceder a los arqueros cuando yo me acerque! —gritó Arminius.

—Bastardo —gruñó uno de los tres.

Al rato apareció Flavus junto con Stertinio, uno de los lugartenientes del estado mayor de Germánico, que se mantuvo aparte y lo dejó que siguiera.

—¡Eh! —le saludó Arminius—. ¿Cómo estás?

—Como se puede.

—Pero ¿qué te ha pasado en ese ojo? He aquí por qué no te reconocí en Teutoburgo bajo la máscara.

—¡Deja estar Teutoburgo! —respondió Flavus con brusquedad.

—¿Cómo perdiste ese ojo?

—En la batalla, durante la campaña del comandante Tiberio.

—¿Y qué has ganado?

—Eso es asunto mío. Es mi ojo. No he perdido el tuyo.

—No has cambiado. Siempre irascible.

—¿Para decirme esto querías verme?

—No. ¡Pero creía que podríamos razonar! Éramos hermanos en otro tiempo… Y para transmitirte un mensaje de nuestra madre… —Flavus no dijo nada—. Me manda decirte que cruces este río y te pases al otro lado, que es también el tuyo. ¡El de tu pueblo y tu tierra! ¡No puedes traicionarnos, no puedes ser un siervo de los romanos!

—¡Yo no soy siervo de nadie! Di mi palabra y la he mantenido, como hacen ellos. Germánico ha prometido que trataría humanamente a tu mujer y a tu hijo y la ha mantenido. Tú aceptaste la ciudadanía romana, el rango de équite, has vestido la toga y luego has cometido traición. Has traicionado, ¿entiendes? ¡Yo no! ¿Sabes cuántos amigos míos murieron en Teutoburgo? Amigos que me habían salvado la vida muchas veces en la batalla: ¡hechos pedazos! ¿Y Tauro? Lo mataste tú, ¿no? ¿Y a Thiamino y a Privato? Nos traían la comida a la mesa, ¿recuerdas? ¿Qué les hicisteis? ¿Les cortasteis la lengua? ¿Les sacasteis los ojos? ¿Y a Varo? Comiste de su pan, bebiste de su vino, disfrutaste de su confianza y luego le cortaste la cabeza. ¡No eres mi hermano, eres un bastardo! ¡Yo solo tengo una palabra, tú tienes mil!

Arminius respondió con otros insultos, ambos echaban chispas de ira. Empujaron sus cabalgaduras al vado para enfrentarse en duelo, pero el uno fue retenido por los oficiales romanos y el otro por los jefes germanos.

—¡No te cruces en mi camino, Armin! —gritó Flavus mientras unos pocos trataban a duras penas de arrastrarlo atrás—. No lo hagas o no tendré consideración ni por la memoria de nuestro padre ni por la de nuestra madre.

Tiró de las riendas de su caballo negro, espoleó y desapareció en medio de una nube de polvo.

El espía fue recibido por Germánico en su tienda entrada la noche.

—Arminius ha decidido dónde será la batalla final, la segunda Teutoburgo.

Era un lugar llano con, en la margen meridional, unas colinas boscosas cubiertas de grandes árboles; en lengua local se llamaba algo así como «Idstwis», y los romanos lo rebautizaron «Idistavisus» para poder pronunciarlo.

—Es un ejército poderoso —continuó el espía—, y Arminius no hace más que recordar Teutoburgo para dar a los suyos la certeza de la victoria. Y mira con desprecio a quien hace uso de la flota en vez de descender a tierra para batirse. Es evidente que semejante demostración de poderío ha impresionado mucho a sus hombres. Aun así, todos los jefes le han conferido el mando supremo. Siete tribus han contribuido con todos los guerreros disponibles.

—Si ese lugar le parece bien, también me parece bien a mí —respondió Germánico, y lo despidió.

No dejó nada al azar ni quiso exponer a sus hombres a riesgos que pudieran evitarse. Cuando el espía regresó, siempre de noche, para informar de que el ejército enemigo se hallaba a escasa distancia y que atacaría al día siguiente, Germánico ya había construido dos puentes y dispuesto a cientos de arqueros cubriendo el vado. Hablaba aún con el espía cuando la caballería de Stertinio y los escuadrones de los bátavos estaban a punto de cerrar filas en la orilla oriental y la infantería pesada atravesaba en silencio los puentes.

Los primeros en atacar fueron los bátavos, al mando de su jefe Cariovaldo, que se lanzaron en persecución de los queruscos. Estos fingieron retirarse y los atrajeron así a un lugar cerrado donde los bátavos fueron rodeados por completo. Cariovaldo trató de romper el cerco, pero ni para él ni para sus hombres había ya escapatoria. El jefe bátavo fue acribillado a cuchilladas y murió aplastado bajo su caballo, destripado por los guerreros queruscos.

La caballería de Stertinio, llegada apenas a tiempo, consiguió evitar el exterminio de los bátavos y sacarlos de allí. Pero el grueso de los guerreros queruscos de Arminius estaba en el bosque, a la espera de que el ejército de Germánico avanzase: delante, los auxiliares galos y germanos; a continuación, los arqueros; seguidamente, cuatro legiones, una detrás de otra, y luego Germánico en persona con mil doscientos pretorianos y un escuadrón de caballería escogida. Detrás aún otras cuatro legiones, la infantería de asalto, los arqueros montados y las otras cohortes de aliados. Verlos infundía espanto: encerrados en las lorigas segmentadas, los oficiales con la coraza anatómica, los mantos púrpura y el yelmo con la cimera del mismo color, los abanderados, uno por cada legión, con el águila esplendente al sol.

Arminius, agazapado en el bosque, buscaba el punto por el que romper en dos aquella masa de acero en marcha, aparentemente invulnerable, y llegar hasta Germánico. Contenía a los guerreros que hasta hacía poco había inflamado con sus arengas, cargado de ira y furia ante la inminencia de la contienda mortal, pero cuando vio que toda la columna le ofrecía el flanco, dio la orden de ataque y mandó la carga en persona, incitando a Borr al galope desenfrenado pendiente abajo. El bosque era lo bastante espeso para ocultarlos y lo bastante ralo para que pudiesen correr a rienda suelta.

Pero los oficiales romanos habían sido instruidos mil veces, cada legionario estaba tenso como la cuerda de un arco y solo esperaba la orden de pasar de la formación de marcha a la de combate. Llegó al unísono la orden de todos los oficiales de girar a la derecha y cerrar filas y todos se volvieron hacia la caballería enemiga que llegaba. Los arqueros lanzaron nubes de flechas, luego la infantería pesada arrojó dos oleadas de *pila* que hicieron caer a gran número de hombres y caballos. Y no había llegado aún el momento de Stertinio, oculto en el bosque, detrás del ejército en marcha, con su caballería pesada y con los bátavos supervivientes deseando vengar a su jefe muerto cruelmente.

Llegó la orden, llevada por un jinete, y era una orden clara: la caballería escogida atacaría a los queruscos por el flanco e, inmediatamente después, Stertinio y los bátavos los cercarían por la espalda y los empujarían hacia la llanura. Por último intervendría el comandante supremo con las cohortes pretorias. Stertinio hizo partir la carga a toda velocidad y penetró en la columna de los queruscos en loca carrera rompiéndola en dos. Los bátavos atacaron detrás.

La lid se encendió furibunda. Arminius, que había sufrido un tajo, continuaba batiéndose con energía inagotable y la sangre chorreándole del hombro herido. Miraba hacia el punto en que estaban formados los arqueros porque allí podría abrir una brecha y llegar hasta Germánico, pero los aliados recios, vindelicios y galos comprendieron sus intenciones y partieron al contraataque impidiendo la maniobra. Germánico lo vio y se lanzó hacia delante a la cabeza de sus cohortes pretorianas. La superioridad de los romanos era ya aplastante, y lo que quedaba del ejército germano no había hecho actuar aún a la caballería pesada, el muro de escudos impenetrable, las barreras de espadas cortas que despuntaban en primera línea.

Se combatió durante horas y horas, y al final Arminius ordenó la retirada para evitar la derrota total. Se cubrió la cara con la sangre de su herida y de aquel modo, irreconocible, consiguió escapar, y lo mismo hizo su tío Ingmar. Muchos trataron de cruzar a nado el Visurgis, pero fueron traspasados fácilmente por los arqueros o arrastrados por el agua debido al desmoronamiento de los diques. Los que buscaron refugio en los bosques treparon a los árboles y se escondieron entre las ramas pero, convertidos en fácil y casi ridículo blanco de los arqueros, cayeron uno tras otro al suelo.

Se luchó durante casi diez horas, hasta que oscureció, y los cadáveres de los caídos y las carcasas de los caballos quedaron diseminados por el suelo en un espacio de diez millas. El mando del ejército de Germánico decretó levantar en el campo de batalla un túmulo y una inscripción con la lista de todos los pueblos que habían sido derrotados, a modo de trofeo y como respuesta a la demolición del túmulo de Teutoburgo recién construido e inmediatamente desmantelado.

Pero Arminius no se daba por vencido. Se cosió la herida con sus propias manos y decía a los que encontraba: «¡No todo está perdido!». Continuó mandando mensajeros a todas partes para llamar a las armas a cuantos pudiesen aportar su contribución. Hablaba también de la inscripción de los romanos que los daba por vencidos y relacionaba los nombres de los pueblos huidos, inmortalizando su derrota para la eternidad. Y esto, más que ninguna otra cosa, los incitó a reaccionar. De todas partes afluían hombres y muchachos, hasta adolescentes, guerreros a pie y a caballo, y cuando la multitud dio esperanzas de una posibilidad de desquite los concentró a todos en un lugar más al septentrión, en un punto donde había un paso estrecho entre bosque y ciénagas, fortificado por una barrera que llamaban «el muro de los angrivarios», una tribu que había querido cerrar el paso entre su territorio y el de los queruscos. Era un pronunciado terraplén con empalizada, mantenido en buen estado. Muchos jefes que ya pensaban en pasar a la otra margen del Elba cambiaron de idea y se presentaron con todas las fuerzas de que disponían. La infantería defendería el muro y la caballería se escondería en los bosques.

Germánico fue inmediatamente informado de cuanto estaba sucediendo y dispuso el ataque contra el muro. Los germanos se batían con encarnizamiento y acercarse costaba importantes bajas, tanto era así que el comandante decidió no arriesgarse a perder más hombres y mandó alinearse a la artillería pesada. Esta comenzó a atacar sin pausa el bastión con proyectiles de todo tipo y con bolas incendiarias de estopa empapadas en pez que se desintegraban en llamaradas mortíferas e hicieron cundir el pánico entre los defensores, que abandonaron la fortificación.

El enfrentamiento se trasladó entonces al espacio que había quedado entre el muro y el bosque, donde los germanos, amontonados en gran número en un espacio tan estrecho, no consiguieron hacer prevalecer su agilidad y velocidad al golpear. Teniendo que enfrentarse a la formación compacta de las legiones, lanzarse contra el muro de escudos y los miles de espadas afiladas que despuntaban entre un escudo y otro, sin la protección de yelmos y corazas, sufrían bajas espantosas.

Arminius, extenuado por las heridas y los continuos combates, que no daban tregua ni para alimentarse ni para reposar, no aguantaba ya de pie y se desplomó. Oyó a Germánico pasar a caballo gritando: «¡Nada de prisioneros! ¡Nada de prisioneros, matadlos a todos! ¡Vengad Teutoburgo!». La carnicería duró hasta que oscureció. Ingmar, que se había batido como un león corriendo a caballo de un punto a otro de la batalla, cuando ya no le bastaban las fuerzas tuvo que replegarse para salvar lo que quedaba de sus hombres.

Arminius se reanimó entrada la noche porque Borr lo encontró en medio de un montón de cadáveres y trató de despertarlo. Intentó con enorme esfuerzo montar a lomos de su caballo pero cayó varias veces; solo cuando Borr se agachó y se echó, pudo cabalgarlo. Se alejó al paso en la oscuridad de una noche sin luna y antes del amanecer encontró un refugio donde se habían reunido otros compañeros. Cayó en un profundo embotamiento y a la salida del día lo despertó un guerrero querusco. Arminius abrió los ojos.

—¿Cuántos se han salvado?

—Bastantes —respondió el guerrero.

XXX

Publio Celio había llevado a cabo, dentro de los límites de lo posible, su misión.

Ahora en Castra Vetera había un monumento funerario que recordaba a su hermano Marco, centurión de primera línea de la XVIII Legión Augusta. Lo había hecho representar en uniforme de gala, con la coraza, las condecoraciones que había ganado en batalla y la vara de vid, símbolo de su grado. Había querido que se nombrase su ciudad de origen, Bononia, y su edad, cincuenta y tres años, en el momento de la muerte. Casi en el umbral del licenciamiento.

También los libertos Privato y Thiamino estaban representados, con dos bustos sobre pedestales, un poco retirados y espectrales. Se lo merecían por haber demostrado tanta fidelidad. Thiamino aparecía con las orejas de soplillo, como le había pedido. Le gustaban los retratos realistas.

Publio Celio pagó la cuenta al picapedrero, que había hecho un buen trabajo, sin mirar demasiado el precio, y dejó al mando del ejército del septentrión una disposición testamentaria de un fondo para la manutención del pequeño monumento.

Prefería que aquel testimonio estuviese en Germania en vez de en Italia para que sirviese de ejemplo a los soldados que guardaban la última frontera del imperio. Echaba mucho de menos a su hermano, aunque se vieran raramente. Cuando se encontraban, a veces también en su posada, era una fiesta para los dos. Recordaba el día en que había ido con aquellos dos muchachos, uno de los cuales se convertiría en su carnicero.

No había conseguido despedirse del comandante Germánico y congratularse con él por la gran victoria de Idistaviso. Se sabía que había descendido el Amisia con la flota y que había salido al Océano septentrional para regresar a buen recaudo a los puertos de la gran laguna oceánica y luego remontar el canal de Druso y el Rin.

Se pagó el trayecto en un carro cargado de madera para construcción que formaba parte de un convoy de diez que se dirigía a Italia a través de los puertos de montaña alpinos.

Llegado a Mediolanum al cabo de aproximadamente un mes de viaje se dio cuenta de que una mala noticia le había precedido. Mejor dicho, una pésima noticia. Una tremenda tempestad había sorprendido a la flota del comandante Germánico y la había dispersado en una vasta área. Muchas naves se habían perdido; muchos hombres, caballos, bestias de carga habían muerto. Muchos, con sus embarcaciones encalladas y maltrechas, habían sido hechos prisioneros por las poblaciones ribereñas y luego revendidos tras un rescate que Germánico había cubierto con su patrimonio privado. Un desastre.

Se enteró también de que Germánico no se había dado en absoluto por vencido, había atacado a las tribus que se habían rebelado. Una tarde, tras haber visto descargar el maderamen, Publio Celio se acercó a un correo de enlace recién desmontado del caballo y le preguntó si quería aceptar una invitación a cenar en la taberna de la casa de postas. Se llamaba Rutulo, era de Interamna y aceptó.

—¿De dónde vienes? —le preguntó Publio Celio.

—De Magontiacum, en Germania.

—Yo de Castra Vetera. Seguí al comandante Germánico hasta Teutoburgo para dar sepultura a nuestros caídos.

Rutulo lo miró con asombro.

—Pero ¿cuál es tu oficio?

—Posadero.

—Posadero… ¿Tenías un amigo, un pariente muerto en aquella carnicería?

—Un hermano. El único.

—Lo siento. Fue terrible.

—¿Crees que toda esta historia terminará?

—Germánico no está convencido, quiere derrotar a los germanos de una vez por todas, pero Tiberio insiste en que vuelva. Esta guerra está costando cifras espantosas: miles de naves…, ochenta mil hombres…, miles de caballos… ¿Te das cuenta? Y la situación aún no está resuelta. Harán falta otras campañas, inversiones enormes…

El correo tenía razón. Germánico en realidad tenía plenos poderes en Germania y podía hacer lo que quisiera, aunque Tiberio lo abrumaba a cartas cuyo contenido era fácil imaginar: «¡Vuelve!».

Publio Celio asintió y continuaron hablando hasta tarde. Pensaba en Arminius, al que había vuelto a ver en Roma casi jovenzuelo; le había parecido totalmente integrado y luego se había revelado un lobo salvaje. ¿Qué estaría haciendo en ese momento? ¿Dónde estaría lamiéndose las heridas?

Arminius había sido llevado a escondidas a casa de su madre, donde habían cuidado de él y de sus numerosas heridas. Solo los muy fieles podían verlo. El jefe de su guardia, un sicambrio de nombre Herwist, fue a su encuentro apenas supo de su estado y de su morada. Al verlo, Arminius, enflaquecido, con profundas y negras ojeras, le reveló sus pensamientos.

—Germánico cree haber vencido, pero no es cierto. Ha perdido la flota y nadie sabe cuántos hombres. Sus expediciones contra los marsios y los catos son solamente a efectos de propaganda para los historiadores, que ya exaltan sus empresas, y para el emperador, que no está en absoluto convencido. Creo que hay poco de verdad.

—Lo que hay de verdad son nuestras enormes bajas, que no podemos ocultar; de todos modos, nosotros no tenemos historiadores, solo nuestros bardos cantarán un día tus gestas, pero estos cuentan poco. Tus condiciones no son ciertamente alentadoras, y lo cierto es que muchos de los aliados están cansados de hacer la guerra y de sufrir tantísimas bajas. Recuérdalo: los romanos pueden reclutar hombres y encontrar dinero en todo el imperio. No solo en territorios limitados. Tal vez no sepas que Mallwand, el jefe de los marsios, fue capturado en Idstwis y ha revelado a Germánico dónde está el águila de la XIX Legión, lo que le ha permitido recuperarla. Encontrar un águila legionaria es como encontrar una nueva legión entera, tan grandes son su poder y su importancia. Este éxito será para él como haber ganado una batalla...

Arminius permaneció en silencio durante unos momentos y luego preguntó casi con lágrimas en los ojos:

—¿Dónde está Thusnelda? ¿Dónde está el niño?

—Nadie lo sabe. He hecho de todo para tener noticias: he tratado de corromper a funcionarios del imperio y a oficiales del ejército, pero nadie osa exponerse. La ira de Germánico sería tremenda. No ha conseguido matarte ni capturarte. Debe absolutamente exhibirlos en su triunfo en Roma.

—¿Quiere triunfar sobre una mujer y un niño?

—No tiene elección. Su mujer Agripina está preparando un espectáculo inolvidable: se habla de enormes tablas pintadas con las escenas más impresionantes de la guerra. Y luego música, toques de trompeta... En cualquier caso, el pueblo adora a Germánico. Tiberio es gris, desconfiado, prudente; sin duda no es el tipo de hombre que provoca entusiasmos.

—¿Podrías hacer llegar un mensaje mío a Thusnelda?

Herwist calló por un momento.

—Tal vez —dijo al poco—, pero no puedo decirte cuándo lo recibiría. Podría ser dentro de unos años.

—Esperaba que mi hermano me ayudara, si lo convencía de que cruzase el río. Pero estuvimos a punto de rebanarnos el cuello mutuamente. Se limitó a decirme que Thusnelda y el niño reciben un buen trato.

—Imagino que te dijo la verdad. ¿Cuál es tu mensaje?

—Mi mensaje es: «Eres el único amor de mi vida y lo serás hasta que cierre los ojos. No habrá nunca otra mujer a mi lado, ni tendré hijos de ninguna otra».

Herwist meditó en silencio las palabras de Arminius y trató de memorizarlas, luego lo abrazó diciendo:

—Recuerda, una señal tuya y todos los pueblos de esta tierra correrán a las armas bajo tu mando. Adiós.

Aquella noche Arminius soñó el triunfo de Germánico, un sueño terrible, peor que la peor pesadilla, más verdadero aún por los recuerdos de su permanencia en Roma y por las palabras de Herwist: primero los senadores con la toga lacticlavia, luego los trompeteros, los pobres despojos de los pueblos germanos, los blancos bueyes de cuernos dorados para el sacrificio, después los lictores de los que tantas veces había abominado —«¡Las fasces y segures, las togas fuera de este país!»—, y finalmente los prisioneros: guerreros germanos semidesnudos, con cadenas, jefes que se habían rendido y a los que habían convencido para que desfilaran como actores de una tragedia. Y allí, en el centro, su Thusnelda, pálida y orgullosa, llevaba de la mano a un niño que había aprendido a andar hacía poco. Quería lanzarse con las armas empuñadas para liberar a su familia o morir, pero él mismo se sentía envuelto en cadenas, incapaz de moverse. Se daba cuenta entonces de que también él era prisionero y que estaba obligado a mirar el desfile pasar delante de él. El vencedor, con la toga recamada de oro y la corona de laurel en torno a la cabeza, estaba con sus niños sobre un carro tirado por cuatro caballos. Sus miradas se cruzaban como otras veces en el pasado, pero ninguno de los dos conseguía proferir una palabra. A continuación venían las tropas escogidas y los pretorianos esplendentes con las armaduras de gala, luego los legionarios precedidos por los abanderados con las águilas. Después las dos águilas de Teutoburgo, casi solitarias. Las precedía un jinete montado en un negro semental de guerra y con el rostro cubierto por una máscara de bronce.

Se despertó aullando, chorreando sudor. Se dio cuenta de que había transcurrido toda la noche y un alba pálida asomaba por el horizonte.

El triunfo que Arminius había visto en sueños, y que se había desarrollado en verdad con gran pompa, se había transformado en la realidad en una trampa para Germánico, que había tenido que interrumpir su empresa de conquistar Germania y había sido enviado a Oriente.

En aquel punto Arminius no tenía ya un adversario, tal como no lo tenía ya Germánico. Pensaba, a veces sin querer, que Tauro habría sabido cómo interpretar la situación que se había creado y que el único en condiciones de gobernarla era el emperador en persona, que, como todos los verdaderos soldados, detestaba la guerra. Había luchado a su lado lo bastante para saber lo que pensaba en aquel momento: «Pongamos fin a la guerra de conquista: demasiado costosa y de hecho inútil. Abandonemos su territorio e inmediatamente se pondrán a combatir los unos contra los otros y caerán por sí solos».

Pero Arminius había comprendido que las cosas podían ir en otra dirección si conseguía que los jefes de las tribus entendieran que combatir los unos contra los otros era suicida. Al final, gracias a su prestigio de vencedor en Teutoburgo y su aura de combatiente por la independencia de su tierra, logró reunir en torno a él a todas las naciones germánicas en nombre de la libertad. Marbod, en cambio, era un personaje odioso, ávido de poder y con ambiguos contactos con los romanos, con los que había habitado durante años cuando era todavía joven.

Hubo durante bastante tiempo una sorda rivalidad entre los dos y una sustancial igualdad de fuerzas, hasta que en determinado momento las dos poderosas tribus de los longobardos y los semnones pasaron a las órdenes de Arminius, dándole una clara superioridad numérica y un mayor prestigio respecto a Marbod. Arminius, siempre asistido por su madre, llegó a soñar con un gran imperio germano y una incursión imprevista e inesperada hasta el lugar donde Thusnelda y su hijo eran mantenidos prisioneros. Entre él y la realización de su sueño se interponía un solo obstáculo: Marbod.

Reunió a todos los jefes en una gran asamblea.

—Hace más de veinte años que luchamos contra los romanos y sus gigantescos ejércitos por tierra y por agua. Aunque hemos perdido alguna batalla, podemos decir que hemos ganado la guerra. Los romanos han renunciado para siempre a llevar la frontera del imperio al Elbe. Saben que estamos dispuestos a dejarnos hasta la última gota de sangre en la lucha, y el recuerdo de Teutoburgo sigue aún muy vivo en ellos. Tiberio prefiere la defensa al ataque. Piensa que después de su retirada comenzaremos a batirnos entre nosotros mientras ellos se quedan mirando. Pero también en esto se equivocan. ¡Ahora somos un solo pueblo y estoy aquí para deciros que unidos nadie puede con nosotros! Marbod ya es un hombre de Tiberio que hace un doble juego. ¡Los hermanos longobardos y semnones lo han abandonado y ahora están con nosotros!

Un grito de fervoroso entusiasmo se alzó de todos los jefes de la coalición y uno por uno abrazaron a los jefes de las dos naciones que se habían pasado a su lado. Arminius reanudó su llamamiento:

—Hasta ahora me habéis honrado aceptándome como jefe y como comandante de nuestro ejército. No me han movido las ansias de poder sino la pasión. Las cicatrices que veis en mi pecho y en mis brazos son las señales de esta pasión. Ahora os pido que renovéis la confianza que nos llevó a aniquilar a las legiones de Varo y os juro que en la próxima primavera habremos reunido Germania desde el Rhein hasta el Elbe, desde el Océano hasta el Donau, y por tierra habremos llevado nuestras fronteras hasta el contacto directo con las del Imperio romano.

¡Nos temerán! ¡Temblarán de espanto cuando oigan que nos estamos moviendo!

Otro clamor se alzó en la asamblea de los jefes y de las filas de los veteranos de Teutoburgo, y Arminius fue proclamado comandante supremo de las fuerzas germánicas.

Celebraron una comida en común para consolidar la alianza y luego Arminius dispuso centinelas y cuerpos de guardia introduciendo una disciplina muy parecida a la del ejército romano.

En el corazón de la noche Herwist, el sicambrio, se le acercó y Arminius se alzó de golpe y le puso la espada en la garganta.

—Tranquilo, soy yo —dijo Herwist en voz baja.

—¿Qué pasa?

—Tu tío Ingmar se marcha con los suyos. ¿Qué hacemos? A mí me parece la ocasión oportuna para arrestarlos y ponerlos bajo custodia. Estoy seguro de que, aparte de él, los suyos se pasarán a nuestro lado, y son excelentes combatientes.

—No. Deja que se vayan. No quiero retener a nadie por la fuerza. Y lo comprendo: es el hermano de mi padre, no puede aceptar tener que obedecer a su sobrino, mucho más joven y, según él, inexperto. Siempre ha luchado con valor, merece respeto. Di a los centinelas que nadie se mueva cuando pasen.

—Pero avisarán a Marbod de nuestros planes —replicó Herwist.

—No cambiará nada. Nos enfrentaremos, en cualquier caso.

—Como quieras —respondió Herwist, y se fue hasta los cuerpos de guardia.

Ingmar y los suyos se encontraron con Marbod y se unieron a su ejército.

Al comienzo de la primavera siguiente Arminius pasó a despedirse de su madre, la única persona que había quedado de su familia, y a recibir su abrazo y bendición.

—Cuida de ti, hijo mío, no te fíes de nadie salvo de tus más leales veteranos: todos deben haber luchado contigo y visto tu valor y tus sacrificios.

—Así lo haré, madre. Y volveré a ti incólume.

—¿Ninguna noticia de tu hermano? —preguntó ella con los ojos brillantes.

—Pocas y todas desagradables.

—Si un día recuperas a tu familia, no tengas otro hijo. No hay pena mayor para un padre que ver odio entre sus propios hijos.

Llegó un jinete de su guardia de corps que, al ver que Arminius hablaba con su madre, se quedó a la espera. Cuando Arminius advirtió su presencia y se dirigió hacia él, el jinete dijo:

—Te traigo una buena noticia: nuestro mayor enemigo murió hace más de un mes, no lo hemos sabido hasta ahora. Las ciudades romanas del Rhein están de luto. Paños negros penden de las torres.

—¿Germánico? —preguntó Arminius, incrédulo.

—Sí. Murió en Siria, en Antioquía.

Antioquía. Aquel nombre traía a su memoria una época de su vida que nunca podría olvidar.

—¿Cómo murió? —preguntó.

—Parece que fue envenenado.

—Envenenado…

No fue capaz de alegrarse. La cercanía de edad, las batallas libradas el uno contra el otro, su imagen esculpida en mármol, los duelos de adiestramiento en común. La custodia que había asumido de su hijo Tumlich y de su esposa Thusnelda tratándolos con humanidad —eso le había dicho su hermano desde la orilla del Visurgis— le impedían regocijarse en ello. Le asaltó el pensamiento de que también la muerte podía ser una herencia común, suya y de Germánico: dos jóvenes que habían aprendido juntos los principios de la vida en Roma por medio de las enseñanzas del mismo maestro y que quizá la perderían al mismo tiempo.

Tal como había prometido, Arminius invadió Boiohaemia a comienzos de la primavera con un ejército perfectamente adiestrado en combatir en orden cerrado, seguir las instrucciones y obedecer las órdenes de los comandantes. Marbod no se quedaba atrás, y la guerra entre pueblos afines no fue menos feroz que aquella entre enemigos y extranjeros. Los dos ejércitos se enfrentaron en campo abierto y lucharon todo el día, hasta que los hombres de Marbod se retiraron al bosque y luego muchos de ellos desertaron y se pasaron al ejército de Arminius.

Marbod, al quedarse solo, abandonó su reino y se refugió en la provincia romana del Nórico. Desde allí mandó cartas a Tiberio pidiendo ayuda y al final fue aceptado en Italia e instalado en una residencia lujosa en Rávena. Allí olvidó los asuntos de estado y de guerra y disfrutó de la vida, el clima, la comida, las flores y las mujeres de aquel encantador retiro preparado expresamente para huéspedes ilustres. Vivió en aquel lugar, sin nostalgia, dieciocho años.

Arminius siguió siendo el único gobernante sobre todas las naciones germánicas. Su poderío atraía a su bando a los mejores guerreros y a los mejores consejeros, que le enseñaron a tejer relaciones entre los jefes, a reconocer formalmente su autoridad pero ejercitando la propia en la práctica, a los máximos niveles, personalmente. Creó un ejército a partir del modelo romano, disciplinado y obediente, e hizo de él un instrumento de poder, seguro de que era la única manera de mantener unido al país y salvarlo de las discordias y las guerras intestinas.

Corrió la voz de que quería convertirse en rey de los germanos.

En aquel tiempo llegó al Senado de Roma una carta enviada por el jefe de los catos y fue leída frente a la asamblea.

Adgandestrio, jefe de los catos, al Senado y al pueblo romano.

La arrogancia de Arminius se ha vuelto insoportable.

Hemos luchado muchos años contra el pueblo romano por nuestra libertad y ahora, por supuesto, no podemos renunciar a ella por las ambiciones de un solo hombre que quiere autoproclamarse rey. Si tenéis un veneno lo bastante potente para matar a un hombre fuerte y de gran corpulencia, mandádmelo por medio de la persona que os ha entregado esta carta y en breve tiempo Arminius, hijo de Sigmer, príncipe de los queruscos, habrá dejado de vivir.

El Senado respondió que el pueblo romano estaba acostumbrado a vengar las ofensas sufridas a cara descubierta y con las armas y no con ardides oscuros y venenos.

Una noche de octubre, al atardecer, Flavus regresaba a su cuartel de Castra Vetera después de haber tomado parte en una reunión de estado mayor cuando se encontró de improviso frente al hermunduro con el rostro rayado de negros tatuajes.

—Me has asustado —dijo Flavus desenvainando la espada—, y asustarme puede ser peligroso. ¿Me buscas a mí?

—Sí —respondió el hermunduro—. Y es para una cosa importante...

Flavus le indicó con un gesto que continuase.

—Dentro de tres días, al amanecer, Arminius pasará a caballo, con su guardia mandada por Herwist, entre el puente sobre el Kreis y el llamado camino de Druso, ahora abandonado. Es un lugar aislado rodeado de bosques muy espesos. Allí será asesinado. Herwist se ha vendido a los jefes de los sicambrios y de los catos.

—No creo que la cosa me incumba —respondió Flavus con sequedad.

El hermunduro agachó la cabeza en silencio y luego se ajustó la capa sobre los hombros, golpeó el cuello del caballo con las riendas y partió al galope desapareciendo enseguida de la vista.

Arminius fue el primero en cruzar el puente sobre el Kreis y se dirigió hacia el viejo camino de Druso. Borr demoró un poco el paso, pareció olerse algo y empezó a tirar hacia un lado bufando impaciente.

—Bueno, Borr, bueno… —dijo Arminius acariciándole el cuello—. Parece que presienta algo.

Herwist se acercó mirando alrededor, como si quisiera proteger a su jefe, pero lo que hizo fue asestarle un espadazo en un costado. Arminius, sin embargo, no cayó del caballo y, aullando, desenvainó la espada para responder al ataque de los otros dos miembros de la guardia de corps. En ese mismo instante apareció del bosque a toda velocidad un jinete armado de espada romana y hacha germánica que hacía molinetes con un zumbido siniestro. Abatió primero a Herwist, pero los otros dos habían ya rodeado a Arminius, que gritaba: «¡Ayúdame, Wulf, ayúdame!», mientras continuaba defendiéndose sin dejar de chorrear sangre. Consiguió, sin embargo, derribar a uno, y Flavus, con el hacha, cortó en dos al otro a la altura de la cintura. Inmediatamente después también Arminius se desplomó en el suelo. Flavus saltó a tierra y se le acercó: agonizaba y la sangre le corría copiosa por el costado.

Le hizo unas angarillas con ramas de pino, lo fajó apretado y, tras haberlo asegurado a los arneses de Borr, lo llevó a un pueblo que recordaba no estaba lejos.

De vez en cuando se volvía para ver cómo estaba su hermano. Sus movimientos y sus estertores lo tranquilizaban. Quizá en el pueblo el curandero se cuidaría de él. A veces se detenía y se apeaba, le apretaba el índice sobre la yugular para sentir el latido del corazón, luego retomaba la marcha. Faltaba ya poco. Cuando por fin llegó al claro se encontró con que el pueblo había sido abandonado desde hacía tiempo y que Arminius estaba ya muerto. Se quedó velándolo hasta casi el ocaso, escuchando las voces remotas de cuando eran niños, cuando eran muchachos, el juramento de no separarse nunca, luego cogió el hacha y fue al bosque a recoger leña para la pira. Le prendió fuego. Recogió las cenizas en un vaso de arcilla y las enterró en un lugar escondido; desató a Borr y montó sobre su caballo negro.

Epílogo

Pasaron muchos años, durante los cuales Flavus se convirtió en ciudadano romano y alcanzó los más altos grados del ejército, pero no consiguió enterarse de dónde estaba su sobrino Tumlich, el hijo de Arminius, ni se atrevió nunca a preguntarlo. Únicamente supo que Thusnelda había muerto.

Pensó que un día o quizá una noche el hermunduro reaparecería para indicarle el camino, pero esperó en vano. Acaso había muerto en combate en los frecuentes enfrentamientos entre las tribus germánicas, o quizá simplemente había desaparecido; tal vez era solo un espectro, una conciencia común y misteriosa que tenía con su hermano.

Fue un sueño el que despertó la memoria de Flavus, un sueño en el que estaba solo en un lugar que no había visto nunca antes, un edificio en forma de anillo todo de madera, con la voz de un auxiliar germano que decía: «Es una escuela de gladiadores». Él se volvía hacia el otro lado porque había oído un galope, y veía a un jinete rubio salir de la niebla montado en un semental negro que soplaba nubes de vapor por los ollares. Luego el jinete desaparecía.

Traer al presente aquella imagen era como mirarse al espejo por primera vez. Él era el jinete rubio montado en el semental negro y por consiguiente había llegado el momento de recomponer su persona con la imagen del sueño.

Una noche volvió al lugar secreto en el que había enterrado

la urna con las cenizas de su hermano Arminius. La desenterró y la puso en la alforja en la que llevaba sus cosas personales en los largos viajes.

Pasó primero por el cuartel general del ejército del septentrión, al romper el alba, a saludar al centurión Marco Celio, llamado Tauro, esculpido en una tumba vacía pero presente.

—Salve, centurión.

Oyó resonar dentro de sí una voz ronca.

«Buen viaje, muchacho.»

Y mientras se alejaba le parecía oír una vieja canción legionaria que nunca había conseguido aprenderse de memoria:

> *Miles meus contubernalis*
> *Dic mihi cras quis erit vivus*
> *Jacta pilum hostem neca*
> *Miles sum, miles romanus!*

Viajó durante días y noches, incansable, atravesó los Alpes por el mismo puerto de montaña que había transitado con Arminius y vio a la vieja que lo había curado con su ungüento. ¿Cuántos años tenía, cien? Bajó hacia el gran lago al sur y pernoctó en la *mansio* donde había conocido a Yola. ¿Dónde está Yola? ¿Qué Yola? ¿Una ramera? Aquí nunca ha habido ninguna Yola. Si por casualidad la ve, dele este brazalete, por favor.

La posadera había sonreído.

Su meta era Rávena, la gran cuenca donde había entrado el *Aquila maris*, el inmenso quinquerreme que lo había llenado de asombro. Encontró la ciudad envuelta en una espesa niebla y sintió que se estaba acercando a la imagen del sueño. Espoleó el caballo al galope, oyó el repiquetear de los cascos y, como si estuviera delante de un espejo, se vio emerger de la niebla y supo que debía detenerse.

Tenía ante sí el edificio en forma de anillo, todo de madera.

Esperó que se hiciese de día.

376

Un sirviente salió por una de las arcadas con una alforja en bandolera. Un esclavo, quizá, que iba al mercado. Cogió de la silla el yelmo y se lo puso.

—Quisiera saber cuándo abre la escuela.

—Nadie puede asistir a los entrenamientos.

—Yo sí. Soy comandante de la Vigésima Legión y puedo ir a donde me plazca.

—Pido perdón, legado. Es cierto. Los entrenamientos comienzan después del desayuno. Puedes entrar cuando quieras. Ya hablaré yo con el responsable de la escuela.

Flavus esperó un poco y aprovechó que a no mucha distancia abría un local para tomar algo caliente. Cuando el siervo volvió con la compra, tomó la alforja del caballo y fue tras él.

Llegados a la entrada del anfiteatro, el siervo le indicó el camino para la sexta fila de asientos, la mejor, y Flavus fue a sentarse.

Al poco, en la tribuna de enfrente aparecieron el lanista, el entrenador y, junto a él, el siervo. Señalaba al huésped inesperado que estaba sentado solo en la sexta fila.

Lucharon tres parejas a eliminación con armas de entrenamiento y al final solo quedó uno: el más apuesto, el más fuerte, el más violento.

«Es él —se dijo—, es igual.»

Pidió al lanista, el empresario propietario de aquel grupo de gladiadores, ver al muchacho en privado.

—No está en cesión, legado, ni siquiera para un oficial de tu rango.

—Lo sé —respondió Flavus.

El lanista hizo un gesto con la cabeza y lo llevó a un reservado de las palestras. Cerró la puerta y se fue.

Flavus se quitó el yelmo y dejó a la vista la cabellera rubia que le había dado el nombre y el ojo izquierdo cubierto por un parche de cuero.

—Soy tu tío Wulf-Flavus —dijo al tiempo que extraía un cofre de marfil de la alforja—. Aquí tienes las cenizas de tu padre, Armin, el primer caudillo de todos los germanos. Cometió muchos errores, pero perdió la vida por haber querido la libertad y la unidad de su país y de su pueblo, y te quiso infinitamente pese a no haberte visto nunca. No lo olvides mientras vivas.

El joven lo miró con los ojos brillantes sin conseguir proferir palabra. Cogió la urna y la estrechó contra su pecho.

—Adiós, muchacho.

—Adiós, comandante.

Flavus salió con un nudo en la garganta por primera vez en su vida. Saltó sobre su semental y lo lanzó al galope.

Desapareció en la niebla.

Nota del autor

La batalla del bosque de Teutoburgo del año 9 d.C. es uno de los acontecimientos que hizo época en la historia romana y europea y una de las tres más grandes derrotas, junto con Cannas y Adrianópolis, sufridas por el ejército romano en su historia milenaria. Esta derrota fue para Augusto, que había invertido enormes recursos en una guerra de veinte años en Germania, un golpe devastador que lo indujo a devolver la frontera nororiental del imperio al Rin, renunciando para siempre a la frontera que deseaba en el Elba.

Pero ¿por qué Augusto había querido la frontera en el Elba, seiscientos kilómetros al este del Rin? No podía tratarse simplemente de una rectificación de la frontera oriental que habría eliminado la cuña que se extiende entre el alto Rin y el alto Danubio: una situación semejante no basta para motivar un despliegue de fuerzas de decenas de legiones y de miles de naves de guerra y de transporte. Por espacio de veinte años se fueron escalonando los mejores mandos, primero Druso, luego su hermano Tiberio y, por último, Germánico y su lugarteniente Aulo Cecina. Muchos fueron los éxitos, pero no pocos también los fracasos; hay que pensar que todas nuestras fuentes son romanas y por tanto están interesadas en exaltar las victorias y en encubrir, al menos en parte, las derrotas o los enfrentamientos con resultado incierto. En estos casos el poderío de la publicidad es no menos importante que el de las legiones.

Por las *res gestae* sabemos que Augusto exploró por medio de sus lugartenientes (*per legatos meos*) los confines del mundo conocido, y sabemos que el mar Caspio era considerado un golfo del Océano, que, según los conocimientos geográficos de aquella época, circundaba todas las tierras; en otras palabras, lo que Augusto quería realmente alcanzar en perspectiva no era una frontera fluvial (el Elba), sino oceánica, que sin embargo no podía siquiera imaginar cuán distante estaba. Su intento, por tanto, era unir bajo la égida de Roma todas las tierras emergidas. La Urbe debía coincidir con el Orbe, es decir, el mundo. Pero en nuestra construcción narrativa imaginamos una percepción más extensa, la de prevenir lo que Horacio temía y que, en efecto, sucedería: la destrucción del Imperio romano por parte de los pueblos germanos.

Germania no tenía en aquella época nada que ofrecer a un potencial conquistador: el suelo estaba cubierto de bosques y de ciénagas, la economía era primitiva. La agricultura era casi desconocida, así como también la siderurgia, a pesar de esporádicos hallazgos de hojas de hierro con restos de carbonitruración. Los asentamientos no habían alcanzado siquiera el estado preurbano, y los más recientes descubrimientos arqueológicos llegan a citar centros de quinientos habitantes como momentos de importante desarrollo. El clima, por otra parte, era pésimo (*horribile coelum*, dice Tácito), con largos y rigurosos inviernos y breves estaciones lluviosas.

Todo lleva a pensar que el fundador del Imperio romano estimaba necesario incluir a las etnias germánicas en el imperio asimilándolas y enrolándolas en el ejército. Probablemente los consideraba los más peligrosos adversarios del Estado y potenciales invasores. La poesía de Horacio (*barbarus, heu, cineres insistet victor et Urbem eques sonante verberabit ungula…* / ¡Ah! Se alzará en tu ceniza el bárbaro triunfante, y la Urbe hollará con sonante casco un équite, Épodos, XVI) representa una escena casi profética de las invasiones bárbaras, ya evocada por Escipión Emiliano bañado en lágrimas ante las ruinas de Cartago (Polibio, XXXVIII, 21; Diodoro, XXXII, 24). Todos, además, recordaban la invasión de los cimbrios y de los teutones que antes de ser derrotados por Cayo Mario en los Campos Raudios habían invadido el norte de Italia. Y no cabe excluir que viese a esos pueblos como portadores de nuevas energías.

El verdadero enigma es cómo Publio Quintilio Varo se dejó engañar completamente por su comandante de los auxiliares germanos, Arminio, el príncipe querusco, ciudadano romano y miembro de los équites. En vano el jefe germano Segestes lo había avisado de la trampa y exhortado a que aherrojara á Arminio y a todos sus amigos; Varo se mostró firme y condujo a tres legiones de élite, la XVII, la XVIII y la XIX, a un terreno impracticable, con pedruscos y cursos de agua, rodeado completamente por la tupida maleza perfecta para las asechanzas, sin la mínima sospecha. Incluso el macizo de Kalkriese había sido pertrechado en su parte inferior con una pantalla de cañizos cubiertos de pellas de hierba tras la cual se habían escondido veinte mil guerreros germanos listos para lanzar miles de lanzas. Más aún, también el sendero fue desviado a fin de que la columna romana en marcha ofreciese el flanco totalmente desprotegido a los guerreros germanos al acecho detrás del valladar. No fue un campo de batalla sino un matadero en el que las legiones no tuvieron ninguna posibilidad de escapatoria. Tanto el desvío del sendero como los cañizos mimetizados con pellas de hierba son deducciones de los arqueólogos, que han interpretado en este sentido los hallazgos de sus excavaciones, pero no los encontramos en las fuentes antiguas.

Es difícil también explicar cómo Arminio se ganó la confianza de los jefes de las grandes tribus germánicas, que sin duda sabían de qué modo el príncipe querusco se había ganado la ciudadanía romana: combatiendo en el ejército romano contra sus consanguíneos (campañas de Tiberio del 4-6, Veleyo, II, 118).

Este relato respeta allí donde es posible el testimonio de las fuentes; sin embargo, algunas partes están llenas de lagunas (Tácito) y otras son más completas (Dión Casio, Veleyo Patérculo) y, en cualquier caso, constituyen una narración emotiva de los acontecimientos basándose también en el testimonio de las estelas de Marco Celio del Museo Arqueológico de Bonn y en figuras y personajes apenas mencionados por las fuentes pero que debieron de tener un peso importante en las decisiones y en los pensamientos del protagonista de esta historia. La madre, en primer lugar, de la que no sabemos casi nada (PW RE, 1191), también el nombre que le hemos dado es inventado. La amada Thusnelda (Estrabón, VII, 292) fue raptada por Arminio en un período no precisado, pero a continuación fue recuperada por el padre, Segestes, que la mantuvo prisionera y luego la entregó, embarazada, a Germánico. La madre y el niño fueron por tanto exhibidos en su triunfo en Roma, provocando la ira y el desprecio de Arminio. Tácito los menciona de acuerdo con los caracteres de la retórica de la época, por lo que no debe tomarse al pie de la letra. Lo mismo cabe decir respecto al relato del mismo autor sobre el encuentro-desencuentro entre Arminio y su hermano Flavus, que fue siempre fiel a Roma, a orillas del río Visurgis.

Por lo que respecta a la onomástica, el nombre germano de Flavus es desconocido y, por tanto, el nombre que hemos elegido, Wulf, es inventado. Pero también el nombre germano de Arminio es incierto: Hermann es el que se acepta generalmente hoy en Alemania, pero es rechazado por los estudiosos (PWRE 1190) (tal vez Armin o Irmin).

El padre habría muerto en 7 d.C. (PW RE 1192), mientras que sabemos que la madre estaba viva en 16 d.C. (Tácito, II, 10).

La victoria de Teutoburgo debió de hacer de Arminio un héroe y casi con toda seguridad el jefe indiscutido de la coalición de pueblos que habían contribuido a ello. La destrucción del ejército de Varo hubo de suponer un punto de no retorno. Roma no podía dejar de vengar semejante derrota, pero pasaron seis años antes de que otro ejército romano cruzase el Rin, y la expedición de Germánico comenzó con un viaje de la memoria al campo de batalla de Teutoburgo y con la sepultura de los restos de los soldados romanos muertos. Pero no obstante la gran victoria de Idistaviso (16 d.C.), Germánico hubo de renunciar a la anhelada campaña decisiva en 17 d.C. y obedecer la orden de Tiberio de volver a Roma. El envío posterior de Germánico a Siria y su muerte acaecida en circunstancias poco claras contribuirán a enterrar definitivamente el proyecto de romanización de Germania. Tiberio, el más grande soldado que Roma había tenido nunca, llegó a la conclusión de que aquel proyecto era demasiado costoso y peligroso, y que si los ejércitos romanos se retiraban al oeste del Rin los germanos reanudarían sus luchas entre sí.

Con la campaña contra Marbod, Arminio quería muy probablemente hacer realidad la unión de todos los pueblos germanos bajo su liderazgo, pero circuló la voz de que pretendía autoproclamarse rey, y esto debió de provocar una conjura para envenenarlo y luego su asesinato en 21 d.C. por parte de los suyos. Poco antes había muerto, quizá envenenado, su gran adversario y casi coetáneo Germánico. Su esposa Thusnelda murió en Rávena en 17 d.C., y su único hijo, Tumélico, cabe suponer que murió en una palestra de gladiadores aún adolescente.

Se ha dicho que con la derrota de Teutoburgo Roma perdió Germania y Germania perdió Roma.

VALERIO MASSIMO MANFREDI

BATALLA DE TEUTOBURGO
ÚLTIMA FASE. SEPTIEMBRE DE 9 D.C.

1.000 SOLDADOS ROMANOS

1.000 GUERREROS GERMANOS

TERRAPLÉN CONSTRUIDO POR LOS GERMANOS

SENDERO PRINCIPAL

SENDERO DESVIADO POR LOS GERMANOS

COLUMNA ROMANA EN MARCHA

CAMPO DE EMERGENCIA DE LOS ROMANOS